末世探脉人

1 冥府神鸟

伊村松鼠 著

图书在版编目(CIP)数据

末世探脉人．1，冥府神鸟 / 伊村松鼠著．-- 杭州 ：
浙江人民美术出版社，2018.9
ISBN 978-7-5340-6861-4

Ⅰ．①末… Ⅱ．①伊… Ⅲ．①长篇小说－中国－当代
Ⅳ．①I247.5

中国版本图书馆 CIP 数据核字 (2018) 第 121932 号

责任编辑　吕逸尔
责任校对　余雅汝　谢沈佳
特约编辑　梁　洁　黄香春
执行编辑　蒋　甜
设计制作　张　鼎
责任印刷　陈柏荣

末世探脉人 1 冥府神鸟

MoShi Tan Mai Ren 1 MingFu Shen Niao

伊村松鼠　著

出版发行　浙江人民美术出版社
地　　址　杭州市体育场路 347 号
网　　址　http://mss.zjcb.com
经　　销　全国各地新华书店
印　　刷　湖南天闻新华印务有限公司
版　　次　2018 年 9 月第 1 版　第 1 次印刷
开　　本　710mm × 1000mm　1/16
印　　张　18
书　　号　ISBN 978-7-5340-6861-4
定　　价　34.80 元
如有印装质量问题，影响阅读，请与出版社发行部联系调换。

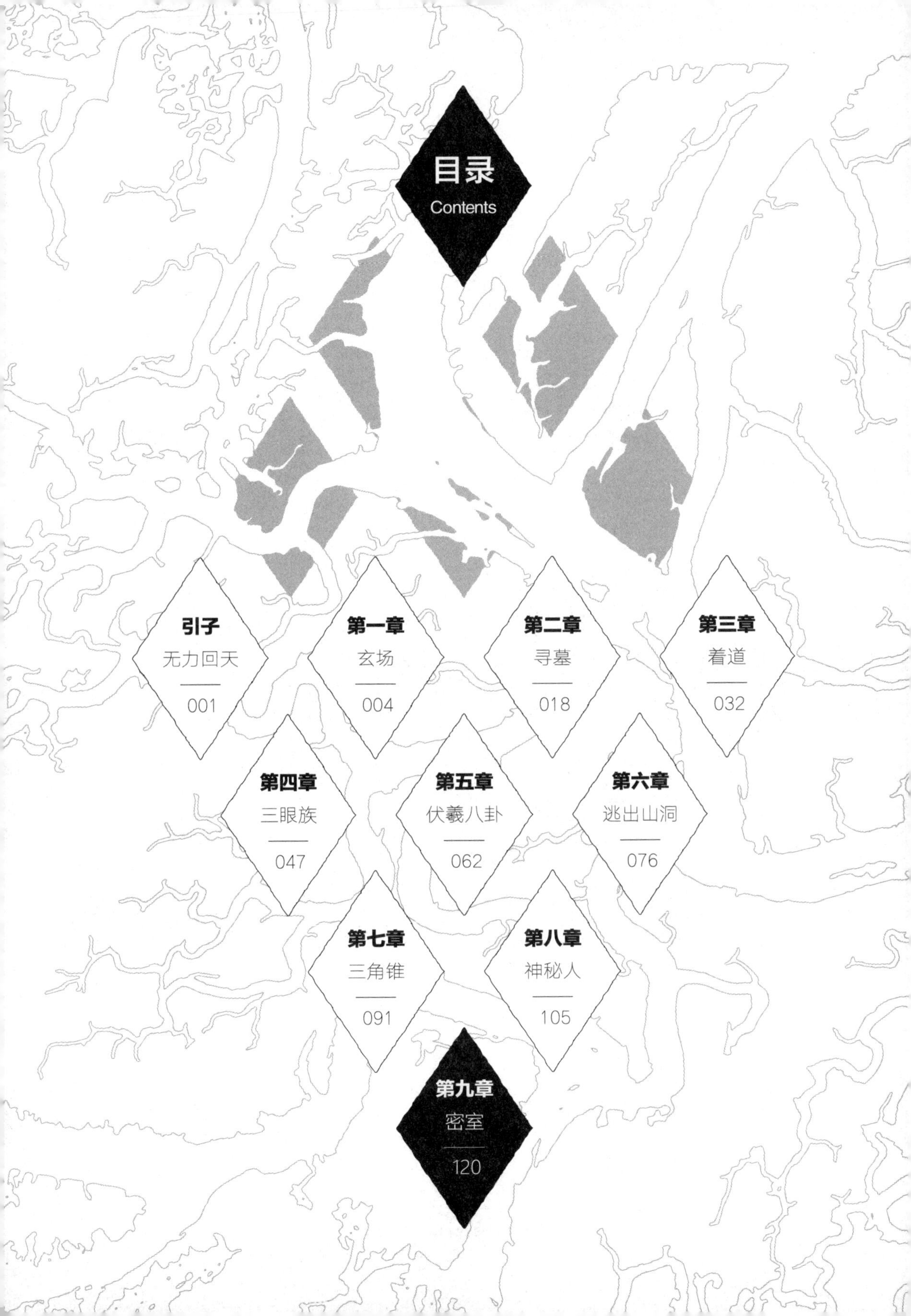

目录
Contents

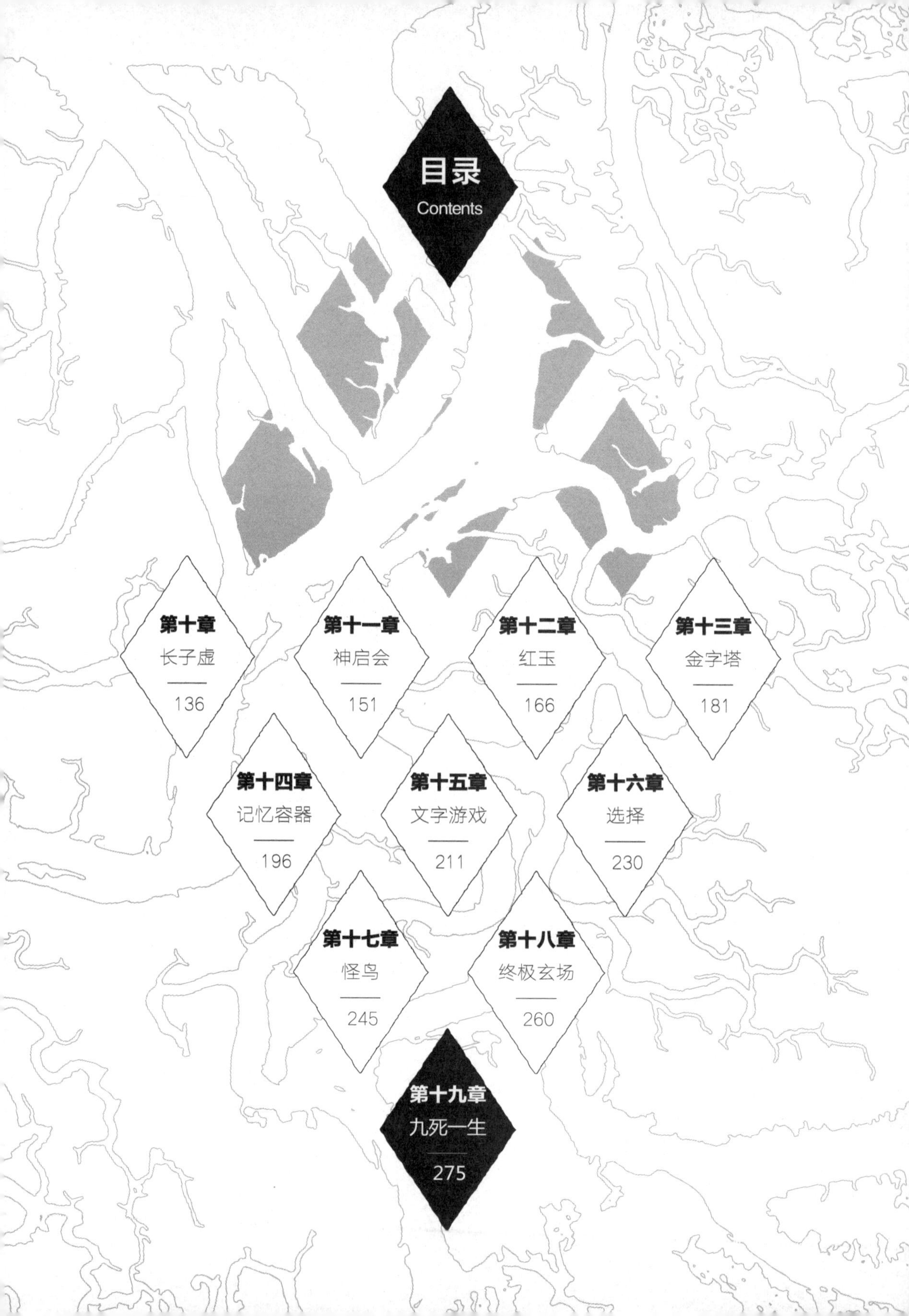

目录
Contents

引 子
无力回天

商方権回过神来的时候，只听到一句话：“跑啊！愣着干吗？”

他转过头，看见薛一民伸出手要拉他，他刚要把手递过去，一块巨石嘭的一声砸在对方背脊骨上，薛一民一下咳出一摊血水来。

那薛一民半个身子被生生压在石头底下，估计受伤很严重，但他还是咬着牙，用尽力气冲商方権喊道：“快，拿着东西走，趁湖水还没进来。”

商方権脸色煞白，大口大口喘着粗气，抱着背包愣在那儿，脚肚子灌了铅一样，一步也迈不动。

“我没事，就是压断了腿，下面的人也没事，都没事，都活着，你脑子里就这样想，往好了想。赶紧出去，把洞口封住……你知道怎么做……快！”薛一民看样子是坚持不住了，气息越来越弱。

对方这么一说，商方権一下清醒了，他把背包往肩上一扛，双手死死地抠住洞壁往外爬，一边爬一边嘴里念着：“大伙儿都没事，大伙儿都好好的，都活着，全都活着，肯定都活着……”

一爬出洞口，商方権赶紧把木桩子插进旁边的巨石底下，在木桩下垫了块石头，然后拼命地开始压木桩子。他整个身子都压在木桩上，手膀子几乎要抽筋了也没停。洞口被巨石抵住后，他趴在地上抓起泥巴就往缝隙里塞，一层一层地塞，直到整个洞口都被封得死死的。水来得很急，他还没来得及喘口气，脚背就被水淹了，还没跑出去两步，水已经没到腰了。

最后一段商方権几乎是游上岸的，他趴在岸边，感觉肺都快炸了，心跳像锣鼓一样。

“还不能歇，还不能歇……”他身体一动也动不了了，但嘴里还在念叨，“大伙儿还没死，大伙儿还好好的，我还得救他们……”

商方権咬了咬牙，使出劲从裤兜里掏出两块石头，两只手一手握住一个，闭上眼睛，嘴里默念道："洞口封死了，湖水灌不进去，下面空间很大，很大，空气很足，薛一民腿废了，但还没死，没死……兄弟们都没事儿，我没看见他们谁死……一个都没看见……"

商方権耳边传来卡车碾过沙砾的声音和高音喇叭刺耳的声音，他睁开眼，看见对面有人从车上跳下来，跌跌撞撞地朝他跑过来。

"老七，你才来……"商方権使出最后一丝力气爬起来，一把抓住跑到自己眼前的这个人，扯住他的衣领，一拳朝对方脸上揍过去，可惜几乎没有力气。

"都是你害的，你不是东西……"商方権带着哭腔喊着，说完双腿一软，扯着对方衣领滑跪在地上。

"他们人呢？"这个叫老七的人把商方権扶坐在地上，望了望眼前的景象，那积水已经变成了一大片湖泊。他皱了皱眉头，咧着嘴朝地上啐了一口。

"还活着，在湖底下，赶紧救人。"

"水这么深，洞口没淹？"

"别说丧气话！叫你救人，就算是把这湖水给抽干了也要把人救出来。"

"你说什么傻话，我上哪儿去给你弄机器抽水，这么深的湖，怎么抽！"老七也急了眼。

"那就从岸边挖洞，挖进去！"商方権眼里全是血丝，他死死地盯着老七，一把抓住他的手，把两块石头按在他手上，"握紧了，别往坏处想，往好处想，想着他们还没死……"

老七皱着眉头看着商方権，握住了石头。他明白商方権的意思，表情严峻地闭着眼攥了攥手心，心里默念了一阵，然后打开手掌看了一眼，但他一下愣住了，过了几秒，才深深地吸了口气，又长长地叹了出来。

"……是我的错，都是我的错，都是我的错……"老七喃喃自语起来。他把手掌摊开，手心的石头在商方権的眼前滚落到地上。

两块石头暗淡无光，而且都裂成了几瓣。

商方権脸上的表情凝固了，他呆呆地看着那几瓣石块，然后慢慢地埋下了头。他死命地扯着自己的头发，脑袋往膝盖上拼命地撞着，末了，他的喉咙里爆发出一声沙哑的嘶吼，这嘶吼充满了悲痛与绝望，回荡在死寂的沙漠里。

四十年来，这一幕像一根刺一样哽在商方権的喉咙里，他常常半夜惊醒，脑子里回荡着的一直是薛一民的那句话：“都没事……都活着……”

他没能再见一眼他的这位兄弟，而那个封闭的洞穴，即便是十几年后湖泊已经彻底干涸，他也没有勇气去打开它，一直到他去世。

◆

第一章
玄场

接到司一介的电话，我搁下碗筷套上鞋子就赶紧出了门。

我的这个小叔不常主动联系我，要是他主动给我打电话，只有两种可能：要么他缺钱了，要么他马上就要缺钱了。

当然，我也不是平白无故地做他的“提款机”，我自然是要从他那里得到点什么，要么是货，要么是能捞货的路子。

等我赶到玛雅户外的门面时，唐三七正躺在柜台边的椅子上看剧，见我来了，他扶了扶啤酒瓶底一样厚的眼镜，拿手摸着自己的和尚头，露出一脸比哭还难看的笑冲我说道：“来啦，老板！”

“今天生意怎么样？”我一边问他，一边把卷帘门往下拉，只露了一米来高容得下一个人弯身进来的空隙。

“生意不怎么好，就出了两件冲锋衣、几扎动力绳。不过我说大哥，这生意不好你也不至于关门歇业啊，这越歇不越挡财路嘛。”唐三七见我关了门，嘴上说不妥，身子却一扭，转了过去，继续嗑着瓜子看起了剧，丝毫不把我这老板放在眼里。

我倒也无所谓，他本来就是我发小，从小光屁股玩到大的，大学没念完，没有文凭工作不好找，就和我合伙开了这么一家户外用品店。说是合伙，基本是我的本钱，平时进货送货他开着面包车给我跑腿，吃穿住用也都是我给他开销，他一个月还能存上点钱。

其实唐三七这人勤快也不傻，甚至某些方面还是个天才，捣鼓机械、电脑程序什么的挺在行。他大学时辍学跟人搞什么互联网创业，成天张口乔布斯闭口扎克伯格的，可惜情商低了点，没半年被人连钱带技术空手套了白狼，一气之下剃了光头，彻底做了个家里蹲，还美其名曰“看破世俗，远离红尘”。可别人当笑话看也就算了，我还不只有拉他一把。

虽然我这店表面上的生意马马虎虎，勉强能付个房租水电，不赚不亏，但里子里的生意嘛，自然是有“水”进来，不然我拽着个“拖油瓶”的兄弟不只有喝西北风了？

“嘭嘭嘭！”卷帘门被人重重地敲了几下，我还没来得及应答，唐三七就扯着公鸭嗓子吼了一声：“老板今天心情不好，暂停营业！”听得我直想一巴掌扇在他的和尚脑袋上。

“进来吧。”我走到门口弯腰招呼了一下，门外的人勾着身子钻了进来。

“哟，是小叔啊。”唐三七招呼了一声，“从纳木错回来了？”

我瞪了他一眼，转身拉死了卷帘门，帮司一介卸下越野包。

我掂量了一下包，心里一乐，笑着说：“挺沉啊，小叔。”

司一介还是那副面无表情的脸，走到饮水机旁接水喝了起来。

唐三七给他递了根烟，帮他点上。司一介吸了一口，缓了缓神，打了个跟上的手势，让我们上楼。

二楼是唐三七住的地方，这里常年乱七八糟的，但有一间房却收拾得整整齐齐，那里是我们的“作战室”——开会的地方。

一进房间，司一介就把背包里的东西一股脑全抖出来，我看了一眼，全是稀罕货。

光四轴石就有五六对，冰花水晶大的有鸭蛋大小，还有一堆凤羽木的毛料和一些零碎的散货。

这些都是探脉人必备的物件。

说起探脉，可能一般人不太清楚，说实话，我也不是很清楚，只知道这是行话，也叫探脉淘金，是专门在岩洞、水洞、矿脉等地方探寻值钱宝贝的行当。这个行当风险大，利润高，所以探脉人必备的东西，卖价也高得离谱。我对这行当纯粹是一知半解，但小叔司一介是内行，一年到头在深山老林里活动，每次总会弄些货以及探脉人必需的器物回来，但从来不提怎么弄的。另外，他除了探脉以外到底在外面还倒腾些什么，赚的钱又都花在哪儿了，这些他也从来不说。至于他零零碎碎提到的关于探脉淘金的事，靠不靠谱，或者说是不是在忽悠我，我也弄不清楚，但实实在在的是，这些东西他弄回来，我还真卖得出去，而且价钱不低。

我盯着桌上这一堆货，咽了咽口水，按平时出货的经验，估摸这一背包应该有个二三十万的价。

还没等我拿起来仔细瞧，司一介拿手臂一扫，把这些东西都堆到了一边。

“干吗啊小叔，这些东西你要是看不上眼，我都给你处理了，我不嫌重。”说着我使了个眼色，让唐三七赶紧拿袋子来装。

“商无量啊商无量，你说你小子什么时候才能从钱眼子里钻出来，你也提高一下层次好不好？”司一介露出极鄙视的眼神看了我一眼，“亏了大伯后继无人，要我这个外子来给家里撑门面。”司一介说的大伯，就是我爷爷。听他说，爷爷生前也是做这行的，但“家门不幸”，我爸没稀罕做，司一介是爷爷妹妹的儿子，本来姑奶奶就比爷爷小不少，他出生得也晚，现在才三十刚出头罢了。我本该叫他小表叔，但家里人为了显得更亲近，从小就让我叫他小叔。他那些东西，也就是从爷爷那里学来的。

“可别这样说，小叔，不是我不学啊，是我那老爸不肯学，你看你现在教我成不？”我一边往袋子里装东西，一边回应着他。

“得了吧，你是商家的独子，你有什么闪失我担当不起。”说完他摆摆手，“还有，东西卖了给我卡里打十五万，急用。”

“你是吸毒还是赌球啊，十五万？！”

“下次出去可能要花很多钱，你问了也白问，你又不懂，钱财都是身外物。”听他这么一说，我心里默念了一句：“身外物你还要十五万！”

司一介拉开背包的夹层拉链，从里面抽出一个锈迹斑斑的铁盒子。

“这是啥？”唐三七扶了扶眼镜问道。

“老子又不是透视眼，不打开怎么会知道。”司一介沿着盒子边缘看了看。盒子看来有些年头了，锈蚀得厉害，盖子几乎和盒子锈在了一起，如果用蛮力，恐怕里面的东西都会被掰坏。司一介冲我说道：“去弄点除锈剂和砂纸过来。”

我赶紧下楼拿了工具上来。既然这东西司一介看得比几十万的货还重要，必然有他的道理。

司一介仔细地沿着已经锈蚀的盒盖边缘，先涂上一点点除锈剂，然后用砂纸慢慢打磨，整整一圈都弄得差不多了，这才小心翼翼地拔出猎刀，用刀尖插进一丝缝隙里，用手扣住顶盖，轻轻一压，只听咔嗒一声，盖子打开了。

里面竟然是两卷相机胶卷一样的东西。

虽然盒子里层有铝膜防锈，还垫了防潮垫，但不知道这胶卷保存得如何。我伸手拿起来看了看，是进口的老式120黑白胶卷，估摸年头没有五十年也有四十年了。

我们三人都没说话，我看了看司一介，他一副很疑惑的表情，看得出，他也没想到里面会是这个。

就在这时，一阵电话铃声打破了沉默，司一介摸出手机，走出房间去接了电话。过了一会儿，他回到房间，抓起椅子上的外套跟我说："你带两对四轴石和两个冰花水晶，挑大个儿的，跟我走。"话音刚落，他又接着说，"算了，都带上，全带上。"然后他指了指胶卷，对着唐三七说道，"和尚，去想办法把这东西洗出来，找靠谱的摄影发烧友去弄，估计一般的地方洗不了。"

"嘿，您就放心吧，小叔，这种事我在行。不过话说在前头，这老式的120一卷也就十来张照片，盒子又锈了这么久了，能抢救出来几张我可保不准啊。"

"屁话多，能弄几张是几张。"

"要得。"说完唐三七便往他的房间里钻，到电脑上查资料去了。

我一边把东西打包，一边疑惑地问司一介："去哪儿？"

"去送货，有个探脉的同行，遇到点棘手事，需要点材料，正好我这儿有现货，一起出给他。"

一听他说是去和探脉人见面，我一下兴奋了起来："我说小叔，你不是不让我接触这玩意儿吗，咋又想通了？"说完，我提上袋子，推着司一介就往楼下走。

"这次算带你见见世面。有句话我先跟你说，你记牢了：探脉这个行当，是油锅里捞元宝的活儿，本事到家了，穿金戴银，本事不到家嘛，骨头都不保。"

"要得，牢记在心。"

他一边走，一边从柜台里抽了一包烟揣进兜里，说："还有一句话……"

“小叔，你一次说完，我记性不差。”

“咱们家不是江湖杂耍的班子，花哨的东西咱不弄，金银财宝咱不贪，够用就行。这行当诱惑多，容易迷了眼，咱家有咱家的路子，别走歪了道。”

司一介这句话一出，可有点让人费脑子了，我问了一句：“咱家的路子到底是哪一路啊？”

“现在说细了你理解不了，时候到了，自然告诉你。”

我们两人打车来到目的地，下了出租车，便远远看见有个男的在朝司一介挥手。这里是繁华地带，高楼林立，不过这人身后却是一块围了砖墙的空地。不远处停着几辆豪车，向我们招手的那人身后，有几个西装笔挺的人，他们中间围着一个戴墨镜，穿着随意的中年人，一看就是一个大老板。

这群人朝空地中间走了过去，我们也赶紧跟了上去。朝司一介招手的那人走在最前面，他应该就是司一介口中的探脉人了。这年轻人看上去三十不到，穿着一身阿玛尼的休闲西服，发型时尚，样子还蛮帅。一眼看上去，怎么也得是大老板的公子哥，谁能想到他是在地洞里钻来钻去的探脉人。

“不像，是吧？”司一介小声地问。我点了点头。

“探脉人也分文武，你叔我是个粗人，穿山越岭的算是武脉，眼前这位不一样，算是文脉。他这应该是在给人看风水，看这架势，应该是给地产大老板拿地看脉。”

听司一介这么一说，我疑惑地望了眼司一介，小声问了一句：“难道探脉人业余还给人看风水？”

“你小子真是啥也不懂。这么说吧，探脉人里的文脉人，就是在探脉淘金时，帮武脉人寻脉看脉的，看个风水有啥稀奇的，他们要是点个风水，比那些风水先生靠谱多了。如果说冲锋陷阵的武脉人是将军，那文脉人就是军师，懂了吧？”

探脉人手里端着一圆盘，好像正在做什么法事一样。人群跟着他到了空地中央，他让大家围成一个圈，自己站在中间。我这才看清楚他手上拿的东西，很奇怪，本以为是风水先生用的罗盘，其实是一块赌场里转游戏的轮盘，上面有很多大大小小的数字，还有一颗转动的珠子。

探脉人把轮盘在较为平整的地面放好，调整了一下水平度，然后用手旋转轮盘的轮辐，轮盘便绕着中轴飞快地旋转了起来。

这时，他朝旁边一个穿西装的人说道："这位先生，你和大家合计一个数，但不要告诉我，然后大伙用手握住我的这只手腕，所有人心里都想着这个数。"那人看了眼老板，老板点了点头，然后这群人围在旁边商量了一下，便走了过来，握住探脉人的右手臂。

"大家盯着轮盘，心里默念这个数字。"探脉人说完，随即将右手的珠子往轮盘里一扔，珠子沿着旋转的轮辐，也转动了起来。

所有人紧紧地盯着轮盘，一股紧张的气氛弥漫开来，好像大家都赌上了巨款在这个轮盘上一样。

随着轮盘渐渐停止了旋转，珠子也失去了离心力，最后哐当一声，落入了其中一个格子，数字是"37"。

人群里发出一阵惊讶的呼声，听得出，丝毫不差，他们商量的正是这个数。

但还没等大伙儿落声，探脉人就说了句："37不是个吉利的数字……"然后他站起身来，从衣服内兜里掏出一根带子，仔细一看，上面竟然插着几把细小的尖刀。还没等众人回过神来，他一下把尖刀都抽了出来，往天上一甩。一群人愣了一下，赶紧四下躲开。而这位探脉人竟然纹丝不动地站在原地，张开双臂，闭目仰面，迎接"刀雨"的落下。

"嗖嗖嗖"，几把尖刀应声落地，深深地插进土里，而众人抬头一看，探脉人竟然毫发无损地保持着刚才的姿势，而尖刀几乎是和他擦身而过。

没见过这场面的我，着实吓了一跳，虽说运气好也有可能躲得过落下的尖刀，但这人胆子也太大了吧，刀子要是插进手臂还不太要紧，这要是仰面挨上一刀，后果可不堪设想。

探脉人拾起刀子和轮盘，表情略显严肃地想了想，他让老板等他一下，然后朝我和司一介走了过来。他把我们带到一边，对司一介说："一介兄，这事儿有点棘手。"

说完他抬起头，看了我一眼，问道："这位是？"

“我侄子，跟班跑腿儿的。”听司一介这么一说，我虽然心里不爽，但也笑着跟人打了下招呼。

这位探脉人脸上露出和善的笑容，手捂胸前，微微鞠躬，说道：“在下上官绯，绯红的绯，幸会幸会。”对方彬彬有礼，而且说话挺随和的，笑容满面，感觉和刚才严肃的样子相比像换了个人。我也赶紧自我介绍：“我叫商无量，估量的量。”

“客套话留到喝茶的时候聊，说正事，大概什么个情况？”司一介点了根烟。

“嗯，这块地……”上官绯指了指身后，“刚拆迁，准备挂出来拍了，地段不错，价值不菲，大老板很看重。根据老板的情报，垂涎这块地的公司多得很，而且都是行业里不缺钱的主。虽然我这老板也不差钱，举牌子喊价的事儿也不怵，但心里总有块石头似的放心不下，想让我来断断风水。一介兄你别介意，生意人嘛，有风水生意自然也要接，总不能成天穿山探脉，赚刀尖上的钱嘛。”上官绯笑了笑。我心想，你刚才玩的那套“天女散花”在我看来就是实实在在的刀尖上的生意啊，难不成探脉淘金比这还凶险？

上官绯停顿了一下，接着表情略显严肃地说道：“这块地以前是个医院，拆迁后腾出来的，而且这医院以前邪得很，得病死的人不多，跳楼上吊自杀死的病人倒是不少。”

“这么邪乎！会不会是有什么脏东西？”我突然忍不住冒了这么一句，转头看了眼司一介，但显然他对我的话极度不屑。

上官绯一愣，笑了，说：“一介兄，你这侄子有点意思，刚入门的？”

“入啥门啊，门都还没摸着呢！”司一介把烟头掐灭，冲上官绯说道，“别理他，你继续说。”

我心里很不爽，心想，你个司一介，平时不教我，关键时候出丑了吧。

“嗯。”上官绯接着说，“后来拆迁的时候也有怪事，医院停车坪下面还有个地下室，挖了一看，全是一堆一堆的黑色塑料袋，拆了才见着，里面全是黑土。医院说是医疗设备焚化后还没来得及处理，没过两天，连夜来了几辆运渣车，全给拖走了。有人怀疑是尸体，有些人还绘声绘色地说，黑土里还有没烧干净的人骨头。”

“那这地方岂不晦气得很？这么说，风水也该是不好了？”我听上官绯这么一说，忍不住又插了一句嘴。

司一介摆了摆手，没有理我，转而问上官绯：“你怎么判断？”

上官绯埋着头想了想：“如果这地方真的有‘玄场’，那这块地怕是弊大于利啊，虽说有些‘玄场’可以拿凤羽木来盖，但要是场力太大的话……”

从这里开始，我听得云里雾里了。我拉了把司一介，小声问：“小叔，玄场是什么？”

“你就理解成你想的那个脏东西好了。”司一介不耐烦地说道。

上官绯笑了笑：“一介兄，这就是你的不对了，人家小兄弟诚心要学，你干吗不给人家讲透？”说完他向我解释道，“所谓玄场，也叫玄念场，也是行道里自古传下来的约定俗成的名字，不过老古董的解释咱不提，用现代语言来说，这是一种能通过人的意念增加事物发生概率的力量。打个比方，假如一群人在玩骰子，骰子扔起来，落地后马上拿碗盖住，按理说，这骰子是大是小，应该各有五成的概率吧？”

我点了点头。

“但在玄场里，如果这群人中大部分的人心里想着，这骰子一定是大，那这碗一揭开，骰子是大的可能性就极高。”

“这……这么玄乎？那……那刚才上官兄转的那轮盘，也是这地方的玄场搞的鬼了？这……这到底是什么原理？”听上官绯这么一说，我有点结巴了。

“哈哈，至于是什么原理，众说纷纭了。从古至今，探脉圈子研究这个的也不少，到了现代，甚至有些科学圈的人也在研究，但没个结论，是吧一介兄？”说完，上官绯冲司一介眨了眨眼，司一介不置可否没开腔。

“所以，有玄场的地方，怪事就特别多，可能有好事，但要是出坏事，就是大事。”上官绯表情严肃了起来，“比如说，这个医院有个病人因为偶发事件跳楼死了，那这医院的医生、护士和病人心里怎么想？”

“肯定老惦记这事儿呢。”我应着他的话回答道。

“对了，如果恰好这医院附近有玄场，这些惦记，就可能化成对现实产生影响的意念，于是同样的事再发生的可能性就很大。而一旦多次出现这种事，开始不信邪的人，心里也会忍不住往那方面想，这样一来就会形成恶性循环，坏事就一而再再而三地出现。”

“那要是遇到好事，也会这样？”

上官绯点了点头：“所以有些人有些地方，一旦遇到坏事就停不住，遇到好运气也是接二连三，就是因为有玄场。”

“上官哥，你这么一解释我大概是明白了，那探脉人点风水也是一样的原理了？利用玄场，引导人们往好的地方去想，形成一个良性循环；如果遇到已经形成恶性循环的地方，就得拿东西去破玄场，否则要转变人的集体意念，倒难了。”

“嘿，我说一介兄，你这侄子一点就通啊，长江后浪推前浪，再过一阵我们这些前辈都要被赶在沙滩上了，哈哈哈。”

司一介拍了下我的肩膀，摇了摇头：“刚出门的都以为走外面的路和在自己家后院遛弯没啥区别。别让这小子得意，回到正事上来，你的意思是，这块地十有八九有玄场了？”

上官绯表情严肃地点了点头。“你们来之前，我手上四轴石正好用完了，就玩了个把戏。结果你们也看到了，这里不仅有玄场，而且很密集，轮盘能精准地转对数字，而且飞刀也未落在我身上，说明这玄场几乎能使概率达到八成，相当强了。”

“是不是还说不准呢！走，拿上四轴石，不要把戏，认认真真地测一回。”司一介打了个手势，朝对面的人群走去。

上官绯向老板打了下招呼，老板姓方，他称呼对方方总。然后上官绯简单介绍了一下我和司一介，便取了司一介带的四轴石和凤羽木，走进空地。

他在空地中央把四轴石放下，然后绕空地走了一圈，四个角各摆了一块凤羽木的毛料，最后回到空地中央，蹲在地上朝四下看，摆弄手里的四轴石。过一会儿，他招呼方老板的手下过去，然后四个边各站了一人，每人开了一瓶纯净水，朝空地中央倒。

“小叔，这四轴石到底是做啥用的？”

“测概率的。”司一介头也不转，看着空地中央的上官绯说道。

“怎么测？”

“四轴石分阳石和阴石，阴阳算一对，各打磨一面平整的，并在阴阳石的平整面上各标记四个正轴方位，两两一盖，在玄场里放一会儿，然后捏住一块旋转另一个，心里想着四轴对齐。旋转的那块停下来的时候，根据四个方位对齐的程度来判断玄场的强弱，如果能几乎完全对齐，就是玄场极强。不过每对四轴石开封后用不了十天半月就会变得不灵敏，得换，所以也算是消耗品，不是大生意一般不轻易用。”

“那倒水又是什么招？”

“忽悠土老板的，做做样子，显得专业。”

我听他这么一说，暗自比了个大拇指。

过了一会儿，上官绯站起身来，让所有人聚集到中央，然后从地上抓起一把场地里的石块，往天上一扔，继而拿一只小碗一搂，翻盖在手心里。

他看了一眼方老板，慢慢揭开小碗，手心里竟然是一摊殷红的血。方老板顿时皱起了眉头。

“这又是什么招？”我问司一介。

“一见了血，谁都不舒服，摆明了告诉大家这地方凶得很。当然，这都是把戏，但总不可能详细给外行讲解玄场的原理，费时费劲，而且底子都兜完了，以后生意也不好做。”说完，司一介朝上官绯走了过去。

上官绯走到一边拿纯净水冲洗手，他摇了摇头，小声地对司一介说：“不是一般的强，估计还不止一处，而且感觉很深，挖下去都不一定能探得准。”

“那别蹚这浑水了，收工吧。”司一介说完便转身要走。上官绯点了点头，走过去对方老板说了几句，方老板显然有些不悦，话也没多说，走出空地上车便离开了。

上官绯小跑着赶过来，拍了下司一介的肩膀：“一介兄，材料费照算，今天你还带了些什么货，打包给我。”

司一介把我手里的提包递给上官绯：“算上刚才的四轴石和凤羽木，连这些东西一起，二十五万。”

上官绯打开包看了看，说了句“行”，根本没有还价的意思。看这豪爽劲，探脉人果然个个都是有钱的主。

“另外，等下给那方老板打个电话，说这地可以拿，对手估计资金紧张，举牌的时候用点心眼，猛抬几手，可以顺利拿下。至于编个什么理由能让你那方老板多出点劳务费，你自己看着办，三十万反正少不了。”

“哥，你这话是什么意思？”上官绯有点不解，“刚才不是你说别蹚这浑水吗？这玄场不好破啊。”

“兄弟，你还是太单纯啊。”

上官绯歪了歪头：“哥，挑明了说呗。”

司一介拍着上官绯的肩膀，弯着头往后看了看，然后小声地说道：“有行道里的同行给你下套啊。”

听司一介这么一说，上官绯拍了下脑门，好像醒悟了过来。

“你说，你刚才转了几次四轴石？”

“少说也有个十来次。”

“轴点对得齐不齐？”

“次次对齐，分毫不差，所以我才怀疑这玄场强得很。”

“这就对了，你回想一下，你探过这么多回脉，见过几次能让四轴石连转十次，次次都能转得分毫不差的玄场，这得有多强？别说这十几二十亩的地了，上百亩地估计都得经常出怪事。周围没听说有啥幺蛾子，就偏偏这地有问题？还有什么医院死人，地下室闹鬼，你亲眼见的？还不都是听别人传过来的，真假难辨。所以说，这都是被人下的套，你还是太年轻，术道过关，‘世道’不济啊。”

“你是说，竞争对手？”

“十有八九吧，你想想，这方老板要是不参与拍地，谁笑得欢？虽然一开始我也没想清楚对方是怎么给你下的套，你那四轴石又是怎么测出的玄场，但顺着这逻辑往下捋，自然找得到破绽。”说完他抓起上官绯的袖口，指了指上面的白灰，“冰花水晶磨成粉，加石灰，抖你袖口上，你那四轴石不测出强玄场来才怪了，你又一身白衣服，难免看漏，就算看见了，也以为是工地上的石灰罢了。”

“哥，照你的意思，这地方确实有玄场，但没那么强？”上官绯用手指摸了摸鼻子，一边思索一边问司一介。

“对啰，这皮蛋水晶啥作用，你比我清楚。”说着司一介又点了支烟。

我疑惑地看了看上官绯：“皮……皮蛋是啥？”

“皮蛋就是冰花水晶，因为颜色深，上面又有冰晶花纹，和松花皮蛋很像。”说完他点了点头，“一介兄说得是，这冰花水晶确实可以增强玄场力，并在小范围极大地增加事件发生概率。用四轴石测的时候，思想集中，意念很强，如果持有冰花水晶，那四轴石轴点对齐的概率就会高很多，自然让人误会这里的玄场很强了。”

“没错，是谁下的套先不提，既然这只是普通玄场，咱自然能下了穴去，把它给破了。既然对人家老板说这地能拿，不管这玄场是不是很普通，最好给清了，把这地儿给收拾得干干净净，免得再生变数。”

“好，不过白天人多嘴杂，咱等天色暗了，带上工具，来一次探脉取石。”

一听他们合计要探脉取石，我一下来了精神，差点没蹦起来。我赶紧说道：“小叔，工具啥的我店里齐啊，要什么您吩咐，我让和尚分分钟取来。”

“这就一市区的地下室，还需要你那些工具干啥，人家上官说的是探脉人的家伙。”听司一介说完，我看了眼上官绯，这小子埋着头直笑。

“那一介兄，我先回去一趟，顺便去给方老板疏通疏通，把事儿都铺好，咱晚上弄个干净利落的，破了这玄场，赚一笔大的。”上官绯说完看了看表，“晚上八点，还在此处碰头。”说完，他和我们告别，开了车先走了。我招了出租车，和司一介先回店里。

一路上我对探脉人的玄妙手法不断感慨，并且对司一介的表现大吹大捧，这要是换了别人听了，还不尾巴都翘上天。但司一介几乎没啥表情，好像这些事都是小儿科。

经过刚才这么一出，我也算是大开眼界了，不仅看到这行道这么多奇事妙事，还发现这“水”真不是一般的深。

但回过神来以后，我才想到，那二十五万都打司一介卡里了，我岂不是一分也拿不到了？一想到这个我就心塞得不行。

赶到店里时，唐三七正在炒菜，我说："你不搞正事炒哪门子菜啊，叫个外卖不就得了？"

唐三七得意地笑了笑："胶卷已经送过去了，同城的水友，放心，靠谱，明早就取货，先吃饭。"他说完把餐桌支在店堂里，去厨房端菜了。

出来时他提了半瓶五粮液，说给小叔接接风，这阵子去西藏受累了。

我夹了一块肉，问司一介："小叔，你一天到晚在外面跑，到底折腾个啥？你说你这水平，我今天算是见识了，那个上官绯还不如你，轻轻松松几十万到手，你干吗丢了西瓜捡芝麻，卖石头辛辛苦苦的能赚几个钱？"

"上官绯可没你想的那么菜，他是单纯看不清道上的浑水，光说文脉的技艺，我肯定不如他。你今天见的只是皮毛，这里面的讲究多得很，没个三年五载的，门儿都摸不到。"

"有那么神？"

"另外，我再说一次，别把钱看那么重，钱只是达到目的的手段，有些事比钱重要得多。"

"天底下还能有比钱重要的事儿？"我一边吃菜，一边扭头看了眼唐三七，这小子正在给司一介倒酒，一副孝敬衣食父母的媚样。

"量哥，这就是你的不对了，天底下自然有比钱更重要的东西，你说是吧小叔？"他说完递给司一介一杯酒，然后舔着舌头给自己满上，嘬了一口，发出咝的一声，一脸陶醉，"那就是享受人生，今朝有酒今朝醉。哈哈。"

我心里鄙视了这家伙一百遍，心想，要不是老子供你吃喝拉撒，你享受个屁！

饭桌上我一边吃，一边把今天所见所闻绘声绘色地讲给唐三七听，这小子也听得兴趣盎然、如痴如醉，非要我们晚上探脉也带着他。

饭吃到一半，司一介的手机响了。他接起来说了几句，然后挂了。

"先别吃了，带上手电、猎刀、绳子，情况有变，那块地明天一早就要拍了，上官绯去找方老板聊聊，他负责去忽悠价钱，我们自己过去，把事儿摆平。"说完，司一介搁下碗筷，招呼我们出门。我也赶紧起身让唐三七准备工具，他立马收拾，完了三人出了门，锁了店面，招了一辆出租车急忙赶过去。

路上我问司一介："这军师不出马，武将能得手吗？"司一介鼻子哼了一声："你说对付一山贼，用得着军师吗？"

他这话说得也不无道理，平时近郊的有些地方，也是司一介独来独往，何况这区区市内的活儿。不过，我也是后来才知道，这一趟根本没有我们想象的那么容易，在那阴暗的地下室里遇到的那件诡异事，至今想起来，我都觉得脊背发凉。

◆

第二章
寻墓

到了白天来过的空地，我们几个绕到后街围墙处，司一介四下看了看，没发现有监控，于是一个冲刺跨步，两米来高的墙就跟平地一样，直接上了墙，接着他在墙上拉我们两个上去。

三人跳下围墙，进了那片空地。司一介摸出四轴石四下测量起来，然后走到一处位置，用脚尖踩了踩后蹲了下来，拿手刨开土石，下面露出一块水泥板，他拿脚跺了跺，摇了摇头。

“地下室顶板是钢筋混凝土浇的，没带凿子不太好开。”

“那让和尚回去拿？”我问了句。

司一介摆了摆手：“没必要，这地下室又不是封死的，以前总得有人进出吧，找找出入口。”说完，他吩咐我们两个四下寻起来。

还是唐三七眼尖，很快找到一处楼梯，只剩半截了，地上部分已经铲平，刨开上面的木板，下面半截深深地探进地下。

司一介把手电扭开，毫不犹豫地招呼我们往下走。

我壮起胆子跟在司一介后面，唐三七也扭开手电跟着我，左瞧右看，一副兴奋的样子。

下了个大概两三米的楼梯，到了一个仓库模样的房间，里面乱七八糟的，堆了很多破烂的医疗器械和一些担架、病床。房间不算大，但有好几个门通向别的房间，整个地下室面积应该不小。

“你们两个挨个把门打开，看看有没有通路。”司一介一边招呼我们，一边拿着四轴石逐个推门探测。

“这小叔胆子够肥的，要是一般人，谁敢去推门，万一跳出来个什么玩意儿……”

“呸！你小子别说这种倒霉话。”我啐了唐三七一口。他说得不假，小叔是什么人？我们这些菜鸟，平时看恐怖片都看得胆战心惊的，这黑漆漆的地下室这么密闭，还有这么多不知道背后是什么的门，哪有胆挨个去探。

司一介转了一圈回来，看我们站在原地，甩了个脸色，像是在说“瞧你们那没出息的样儿”。完了自己继续推门检查。

“这里面的房间好像都是连通的，有点奇怪。”司一介按了按太阳穴，接着说道，“这地下室简直不像一个正常的地下室，房间没有名字，设计也不按常理，没有走廊和通道，而是一个房间套着另一个房间，就像一个洞穴一样。”

“人工洞穴？”我问了一句。

“先不管，先跟着四轴石反应强的方向走，你们跟着我，沿路在墙壁上画点痕迹。”司一介招呼我们。我和唐三七点了点头，跟上了他。

走了几分钟，穿过了好几道门和好几个房间，周围的场景都大同小异，废弃的仓库或者办公室里，破烂的桌椅板凳、医疗器械遍地都是。

这时，司一介停了下来，他指了指面前的一道门，说：“有点意思，你们看出什么来没？”

我歪着头看了看，没觉着有什么不妥。唐三七推了推眼镜，说：“确实有点古怪……这门的尺寸……”

听他这么一说，我一下打了个激灵，这门确实不像普通的门，感觉很窄，比例也有点怪。

“这门比之前的窄，不仅如此，还比之前的高。”司一介说道。

“对，而且你们感觉一下，这房间……也比之前的高……”唐三七拿手电照了照四周。确实如他所说，房间的天花板比之前刚进来的时候高。一米八个子的小叔站在门口，头顶只能够着门框三分之二高的样子，而门两侧距肩膀只有一拳宽。

司一介推开门，摆了摆手，示意我们跟上。

里面还是一个房间，房间里另外几道门同样的，更高，也更窄。

我们继续跟着司一介往前走，唐三七一边走一边说：“我们可能一直在走下坡路。”

“没错。”司一介头也没回，“根据指南针来看，我们一直在绕圈，玄场源头就在这个圈的中心，但房间没有直接开向这个方向的门，而是不断地绕圈往内部靠近。房间越来越高，其实也表示位置越来越深。”

走到后面，门已经高得离谱，大概接近三米，并且窄得只能侧身进去，估计仅仅有三十厘米宽。

“会不会到后面门窄得就进不去了？”我问司一介。

“那到了进不去的时候再说。”

“你说这医院是不是有病，谁没事修这样的地下迷宫？”唐三七也抱怨道。

“管他有没有病，反正跟着走就是了，我估计，这玄场可能是比较集中的那种，破解起来不难，只要能找到，取了玄脉石，或者拿凤羽木给封起来，就行了。”

“玄脉石？是什么？”

“是一种矿石，体积不大，我见过的最大的也就拳头大小，能散发玄场力，虽然玄场不强，但很方便携带，探脉时带着，遇到困难可以当便携的玄场使，很管用。”司一介一边在墙壁上标记，一边说道。

“你们等下……”唐三七叫住了我们，“先别进下一个门，这里有点奇怪……”

“干吗一惊一乍的，有什么事说。”我回头看了他一眼，只见他站在房间中间，四下看着周围废弃的家具器物。

“你们看看这个房间的家具摆设……”

经他这么一提醒，我也四下看了看，这不看不打紧，一看让人毛骨悚然。这房间里废弃的桌椅、床架、书柜，都比普通的要高要长，但更窄更细。这尺寸比例，不像是……正常人用的。

司一介也回过头来看，皱起了眉头。

三个人都没说话，脑子里都不知道在想些什么。

“会不会……”我壮起胆子问司一介，“小叔，你说会不会这玄场里面，空间发生了扭曲，让东西看上去更细长了，只是我们的错觉……”

“你说话前能不能先过过脑子，你看我和和尚细长吗？”司一介白了我一眼，四下打量起房间的家具来。

的确，只是房间和器物变了尺寸，而我们都是正常的。

“那难不成……在这里住的人……”我话说了一半，没敢继续往下说。

“别乱猜，没鬼也被你自个儿吓出鬼了。”唐三七把我那半句话挡了回去。

“古怪是古怪，但不至于要命，四轴石的感应确实是越来越强了，别想太多，接着走。”司一介转了一圈回来，让我们继续往前。

“要是上官绯在的话……”我一边走，一边说道。

司一介点了点头：“嗯，他要是在估计能推测点眉目出来，他见过的玄场更多，知识面也广。这地方我感觉是一个人造玄场，这门的尺寸、房间的螺旋布置，还有诡异的家具器物，可能有玄机。”

“可惜这里没信号，不然可以打个电话问问。”唐三七摇了摇手机。

“算了，再怎么样，这也就是个地下室，能邪门到哪儿去。”司一介摇了摇头，接着往前走。

又走过两个房间，面前的门已经几乎难以钻过去了，我站在门外死命地推了推唐三七，才把他给推进去。我自已也好不容易才挤进去，但刚一进去，就发现这里有点不对了。

这里根本没有房间，纯粹是一个洞穴。

四周没有整齐的墙壁，头顶和脚下也是粗糙不平的岩石，感觉像突然进入了另一个空间。但诡异的是，这个洞穴仍旧有几个细窄的石缝通向深处。

“怎么办？往回走还是……”我问司一介。

他拿着四轴石测了测，嘴里啧了一声，好像也陷入了困境。

“让我想想……”他点了支烟，站在原地，眼睛望着四轴石，皱着眉头抽着闷烟。唐三七拿着手电四处照了照，但没敢去照那些缝隙，我明白这种感受。如果面前是一道门，你会感觉门后面可能依旧是一个房间，但面前是一个深不见底的缝隙，你就真不敢猜测背后到底有什么了。

“你们在这里等着，我一个人进去。”司一介指了指其中一个缝隙，“按四轴石测的情况，应该是这个方向，但我保不定里面会遇到什么。你们两个没经验，就待这里，对讲机联系，我要是让你们跑，你们头也别回，原路跑出去，去找上官绯。如果对讲机没信号，十分钟后你们也赶紧回去，搬救兵来。”说完他把烟头掐灭，把绳子系在腰上，另一头钉在石壁上。然后他打开对讲机，侧着身子进去了。

我和唐三七待在原地，没想到司一介会这么说，虽然他是身经百战的高手，但我们却是第一次遇到这种“赶紧跑头也别回”的处境，还真没啥经验。说不定，他喊的时候，我们腿都迈不动。

“嗞嗞……”对讲机里传来一阵电流声。“这里面不是洞穴了……”是司一介的声音，“这里就是一个石缝，有点深，但东西就在里面……嗞嗞……我争取把它弄出来……”

然后是一片沉默。我和唐三七都没说话，面对这种情况，我们都不知该怎么回复。

“嗞嗞……缝隙越来越窄了……”

“差不多了，应该伸手能够着……嗞嗞……”

然后对讲机便再没传来声音。

不知道过了多久，不知道这死一般的沉寂持续了多长时间，直到我看了眼手机，快八分钟了……

“跑吗？”唐三七问了我一句。我摇了摇头。

又过了一会儿，对讲机依然没传来声音，唐三七忍不住再看了看时间。

“只有半分钟了……”唐三七又提醒了我一句。

我咬了咬牙。

“十分钟了！”唐三七拍了一下我的肩膀，“跑吧量哥，去搬救兵。”

我的脚像灌了铅一样，一步也迈不动，眼睛死死地盯着缝隙。我不知道该不该跑，还是说，我根本已经被吓着了，身体不听使唤了。

“走啊！来不及了！”唐三七开始扳我的肩膀，就在我将要转身的一瞬间，一只手从缝隙里探了出来，死死地抓住外面的洞壁。

司一介探出头来啐了口唾沫，慢慢从缝隙里挤了出来。

“小叔，吓死我了！”我差点没哭出来，赶紧上去拉他。

“我们还以为你出啥事了呢！”唐三七也兴奋地跑过来帮忙。

“小叔，你拿到了吗？”

司一介点了点头，我们两人一把把他拽出来，之后一松劲，我一屁股坐在地上，愣了一下，然后不知怎的，居然哈哈大笑起来。

这是恐惧之后释放出来的笑声，简直比哭还难听。

笑够了，我拍拍屁股站起来，不由得往司一介背后的缝隙看了过去。而这一看，却看到一双幽灵般的眼睛正从缝隙里探出来，直直地和我对视着。

“鬼……”我喊了一声，整个脸都僵住了，这东西的面部在阴影里无法看清，只有一双布满整个眼眶的黑漆漆的瞳孔，正看着我……

司一介看了我一眼，伸手一下把我眼睛蒙住，喊了一声：“你发什么神经！赶紧撤！”说完把我身子往后一扳，一只手抓着我手臂就把我往外拖，另一只手抓住唐三七的衣领也往外扯。

“赶紧穿过门，走啊！”他把我一把推出门去，我刚要转身回头看他们，他冲我咆哮着喊，“不要回头，转过身去，跑！”说完他钻了出来，把唐三七也一把拉了出来。三个人顾不上擦破的手，我们在司一介的催促下，赶紧沿着来的路往外跑。

一路上我感觉背后传来一阵脚步声，步子很大、很沉，踩得地板好像都在震动。这声响听起来，就像一个瘦长的巨大怪物弓着腰在后面追。

“小叔……它在追我们……”我几乎带着哭腔喊着。

“哪有东西在追我们，赶紧跑，啥也别想，别乱想！”

三个人连滚带爬地往回跑，那个东西也根本没有停下来的意思，但从声音上听得出，它渐渐放慢了速度，可能因为前面的空间对它来说越来越矮，它很难迈开步子追。它开始发出恐怖的低吼声，声音从洞穴一样的房间传过来，让人头皮发麻。

我脑子已经一片空白，感觉肺都要炸了，只是没命地跑，直到我们回到最开始的房间，看到楼梯的时候，我才敢回头看了看，已经几乎听不到脚步声了。

爬出楼梯，三人拿木板死命往洞口塞，然后一直跑到围墙边，也顾不上是不是后街的位置了，赶紧翻了出去，一屁股坐在街边，喘起了粗气。

啪的一声，司一介一巴掌扇我后脑门上，然后他叹了口气，说道：“也不怪你，我开始没讲清楚。”

“那……那东西是……”我上气不接下气地问道。

“啥也不是！就是你脑子里想出来的怪物，懂吗？”司一介点了根烟，也给唐三七甩了一根，“老子最后想明白了，其实这地方就是一个小儿科，我居然差点着了道。”

“量哥，小叔说得没错，我都想明白了，你还不如我呢。”唐三七吐了口烟，拍拍屁股站起来，“这前面的房间、门、家具、器物，目的就是引人进套。这玄场里的东西，本来就玄得很，一开始就让人觉得这空间不是正常人使用的，肯定存在某种又高又细的怪物。而你看到这一切，就总觉得有你想象中的东西存在，最后在玄场力最强的地方，透过你强烈的自我暗示，就出现了那种怪物。”

“……”被唐三七这么一说，我才算是想通了，拍了下脑门，摇了摇头。

这回算是长见识了。

“和尚只说了一层，但玄场不能无中生有，不能凭空产生不存在的东西，只能让存在的可能性变大，所以这更深的一层不好去深究。这鬼医院在地下到底做过些什么，老子不愿意再去想了，这破地儿我是再也不愿意来了。”

“那这玄场算是破了还是没破？”唐三七问司一介。

“玄场是破了，你们看这个。”司一介从兜里掏出一块石头，普普通通的岩石，棱角分明，鸡蛋大小。

“这就是玄脉石。”说完他从唐三七的背包里掏了掏，拿出个木头盒子，将石头放了进去，“这东西可以说是探脉人的神器，这就是这附近玄场的源头，得拿凤羽木盒子装着，盖住这能量。”

说完司一介拍了拍我的肩膀：“还算有惊无险，先回店里吧，等下问问上官那边钱谈妥了没，这一趟老子真折了不少寿。”

我点了点头，起身在路边拦了车，三人长舒一口气，坐上了的士。

路上大家都没说话，看来这一趟给大家带来的心理冲击都不小，司一介可能见得多了，我和唐三七可是头一遭，也算是开了眼了。

回到店门前，我正开门，一阵电话铃响起，司一介掏出手机看了一眼，接通了电话。

“嗯，怎么了？……别急，慢慢说，什么情况……唔……那你现在在哪儿？这样，你赶紧开车过来，电话里说不明白。你到东门沃尔玛来，我们在附近一家叫玛雅户外的店里，你那边应该离这里不远，先过来，过来再说。好，好，路上小心……”

说完他挂了电话，我问他是谁，他说是上官绯。

“他和方老板谈好钱了？难不成是送钱过来吗？打卡上不就完了？”我有点疑惑。

司一介摇了摇头，表情严肃地说：“方老板出事了。”

我心里一咯噔，问他：“出事？出什么事？”

司一介顿了一下，嘴里吐出两个字来：“死了。”

这话让我差点没背过气去，这方老板白天还好好的，咋能说死就死了呢？虽然他和我们非亲非故，死活与我们无关，但我们千辛万苦破了玄场，这钱又咋算呢？

十来分钟后，上官绯到了门店，还没来得及坐下，就一边掏出手帕擦汗，一边开始说起来。

“今天我们分开后，我就给方老板打了电话，开始还算顺利，他答应如果这地顺利拍下，劳务费按我说的数先给一半，如果楼盘开工直到售卖都顺风顺水，再付另一半。我自然是满心欢喜，以为这事儿成了，但他说地明天就拍了，问我这煞气能不能今晚就解决，我当然赶紧答应下来。”

“那没问题啊，事儿我们已经摆平了。”我拿出凤羽木盒子，把玄脉石给上官绯看，然后大概给他说了下经过。他点了点头，说了句“难为你们了”。唐三七倒了水给他，他喝了一大口，又擦了擦汗，他和唐三七相互认识了一下，然后接着说道：

“不过蹊跷的是，没一会儿，我又接到方老板的电话，他突然说他想了想，还是放不下心，决定这地不拍了。”

我看了眼司一介，咳了一声，打断道：“会不会被谁威胁了？”

“应该不太可能，这年头能做地产的私人老板，谁背后没点关系。”上官绯摇了摇头。

“这不是重点。”司一介开口了，“生意场上的事，别说几个小时了，几分几秒都能来几个反转，也许他资金临时倒不过来，也许和对手达成协议不参与竞标而在某些地方又从对手那里得到些什么，都有可能。而且人家既然不做了，肯定要跟你说一声，可能劳务费什么的想重新说，这很正常，不奇怪。你接着说。”

“对对对，老板出尔反尔不算什么，但奇怪的是，他说地虽然不拍了，但煞气还是想请我们破一破，价钱还一分不少，今晚就付一半，剩下的等事成之后，再付一半。这下我就有点摸不着准儿了，虽然还是答应了，但临挂电话了，他又说晚上七点半，到东山别院来，他准备好现金，让我去取。”

“这确实怪，这年头，谁还提几十万现金做交易啊，数起来都累。”我转头问司一介，“你说是吧，小叔？”

“这也不怪，有些钱能走明道，有些钱可能只能下暗水。以前他都怎么跟你结账的？”司一介仰躺在椅子上，好像笃定得很。

“都有，不过这么大笔数目还没结过现金。”上官绯又擦了擦汗，接着说，“我给你打了电话就往方老板家里赶，按时到了方老板家，保镖出来接的，然后和方老板单独在会客厅东拉西扯地聊了些有的没的，这时候都还看起来正常。然后方老板指了指桌上的手提箱，我打开数了数沓数，足数，劳务费四十万，这里刚好一半，整整二十沓。”

上官绯顿了一下，皱着眉头摇了摇头：“然后我合上箱子，一转身，会客厅竟然就没了方老板的人影。我提着箱子走出会客厅，走廊上也没人，我喊了几声‘方总’，也没见人出来，心想可能有钱人的行为有时候和普通人不太一样，也许他觉得事办完了，忙自己的事去了，也不存在什么客套地招呼和告别的必要。于是我提着箱子就朝玄关走去，临到门口了，还没推门，就听楼上哐当一声巨响。我回头又喊了几声‘方总’，没人答应，我这才发现刚才进门时站门口的保镖也不见了。我本想推门自己走，但又觉得应该上去看看，毕竟方老板这人确实还不错，大家也算是朋友，没必要这么冷漠拿了钱就走。

“于是我提心吊胆就上了楼，二楼的一间卧室半掩着门，我推开一看，方老板就躺在书桌前，脑门被人拿花瓶砸开了，血和瓷片满地都是。我当场就蒙了。”上官绯摇了摇头，“我提着箱子转身就想跑，后来一想，不对，这可能要出误会。这高档小区，到处都是摄像头，我提着个钱箱子出来，别墅里又死了主人，这扯上关系，麻烦可就大了。于是我把箱子放下，钱也不敢要了，留个心眼拿手帕把钱箱子抹了一遍，赶紧出了门，才给你打了电话。”

“舍财免灾，还算你判断得准，先不说方老板怎么死的，至少你没扯上钱，假如局子里来了人调了监控，最多你说你没留意，和方老板聊了之后就出了门，你前脚走他后脚被人敲了脑袋，这尸检报告也不会准到这几分钟。但要是这局是有人给你准备的，那你就算报了案，你也是坑里的鸭子——飞出来难。”司一介按了按太阳穴，接着说，“浑水不蹚，是我们这行的规矩，先看看情况，要是局子里传你去问话，你如实答，律师也得请上。如果没人寻你，暂时别露面，一来避避风声，二来躲躲晦气。”

“不过小叔，这事儿前前后后疑点很多啊，那方老板为什么不打招呼就上楼，房间里别的人又去哪儿了？”我问司一介。

“都说了不掺和，刑侦断案不是我们的事儿，那方老板又不是你亲人，金钱往来，你也没必要为他那条不知道多少人惦记的命去申冤。”

上官绯点了点头，长舒了口气，说：“关键时候还是一介兄靠得住，有一介兄在，做啥事儿心也不慌，总觉得有底。”

唐三七从凳子上站了起来，招呼说：“多大点事儿，又不是你杀了人，担惊受怕没必要。来来来，我们这酒菜都还没撤，我给大伙儿热热，钱没了饭总还得吃不是。”唐三七笑了笑，便到厨房忙活去了。我想了想也是，就算方老板这钱没挣着，但好歹挖了块玄脉石，这玩意儿估计价格不菲。但看司一介的意思，这东西他可能是不想卖的，他也说了，这玩意儿是探脉人的极品宝物，探脉淘金的神器。一想到这儿，我又有点沮丧。

上官绯刚一起身，衣兜里传来一声短信提示音，他掏出手机，刚瞥了一眼，整个人就僵住了，站在原地没动，脸一下子白了。

司一介看了一眼他的表情，立马警觉了起来，问他：“谁发的短信？”

上官绯这才抬起头，表情僵硬地说：“方老板。”

“还能见鬼了不成！短信上说什么？”

上官绯听司一介这么一吼，才赶紧打开手机，读里面的信息。

“方老板托……托我办个事……”

“一个鬼能托你办什么事？”

“让我给他寻一处墓地……”

听上官绯这么一说，我的心也一下吊到了嗓子眼，我问司一介：“难不成真撞鬼了？”

“没听人说过吗？鬼话连篇必有蹊跷，凶鬼恶鬼比不上人心肚子里的鬼。看来这局确实是冲着你来的了。不怕，老子道上什么牛鬼蛇神没见过，装神弄鬼的遍地都是，从没见过一个真鬼，短信给我看看。”说完司一介接过上官绯递过来的手机，眯着眼看了看，然后皱起了眉头。我赶紧从他手里拿过手机，也看了看上面的短信。

“上官小弟，我老方托你办个事，你别嫌忌讳，我想请你给我在老家寻一处墓地。我老家在广汉新平，只要是附近适合做墓地的风水宝地，能保佑我方家世代昌平的，你若选得上，告知我即可，其余之事不劳你费心。若能前去，我方某感激不尽。另，路途辛劳，已派人转账十万到你的账户，做办事预支的费用，事成之后必有重谢。”

“有个问题，小叔。”我把手机还给上官绯，“这短信没说是给方老板自己选墓地啊。”

司一介点了点头，说道：“第一，短信可能是预先写好延迟发送的，或者信号不好刚刚收到。第二，你查下账户，十万有没有到账。第三，如果姓方的真的死了，你办这事还怎么找他要酬金？”

上官绯赶紧查了下手机，钱确实已经到账，时间是晚上八点，当时他正在方老板的别墅，他从方老板家出来是八点一刻，也就是说，转账的时候方老板可能死了，也可能还没死。

“也就是说，短信有可能真是方老板发的，因为信号延迟，现在才收到，而方老板也可能在活着的时候通知人给我转了账，而他并没意识到自己会遭遇毒手。”上官绯分析道。

司一介按了按太阳穴：“所以他也不会考虑到自己死了，你找谁去要酬金的问题。上面三个疑问都能解释得通，但是……”

“但是这个姓方的和你在会客厅聊了半个小时，为什么只字未提这件事，而非要用短信告知你？”我抢过司一介的话说道。

“没错。”司一介拉了凳子在餐桌前坐下，低着头思索了一阵。过了一会儿，他抬起头，斟了一杯酒，一仰头灌了下去。“不过我觉得，我们倒是可以去广汉逛逛，我觉得这趟浑水，可以蹚一蹚。”

“为什么？”上官绯挨着司一介坐下。这时唐三七从厨房出来，笑着说：“什么为什么，喝酒吃肉，管他为什么。”

我拍了下他的和尚脑袋，把刚才的事跟他也说了说，他倒兴奋起来，说：“广汉好啊，广汉我熟，我外公就是广汉人，外公过世之前，我逢年过节都回去探亲的。要去广汉，我带队啊。”

我白了他一眼，但司一介拍了拍他的肩膀：“好，今天大家喝酒吃肉，睡个安稳觉，明天一早就把店里的行头带上，直接出发，坐上官的车。”

“对对对，今晚喝高兴，好酒不多了，大曲我这儿还有，绝对不上头，明早起来神清气爽，绝不耽误正事。”唐三七得意地又去开酒，我无奈地摇了摇头。

我本想开口再问点什么，但司一介显然不想再多说，也罢，路上边走边套他的话。

四个人吃喝完毕，就凑合在店里歇了。小叔和上官扯了睡袋就睡在楼下，我睡二楼的沙发床，唐三七喝得有点高，没洗漱就直接回屋，倒在床上便扯起呼来。

睡到半夜，没想到被尿憋醒了，我心里咒骂了一声，无奈起身去了趟厕所。转身刚回屋，突然听到窗外传来一阵手机铃声，但很快就被人掐断了。我走出阳台，往楼下看了一眼，就看见上官绯从屋里走出来，手里正拿着手机在说话。

这家伙深更半夜还有生意？我有点纳闷，便支起耳朵听他在讲什么。

声音很小，但还好夜深人静，周围没啥杂音，断断续续能听见点东西。

“……没事……广汉……这趟……办妥……等好消息……”

没两分钟，他便挂了电话回屋去了。我有点迷糊，他说什么办妥、等好消息是什么意思，难不成这小子心里有什么鬼？我站在阳台来回踱了会儿步，心想这事要不要告诉司一介，他好像挺信任这个上官绯的，难不成是我多疑了？考虑了好半天，我心一横，决定明早还是跟司一介说说。

我刚转身进屋，就撞上迎面过来的司一介，吓了我一跳。

司一介反倒推了我一把：“你小子干吗呢，梦游啊？深更半夜的，吓死我了。

让开让开，我上个厕所，和尚这酒是不是掺水了啊，怎么尿这么多？”

我赶紧给他比了个小声一点的手势。

司一介皱了皱眉头，进门方便去了，出来他问我：“什么意思？”

我把刚才听到的事跟他一说，然后补充道：“我说小叔，你想过没有，上官绯说的这些事都是他的一面之词，我们既没有亲眼见他去方老板家拿钱，到现在也没见网上有什么本地富翁遇害的消息，会不会……”

“会不会什么？”司一介从茶几上拿了根烟，点上，然后坐到沙发床上。

“会不会上官绯在骗人？”

“我说你小子脑子放在正经处行不行，成天想这些阴谋不累啊？”说完他摆摆手，“人家说一定办妥，没说什么事一定办妥，兴许是别的生意。”

“可他前面说广汉这趟生意，这不明摆着是……”

“行了行了！”司一介打断了我，“我反正跟你说了，上官绯这人靠得住，你就别胡思乱想了，他这人我担保成不成？” 他这话说得好像我在挑拨他们关系似的。

“你都这么说了，我当然信了，我还不是帮你留个心眼吗？”

“你就是无事包经的地方心眼多，关键时候犯迷糊。”

“还有个事儿我没想明白，为什么开始你说不蹚浑水，后来又决定要去，这里头肯定不止给方老板寻墓地这么简单，你给兜兜底儿，侄儿我也算学学东西。”

“也是个凑巧，但到底是巧还是有人特意安排，我现在还不知道。因为我本来就打算去一趟广汉，不偏不倚，还正是去广汉的新平。”

“那这探脉人选墓地就选墓地，你带店里的东西干吗，又不是去探脉淘金。”

“你说的那是老古董看墓地那一套，什么坐南朝北、背山靠水、屈曲蜿蜒、明堂开阔啊，不过探脉人不走这一套。探脉人主要是寻玄场。”

“这个我懂，有了玄场，再告诉他们这是块风水宝地，能保佑后代，这墓主人的后辈自然心往好处想，好事自然就多起来，说不定逢清明给老祖宗烧香许愿，也就灵得很。”

司一介点了点头：“大的原理不难，难就难在细节。玄场的形态很多，有固化的，比如矿脉、地下岩洞，极端的还有凝聚成一块的，就是之前淘的那块玄脉石，也是固态玄场的一种。另外还有液体的，比如泉、湖、河。当然少见的还有气态的，但气态的移动范围广，力量弱，一般不会选。所以寻找玄念场的过程行话叫‘踩念场’，不是远远地看看地形，摆弄下罗盘，既然说是踩，那就得脚踏实地地深入内部，用四轴石去测，必要的时候，还得找到源头，看看到底是什么东西散发的玄场力。另外之前也说了，你也见识过了，玄场之内必有怪事，我是见得多，心不虚，你个青钩子到时候别吓尿了裤子。”

“没事，今天不也略微见识了一下吗？再说，有你们打头阵，我殿后，遇事儿我先撤，你们掩护。”

司一介一巴掌拍在我后脑勺上：“到时候你给老子把眼睛放亮点，脑门转快点，别给我拖后腿。”

说完他把烟头在烟灰缸里摁灭，又补了一句：“你知道三星堆吗？”

我脑子转了一下，说：“古蜀国？”

“对，我追了这么久的线索，最后居然又回到了原点。”

◆

第三章
着道

第二天一早，唐三七就提着豆浆、油条、小笼包嘭嘭嘭地猛敲卷帘门。

“起来，都起来，老子早饭都买回来了。”

我们几个这才爬起来，司一介起身就骂唐三七昨晚给的什么假酒，尿多不说，头还疼。还好我和上官没怎么喝。司一介一边数落唐三七，一边喝起豆浆来。

“等会儿高速路上无量开车，下了高速换上官，没马路了再叫我，我上车还得先补补觉。”

“和尚，东西收拾好了吗？”我问唐三七。

他指了指角落里几个背包和装备：“放心，一人一包，冲锋衣、动力绳、攀岩手套、山地靴、防水手电、卫星电话、机械罗盘、睡袋、帐篷布、水、干粮、燃油一应俱全。”

“能把那烧烤架给搬回储藏室吗？”我指了指那些东西。

唐三七摇了摇手指：“没情趣。”

“我先声明，探脉有风险，都是成年人了，自己对自己的行为负责。”司一介咬了一口油条，头也不回地说道。

“我是老板一块砖，哪里需要哪里搬，你说是吧，老板？”唐三七嬉皮笑脸地问我。

“别，老子担当不起，你自愿。”我白了他一眼。

这时上官绯走了过来，对司一介说：“哥，新闻出来了。”

我们几乎是同时把头转向了他。

“新闻里说具体情况等警方公布消息，没有透露细节，只是通报了方老板的死讯。”

“既然没人联系你，那先不管，但既然方老板确定已经死了，那这墓地我们还选不选？”我问司一介。

“古怪事看来没完。”上官绯指了指自己的手机，“今天凌晨手机里来了条短信，陌生的号码，只写了一句：选墓地之事请勿拖延，事成后联系此号。”

上官绯想了想，又接着说道：“看来这方老板阴魂不散，这发短信的估计是他手底下的亲信，但没说自己是谁，神秘得很。”

“这神秘人没提方老板遇害的事？”我有点奇怪。

“虽然没提，但估计也看到了新闻，也没说要停手，搞不明白葫芦里卖的是什么药。”上官绯摇了摇头。

“那就抄家伙，走起。”司一介擦了把嘴，站起身来，挎上背包就招呼大家出门。

我立马指挥唐三七往车上搬东西：“别磨磨蹭蹭了，赶紧！”

“对了，小叔，昨天那相片……”唐三七好像想起什么，问司一介。

“回来再说，不急这一会儿。”

唐三七点了点头，赶紧往车上装东西去了。

广汉市并不远，现在也不是节假日，高速上一路畅通，一个小时左右就到了广汉市市区。下了高速我们直奔新平，路上我问司一介，三星堆博物馆去不去。他白了我一眼说：“明面儿上的东西老子早翻烂了。”

新平镇并不大，我们很快就穿过了镇子，路也开始变得难走。司一介让我换了位置，把手机扔给我。

“帮我看着那个红色的导航标记点，我先穿到鸭子河对岸去。”

“这个地方怎么找到的？”

“可没少费工夫，也没少花钱。”

“情报靠谱？”

“天底下就没有百分百靠谱的事儿，靠不靠谱还得靠自己的眼睛去看，脑子去想。”司一介摸出烟来，拿点烟器点上。

车在鸭子河南岸一处浅滩停了下来。司一介跳下车子，迈着大步子就往河滩上走去。我们几个赶紧跟上。

“上官，打围。”他朝后面的上官绯喊道。

“好嘞。”上官绯卸下背包，从里面拿了几块木楔子和一把钉锤出来。

“上官兄，这打围是啥意思？”我赶紧上前学路子，一刻不敢耽误。

“这打围就是围一个场子，把玄场散出来的‘念’给围起来，这‘念’本来是随着玄场朝外扩散的，在户外的开阔地儿如果不围起来，测量起来就难。”他一边说，一边四下看了看，默定了几个点位，把木楔子插进河滩上。

“那这木楔子肯定也不是普通木头，是凤羽木削的？”

“凤羽木只是原木，原木里含有某种东西，能阻挡部分‘念’的流动，但光是原木还不行，原木效果一般，能阻挡的‘念’也不多。你自己看看这是什么。”他递给我一块。

“哦，烧成炭。”我把玩了一下，乌黑乌黑的。

“没错，但是木头烧成炭太脆，这河滩还好，要是遇到石壁、矿脉的缝隙，就插不进去了。所以这炭不是烧出来的，是烤出来的，把水分和木焦油馏出，剩下的部分就比较坚硬耐用了，并且这么处理后，普通的玄场散发的‘念’就能阻挡个七七八八了，效果比原木好得多。”

“所以成本不菲。那为什么一定要做成楔子，随便摆几块木头效果不一样吗？”

“摆的也有用，但效果没这个好。至于为啥我就不知道了，老辈们传下来的经验。”

上官绯打好了围，跟司一介招呼了一声，司一介掏出一对没开封的四轴石，拿猎刀干净利落地削了盖，然后取出磨盘仔细地磨平整。

“小叔，真下血本啊，用新开封的四轴石。”

他也不搭理我，磨好了石头，就四下走动测起玄场来。

唐三七倒好，站在河边大口大口地呼吸，说这儿空气好，城里那些尾气可没法比。说完他拉开裤链就要往河里撒尿。

我上前一巴掌甩他和尚头上：“你撒尿也不看看位置，你好歹去下游撒啊，这里正测玄场，你一泡尿全顺着河水灌过来了。”

“这不刚才憋急了吗，没注意。”唐三七傻傻一笑，拉上拉链就往下游跑。

“和尚站住！”司一介喊了一声，“你那个是童子尿不？”

司一介这么一问，唐三七嘿嘿一笑，略显羞涩地点了点头。

“过来，朝这儿尿一泡，顺着河道画一根直线。”司一介指了指他脚下的地儿。唐三七乐呵呵地扯开裤链便尿了起来，认真地在地上画了一条几米长的道儿。

我就奇怪了，问司一介：“这又是什么讲究？”

“尿挥发出来的氨气带有某种东西，叫什么来着，好像是叫‘孤电子’，能平衡‘念’，具体原理老子又不是搞科研的，不太明白，但作用就是让测量数据更准。”说完司一介沿着河岸，继续测量起来。

“那童子尿和普通尿又有啥区别？”

“没有区别，忽悠和尚玩儿呢。”听他这么一说，我看了眼唐三七的表情，差点没笑出声来。

过了一会儿，司一介招了招手说道：“这玄场果然是液态的，沿着河岸测的数据比河岸往外更明显，应该是混在这鸭子河里了。”但随即他又摇了摇头，“虽然有反应，但不强，看来源头不在这儿。”

“会不会是顺着上游下来的？”我朝鸭子河上游看了看。

“不像，这鸭子河上游是从西南面的九峰山那边下来的，但太远，直线距离两百多公里，蜿蜒曲折更是直线距离的三倍之远，‘念’不可能传这么远还能测出来。反倒是下游的龙泉山脉比较近，也就十来公里。”

“这‘念’还能逆水而行？”我有点不解。

“‘念’又不是水，为什么不能逆行？声波、地震波什么的都能逆水而行，何况玄场散发出来的‘念’。”说完他招呼上官绯收拾家伙往东走。

我一边爬上车，一边问司一介：“这方老板的墓地不是让在新平选吗？东面直到龙泉山虽然也算是广汉境内，但都快到连山镇了，和新平隔了八帽子远了。”

“选墓地不是多大个事，再说了，就算是他非要把墓搁在新平，我们想法子给他多埋几块玄脉石，凑合凑合也算一玄场，大不了让他多出点血本。”

“唉，可这方老板都成鬼魂了，这血本还不知道要不要得回呢！”

快到连山镇时，一路上渐渐开始出现缓坡了，远远地也已经能看到龙泉山脉在云端若隐若现。

"中午在连山镇歇一脚？"我问司一介。

他摆了摆手，说："镇上的人多，与外界接触也多，消息杂。我们到山脚下找家农家吃饭，顺道打听点山里的消息，这玄场周围，总有奇事，先听听消息再探路子，光是拿石头测不是办法，也耗不起。"

"那还得从头找线索，看来你那花大价钱的情报也不靠谱啊。"我笑了笑。

"没那情报，你能想到鸭子河下游的龙泉山吗？"司一介撇了撇嘴。

车出了连山镇，就已经走在山路上了，绕了一阵，周围都是山间林木，没有了田地。

"那边有一大片枇杷林，这一带虽然没有田地，但盛产水果，有果园的地方就有农家。"司一介指了指远处的枇杷林，沿着山路往里面开。

"这季节吃枇杷早了点吧。"唐三七从后座伸出个圆滚滚的脑袋问道。

我一巴掌把他拍了回去："吃吃吃，就知道吃，司一介是说有果园就有人家，你倒好，有果园就有果肉，人参果你吃不吃？"

"你给老子弄来老子就吃。"

"嘿，你现在翅膀硬了，会顶嘴了是吧？"

说话间，林子便到了，司一介下了车，走进林子旁的平房小院，喊了声："有人没？来客了。"

一个秃顶的中年男人出门来迎，笑嘻嘻的。

"几位客先进屋嘛，不好意思，这旅游淡季，进山的人少，果子也没熟，只有简单吃点农家菜了，我这就生火去给几位弄些好菜。"听这口气，这是一家做游客生意的农家店，在当地叫农家乐。城里人一到节假日就开车出来踏青，顺便吃吃农家菜，晒晒太阳，打打麻将，特别是桃子、枇杷什么的成熟的季节，人还不少。

我们几个自然不是来旅游的，没闲心逛，直接进屋坐了。

"几位吃点啥，来条鸭子河的河鱼嘛，新鲜得很。"

"这年头还有啥子野生河鱼哦，都是养殖的，不过没事，你看着弄，味道做巴适点。"司一介操着不正宗的四川话和店家说着。

"要得！"店家扭身就进了后厨。

等了两袋烟的工夫，店家端了菜上来，唐三七舔了舔嘴唇，一点不客气地先动筷子了。

“来二两梅子酒不？味道正宗，喝了不上头。”店家依旧一副笑脸。

司一介摆了摆手，估计他现在对“不上头”几个字很敏感。

“老板你坐，我问你点事儿。”他招呼店家坐下。店家也不推辞，拿手在围裙上抹了抹，在司一介旁边坐下，笑着问：“这位哥，有啥吩咐？”

“你是本地人？”

“光钩子跑大的本地人，娃儿出去读书后，就我和婆娘两个经营这片果园，你晓得，现在念书贵得很。”

司一介点了点头：“我们几个是作家协会的，出来采风，想听点本地的奇闻异事，越奇怪的越好。你本地长大的，肯定这些事听得多咯？”听司一介这么说，我差点没把汤喷出来，还作家协会，我们几个大老粗，除了上官绯看起来像文化人，哪个像动笔杆子的。

“哦哟，还是作家啊，幸会幸会。”店家好像也没啥眼力见儿，还当了真，“你问我算问对人了，这十里八乡的大小事，我最爱打听，要我说，还真有件事儿有意思得很，我给你摆一摆，反正闲着也是闲着。”看不出，这五大三粗的汉子，还爱打听八卦。

“老哥你说，我最爱听有意思的事，说说看。”司一介搁下筷子，掏了根烟，给店家点上。

“我们村儿有个老头，一辈子在山里头种果树，没出过山，快五十的时候娶了个寡妇，后来寡妇没生娃，说老头子有问题，那方面不行，没几年就跟人跑了，这老头办果园攒的几年钱也遭洗白了。老头气不过，大病一场，后来赤脚郎中给他医好了，但落下个残疾，眼睛瞎了。这下果树也种不了了，老头就把果园租给别人，自己成天不出门，一个人住，也不知道在家里倒腾些啥。有一年下暴雨，山上多处塌方，泥石流淹了好多果园和农房，这一片的好些个村子死了不少人。但我们村没死人，为啥？说起来也神，那老瞎子在落暴雨那天，挨家挨户地敲门，说今天晚上都到平顶坡去，省城的戏台班子要来唱戏。大伙儿半信半疑跟他到了坡顶，一个人影都没有，脾气暴的抄起看戏带的板凳就要砸人。老瞎子也不躲，挺直了腰杆站住，说了句，‘你们现在要打我，等一哈，你们就要跪下来谢我。’话音刚落，哦哟，就在这时，瞬间电闪雷鸣，倾盆大雨跟着就下来了，一群人赶紧躲到瓜棚里避雨，再后来，就眼睁睁看到对面半座山往下垮，村子一大半几秒钟就淹没了。当时所有人都傻了，好几个信道教的村民当场就给老瞎子跪下了。”

“这么神？这老瞎子病好了后成仙儿了？”我一边吐鱼刺一边问店家。

“我也不信这些啊，但事情就是这么神，而且也不是我编的，不信你问这周围的本地人，几乎都晓得。”店家把手里烟上的半截烟灰抖掉，继续说，“不过这事儿还不算完，后面更神。那老瞎子后来就被村民捧上了天，成天在家里打坐念经，神神道道的。村民也经常找他算命，十有八九都算得准。这一传十，十传百，老瞎子就成了个瞎半仙儿。再后来，老瞎子越来越神神道道的了，有时候癫起来手舞足蹈的，和人都无法正常交流了。找他算命他也胡言乱语，逢人就说，玉帝派天兵来咯，三眼的是二郎神，六臂的是李家三太子，雷公电母太乙真人把天宫搬来了，黑压压的半边天都盖住了，三味真火把铁架子烧红咯，地上的铁马儿翻了，九九八十一层的铁塔也倒了，阎罗王出来收账咯。”

“这老瞎子讲的是个啥？什么天兵天将的？”我有点摸不着头脑。

“一开始哪个晓得他讲的是啥嘛，这神神道道的话，村子里没一个晓得讲的是啥。那时候闭塞，老死都没出过山的大有人在，听他说话就像听天书，开始大家还怕他又在道啥子天机，但年把年过去了，也没发生啥子灾难，久而久之，大家就当笑话听了。”

司一介听到这里，表情严肃起来了，他按了按太阳穴，说道：“这老头讲的可能是他也不懂的东西，比如说，这铁马儿，以前的人叫汽车就叫铁马儿，还有八十一层的铁塔，有可能是大城市的高楼大厦。”

“还是哥你有学问，没错，村子里有些出过门的人，好像听出了啥子门道，就把老头说的话记录了下来，也听老头说了很多细节，比如铁马儿啥样儿啊，天上的玉帝坐的铁轿子啥模样啊，水里的和铁柱子上滚的东西都啥样啊。根据他们在外面的所见所闻，一一对照，发现老头说的很多东西的样子，和当时的飞机、轮船、火车一模一样，这老头一辈子没出过山，他是咋知道的？老头说是太上老君给他托梦，都是他梦里见的。”

“也可能是老瞎子听外面回来的人讲过嘛，而且现在电视广播这么普及，难保他没看过。”

“小兄弟，这你就不知道了，也怪我开始没说清楚，这老头的事儿，可不是这几年的事儿，那是解放前了，我爷爷还是光屁股小孩儿的时候听来的事了，别说电视广播，就是画片儿、小人书都没有。”

店家这么一说，我们几个都瞪圆了眼，司一介又皱起了眉头。

店家咽了口唾沫，继续说道：“按理说，这么久远的事，传到后头，该是大部分人都忘了。可就像小哥你说的九九八十一层的铁塔，当时就算是去过省城的人都从没见过，别说省城了，估计那个年代，国外都没这么高的大楼。而这些，也是到了我们这一代才见过，又想起老瞎子说的这些东西，所以这故事才传了那么久。你说神不神？”

这个故事听得我毛骨悚然，虽说司一介之前给我打过预防针，说玄场附近必有怪事，没想到，这怪事还是有点超出我的想象。我看了眼司一介，想听他怎么说。

“老瞎子死后是埋这附近吗？”司一介问道。

“是这附近，还建了庙子，十里八村的人偶尔还有人去拜。”

“好。”司一介拍了下桌子，“我们也去拜拜这位老神仙，沾沾仙气儿。”

吃完饭，我们几个便按店家说的方向，朝庙子赶去。

路上我问司一介：“这老神仙真有店家吹的那么神？”

司一介撇了撇嘴，说道：“不好说，有可能是扯淡的，有可能是玄场搞的鬼，这个现在还不知道。不过呢，这龙泉山一带，山洞本来就多，自古就有穿山金主在周围活动，值得好好探探。”

“穿山金主？”我听司一介这么一说，问道，“小叔，你说的这穿山金主是怎么一回事？”

司一介转头朝上官绯努了努嘴：“你问他，这些个历史渊源的，他最懂。”

我立马把头转向后面，感兴趣地看着上官绯，他笑了笑，点了点头。

“既然无量兄弟问起，我也就简单说说咱这探脉人的历史。咱这行当自古就有，古代江湖上给干这行的人起了个名儿，就叫穿山金主，干的自然就是走龙探洞、穿山入穴的活计。这些个穿山金主淘的值钱宝贝，有些是洞穴里生长的奇珍异草或者矿脉里值钱的玉石金砂，但更吸引人的却是那些地下工事、古代遗迹里埋藏的军资御器、暗财隐宝等值钱货了。相传宋代有十殿阎罗一职，专门探寻地下深渊，寻找奇珍异石。再后来，朝代更迭，但这十殿阎罗的手艺却渐渐在世上流传开来，穿山金主们吸收这些技艺，技术也越发精湛起来，很多祖上便是十殿阎罗的家族，更是成立门派，成了金主大户，探脉淘金的行当也达到了空前繁荣之期。用当时江湖上盛传的话来说，便是‘东海南山，难比淘金穿山，朱门名户，不及金主大户’。意思是说，福如东海、寿比南山都是空话套话，不如穿山淘金来得实在，官老爷的财富，还赶不上金主大户人家。”

听上官绯这么一说，我眼睛一亮，问道：“那咱干了这行当，岂不是荣华富贵，享用不尽了？”

司一介又给了我后脑勺一巴掌，说：“老子之前告诉你的事儿，你扭头就忘。”

我摸了摸脑袋，白了他一眼：“开个玩笑，你认真个啥。”既而转头又对上官绯说，“上官哥，你接着说。”

“嗯，我刚才说的是古代穿山这行当繁荣的时候，不过后来，这活计做的人多了，也就越来越乱，四行八道三十六路的，各种各样都有。再者，人多了粥自然少了，那些个浅洞凡穴，几代几朝了，早给人掏了个遍，而深渊地穴，因为以前科技不发达，能去的人少，况且隐秘的地下工事一来难以被发现，再来机关重重，危机四伏，能穿的金主自然也不多。发展到如今，科学发达了，很多事讲究效率与价值，穿山这个行当也一样，有用的留下，没用的淘汰，久而久之，有一脉穿山金主深谙其中的玄秘，慢慢传了下来，这一路的人，就是现在所称的探脉人。”

“原来如此，看来我们这些探脉人，还是高科技人才的后辈，算是另辟蹊径了？”

“也不能这么说，毕竟这玄场的科学理论一直没建立起来，就算是探脉人，也大都是在做应用科学，也就是知道怎么用，但什么原理还没搞明白。而还有一些老派的穿山金主，虽然不做理论研究，但同样会用自古传下来的技巧，也是不差的。”

说话间，车子到了一路口，路边有一徒步的山道，道口立着一石桩，上面写着

“青衣观”三个字。

我们一行人把车停在路旁的空地上，下了车来。

“青衣观，好像是到了，那老板说有一道观的牌子，徒步上去不远便是。”上官绯指了指山路。

司一介看着这牌子，按了按太阳穴，嘴里嘟囔了一句：“青衣……”说完他摇了摇头，指挥唐三七把背包拿下来，“都带上装备，指不定这道观庙子有什么玄机。”

四人带上装备，开始徒步往山上走。

没走多久，一处道观便从林子后面探出头来。道观不大，两层屋檐的顶盖略显出几分气势。道观门口放着香炉，香火虽少，但都还续着，观门上匾额已经落了漆，上书“青衣观”三个大字。两侧的柱子上有一对楹联：“天雨大不润无根草，道法宽要度有心人”。

进了道观里来，只见立有一神像，着道衣，持朝简，端坐祭台。

唐三七见了神像，搁下背包就拜了起来，嘴里还念念叨叨。司一介白了他一眼，继续四下打探。

“你们不拜？”唐三七拜完爬起来问。

我甩给他一个鄙视的眼神：“你一个和尚，拜道家神像是啥意思？”

“哎，管他是神是佛，有用就行。”说完唐三七提起背包，笑了笑。

我摇了摇头，不再理他，跟着司一介走。

司一介绕到屋子后面看了一眼，掏出四轴石测了测，随即朝我们招了招手：“往这边走，这后面大有乾坤。”

我们赶过去一看，道观后面还有后院，后院再往后，是一条曲折的山道。

“这是啥意思？”我看了眼司一介。

“门口的东西都是摆设，这老神仙要修炼，怎么也得在后山嘛，从四轴石测的情况看，这后面玄场不弱。走，看看去，说不定有啥意外收获。”

沿着山道越往上爬就越陡，路也越来越难走，直到脚肚子都有点酸了，这才看到一个洞，两人宽窄，洞壁上刻着“青乌洞”三个字。

进得洞来，司一介扭开手电，四下看了看，洞不算大，但有石几石凳、干草火炉，还有一些废弃的器具。看来是曾经有人在此待过。

“这是什么？”唐三七指了指一处石壁，问道。

我们几个走过去一看，一面被凿得较为平整的石壁上，有一团略带黑色的印记。

“这有啥奇怪？”我歪着头看了看。

“不是，你们别靠太近，退回来点，虚着眼看。”唐三七招了招手。

我按他说的方式，往后退了几步，虚着眼一看，差点没吓一跳。这浅黑色的印记，竟然是个人的模样。

“壁中人像？”司一介皱了皱眉。

这人像姿势仿佛和刚才道观里见到的神像一样，端坐在地上，就像神像的剪影一样。

我又凑近看了看，这印记并非用油墨涂抹而上，怪怪的，怎么说呢？就像和这石壁融为一体了，黑色的岩粒穿插在普通的岩粒中，仅仅是有些地方黑色岩粒多一些，显得颜色深一点，细看就是普通的岩石，但退后整体一起看，却又是一幅人像。

司一介拿手叩了叩四周的岩壁，说道：“这石壁并非加工后运到这里的，而是和整个洞穴连成一体，是洞穴的一部分。有点意思，这样图案的岩壁，虽说大自然鬼斧神工，有可能天然形成，但这图案和道观供奉的老神仙一模一样，也太巧了。”

“会不会正因为这里有一处神奇的画像，老瞎子才在这里修仙，后来老瞎子死后，人们再在此处建道观？这样一来，也算说得通。”我提出一个假设。

司一介一边拿出四轴石来测玄场，一边回答道：“有可能吧，但就算如此，有这样的岩壁，也算奇事。”

然后他摆弄了一下四轴石，敲了敲石壁，指了指，说道，“这后面，玄场力很强。”

唐三七赶紧卸下背包，兴奋地说：“开工？把这岩壁凿开？”

司一介摆了摆手：“这岩壁看上去很结实，估计凭我们几个人工凿壁，干几天都不一定能行，得找别的口子。”

话音未落，只听砰的一声巨响，一些碎石从洞口方向飞扬而入，洞里顿时尘土四起，让人看不见东西。

“塌方了？”唐三七赶紧趴在地上，然后拿手电朝洞口照去。

只见刚才狭小的洞口，此刻已经被一块巨石堵住，看来刚才的巨响，是巨石落下的声音。

“没这么背吧，洞口堵了？”趁尘土渐渐落下来，唐三七赶紧冲到洞口看了看，“不是吧，这么大块石头，哪儿落下来的？”

司一介捶了一下石壁，咬了咬牙，说道：“我们着了道了。”

“什么意思？”我扭头看着司一介。

“那店老板不是个善类，引我们进洞，是要瓮中捉鳖啊。”

“我们几个也不像有钱人，再说，他要害我们，干吗不在店里下手？”我问司一介。

“店里毕竟是敞亮地儿，总有往来的人，不好下手。再者，他把我们困在此处，可以伪装成山体滑落造成的意外事故，心够阴险啊。”司一介皱了皱眉，“估计这货也是道上的人，看上的不是我们的钱财，而是我们背包里的那块石头。”

“玄脉石？”

司一介点了点头。

“他咋知道的？”

“同行对同行，闭着眼都能闻出味儿来，就算他不知道我们身上有玄脉石，但探脉人的工具也值不少钱。”

司一介说得没错，光我们背包里这些探脉人的器物，等于我们都是背着几十万现金在外面跑。

“那现在咋整？”我问他。

司一介没说话，埋着头思索起来。

“我说你们也别急。”唐三七扭头走了过来，“你们想想，那个秃子，他毕竟要的是我们手上的东西，这洞口封成这样，他也进不来，他敢这样做，那这洞里必是有玄机。他定是要从机关暗道里进来，摸了东西再神不知鬼不觉地出去，留我们一堆尸骨，到头来巡山的开了山石，发现一群饿死的倒霉鬼，这才不会把嫌疑归到他身上去。”

司一介拍了一下唐三七的脑袋：“你小子有时候还真有点脑子。和尚说得没错，咱先四下寻一下，看看这洞里是不是另有乾坤。”说完大伙都点了点头，四下找起出路来。

上官绯一边摸着岩壁，一边冲司一介说道：“一介兄，刚才我想了想，这‘青衣观’几个字，恐怕没那么简单。”

“此话怎讲？”

“你看，要光说这青衣，倒也好解释，风水先生嘛，古代也叫青衣道士，但要是往深了联想……”

司一介没有回头，接着上官绯的话说道：“那就可能是青衣判官了。”

“对。”上官绯点了点头。

“这青衣判官又是什么鬼？”我扭过头来问他们。

“也是探脉人的一类，之前我对你说过，这探脉人也分文脉和武脉，文脉负责看脉找脉，比如上官绯，而我是武脉。往古了说，宋代有十殿阎罗，其实算起来，就是武脉人的老祖宗，而十殿阎罗往往还有个副手，负责看脉找脉，这便是青衣判官，是从风水先生一路传下来的，算是文脉人的老祖宗。”

上官绯接着他的话说道：“这洞叫青乌洞，说明老瞎子接的乃是风水名家青乌子的衣钵，修炼的是风水先生那一套，他应该不是穿山金主。但他死后也许留了传人，建了青衣观来供奉他。而这些传人中间，有人半路改了道，干上了穿山金主的活计，既然那店老板看得懂我们的职业，自然也是道上的人。他很可能是老瞎子的传人，只是后来入了穿山的道，应该算个青衣判官，用我们的话来说，就是文脉人。”

“既然是文脉人，从身手上来说自然是泛泛之辈，但论起伎俩来，却可能是招招致命，而且，有些东西我们能想到，他自然不会想不到，所以我们更要万分小心。”司一介提醒道。

“嘿，看这边，这儿有水源。”唐三七在另一头吼了一声。我们赶紧跟了过去。

司一介蹲下看了看：“是泉眼，说明这背后有水脉。”

“能凿开？”上官绯问了问。

“至少比石壁好弄，试试看。”说完司一介招呼大伙开始干。

我们几个提着铲子干活，上官绯却不动手，他走到刚才发现的人像前，仔细研究起来。

“这上官绯干吗不来凿洞？”唐三七提了一句。

“你懂啥，人家是文脉人，也就是行军打仗的军师，你见过军师提刀跨马上战场的吗？”我白了他一眼。

“赶紧弄，少废话。”比起我们俩，司一介动作熟练多了，先是用凿子开了孔，然后用铲子将大块的松动石块掀开，刚才只是小股的泉眼，一下冲出来一条水柱。

“这应该是条暗沟，在洞壁处破一个洞，顺着暗沟往水流出的方向挖，这沟有可能是往外钻的，运气好能通到外面去。”

就这样，挖了半个小时左右，我腰都酸了。我们顺着暗沟探进去了两三米，但沟很深，见不到头。

“小叔，我们把水都引到洞里来了，要是挖不出去，这洞里可就要淹了。虽说水能顺着石洞口流出去，但地都湿了，要是今晚被迫在这儿过夜，我可不想睡水塘里啊。”

“你能不能别这么娇气，别说在水坑里过夜了，老子死人堆里都睡过觉，怕什么！”司一介说完指了指，“照眼前这情况，这虽然有暗沟，但恐怕很难挖穿，如果那歹人要从这里进来，也不现实，看来此路不通。”

“等下！”上官绯在石壁那边喊了一声，“你们弄点水过来，泼在这石壁上。”

唐三七听他这么一喊，停下手里的铲子，朝司一介看了一眼，司一介点了点头，示意他照办。

唐三七拿出铝饭盒，接了一盒子泉水走过去，上官绯指了指壁上的人像，点了点头，唐三七便朝人像泼了上去。

这石壁一遇水，颜色立马变深了，这倒也正常，但转眼一看人像，我吓得差点没坐到地上。

这人像竟然像活人似的，睁开了眼。这还不算完，那人像眼眶渐渐泛起血红色，而且，有血红色的水从眼眶里渗出，顺着石壁流下，看上去像人像流出了血泪一般，让人心里瘆得慌。

第四章
三眼族

司一介伸手摸了一把这血水，拿手指搓了搓，然后用鼻子嗅了一下。

“是赤血蚁！这不是血，是赤血蚁的蚁膏！这里面是赤血蚁的巢穴！”司一介话还没落声，一瞬间，密密麻麻的虫子从人像的眼眶里一涌而出，像布满皮肤的血管一样沿着人影爬出石壁。而且这虫子爬得很快，到了地面便直冲冲地往我们脚上窜。

“拿水冲！别让这东西爬到皮肤上！”司一介朝我们喊，并转身跑到泉眼处，接了水便往地上泼。我听他这么说，不敢耽搁，赶紧跑到泉眼处拿水冲脚上的虫子。

“哎哟，咬我手上了！”唐三七一边拍，一边跺脚。司一介赶紧拿水把他裤子上的虫子冲掉，唐三七扭头就往泉水边跑，想拿水去冲手上的虫子。

“别冲水！被咬了别冲水！”司一介朝他喊了一声，“摁死就行了，千万别沾水，这要是沾了水，十天半月都消不了肿。”

唐三七被他这么一喝，愣住了没敢动。

“发什么呆，一只两只不怕，赶紧把背包里的软管拿出来，接上泉眼，往巢穴里冲。”司一介一边拿铲子往地上铲土，把涌过来的蚁群盖住，一边朝唐三七喊道。

“这狗东西，欺负到你爷爷头上来了。”唐三七也来了劲儿，赶紧扯了皮管，一头堵住泉眼，拿土塞实，一头提起就朝石壁上的人像眼睛冲去。

蚁穴被灌了水，涌出来的赤血蚁就更多了，但这一批就不像刚才那么气势汹汹了，基本是逃命的样子，四处乱爬，散开了来。

“这玩意儿凶得很，平时吃洞里的山鼠、蝙蝠，肚子里都是血水。虽然一两只成不了气候，但是它们闻到了人血的味道，就会倾巢而出，要是被这一群给钻鼻子里去了，分分钟啃掉你脑子。”司一介啐了一口。听他这么一说，我不禁打了个寒战。

水冲得差不多了，司一介拿起猎刀，噌噌几下开始掘人像的眼睛。这石壁竟然没有想象中那么坚硬，也许是浸了水，而且里面已经被赤血蚁掏空了。顺着人像眼眶的位置，他很快便凿出一个坑。

“兴许这人像不是岩石里的，可能是赤血蚁蛀了石壁，里面的岩石浸了血水，透出来的。”上官绯一边抖落脚上的蚂蚁，一边朝石壁看了看，说道。

“管他是怎么来的，既然人像这块能凿开，咱就在此处下功夫，兴许一会儿就能挖通了呢。”唐三七说完也提起铲子，噌噌噌地朝石壁凿起来。

没一会儿，人像这块便凿开了一个大洞。但还没容我们乐观一阵，眼前的场景又让人惊出一身冷汗。

这人像里面确确实实是被赤血蚁掏空了，到处是洞、是缝，只是当这巢穴里面的构造完完全全展现在我们面前时，大伙儿都吓了一跳。

这简直就像是一副人的枯骨。

而且蚁穴留下的血痕，就像枯骨的血肉一般，猩红的颜色让人瘆得慌。

看着这场景，司一介皱了皱眉头：“见了鬼了，本以为这人像是石壁上天然的纹理，没想到里面却不只是表层那么一点，这整个就是一具镶嵌在岩石里的枯骨，而且这枯骨还是虫子造的，太神奇了。”

上官绯看着这景象，摇了摇头，他用右手食指托着下巴，另一手扶着肘，凑近就着灯光看了看。

“一介兄，可能我们都说错了……”

我们几个同时把头转向他，他咬了咬嘴唇，说道：“这可能还真是一具尸骨。”

一句话差点没把我和唐三七吓尿。这洞穴本来就黑灯瞎火的，密闭得很严实，现在居然还有一具尸骨。

这尸骨的姿势和之前道观里的神像一模一样，着道衣，眼睛直视着前方。

“但这骨头确实已经石化了啊，不像是人骨，而是实实在在的石头。”司一介摸了摸巢穴里的尸骨。

“理论上来说，恐龙化石虽然是石头，但也是石化了的骨头。”唐三七扶了一把眼镜，说道。

司一介拍了下他的脑袋：“老子不信这老瞎子的骨头在这儿埋了上亿年！”

上官绯摆了摆手：“先不讨论这个，看看这个是什么。”他指了指尸骨的手。

大伙凑拢了一看，那腕骨上竟然套着一个玉环。

司一介伸手把那段腕骨掰开，把玉环取了下来，拿手里掂量了一下，然后递给上官绯。

上官绯拿灯照着看了看，说道：“是个手镯，这更说明了这尸骨化石绝对不是天然形成的。”

“等等，这玉镯子里面好像是空的，里面……好像还有东西在动？”唐三七拿起镯子，放在手电上面，透过光线，发现镯子里竟然真有一个影子在蠕动。

“不会是……什么尸虫吧……”我有点心虚。

“别动，这东西可值钱了，拿个塑料饭盒来。”司一介让唐三七从背包里掏出个盒子，把镯子放了进去，然后在盒子盖上用刀戳了一个孔。

“这是赤血蚁的蚁后，本来就少见，加上这一只还是食玉而生的，就更值钱了。”

我露出一副恶心的表情，问：“谁会买这种东西？”

“有钱人的想法谁揣摩得透，能卖得出去，你管他谁买。”

“那现在怎么弄，把这尸骨碎了继续往下挖？”

司一介点了点头：“咱们不是考古的，自身都难保，管他什么化石还是石头，挖，接着挖，先逃命再说。”

“等下，一介兄，把你那玄脉石拿出来。”上官绯提醒司一介。

司一介听他这么一说，拍了拍脑袋：“哦，对，和尚，把玄脉石给我。”

唐三七一边掏背包，一边问：“为啥要用到这个？怎么用？”

“你小子脑子转得不慢，你自己想想，这继续挖下去，有些什么可能。”

唐三七眼珠子转了几圈，点了点头，说：“这后面就两种可能，要么尸骨挖透了，背后还是岩壁，那就傻眼了；要么嘛，尸骨背后就是个洞，或者就是土和碎石，那直接挖下去，很快就能通出去了。”

“对了，所以在这尸骨没挖开之前，是不是两种可能都存在呢？”

“没错，在没挖开前都有可能，但一旦挖开，是岩壁就不可能再变成通道了。所以要用到玄脉石，增加一点未发生的事的概率。”

“算你小子领悟快。”说完司一介看了我一眼，我撇了撇嘴，表示这一层我也想得到。

司一介把玄脉石握在手里，让我们接着挖。

“心里往好的地方想，后面就是出路。”

“哼，等下出去老子要把那秃头的脑袋埋猪粪坑里！”唐三七说完挽起袖子卖命地挖起来。

这尸骨被凿开后，果不其然，还有一层软土，再往后，便开了一个口子，口子里真的就透出光来了。

“嘿！成了！有光！”唐三七兴奋地喊道。

一看到希望，几个人更来了劲儿，三下五除二，掏了一个半米来宽的洞，唐三七第一个钻了过去。

但他居然没高呼庆祝，我们有点奇怪，赶紧也钻了进去。

里面竟然又是一处深洞，洞顶有口，光线是从上面透下来的，只是这洞壁陡峭，目测有二十来米高。洞内比刚才宽广，还有一个地洞水池，有十来米宽，池边长有草木。若不是身处绝境，这洞内风光确实值得人欣赏。

“忙活半天，从一个小洞进了一个大洞。”唐三七挠了挠头，“刚才是谁注意力没集中，意识不够强啊？”

司一介摆了摆手：“也不能这么说，本来只是增加了概率，又不是百分之百，到了这里，大不了我们沿着洞壁爬出去，也不是不行。”

我望了望这陡壁，心里有些犯怵。司一介自然不必说，背包里也有登山的装备，但我们几个，包括上官绯，恐怕有点为难。

“要不小叔你先出去，到了上边放绳子下来，再拉我们几个？”唐三七问司一介。

“万不得已时可以，咱背包里干粮睡袋啥的也有，这里我看通风也好，就算耗个一两天问题也不大，不如先探探。”上官绯转头问司一介，“之前你说这石壁后面玄场力强，现在给测测，我们循着玄场找找，来都来了，不差这一趟。”

司一介点了点头，绕着洞穴测起来，完了他指了指水池。

“下面。”

“下面？”我睁大了眼看着他，他点了点头。

我们几个走到池水边探头一看，水竟然清澈见底，而且能清晰地看到，几米深的水池中竟密密麻麻堆满了石碑。

“这水池堆这么多石碑干吗？”我看了一眼司一介。

“你再仔细瞧瞧。”司一介指了指池底。

我皱着眉头仔细一看，乖乖，这哪是石碑啊，竟然是一块块镶嵌了人骨的石头。每一块石头就像一个人体的截面一样，将人骨剖成断面，层层叠叠地堆在池子底下，看得人头皮发麻。

“这是乱坟岗吗？！”我不禁吼了一声。

“还真没见过这种乱葬的方式。”上官绯摇了摇头，“人骨化石的切片……这里到底是什么鬼地方，哪儿来的这些人骨化石？而且还切成方方正正的形状，堆在池子底下。”

“你见多识广都猜不到，我们几个就更是瞎子摸黑了。”司一介撇了撇嘴，“但玄场的确在这下面，这水脉应该是与鸭子河相通的，玄场的‘念’，也是从这水脉发散出去的。”

“要不弄一块上来仔细瞧瞧？”唐三七翻了绳子和钩爪出来问司一介。司一介点了点头，随即把两个钩爪分别系上绳，扔进水里，往其中一块石头垂直探下去，然后仔细钩住其中一块石板的两端，几人一起帮忙，沿着池壁把石板慢慢拖了上来。

这石板一米见方，厚度有个两三寸，就像一块尸骨的浮雕一样，上面的人蜷缩着身子，头朝上仰着，双手捂着脖子，好像死的时候极其痛苦。

上官绯蹲在地上，认真地看着，不时用手抹去上面的水苔。

“能看出点什么眉目？”我问上官绯。

“你们看看这个……”他指了指这尸骨的额头，“这里。”

唐三七扶了把眼镜：“这……这人额头上好像有一个孔……”

“额头开孔？”我琢磨了一下，问道，“难不成，这人死前被人开了天眼，凿穿了脑门？”

“不像，你们摸摸，这孔的边缘整齐规整，并且往里有骨头的翻边，你们再摸摸这人的眼眶，感觉出来了没？是一样的构造。”

唐三七壮着胆子摸了摸，然后下意识地缩回了手：“这是真的眼眶啊！”

“三眼族？”我小声嘀咕了句。

“不知道，总之很奇怪……”上官绯看了眼司一介。

司一介皱着眉头看了看，按了按太阳穴，说道：“看来是来对地方了。”

“什么意思？”我问他。

“什么意思嘛……三星堆、古蜀国啊！”司一介脸上露出一丝难得的笑容。

听司一介这么一说，我脑子里立马浮现出三星堆那些神秘的三眼头像来。

“这么说，三星堆的古蜀国人都是三眼族？”我冒了一句。

司一介拍了一下我的脑袋：“胡扯，你小子平时不学无术，别在这儿丢人现眼了。”

上官绯扑哧一笑，他摆了摆手，说道：“无量兄弟，古蜀国的历史早就有研究证明了，没那么玄，也就是几千年前的一个古文明方国，科技水平虽然在同时期来看是挺高的，但也仅限于铸造青铜器的水平。古蜀国人的相貌特征是国字脸，翘凤眼，就是眼角上翘的那种，虽然出土了一些三眼铜像和面具，但应该只是对先知的崇拜，不至于真的生出三只眼来。”

“但这人骨明显是有三只眼啊。”我辩驳了一下。

司一介皱了皱眉，蹲下看着石板：“古蜀国人的确存在崇拜三眼的文化，这之间肯定是有某种联系……”

“一介兄，说点实在的，你之前一直追寻的线索到底是啥？”上官绯表情略严肃地问道，“而且你决定来这里，不单单是给方老板寻墓地这么简单吧？”

“都是自己人，就不瞒你们了，我到这里，就是要寻找古蜀国留下的秘密，这个古代方国绝非我们在明面儿上看到的这么简单。”

“你不会只是单纯地对考古有兴趣吧？”上官绯追问道。

“为什么要折腾这些劳什子事儿，我一时半会儿也抖不干净，每个人做事都有自己的理由，我只能说我的目的就是探索这个古蜀国文明背后的秘密。”说完司一介埋头看着石板，不再作声。上官绯点了点头，也不再追问下去。

“咱能不能先不扯这些，下一步怎么办？”我赶紧过来打圆场。

上官绯又看了看池底，说道：“这化石堆下面，应该是盖了什么东西……而且这尸骨切片的形式嘛，倒让我想起一些东西。”

“说说看。”司一介摸了根烟出来点上，给唐三七也甩了一根。

“据说殷商时期，活人祭祀盛行，这本不算奇怪，原始社会末期，人葬活祭非常普遍。但有意思的是，有一次，山东出土了一个商代方国大墓，发现活祭人牲四十多口。更奇特的是，在那殉葬坑十来米长的坑洞内，人体和土石压成一块，但每隔一米左右，皆有断层缝隙，缝隙之间有薄薄一层细沙。虽然年代久远，一层层的土均已压实，但这每一层的人骨都是被切断的。你们想想看，像不像这被切片的人骨化石堆。”

“你的意思是……”司一介吐了一口烟，“这池子里的人骨化石是祭祀留下的？”

“我觉得像，因为传说商代人曾经认为，人的灵魂存在于骨与肉之间，只有一片片切开了肉体，才能完完整整将灵魂献祭给神灵。况且，你们看这洞穴的构造，上接天灵，下存灵脉，整个充满了灵气，还能从天洞上引来上天的旨意，这结构就是所谓的‘天光明堂’。当然，这古蜀国人祭祀是不是也讲究这一套，是不是也和商代人一样信奉将人体切片才能方便神灵食用，我就不晓得了。”上官绯笑了笑，耸了耸肩。

“我说这老瞎子怎么要在这附近修炼呢，原来这里是古蜀国祭祀的风水宝地啊。”唐三七撇了撇嘴，“那先不说这探索古文明的宏伟愿景，咱说说给那鬼老板找墓地的事，干脆，咱把这宝地指给他算了。万年玄场之上，四千年古文明的风水灵台，绝了，让他多出点票子。”

“回头再说，是不是古蜀国的祭祀地儿还没弄清楚呢，先想法子下到池子底下，看看这里面到底是什么，也许能找到这人骨化石的来历，搞清楚老子想弄明白的事儿。”说完司一介便开始脱衣服准备下水。他简单活动了一下，便一个猛子扎了进去。

“你说这武脉人毕竟是武脉人，上山下水，一点也不含糊啊。”唐三七咂了咂嘴。

池子水清，我们从上面可以清楚地看到司一介的行动，也算是给他做个照应，要是有啥突发情况，也好及时下去支援。

上官绯还蹲在那块化石前认真地看着，时不时拿出手机拍几张照片。

“可惜这里没信号，不然可以上网查查资料。”上官绯自言自语道，“这骨头怎么看都像是化石。太奇怪了，如果是化石的话，再怎么特殊的环境也要上万年才能形成，而古蜀国是几千年前才建立的，感觉这东西不应该是古蜀国的活祭牺牲品。”说完他摇了摇头，“如果能带回去检测一下就更好了。”

“但是上官哥，这东西也不可能存在了上万年吧，刚才我们看到的那个兴许是老瞎子的尸骨，不也石化了吗？而且手上那镯子，就我这外行来看，也就是近代的东西，那老瞎子不也是几十年前的人吗？”我冲上官绯问道。

“无量兄弟，你说得也对，但这石化的尸骨也不是假的，那都对了，这事儿就凑不拢了啊，总有一个问题是我们没想到的。”

我们话还没谈完，只听背后哗啦一声，司一介从水底钻了上来。

“这水冰凉冰凉的，冻死老子了，和尚，赶紧生把火，老子烤烤。”他一边嘴里念叨着，一边扯了背包里的毛巾擦起了水。

“一介兄，怎么样，有什么收获？”上官绯问他。

“看了，好像有个洞，但被化石块堵住了，一个人搞不动。”司一介搓了搓手，对着手呵了口气，然后扭头看了眼唐三七，喊道，“和尚，磨叽啥呢，赶紧的。”

唐三七背对着我们没出声，也没动。司一介皱了皱眉头，本想走过去拍他，但走了两步，也愣住了。

我朝他们眼睛看的方向望去，只见对面山洞涌出一股股的血水，成群的赤血蚁从山洞各处的石壁里涌了出来，像慢慢淌出的岩浆，朝我们滚过来。

“这群虫子报仇来了！”司一介大吼一声，一把把唐三七拉了回来，然后又一把把他推进水池。“你们都愣着干吗？往水里跳啊！”说完他也猛地跳了进去。我和上官绯不敢耽搁，顾不得这么多了，眼睛一闭，一咬牙，也跳了进去。

“别浮在面上，往下潜！”司一介又露出脑袋来吼了一声。他说得没错，那些赤血蚁根本没有停下来的意思，它们将水池团团围住，而且居然用身体搭起了网格一样的漂浮在水上的通路，朝我们靠近。

我大吸一口气，一缩头就钻下了水。在水下睁开眼一看，唐三七正在朝我们招手。我赶紧脚一蹬，朝他潜过去。

唐三七指了指一处池壁，几块化石堵住了一个洞口，他做了一个手势，我赶紧上去帮他。唐三七抱着其中一个石块，我搂着他的腰把脚蹬在池壁上，扬起身子死命地蹬脚。司一介掏出猎刀插进石块的缝隙，用力地压，只听嘣的一声闷响，一块化石被扯了出来，我只感觉脚下一股力扯着我的身子就往洞里钻，水压一下把剩下的几块化石连同我们几个一起扯进了洞。

我整个人被水流冲得已经找不到方向了，在洞里只感觉自己像个球一样被冲得天旋地转，顺着水洞不知道被冲到了哪里，头晕得想吐，感觉脑子都快被甩成糨糊了。

直到轰隆一声巨响，我们被水流冲出洞口，重重地摔在地上。

四周漆黑一片，没有光亮，看来应该还在山洞里。司一介第一个爬起来，扭开了手电，嘴里咒骂了几句，然后打着灯把上官绯拉了起来。

我和唐三七赶紧捂着头爬起来，也扭开手电，朝来时的洞口看了看。洞口只有一米来宽，从里面源源不断地涌来池水，我抬脚走了两步，才发现水已经没到膝盖了。我扭头朝四下照了照，这才发现，这里就是一个大坑，四周都是土墙，而且高得出奇。我举起手电往上照去，黑漆漆的坑顶像黑洞一样把手电的光线吞得一干二净，高不见顶。

“这怎么出得去？”我望了望高耸的土墙，“这地方还不如刚才那地儿呢！”

“完了，背包都没来得及带，这下玩大了，几个人除了胳膊腿儿齐全，啥装备都没。”唐三七也叹了口气。

“别急，这水起来就能浮上去了。”上官绯动了动腿，水已经快没到腰了。

“就怕这池子水填不满这大坑。”唐三七摇了摇头，“这高不见顶的，谁知道上面是啥啊！”

“那也不怕，大不了从这洞潜水回去，那些虫子估摸着也该散了。”司一介突然想起什么，问唐三七，“刚才那装蚁后的盒子呢？”

唐三七摸了摸衣服口袋，掏了盒子出来，递给司一介。

“唉，也怪我，给这虫子妈留了个孔，本想留个活口，没想到这东西从这孔散发了信息出去，搬救兵来了啊。”说完他拿泥土封死了盒子上的小孔，“得了，把口子封住那些东西就不会追过来了，但这蚁后要是憋死了，那也没法子，权当是舍财保命了。”说完司一介愣了一下，他歪了歪脑袋，皱起了眉头。我问了句怎么了，他比了个噤声的手势，然后用手扶了下耳朵。

上官绯看了眼司一介，表情也严肃了起来，但没开腔。

司一介保持这个姿势过了半分钟，他拍了一下石壁，朝我们招了招手，然后指了指水洞，说道：“先沿原路返回，装备啥的都还在背包里。”

“干吗不先顺着水浮上去看看？”我问他。他只是摆了摆手，没有说原因。

既然司一介发话，大伙儿当然得听指挥，几个人就又潜了下去，找到洞口，逆着水流往回游，说是游，其实几乎是逆着水流在爬，那上面池子里的水一直往下灌。刚开始还比较吃力，但越往后水流越小了，再后面人便能抬脚走了，估计那池子里的水也泄得差不多了。

“你们看看这通道……”上官绯指了指脚下，“居然是台阶。”

我们抬头拿手电照了照，确实，刚才顺着水流下去根本没察觉到，再说，刚才人都滚成一个球了，谁注意得到这通道是台阶还是山洞啊。

“感觉这不是天然的水洞，像是人工修建的通向刚才那个地方的通道。”唐三七一边拿袖子擦了擦眼镜上的水，一边说道。

“而且这通道是螺旋状往下的，我估计，刚才的深坑往上，应该就是上面那池子的底部。”上官绯擦了擦脸上的水，接着说道，“所以一介兄刚才说的玄场源头，应该就是在坑顶与这池子底部之间的地方。”

“你的意思是，若要探这源头，还得想办法浮到那坑上面去？”唐三七摆了摆手，“得了吧，咱能不能先逃出去？下次多带点工具来。”

“嘘……”司一介打断了他们的谈话，拿手捂住他们的手电。他扬了扬头，朝前努了努嘴。

前面就是洞口了，我看了眼司一介，他小声地说了句：“有人来了。”

我们几个贴着洞壁，略微朝洞口探了探头，刚好，此处能看到刚才石壁上通向山洞外面的那个高处的洞口。而此刻，从外面向洞口甩进来几根绳子。

几个黑影顺着绳子从洞口慢慢溜了下来，仔细一看，带头的果然是那个店家。

唐三七有点按捺不住，估计他已经想冲出去揍人了。司一介按了一把他的肩膀，没让他动。

来的有三个人，除了秃头的店家老板，身后还跟着一高一矮两个跟班儿。他们下了洞来，看了看周围的情况，只听其中一人说道："老大，没见尸。"

"背包都在，血虫子也散了，他们应该是逃到池子下面去了。"另一个说道。

"引下去了正好，刀疤，你下池子看看。"秃头店家指挥其中一个说。

司一介指了指身后，示意我们往后走。

"这往后不又回去了吗？干脆上去跟他们干仗算了。"唐三七小声地说。

"看来这群人目的不是要我们的财，背包都没翻，就要下来寻我们，估计另有目的。先退回去，看看他们要做什么。"说完司一介推着我们往回走。

走了一段，上官绯停下脚步，说："都往上面看，那儿有个侧洞，我们不如先躲上去，放他们下去，跟在他们后面看看情况，要是有啥危险，我们退出去，用他们进来的绳子逃了便是。"

几个人又赶紧沿着洞壁上了顶，这里面空间不大，但趴着勉强能躲，我大气不敢出，听着那几个人的脚步越来越近。

"老大，你说这次这石门能不能搞开了？"那个叫刀疤的人问道。

"不好说，要看这次这人肉罐头压得如何了。"听这秃头店家说什么人肉罐头，我鸡皮疙瘩一下冒了起来。我看了眼司一介，他面无表情地侧着耳朵继续听着。

"不过这几个人也不是泛泛之辈，能破了老瞎子的局，从青乌洞里钻到这里来。"

"本以为血虫子能把他们给啃了，这下好，反倒让他们摸到下面去了。"

"那省得我们再搬尸了，到下面正好，直接压成罐头，就可以祭了。"

"你说这老瞎子到底留了啥宝贝，还非得血祭才开得了门。"

"先别瞎琢磨这些没用的，开了门再说，你们两个给老子留点心，这几个人不好对付，下去后小心点，见了尸再冒头。”

这几个人说的几句话听得人心发慌，什么血祭，什么搬尸，看来这伙人是铁了心要我们死，而且目的不在钱财，是要拿我们祭祀。

等他们脚步渐渐远了，司一介推了我们一把，我们蹑手蹑脚地下了地。

司一介比了个手势，唐三七点了点头，反身回去上了岸，拿了一个装了装备的背包下来，然后我们几个便小心地往下走，不敢弄出一点声响。

走到漫水处，司一介停下脚步，小声说道：“我先潜进去看看，你们在这儿别动。”

话音未落，只听唰的一声响，突然从水里伸出一只手来，一把扯住了唐三七的脚，还没等唐三七喊出声来，一眨眼，哗啦一声，就把他整个人拉进了水里。司一介反应很快，跟着一个猛子就扑了下去。

水面一阵水花四溅，我回过神来本想转身跑，脚下却一滑，也掉进了水里，一口气没憋住，差点没呛着。我扑腾着头刚探出水面吸了口气，就感觉脚被人一扯，又被拖进了水里。

上官绯一下跳了进来，冲着那抓我的手就是一脚，那人手一松，我赶紧转身就往下潜。上官绯从身后推了我一把，我扭头一看，那刀疤在水底调整了一下姿势，又冲我们游过来。我和上官绯赶紧往下游，顺着通道进了外面的水坑。

居然被这帮人伏击了，我心里一紧张，脚蹬得更卖劲了。

上官绯指了指上面，我立马蹬腿往上浮。

后面那人一直紧追不舍，从下面直往上蹿。我看不见司一介和唐三七，只好拼了命地往上游。游了几米，感觉脚踝又被人一把抓住，刚要被往下拖，我的手被人从上面一下扣住，人就被拽住了。

是司一介，他用力把我一拉，没让我沉下去。但下面那人借着力也冲了上来，一把抓住司一介，两人扭打在一起。司一介哪是普通人，在水下一个翻身，接着拿腿一蹬，正好蹬在那人肚子上。那人被推了上去，估计也有些憋不住气了，便转身向水面游去。

上官绯指了指上面，示意我们逃上去，我快憋不住气了，也赶紧往上游。

刚露了头，就听唐三七在耳朵边上喊了一声：“埋下头！”我愣了一下，然后被他一把按进水里，只听水面传来嘭的一声闷响，震得整个水坑都在晃动。紧接着就听到扑通扑通几声响，头上有东西掉进水里来。

我扑腾着一把抓住了一个东西，浮出水面借着手电光刚瞅了一眼，就吓得立马把这东西甩了出去，居然是人的手臂。低头一看，手电光照到的水面一片血红，鼻子里瞬间冲进来一股难闻的血腥味。

“你差点就真成人肉罐头了！”唐三七钻出水面，指了指头顶。我顺着他的手电光一看，头顶的石壁上斜着支出一根石柱，石柱压在另一侧的石壁上，有个人就这么悬在石柱和石壁的缝隙里，腰部以下泡在水里，而上半身，已经被压了个稀烂……

我差点没吐出来。

司一介从石柱上伸下手来，把我和唐三七拉了上去。我们趴在石柱上大口喘着粗气。

“另外两个人呢？”我问司一介。

“逃上去了。”他指了指坑壁，壁上有些孔洞，估计那两人是沿着坑壁爬了上去。“这秃头心太歹了，估计这石柱也是他们设的，就等着我们从水面露头呢，要不是我们反应快，可真就挂在这儿了。”

“确实奸诈。”上官绯看了看这石柱，“这坑积满水就刚刚没到这里，如果刚才我们不回去，而是浮在此处，必然也是要往上爬的，那就必然要在石壁上摸来摸去找能攀爬的地方，一旦拉中了这机关，也是死路一条。”

听他这么一说，我们确感后怕，若不是司一介说转身回去，听到这几个歹人的对话，这回可真要死得不明不白了。我回想起之前司一介让我们往回走，他先是侧着耳朵听了听，就意识到了危险，真有点神奇，这小叔哪儿来的这本事，难不成还真有顺风耳了？

“现在怎么办？追？”唐三七看了眼司一介。司一介点了点头，说道：“跟上去，看看他们说的血祭到底是什么东西。”

喘了两口气，我们接着往上爬，这一段不长，爬了大概四五米，便出了坑。

刚出了坑，就看到地上一摊血，沿着血迹往前一看，那个矮子就倒在前面。司一介走过去翻过他的身子看了看，说：“断气儿了，脖子被人抹了。”

我左右瞧了瞧，这里两侧还是石壁，但通道再往前，却是一道厚实高大的石门。石门上并无什么特殊的雕刻，只有下半截有一凹陷处，被人泼了一摊血水，血水顺着门淌了一地。

“秃头人呢？”唐三七四下打量了下，“钻进去了？”

“他们刚才不是说过，要血祭才能开得了门吗？”我想起他们刚才的对话，提醒唐三七。

“这老东西下了狠手啊，把自己人也给干了。”唐三七皱了皱眉头，看了看门上那摊血水，“这血水也泼了，血祭也祭了，那他已经开了门钻进去了？”

上官绯走到门前，虚着眼睛沿着门两侧的缝隙看了起来：“这门应该封了不少时间了，不像刚打开过。”

“那这秃头哪儿去了？就这么平白消失了？”唐三七十分不满，这小子暴脾气上来，恨不得杀之而后快，平时口口声声说什么修炼，关键时候这修炼全白费了。

“先别管那秃头了，兴许他杀了人，发现也开不了门，趁我们没注意，躲开我们又逃出去了。”司一介看了看门上的机关，问上官绯，“那这锁解得开吗？都到这儿了，别白来一趟啊！”

“他不是说血祭就能开吗？这矮子都被他给祭了，咋还没弄开？”唐三七看了看门缝，撇了撇嘴。

“血祭……”上官绯自言自语道，“他们既然说是要血祭才能开这个门，那肯定也不是空穴来风，要么是老瞎子传下来的手记记载，要么就是老瞎子留了什么口风。自然是有道理的。”

我们几个都看着上官绯，我们几个里面，关键时候还得他来解这些局。军师嘛，自然要有军师的本事，他都解不开，我们三个难道还能顶过他？

“等等，你们看这个……”上官绯朝我们招了招手，指了指石门，“怪不得他们说这门要血祭才能打开，你们仔细看这石门，上面有一条条交错的纹路，颜色很暗，这纹路的颜色很像……”

“好像是……和刚才老瞎子那块石壁上的人像很像……”唐三七扶了扶眼镜。

“没错！也就是说，这石门其实也不是实心的，里面应该也有一个赤血蚁的巢穴。”上官绯点了点头。

“那不就简单了！”唐三七从背包里取了铲子出来，对着这纹路就往下凿。可两铲子下去，石门上一点痕迹都没有。

“这石门应该不是天然形成的，它不像刚才青乌洞里的石壁那么脆，看来凿是凿不开了。”上官绯摇了摇头，继续沿着石门的纹路一边摸一边看。

“赤血蚁……巢穴……纹路……”他自言自语，感觉脑子里就像牵着一条线一样，慢慢捋着。“这里面有蚁穴，但又不在表层，蛮劲是凿不开的……为什么说要血祭……这血祭和赤血蚁又有什么关联……”

上官绯表情有点严肃，看得出他脑子在不停地转，我们几个只好等他想，看看他能不能找到什么线索。

“对了！”上官绯突然一拍手掌，指着纹路说道，“这是一个锁！这纹路就是锁里的锁芯，虽然这锁芯极其复杂，尺寸也比普通的锁大，但这确确实实是一把用赤血蚁巢穴做成的大锁！”

“既然是锁，那就有钥匙，巢穴是锁，什么又是钥匙呢？”司一介皱了皱眉头。

上官绯笑了笑，说道：“钥匙就是赤血蚁，或者说是赤血蚁群，为什么那店家说这门需要血祭？那是因为把人血淋在上面，赤血蚁就会顺着人血的气味穿过里面的通道，当整个蚁群沿着巢穴往外爬，力量就足以把机关转动，而这把锁就能开启。精妙，太精妙了，虽然不知道是谁设计的，但这把锁实在是精妙绝伦。看来那伙人还是没弄明白，只是听说要血祭，但没找到其中的奥妙。”

听上官绯这么一解释，还真让人忍不住拍掌称奇。

“不过……”上官绯又仔细看了看机关，表情严肃起来，摇了摇头，“这巢穴早就空了，都不知道过了多少年了，这已经是个废穴了，就算是血祭也祭不开了。怪不得那秃头杀了人，还是没打开门……”

这话一出，我们刚提起来的兴奋劲瞬间消失。唐三七忍不住抓了抓和尚头，龇牙咧嘴地咒骂了一遍。

“对了！”我突然想起什么，喊了起来，“用那玩意儿啊！还在的吧！把那玩意儿拿出来啊！”

◆

第五章
伏羲八卦

司一介从裤兜里掏出塑料盒子，用手电照着看了一下。

“看不清，得拿出来瞅瞅，说不定憋死了。”

“怎么可能这么半会儿就憋死了，难不成搁屁兜里，被小叔的屁给熏死了？”唐三七咧着嘴笑着说，司一介一个巴掌甩在他脑袋上。

“幸好刚才拿泥巴把盒子的口封了，不然水下那一遭上来，没憋死也给淹死了。”上官绯说道，“没关系，拿出来看看，也许死了，也许没死，看看我们再想办法。”

我看了上官绯一眼，懂了他的意思：“没错，现在这盒子里的虫子有可能死了，也有可能没死，我们没拿出来看之前，就都有可能，既然两种可能性都有，咱就可以再把玄脉石掏出来用用。”

司一介点了点头，把木盒子从唐三七的背包里掏出来，取出玄脉石，递给上官绯。上官绯接过石头，双手握紧，闭上眼集中注意力。

“你们几个脑子里就想着刚才虫子在镯子里蠕动的样子，像过电影似的，想得越真越好。”说完，司一介打开塑料盒，取了镯子出来，把镯子搁在手电上面，透过光线，能够清楚地看到里面蚁后的阴影。

唐三七上手敲了敲镯子，那阴影感觉到震动，在镯子里转了个身，蠕动了一下。

“嘿，成了，还活着，这东西估计睡得正爽，还翻了个身。”唐三七摸了摸他的和尚头，笑着说。

司一介把玄脉石收起来，把那镯子放到石门下的凹陷处，这蚁后闻到了血腥味，在镯子里扭得更起劲了。

“等着看好戏。”司一介站了起来，双手叉腰，盯着那镯子。上官绯却没把注意力放在镯子上面，他拿手电往门上的纹路照去，盯着赤血蚁巢穴的阴影。

过了一会儿，上官绯小声地说了一句："来了。"我们抬头往他手电照着的方向看去，那巢穴的纹路渐渐被更深的颜色填充起来，从上至下地蔓延。虽然看不见蚂蚁群，但光凭感觉就知道是密密麻麻的蚁群从远处集合过来，填满了巢穴的通路，光想着那情景，都让人全身起鸡皮疙瘩。

石门里传出嘎吱嘎吱的声响，上官绯皱着眉头听了听，说："是触动机关的声音，看来我猜得没错。"

那蚁群力量估计不小，有些纹路颜色蔓延到一半，堵住不动了，但没过几秒，就咔嗒一声，又被冲开了。

直到所有的纹路都变成了深色，几只赤血蚁从凹陷处钻了出来，围住手镯打转。

"还没好？"我问了一声，"这蚁群要是都冲出来，我们几个估计真得血祭在这儿了。"

我话还没说完，就听砰的一声闷响，石门的右侧溅出一片土石灰。

"开了！"上官绯喊了一声。司一介听他一说，立马伸手取回镯子，拿一块泥团把石门下面塞住，然后用脚使劲踢了几脚，封住了穴口。

"过来搭把手！"唐三七抠住石门缝，拿脚用力蹬着石壁，龇牙咧嘴地喊道，"这设计得一点都不人性化，锁开了门还得手动掰开。"

司一介拿了猎刀，往石门下面掏了掏，蹦出几个石子儿来。随即石门哐当一声，滑动起来。

"卡住了而已，你以为都像电视电影上演的，一按机关，几千年的东西都运转得顺顺当当？"司一介白了唐三七一眼，"能动就不错了，东西收拾起来，咱进去看看这里面到底有啥宝贝。"

石门滑到一半又卡住了，几个人也不管这么多了，侧身钻了进去。

没想到里面竟然宽敞得很，我四下看了看，是个直径二十来米的大厅，地上铺着大块整齐的青石，这里显然不是天然的洞穴，四周的石壁打磨平整，而且雕刻着各种浮雕纹路。沿着石壁往上看去，石壁并非垂直于地面，而是越往上越靠拢，顶部很高，少说也有二十米，整个大厅像是一个梯形的空间。

房间虽然昏暗，但仍旧有光从头顶落下来，但太高，看不清顶部是洞口还是什么，像是一个网格，有光线从缝隙里透进来。

而这大厅的中央，密密麻麻列着石碑，好像一个碑阵。

“这房间怎么这么怪？”唐三七四下望着，问道，“干吗把墙壁做成斜的？”

上官绯一边看，一边回答他：“估计是由天然的洞穴改建而成，倾斜的四壁才能稳定，这么大一个厅，一根柱子都没有，不是斜壁，早就垮了。”

“这光是哪儿来的？”我朝其中一面石壁走去，一边抬头看，一边问司一介。他摇了摇头，目光落在大厅中央的石碑上，看来他更感兴趣的是那个。

上官绯也走了过来，他抬头看着，说道：“和我刚才猜测的差不多，这上面，就是刚才的水池，水池底部可能是水晶铺贴而成的，这光线，就是从水池的底部透射进来的。”他又四下看了看，接着说道，“那水池底下堆满了化石片，所以光线很弱，但可以想象，这地方在当初使用的时候，是多么的宽敞明亮，利用天然的洞穴建造，而且能引入自然的光线，设计得真是巧妙。”从上官绯赞赏的口气听来，这还真是了不起的遗迹。

他们往大厅中央的碑阵走去，我却自己走到石壁前，看了看上面的浮雕，觉得眼熟，想了想回忆起来，这正是三星堆遗址出土的那些青铜雕像的风格。

我正准备转身，突然看到这浮雕上好像有一些格格不入的划痕。我凑近了一看，是用石头在原来的浮雕上划出的痕迹，好像在做什么记录。

正　　负

三东　　一东北

四北　　三四南

五西南　　七八西

九北

余南　　余北

我正想招呼大伙儿过来看看，司一介喊了一声：“说到化石切片，你们过来看看这些。”司一介站在石碑前面，朝我们招了招手。

我跟过去一看，果不其然，这根本不是什么石碑，和之前的化石切片是同样的东西，只是这些切片更大，每一块长宽有两三米，上面的化石也是人骨，但每一块里都有好几具人骨，姿势和形态各不相同。

“这化石碑的排列好像也有规律。”我绕着碑林看了看，但没看出头绪。我望了眼上官绯，他也在看，一手扶着下巴，一手托着肘。

“这应该是一种八卦阵列。”上官绯说道。

“不是吧？”唐三七从旁边冒了出来，“八卦阵我熟啊，一共八组，每组三排，根据每排的阴阳变化形成八种组合。”唐三七又扫了一遍这碑林，“这根本不是啊！

“你说的那是后天八卦，也就是我们现在常见的那种八卦图。但这个不是。”上官绯走进碑林，给我们一边指一边说，“中间这五个是中心，而围绕着‘五’这个数，四边四角共有八组，数字分别是一到四，六到九。”我顺着上官绯指的方向，数了一数，果然分毫不差。

“这就是所谓的先天八卦，也叫伏羲八卦，乃上古伏羲所创，是八卦的鼻祖。”上官绯接着说道，“你们再看看四周的墙壁，上面雕刻的浮雕花纹和三星堆出土的文物如出一辙，太阳神鸟、纵目人像，是古蜀国的遗迹无疑。”

“这么说，这伏羲八卦也是古蜀国的东西了？”唐三七摸了摸石碑，“可惜这东西太大件儿，咱一时半会儿还运不出去，不然指不定能卖多少钱呢。”

“钱钱钱，你咋就知道钱，咱是为了钱来的吗？你层次能不能高一点？是吧，小叔。”我扭头看了眼司一介，他白了我一眼，看他的意思，应该是鄙视我这个钱眼子没有资格说唐三七。

“这个碑阵就是玄场的源头。”司一介看了看手里的四轴石，说道，“应该是这化石本来就有玄场力，而这个阵将其力量发挥到了极致，然后传导到顶部的水池，进而通过水脉发散出去。”

“这么说，古蜀国就已经掌握了人工制造玄场的技术？”我咂了咂嘴，惊叹道。

“也不能这么说。”上官绯朝头顶看了看，“毕竟这玄场力源自这化石碑，只是古蜀国的人发现了这东西的力量，并且凭借伏羲八卦把这能量最大化了而已。”说完他摸了摸石碑，“而且，我感觉这切片的方式也有讲究。你们看，既然是人骨化石拥有玄场力，那再把这化石切片，玄场力便能更加强烈地发散出来，最后再摆出八卦的形态，便达到了最极致的效果。这古蜀人怎么就能想到这些个方法，如此精妙地利用了原始的玄场力？”

“那这到底是个什么地方？之前你说是祭祀用的，可这大厅除了石碑，空空荡荡的，也不像祭祀的地方啊。而且我看书上说，祭祀往往在户外，户外地方大，人多，举行仪式才有气势，这地方在地下这么深，像是搞什么见不得人的事儿的地方。”唐三七问上官绯。

“一时半会儿我也不可能回答得上，先拍点照片，回去再研究。当然，祭祀也未必都在大庭广众下，欧洲中世纪很多黑暗的祭祀仪式，特别是活祭，都在暗不见光的教堂地下室举行呢。”上官绯一边掏出手机拍照，一边说道。

“行了，能记录的先记录，把每一片石碑都拍一张照，天快黑了，这玄场的源头也找到了，咱们赶紧收拾收拾准备撤，下回准备充分再做下一步打算。老子才不想在这儿过夜，身上全是水，凉得要命。”司一介摆了摆手，招呼大家行动。

“等下原路撤回去？”我问司一介。

“废话，难不成从这天顶出去？对了，回去的时候也得留点心，那秃子活不见人死不见尸的，我心里总放心不下。”司一介皱了皱眉。

司一介话音刚落，只听嘭的一声闷响，我们转头一看，那入口的石门竟然关上了。

司一介感觉不妙，三步并作两步就跑了过去，用力抠住石门，脚蹬在石壁上，但使了半天劲，石门纹丝不动。

“什么情况？”唐三七吼了一声，“难不成是秃子在外面搞鬼？！”说完他也赶紧过去帮忙，但倒腾了半天，额头上汗都渗出来了，也没见石门动一下。

“难道说，这石门的机关是可逆的？”上官绯也走了过来，他看了看石门，说道，“这蚁群从原路散去，这石门的锁芯就逆向翻转，关了石门？”

“那怎么办？这虫子妈还在我们手上，门上也没个缝，不可能塞回去啊。”唐三七急得抓耳挠腮。

几个人研究了一下，想不到办法，只好又回到大厅中央。司一介打量着石壁和屋顶的洞口，估计心里在盘算能不能沿着石壁攀上去。

“小叔，这石壁上虽然有浮雕可以借力蹬爬，但整个角度完全是负角度，怎么往上攀啊？况且，就算爬到了头顶，那还有水晶壁呢，就算凿开了水晶壁，那池水还有一小半呢，都冲下来人也遭不住啊。”我叹了口气。

“你小子咋这么没出息，这点压力就受不了了？天还没塌，心先塌了。”司一介鄙视了我一下。

“等等，你们先看看这个。”上官绯站在一块石碑前，歪着脑袋瞅着。

我赶紧走过去看了看，觉得有点不对劲，试探着说道：“这石碑……好像和刚才不太一样……”

上官绯用手抓住石碑的两侧，稍稍一用力，石碑咔嚓一声，转动了一下。

“这石碑原来还可以这样玩？”唐三七也抓住自己手边的石碑，转动了一下。

“别乱动！”司一介喊了一声，“谁也不知道这玩意儿是不是什么机关。”

“一介兄说得对，这石碑虽然可以转，但这么多石碑，怎么转，有什么规律，我们都没摸清，最好别随便动。”上官绯点了点头。

他这一说，一下提醒了我，我差点没蹦起来，喊道：“石壁！那石壁上有记录！”

我带他们走到石壁前，指了指上面人为的刻画痕迹。

上官绯皱起了眉头，手扶着肘，他想了想说道：“这应该是两组石碑的摆放方式。这正是一套，负是一套，前面的数字是对应一至九每组石碑的编号，后面的东西南北是对应朝向。”

“这余呢？”我问道。

“余就是剩余的其他石碑嘛。”唐三七鄙视了我一眼，然后看了看上官绯，“那咱们是按正的来还是负的来？”

“这正的好像就是我们刚进来的时候，石碑的排布……”

“那就按负的来！”上官绯话还没说完，唐三七就想转身去弄，司一介一把把他抓住，说道：“这负的是什么意思你都没搞懂，你敢乱碰？”

上官绯点了点头：“的确，这正的我们能明白，就是将玄场力发挥到极致，是一种正向力，但这负是什么，确实搞不懂，玄场力还能有负的？”他摇了摇头，“我没听说过。”

“你们咋这么胆小，说不定这负的就是某个暗门的开关嘛，你们也说这里诡异神秘，在这儿办事的人能不留个暗门？我不信。”唐三七反驳道。

“试试就试试嘛，反正被关在里面，总得什么都尝试一下。”我同意唐三七的观点。

“哎，这就是嘛，老板发话了，我这就按这记录的方位摆放摆放。”说完唐三七扭头就跑。司一介哼了一声，摇了摇头。

唐三七走过去摆弄了半天，只听他喊了一声：“见了鬼了！”我们心里一悬，想着指不定他弄出什么事了，赶紧追了过去。

“你个瓜娃子又捅了什么娄子？！”我冲他喊道。

“不是……”唐三七眼神里充满了惊恐，“这石碑……已经摆成了负的朝向了……”

上官绯立刻警觉了起来，他问：“什么意思？你的意思是你没动，这石碑自己……”

上官绯话还没说完，只听嗖的一声响，一个东西擦着他的耳边飞过，然后哐当一声，钉在了石碑上。一缕头发从上官绯耳边断落下来，他愣在原地没敢动，我们仔细一看，石碑上插着一把明晃晃的猎刀。

一扭头，就看见司一介站在背后，他的手停在空中，他埋头看了看自己的手，说道：“手滑了一下。”

上官绯这才回过神来，转头看了看司一介，一脸的惊讶。

面对这突如其来的一幕，我还没回过神来，突然就觉得脖子被什么东西一绕，然后一下就勒紧了。我下意识地伸手去抓，抓到一根动力绳，但绳子已经勒住了脖子，嘴里想喊，气却憋在喉咙出不来。

司一介见状赶紧上来朝我身后踹了一脚，只听嘣的一声，绳子松了，我佝偻着背咳了好几声，扭头一看，唐三七手里握着绳子，摔倒在一块石碑前。

“你疯了吗？”司一介冲唐三七喊道。

唐三七惊讶地看了看手里的绳子，支支吾吾地说：“我……我本想拿绳子来……来……我……我也不知道怎么就想拿绳子出来，结果一甩就绕在量哥脖子上了。”

“那你干吗收紧绳子？”司一介问他。

唐三七一脸的无奈："我脚下一滑，一仰头，就扯紧了。"他坐在地上，很无辜地看着我们。

"小心！"唐三七突然又大喊一声，从地上蹬腿起来，一把把司一介推开。只见一个人影从他身边擦过，唐三七"啊"地惨叫了一声，捂着手臂蹲了下来，按住手臂的手掌瞬间渗出血来。

背后哐当一声响，我们转身一看，上官绯手里的匕首掉落在地上，他也一脸的惊恐，好像不敢相信眼前发生的事。

"我刚才本想掏匕首来帮无量兄弟割断绳子，看无量兄弟没事，正想把匕首塞回衣袋，不知道怎的，脚下一滑，没站稳就朝一介兄扑了上来。"

"真见鬼了！"司一介喊道，"都手滑脚滑，还招招致命！能有这么巧合吗？！"

他这么一喊，大家都不开腔了，整个大厅突然安静下来，每个人脑子里都在想这是怎么一个状况。

过了几秒钟，我忍不住问道："会不会是玄场力的原因……"

司一介摇了摇头："玄场不可能这么邪，刚才这感觉，就像是不管我们脑子里闪过什么念头，都会立刻变成致命的行为。"

上官绯听司一介这么一说，表情严肃了起来，他皱了皱眉，嘴里念出几个字："煞炁念场？"

司一介听他这么一说，也有点沉不住气了，问他："你肯定？"

"八九不离十，这石碑的正，是正常的玄炁念场，而负，就是最凶险的念场——煞炁念场。"

我听上官绯这么一说，心知不妙，因为光听这名字就能感觉得出，这不是什么好玩意儿。

"这东西我从来没见过，只听说过。传说这煞炁念场里面，人不管有什么念头，都会往最坏最致命的方向发展成现实，可以说在这念场里，人要是毫不知情，几乎都活不下来。"

"咱也算开眼了……"司一介抱怨了一句，冲大伙儿提醒道，"都听我说，现在脑子里别想任何坏事！可能的话，什么都不想！和尚去转动一个石碑，把这煞气破掉！”

唐三七一脸惊恐地爬起来，但手臂一疼，他又扶着手臂咧着嘴蹲了下去。

“商无量，你去转！”司一介冲我喊了一声，然后扯开唐三七的背包，掏纱布和止血药。

我赶紧抓住一块石碑，用力地转动，也顾不得是什么方向了，反正打乱就成。完了又扑向下一个，一口气转了好几个。

司一介见我打乱了石碑，松了口气，拿了止血药出来给唐三七抹上，唐三七疼得鬼哭狼嚎的。

“轻点小叔，我肉嫩！”

司一介拍了他脑袋一巴掌，然后拿纱布把他的手臂缠上。

但情况好像没有好转，那纱布刚一缠上，血又浸了出来。司一介拆了纱布，又倒上止血药，但好像不管用。

“一介兄，不对劲！”上官绯喊道，“你是不是心里有一丝念头，心想这血万一止不住怎么办。”

“我是有这念头，但这石碑不都打乱了吗？煞炁念场应该不存在了啊！”说完他扭头看了眼石碑，这一看火了，他摔下药瓶，吼了一句，“商无量，不是让你转石碑了吗，怎么没动？”

我惊讶地顺着他的目光往石碑一看，奇怪，这石碑竟然又神不知鬼不觉地复原了。

唐三七手臂上的血已经淌了一地，整个人脸色都白了，照这么下去，估计撑不了多久。我赶紧又抓住一块石碑转动起来，一连转动了好几个，然后亲眼确认的的确确是打乱方向了才放心。我气喘吁吁地跑到司一介面前，说这次不可能错了。

司一介点了点头，重新给唐三七上药，但唐三七的面色看起来已经有点不行了，这要是再止不住……

“大家脑子里什么都别想，这石碑有古怪，千万别往坏处想！”上官绯突然吼了一声。我愣了一下，甩了甩头，避免脑子胡想。司一介面无表情，他和上官绯都是见过场面的，心定得住。唐三七这货，估计已经神志不清，脑子里一片空白了。我赶紧站起身来，四下走动，转移注意力。

“行了，止住了。”司一介长舒一口气，“给和尚喝点运动饮料，先躺一会儿。”说完他转身走向石碑，“老子来看看这东西到底有什么鬼。”

我赶紧跟了上去，刚走到石碑前，我心里一咯噔，这石碑又转回了原处。司一介皱了皱眉头，这次他没有开口骂人，而是喊了上官绯过来。

“咋回事？”他问上官绯，上官绯摇了摇头。

“为什么这东西我摆弄的时候都是好好的，一转身回来，就又归了位，连个声响都没有，这再怎么转动总得有声儿啊，奇了怪了。”我嘟哝了一句。

“等等，你刚才说什么？”上官绯好像想起了什么。

“我说刚才还好好的……”

“后面一句……”

“一转身……”

“对了！”他拍了下手掌，“怪就怪在这里！这东西要是被人转动的话，总得有声，但只要我们都没看着，它就又悄悄复原了，好像从来没动过似的，对吧？”

我点了点头。

“虽然我一时还想不太通，但我感觉，只要我们视线不脱离这个石碑，它便不会毫无声息地变成另一个朝向。”说完他走向前去，准备转动石碑。

就在这时，我仿佛听到咔嚓一声响，我不自觉地一抬头，又是一声咔嚓响，从大厅顶上传了下来。

我大叫一声：“不好！躲开！”立马把司一介和上官绯往旁边推开。

接着只听轰的一声巨响，大厅顶部碎裂开来，池水像瀑布一样直挂而下。上面的碎石碑和水晶池底也垮了下来，把碑阵砸了个稀烂。

我倒吸一口凉气，还好我们躲得快，要不然分分钟被砸成肉酱。

好在上面的池水不多，这大厅也还够大，流下来的水也就淹了腿肚子。司一介赶紧爬起来，把唐三七从地上扶了起来。

“商无量，是不是你脑子里又闪过什么坏念头了？”司一介冲我吼了一声。

“老子对天发誓，绝对没有！”我有点不满，也对司一介喊道。

“一介兄，不一定是无量兄弟乱想，就像这石碑，为什么总会自己转动，咱都还没搞清楚，这怪事太多，不能妄下定论。”

司一介点了点头。

上官绯走到中间，看了看情况，摇了摇头："这石碑大部分都被砸烂了，这玄场也没用了，煞炁念场按理也不存在了，暂时算是安全了。"说完他又走了几步，看了看脚下，好像有什么东西吸引住了他，他蹲了下来，摸了摸。

"等下，你们看看这个。"上官绯招呼我们过去。

我们走过去一看，地板竟然被砸出一个口子，细细一瞧，竟然还有楼梯一样的通道。

"天无绝人之路？"我看了眼司一介。他皱了皱眉，然后抬头看了看上面，说道："先进去看看，这地上虽然开了口，但不太好走。"

我回头瞧了一眼唐三七，他样子好像不太好，估计再让他接着走下去，有点为难。

"那先让和尚在这儿歇着，我们进去看看情况？"我问司一介。他点了点头，问了下唐三七的状况，那小子咧咧嘴，说："你们别在下面找着什么宝贝，私下给分了，记得给我留一份。"司一介又想扇他，抬了抬手，看了看他的样子，忍了。

三人撬开地板，沿着楼梯走了进去。

面前是一段通道，不算窄，估摸有七八米宽。这通道完全没有刚才大厅那么细致的做工，几乎就是直接凿开的，基本没做什么装饰。

又往里走了五六分钟，上官绯突然停了下来。

"又是化石……"上官绯指了指手电照到的一处石壁旁的一块石头。

"还不少……"司一介也拿手电扫了扫，这前面的通道两侧，也摆满了石头。

这些化石不同于之前看到的石碑，应该是未加工的，石头是整块整块的，并未切开，也没有做成石碑。

再往前，就有一些被切开的半成品一样的化石了，零零散散的，有些被抛弃在一旁，有些只切了几刀，形成半球形的化石块。

"这是加工化石碑的地方？"我看了眼司一介。他皱着眉头想了想，但没回答。

再走了几步，通道瞬间缩窄，中间只有一个两三米宽的门洞，门洞再往里，就越来越窄，直到最后只剩一条三米来长、一拳左右宽窄的细缝了，这细缝就像是有人在墙壁上划了一道口子。

“到头了？”我问道。

上官绯摸了摸石缝，歪了歪脑袋，说道：“有风进来，看来这石缝应该是和外面相通的。”

“但这么窄，咱们也不会缩骨神功啊。”

司一介捏了捏石壁，摇了摇头：“这花岗岩不是我们轻易能凿开的，而且这缝宽窄整齐……”他又伸手进去掏了一下，“里面也光滑平整，看样子，这不是天然形成的。”

“你说这洞里面堆了这么多未加工和半成品的化石，而这洞尾又是一处人工凿就的死路，是个啥意思？”我挠了挠头，“这地方也没见什么切割化石的工具，这些玩意儿是怎么切开的？”

“这都隔了几千年了，这洞又通风，很多东西氧化的氧化，腐朽的腐朽，只有石头万年不变，看不见加工工具也算正常。”司一介摆了摆手。

上官绯却不同意他的意见，分析道：“但是再怎么说，总该是有一些加工工具的基座、化石的碎片之类的，而且古代切石，需要引水和沙，那时候有种沙叫解石沙，是由硬度较高的石头研磨而成，切割石头的时候，用绳子带着水和沙，一点一点磨切，直到将石头完全切开。但奇怪的是，这里既没有沙，也没有引水的渠。而且你们看看这化石，被切割得整整齐齐，断面没有丝毫用绳子切割的纹路，而且切缝极细，两块被切开的石片之间几乎没有缝隙。”上官绯指着一旁两块叠合在一起的石头说道。

“这些玩意儿还能被切开？”

“你们看我们刚进来的这个门洞，两三米宽，和这些石头的尺寸差不多，我估摸着，这些化石块就是往这上面一放，然后……”上官绯说到一半，停了下来。

“然后怎么？”我赶紧追问他。

“然后嘛，就咔嚓一下切开了。至于怎么切的，我就不知道了。”他耸了耸肩膀，笑了笑。

“会不会是……”我脑子里突然萌发出一个念头，正要开口说，却听司一介在背后喊了一声：“小心！”然后我整个人被他一下按倒在地上。

只听得头顶呜的一声尖啸，有东西擦着头皮掠过。趴了两秒，我抬头一看，眼前一块石头冒出些许烟来。

司一介半蹲着挪过去，用手一摸，然后推了石头一把，只见石头上部唰的一下，整整齐齐地滑了下来。

“这什么？！”我忍不住喊了一声。

“你看清了吗？刚才飞过去的是什么东西……”上官绯问司一介，司一介摇了摇头。

“先从这儿爬出去，别起身，回到刚才宽的那段路上去。”司一介招了招手，让我们半蹲着往前移动。

刚移动了两步，又听得司一介喊了一声：“有动静！快趴下！”我赶紧往地上一躺，又是一阵风擦着脸皮飞过。

“真邪门了，这是什么东西，赶紧爬出去！”司一介喊了一声，我们也不敢再起身，直接匍匐着往外爬。还好司一介反应快，他耳朵咋这么灵，我们都没听到动静，他却能听到，要不是他提前喊出来，这东西速度这么快，谁躲得开。

爬了十来米，中途又听到几声尖啸，这才出了窄洞。

“先别站起来，蹲着走，头别露在刚才那洞口以上。”司一介招呼我们赶紧往回走。又走了一会儿，尖啸声渐渐小了，再往后便几乎听不见了。三人这才站了起来，小跑着往回赶。

司一介嘴里嗞了声，好像是受了伤，我拿手电帮他照了照，他肩膀的衣服破了，应该是刚才被那东西擦到，还好伤口不深，等下涂点药，应该没有大碍。

我们回到出口处，但那洞口和我们进来的时候不太一样，被封住了。

司一介敲了敲洞口的盖子，使劲推了推，没有动静。

“和尚！帮下忙，洞口堵住了！”我喊了一声，但没有反应。司一介又敲了敲盖子，也喊了几声和尚。

过了一会儿，只听哗啦一声，盖子像有滑槽一样一下滑开了。

我们略带疑惑地探出头去，外面的景象让人吓了一跳。

这大厅竟然和刚才大不一样，完完整整的，石碑也整整齐齐地立着，我不自觉地抬头一看，怪了，顶部竟然也没有破损。

而更诡异的是，唐三七站在一面石壁前，拿手按住上面的石块，对我们说道：

“你们怎么才回来，去了都快一个小时了，老子刚才都打瞌睡了，一听到你们喊，我赶紧爬起来按机关开门。淘到啥好东西了，这么久？”

我看了眼唐三七的手臂，竟然一点受伤的痕迹都没有。

♦

第六章
逃出山洞

司一介按了一下我的肩膀，冲我使了个眼色，然后他朝唐三七说道：

“底下有个暗室，估计是老瞎子藏宝贝的地方，但门被土石封死了，我们回来拿点工具。”

我奇怪司一介为啥要说谎，但上官绯也没声张，好像明白司一介的意思。

“早说啊，有宝贝你们不叫我，带上家伙一起搞。”说完唐三七便把背包提了过来。他刚走到司一介面前，司一介便一把抓住他的右臂，一边很自然地接过背包，一边拿眼瞟了一下他的手臂。

果然，连衣服都没破，而且唐三七被司一介这么一抓，根本没觉得疼，要是有伤口，按他的性子，早就哇啦哇啦叫起来了。

“放心，宝贝又不会少你的，你安心在这儿待着。对了，你说说我刚才怎么给你说的。”司一介把背包往背上一挎，问道。

“哎，小叔吩咐的事儿，我咋能忘，让我看着这碑阵，别乱了阵法。”

司一介听唐三七这么一说，皱了一下眉，但立马换了个满意的表情，拍了拍唐三七的肩膀，说：“这就对了嘛，你在这儿看好了，我们三下五除二，弄了宝贝就回来。”

“行嘛，你们倒是赶紧的啊，别又让我在这儿候个个把小时的，无聊得很。”

司一介点了点头，转过身后，脸上的表情立马又严肃了起来，他朝我们使了个眼色，我们赶紧沿着原路退进了通道里。

刚下了通道，上面的盖子又咔嗒一声盖住了。

我们小心地朝里面走了几步，因为担心又遇到那诡异的东西袭击，没敢走太深。

然后司一介停了下来，从背包里拿出药膏，上官绯替他抹了，再贴了块创可贴。司一介没急着再往里走，而是示意我们等等，他点了一支烟，自顾自地抽了起来。看他的样子，应该是在思索刚才发生的事，看看能不能理出什么头绪来。

“看来……刚才那个唐和尚，不是我们要找的那个唐和尚。”司一介没头没脑地冒了这么一句出来。

我瞪圆了眼，问他：“这是啥意思？不是我们要找的唐和尚？这和尚还能冒出来几个？金和尚还是银和尚啊？”

“不仅和尚不是我们要找的那个，就连那大厅，也不是我们要找的那个。”上官绯点了点头，也冒了这么一句出来。

我这下彻底傻眼了，瞪着他们两个，说不出话来。

“这不明摆着吗？我们之前的那个大厅，水池破了，碑阵也被砸坏了，而且和尚受了伤，这可不是幻觉，是实实在在发生的事。”司一介把烟头掐灭，接着说，“但刚才那一幕，着实诡异，大厅完好无损，就连和尚也什么事都没有，活蹦乱跳的，当然不是我们要找的。”

“没错，而且一介兄刚才问了那个唐三七，他说是一介兄让他留在那里看着碑阵，很显然，一介兄并没有这么嘱托过他……”上官绯埋着头想了想，继续说道，“还有，你们注意到刚才那个碑阵没有，我趁空看了一眼，虽然不敢肯定，但应该是煞炁念场的摆法。”

“你的意思是……难不成还有一个小叔，让那个和尚守着一个摆成煞炁念场的碑阵？”我脑子有点转不过来了。

“不仅还有一个我，包括你们俩，应该都还有一个……”司一介皱了皱眉。

“这也太邪门了！”我不敢相信司一介的推测。

“先不说这个，我们下一步怎么办？”上官绯看了眼司一介，“这往里走有能把人削成片的怪物，往回走，又不是我们要找的唐三七和大厅。”

“等等，你们看前面……”我指了指通道深处，前面较远的地方好像有一点亮光。

司一介赶紧蹲下，示意我们也跟着蹲下。然后他招了招手，让我们跟着他朝前走。

我们把手电捂紧，三个人佝偻着背慢慢朝前走了一段，司一介突然停了下来，让我们在一块石头后面掩蔽一下。

我从背后悄悄探了个头，前面果然有灯光，一个人正背对着我们在搬石头。

“是秃子？”我看不太清，问司一介。

司一介摇了摇头：“看背影不太像。”

话音刚落，只听前面传来一句人声：“这洞口藏在这化石堆里，不仔细还真看不见。”

这声音有点耳熟，但仔细一想又想不起来。

我看了眼司一介，他脸上的表情好像见了鬼一样，一脸的惊讶。

“这是谁的声音，把你吓成这样？”我问他。

他比了个噤声的手势，然后朝我指了指。

我没明白他的意思，虚着眼睛看着他。他摇了摇头，指了指外面，又指了指我。

难不成，他的意思是，那声音是我？

他这么一比画，我头皮一阵发麻，这啥意思？外面还有一个我？我说这声音听着怎么有点熟悉，本来人听到自己的声音，都和自己平时说话的时候听到的有些许差别，所以我才没第一时间听出来，但对于司一介来说，听起来是一模一样的。

我没敢再问，整个人缩了回来，在石头后面蹲着，感觉整个身子都在发抖。

外面又传来人说话的声音：“废话别这么多，赶紧来帮忙。”

这一听就是司一介的声音。

这下子我们三个大气不敢出，也不敢探出身去，只是听着外面的人的动静。

“行了，口子打开了，走，进去看看。”外面那个和司一介一样声音的人说道。

只听得脚步声越来越小，我们这才敢探出头来。

我抹了一把额头，乖乖，一手的汗。

“见鬼了，这回是真见鬼了……”我冲司一介说道。

司一介没有作声，他朝前面的洞口走去，探头往下看了看。

“你不会是让我们跟上吧？”我看了眼司一介，心里发毛。

这时，上官绯拍了拍司一介的肩膀，指了指周围的墙壁。

顺着手电光一看，这墙壁上竟然满是血痕，没有凝固的血液顺着洞壁往下淌着。

我还没回过神来，上官绯又指了指前面不远处那个两三米宽的门洞，上面好像搁着什么东西。

仔细一看，竟是一截人腿。

那腿上还套着裤腿，脚上蹬着一只山地靴，我看了一眼，立马下意识地摸了摸自己的腿。这残腿上面的裤子、靴子竟然都和我穿的一模一样。

往里看去，隐隐约约能看到一些黑乎乎的东西，再仔细一看，竟然像是尸体的残块。

胃里又是一阵翻江倒海，我忍住了没吐出来。

“刚才那伙人没见少胳膊少腿啊……”上官绯有点疑惑，他只说那伙人，没说是谁，因为他也觉得这情况太难以理解了。

“不怕鬼敲门，就怕人挖坟。人要害你，比鬼还凶，这是人是鬼，进去瞧瞧便知，怕个啥。”司一介先扶着洞口，第一个钻了进去。

没办法，老大带头，只好跟着走。丢了谁都不能丢了司一介，要是他都摆不平，我就更是分分钟便会“领便当”了。

这里面的洞相当狭窄，只容得一人通过，洞壁非常粗糙，和之前的通道相比，这简直就是个临时挖的狗洞。

“这洞不像是先前的遗迹啊。”我向上官绯说。

他点了点头，说：“的确，这洞一看就是后来人挖的，洞壁粗糙不说，而且很窄，更像是一个便道，以能通人为目的，不在乎方便与否。”

走了几分钟，前面竟然是一堵石墙。司一介打着手电看了看，眉头都锁紧了。

我能感觉到他的疑惑，这一路走来，完完全全是个仅容一人通行的窄洞，根本没有旁路，更谈不上能躲人的地儿了。眼前竟然是个死路，但前面的那群人就这么莫名其妙地消失了。和之前那秃头店家一样，就这么没了。

上官绯摸了摸石墙，说：“后面应该还有空间。”说完他四下寻起来，估计想找找看有没有什么开门的机关。

“等等，有声儿……”司一介把耳朵往石墙上一贴，好像听到什么动静。

我也赶紧学着他的样子靠在石墙上，拿耳朵贴着听。

这石墙背后有人说话的声音，但声音很小，听不清，接着便有细细碎碎的一些拨动东西的响动。

“不好！里面好像有人在开门！”司一介小声地喊了一下，赶紧拉着我想往回跑，但还没来得及转身，只听哗啦一声，石墙推开一条缝来。

我们三个来不及跑，只好下意识地往后退了一步。我心想完了，这下估计得和这群不知道是人是鬼的家伙打照面了。司一介唰地拔了猎刀出来，上官绯也把手伸进内兜，估计已经摸着匕首准备迎战了。

但愣了一会儿，没见里面有人出来，也没听到什么响动。司一介壮着胆子拿脚蹬了一下那石墙，把石墙蹬开来一半。

仍然不见里面有人出来。司一介拿手电往里面一照，好像是间屋子。他一手握着猎刀，一手打着手电侧身钻了进去。

“跟进来。”他冲我们说道。我和上官绯这才小心翼翼地摸了进去。

里面竟然是一间不大的房间，说是房间还有点勉强，只有几平方米大小，地面和墙壁只是简单地打磨平整，只能说比山洞稍微好一些。房间正对我们的一面墙上，镶嵌着一块壁龛，上面贴着一些道家的画符。壁龛的正中，放着一个红布包裹的垫子，垫子上面躺着一块石头。

司一介拿手电扫了下房间，房间里除了壁龛以外，空空荡荡什么也没有，别说人影，鬼影都见不着。

上官绯在门口摸索了一阵，回头对我们说：“这里面确实有个机关，刚才有人在里面按动了机关，才开了门。”

“那人呢，都升天了不成？”司一介吼了一句。看得出，他对这稀奇古怪的状况有点心烦意乱。

司一介走到壁龛旁，伸手把石头拿了起来，用手电照着看了看。我也凑过去一看，是一块三角锥形的石块，上面有一些几何纹路，像是某种石雕。

“这是……”我问司一介。

司一介摇了摇头，说：“我估摸这应该就是老瞎子所谓的宝贝。但这是什么玩意儿，我还真没见过，也不像是玄脉石。”说完他把东西递给上官绯，上官绯看了半天，也摇了摇头。

“这东西感觉像是石头，但又好像比石头轻。这三角锥应该是个正三角体，也就是像金字塔一样，每个边一样宽。这上面的浮雕只有几何线条，看不出门道来。这东西应该不是古蜀国的器物……”上官绯看完以后递给司一介，司一介想了想，把东西装进了背包。

“虽说找到了老瞎子的宝贝，但这锥子石头也不能让我们从这儿溜出去啊。外面是死路，这里也是死路，之前还想回到大厅，再不行也能从墙壁攀上水池逃出去，但现在回去指不定又见着另一个和尚，想想心里都发毛。”司一介朝地上啐了一口。

“一介兄别急，这一路上我倒是理了理思路，好像摸着了一点谱。”上官绯搭了一句，他接着说道，“咱往回走，回到之前的大厅，但为了保险起见，把玄脉石拿出来。另外，一人手里再捏一块冰花水晶，脑子里别乱想，就想想刚才唐三七受伤，水池底破了的场景便成。”

司一介点了点头：“行，就按你说的做，但这究竟是咋回事，能说说不？”

上官绯摇了摇头：“暂时不提，先按这法子走一道，成了，咱再说后话。”

“行。”

这司一介平时对我是呼来喝去，但在上官绯面前，却像换了个人似的，言听计从不说，态度也从没差过。不过这也难怪，这一趟下来，这上官绯的确有几分青衣判官的架势，青乌洞的局是他找到的突破口，血祭石门的机关也是他摸到的门路，还有那邪门的伏羲八卦。总之关键时候他还是靠谱的，这回听他的应该不会错，再说了，不听他的我们也没别的招儿啊。

司一介掏了玄脉石出来，用手捏着，然后递给我们一人一块冰花水晶。上官绯接过冰花水晶说道：“虽然这玩意儿能增强玄场力，但效果有限，不过有总比没有好，能提高一点概率是一点。”

“提高概率？”我看了看上官绯。他点了点头，说：“之前咱给方老板看地的时候，不就被人使了坏，在袖口上撒了水晶粉吗？这东西能在小范围内增强玄场力，让你所想的东西成为现实的概率增加，但是只能对很贴近的小事物有一定作用，比如手里攥的骰子之类，对半米开外的东西效果就会差很多，再远一点，几乎就没啥用了。”

“嚯，那照你这么说，这玩意儿可以算是赌博神器了啊，骰子想扔几点就扔几点，摸牌想摸几就摸几。”我打趣道。

“那也要处于玄场之中才行，当然，你手里有便携的玄场，比如玄脉石也可以，但是也只是增加一点概率，并不能保证你百分之百能摸到想要的牌。”

“行了行了，这些空壳子话出去再吹，赶紧走。”司一介有点不耐烦，催着我们往外走。

我冲司一介撇了撇嘴，然后跟着他们从石墙门穿了出去，三人鱼贯而出，小心翼翼地往回走。

我手里攥着冰花水晶，脑子里也不敢乱想，不断地像过电影似的回忆刚才唐三七受伤以及水池底破裂的场景。不知不觉，三人又回到了大厅下面的出口。

这一次，好像还真对了。

那出口没有盖板，而是被一块石碑挡着，估计天已经黑了，上面虽然没太大光线，但看得出和我们第一次下来的时候差不多。

司一介推了推石碑，走了上去，他拿手电往四处照了照，那破碎凌乱的碑阵，还有脚下淌水的地面，让人倍感熟悉亲切。

“和尚！”司一介喊了一声。

“嘿！”对面发出一声熟悉的喊声，“你们是捡了金子还是淘了珠宝啊，老子还以为你们挖地洞跑了，不管老子了呢，你们可算回来了。”唐三七扶着石碑站了起来，耷拉着肩膀，脸上露出一副流落他乡见到亲人的表情。

我很激动，赶紧大步上前，甩了他脑袋一巴掌，哈哈笑了一下，说：“你个臭和尚，刚才差点拿金和尚把你给换了。”

“什么金和尚银和尚的，到底找着宝贝没？咱能不能赶紧先撤了？老子这血流了这么多，光一点运动饮料补不上来啊！”唐三七不知道我在说什么，但司一介和上官绯知道，他们也松了口气，看来这回这大厅是我们要找的大厅，这和尚，也是我们要找的唐和尚。

司一介没歇着，赶紧掏出动力绳，把背带穿在身上，系上扣带，穿上绳子，开始沿着石壁攀爬。

他的身手我还从来没亲眼见过，这石壁他爬起来跟走平地似的。我们在下面用手电给他打光，他爬一段，便一边在石壁上凿了锚点，一边牵着绳子往上走。

临到了池底，他一个引体向上，双臂把身子一拉，翻身便上去了。过了一会儿，他从上面甩下绳子来，上官绯在下面接住，先把我拴上。我顺着绳子慢慢地爬，司一介在上面也帮忙拉一下绳子，没一会儿，我竟然也爬了上去。上官绯别看是个文脉人，爬起来也不慢。等他探头以后，唐三七在自己的腰带上扣上绳子，我们三个在上面一起帮忙，将他捞了上来。

刚一上岸，唐三七就大嚎了一声，司一介也长舒一口气，我们这趟也勉强算是逃出生天了。

司一介看了看头顶的洞口，之前秃头几个进来用的绳子，不知怎的竟然没了。

“难不成秃头逃了出去，把绳子收了？”唐三七问道。

“那就再麻烦下小叔，和刚才一样，你先上去，再拉我们。”我对司一介说。

司一介点了点头，正准备攀石壁，上官绯叫住了他。

“等下，你们看那青乌洞的洞口，我们进来后应该没封住，但现在却被人拿石头堵死了。”

我和司一介走上前去一看，果然，洞口被人用一层泥巴封住了。司一介摸了摸那泥巴，还没干，看来是刚封上的。

“进去看看。”司一介掏了铲子出来，准备把洞口的泥巴刮掉。

“准是那秃子，这老东西阴魂不散，老子恨不得活捉了他捆起来喂那血虫子吃了。”唐三七咧了咧嘴，看得出他对这人是恨之入骨。

我赶紧上手去帮司一介，把那洞口的泥巴刮掉，又露出之前我们打穿的洞道来。

我们四个鱼贯而入，进到青乌洞里。

刚一进去，唐三七就大喊一声：“这门开了！能出去了！”

我冲门口一望，果然，那落石不知被谁移开了一点，露出一人宽的石缝。虽然外面天已经完全黑了，但还是有亮光从洞口透进来。

这感觉，简直像是越狱到一半的犯人，突然被通知已经刑满释放了一样，既意外又惊喜。

我们正准备出去，上官绯却叫住了我们。他指了指旁边的洞壁，拿手电照了一下。

我朝石壁一看，那石壁上面竟然又多出了一个人像。

司一介皱起眉头看了看，说："这好像是那个秃头啊。"

这话一出，着实把我们给吓了一跳。唐三七第一个跳了起来，喊道："这货逃来逃去，竟然和老瞎子一样，逃到墙里去了！这青乌道士们修的是哪门子仙法，还真能穿墙遁地不成？"

上官绯摇了摇头，说："哪有什么仙法，也不可能有穿墙遁地的法术，那老瞎子埋在墙里的是尸骨，我看，这店家的情况可能也差不太多。"

司一介朝手上啐了一口唾沫，提起猎刀就往人像的脖子上凿。没凿几下，果然露出人骨来。脖子的骨架上还有一串金链子，扯下来一看，果然是那秃头店家之前戴的。

上官绯上前看了看，直摇头，说道："这秃子的尸骨也石化了……"

"这就叫多行不义必自毙，死得惨，葬得更惨。"说完唐三七两手作揖，念了句阿弥陀佛，那模样配上他的和尚头，还真像那么回事。

"天色也不早了，和尚手臂的伤还有一介兄的伤，都得去缝针，打破伤风针。既然东西已经拿到了，咱还是先回到镇上再说。"上官绯在洞内又拍了几张照片，然后示意我们先离开，免得再生变数。

司一介点点头，一伙人顺着石缝挤了出去。

这外面的空气别提多沁人心脾了，我大口吸了两口，差点没开心得掉眼泪。

出了道观紧跟着下了山，走到马路上，上官绯的车还停在路边，我赶紧三步并作两步跑了过去，检查了一下，竟然没人扎我们的胎。

"幸好这秃头没干鱼死网破的勾当。"我说了一句。

司一介开了车门，把背包和东西扔进后备厢，说："也不一定，这秃头不过是想要老瞎子的宝贝，要是刚才在下面没得手，这放了我们出来，他也没多少招，扎了胎他也留不住我们。"

"但最后是那秃子死在山洞里了。"我咂了咂嘴，"不过那洞里也是怪得很，你说老瞎子的尸骨石化了镶在石壁里，至少也是几十年前的人了，骨头发生了什么变化倒也勉强能理解。但那秃子竟然也石化，之前还是一大活人，咋能变得这么诡异？”我摇了摇头，也爬上了车。

“先别管那秃头是怎么死的了，这玄场之中怪事连连，想也想不透。”唐三七往后座一躺，舒了口气，接着问道，“你们说那秃头想要的宝贝到底是个啥玩意儿？”

司一介把刚才我们在下面的事儿跟他说了说，但没敢提另一个和尚的事，然后把那三角锥石块递给唐三七。唐三七皱着眉头看了看，说：“就为这么一块破石头，差点连命都给丢了。对了，回去咋给方老板交代选墓地的事儿？”

“对啊，这碑阵毁了，玄场也破了，风水宝地自然也没谱了。”我一边发动车子，一边问司一介。

“先下山，到连山镇找家医院把伤口处理了，再找个酒店歇了，下一步再说。实在不行，实话实说，反正我们办了，但事儿没办妥，也不收他们钱了，再怎么也不会为难咱们。再说，这方老板都已经死了，那神秘短信到底是谁发的都还不清楚，没必要太在意，反正这地方咱也算探过了，该取的东西也取了，该收集的资料也收集了，不算亏。”

我心想，你个司一介，你当然不亏，你来的目的自然是达到了，但咱几个不就图能赚一笔嘛，这钱没着落，虽说见了世面，积累了经验，但把我们几个当实习生，可就让人心里有些不爽了。

“对了！”我突然想起什么，问后面的唐三七，“那赤血蚁蚁后还在吧？那玩意儿听小叔说能卖不少钱呢。”

唐三七应了一句：“什么？”然后有点疑惑地问道，“那虫子妈不是你们几个拿走了吗？”

“我们？”司一介有点奇怪，问唐三七，“我们啥时候拿的？”

“嘿，你们下去没一会儿，又折了回来，从背包里拿走了一些东西，那虫子妈也是那时候一起拿走的。你们几个神色慌里慌张的，说什么这洞顶怎么塌了，碑阵咋也倒了，我咋也受伤了，好像傻了一样。我当时贫血，脑袋晕晕乎乎的，也没管你们说了啥，后来你们急匆匆地又下去了。”听唐三七这么一说，我心里也咯噔了一下。我扭头看了眼副驾驶座上的司一介，他表情有点严肃。

司一介问上官绯："咱之前取的背包后来好像也没了，你忘在老瞎子藏宝贝的房间里了吗？"

"嗯，也不算忘了，我故意留下的，感觉那一包东西不是我们的，留在手里怪得很，没敢留。"上官绯解释道。

"你们在说什么，我咋听不明白呢？"唐三七嘟哝了一句。

司一介摇了摇头，这才把我们遇到的一幕幕详细说给唐三七听。唐三七也愣了，嘴里打起了"麻花"，问道："那……那我遇到的那伙人……是……是人还是鬼啊？"

"我知道个球，你们问问上官，他应该能理出点门道来。"司一介朝上官绯努了努嘴，唐三七把头转向了上官绯。

上官绯摆了摆手，说："我只能说说猜想，这玄场里的东西太复杂，没人能完全解释得明白，只说说我能理解的部分。"

"赶紧说说，上官哥都不能理解的部分也不用提了，你都不能理解，咱几个猪脑袋更只能抓瞎了。"唐三七一脸的马屁样。

上官绯点了点头，说："那扇石门关上以后，我们四个被困在大厅里面，那里面就像个密室。密室这种空间，对于玄场来说是最难说清楚的空间了。当玄场处于密室中时，很多奇怪的现象就会莫名其妙地产生。你们想想，之前那个蚁后，当它被装在盒子里时，那种感觉像不像处于一个密室中？而当我们被关在密室里时，外面的人不知道里面的情况，而里面的人无法向外面传递出信息，又像不像被关在盒子里的虫子？"

我一知半解地点了点头。

"也就是说，那蚁后是死是活都有可能。而我们处在密室之中，对于外面来说，里面的石碑摆成什么样子，人是死是活，唐三七是受伤还是没受伤，都是有可能的。"上官绯顿了下，接着说道，"那玄场本来就极强，石门关了，上面水池子的水也因为之前的通道泄了大半，估计水脉也断了，于是整个玄场密闭在那个密室里，玄场力就更强了，这里面发生的事也就有些难以解释了。总之，复杂的咱也不提了，说简单的，那就是关在盒子里的虫子，可能死，可能活。这两种状态是叠加在一起的，这奇怪的说法不是我说的，是量子物理学中的概念，你们也别管懂还是不懂。说实话，我也是只知道个大概，也是听懂科学的朋友讲的，反正你们知道这是一种物理状态就行了。也就是说，死虫子和活虫子在你没有打开盒子之前，是同时存在的，当你打开了盒子，其中一种可能就消失了，而另一种可能就存在了下来。”

听上官绯这么一说，我脑袋差点没炸开，虽然不能完全明白他说的量子物理学之类的玩意儿，但他话里的意思我是听明白了。我试着问道：“那上官哥，你的意思是我们所处的密室之中，也是各种可能叠加在一起的，所以……”

“没错，我就说无量兄弟脑子不错，一点就通。总之，我的猜想就是这个意思，那些我们见到的人，不是别人，也不是鬼，就是我们自己的另一种可能而已。”

听他这么一说，我又想起我们见到的那些尸体碎块，不由得心里一寒。

“你这么一说，我也有点明白了，之前那碑阵为啥老是自己转回去，敢情是另一组我们给弄的啊？”唐三七惊呼道。

“有这个可能，那一群人，当然，也不能叫那一群人，就是我们自己的另一种可能，他们也许没有想到煞炁念场这个东西，执意要将碑阵保留成那样的状态，于是影响了我们这边的碑阵。”上官绯点了点头。

司一介听他这么一解释，也点了点头，说：“的确，还有最后在通道里听到的声音和见到的人影，在石墙后面听到的动静，也是另一群我们在和我们做着同样的事，但又有些许不同，于是交错在一起。”

“我晓得怎么形容这感觉了，就像赛车游戏里的影子模式。玩家打开上一轮游戏里自己的赛车的影子，在这轮跑赛道的时候，可以看到上一轮自己的影子车辆，和自己的本体重合在一起，又因为不同的转弯和加速，本体和影子又有些许的差别。也许影子跑得比自己快，也许自己超过影子创造了新的单圈纪录，就是这种叠加的感觉。”唐三七兴奋地拍了下手，说道。

“对，这个比喻很形象，但游戏里影子不可能和本体相互产生影响，影子不可能撞了本体的车，而正常的情况下也应该是这样。但为什么我们遇到的影子就和本体遇见了，而且还相互交谈过，只能说是玄场在作怪了，而至于是怎么作怪的，什么原理，就是我不能理解的部分了。”上官绯从车上拿了饮料，扭开盖子来喝了一口，看来他说得有点口干舌燥。看得出，他得出这样的结论，自己也是既惊奇，又兴奋。

唐三七往椅子上一躺，仰头看着车顶盖，没再说话，看得出，他脑子里也在回想上官绯的话以及在这地下洞穴里遇到的奇奇怪怪的种种事情。

车子在山路上飞驰，我脑子里也在回想，这一趟留下的悬而未决的怪事还不少，那老瞎子和秃子是怎么被石化的，那通道里能将石块瞬间切成片的东西又是什么，最让人在意的是那些三眼人的化石到底是哪里来的，被老瞎子当成宝贝的三角锥又是个什么玩意儿。

我摇了摇头，今晚还是先安顿下来，看司一介他们下一步咋说，这些线索也不是我能理清的，况且回过头来说，这些也不关我的事，我的目的说到底还是淘金致富，不赚钱的事还轮不到我操心。

车子下了山，很快便进了连山镇，我们靠导航到了一家医院，赶紧带唐三七进去挂了急诊。折腾到十一点多，唐三七缝了二十来针，司一介肩膀也缝了好几针。从医院出来我们便直奔广汉市，找了家星级酒店，把衣服打包给酒店服务员拿去洗了，然后该洗澡的洗澡，不能沾水的擦了擦身子，四个人裹着浴袍叫了酒店送餐，躺在沙发上喝起了啤酒。这一下，真是幸福得让人眩晕，刚才还不知道下一秒是不是就踏进鬼门关了，这会儿居然能洗了热水澡，躺在松软的沙发里，吃着热腾腾的消夜，喝着冰爽的啤酒……这差距也太大了。

怪不得司一介说，这探脉淘金的活是油锅里捞元宝的买卖，那些能赚得盆满钵满的穿山金主，那也是要担得起生死一线的风险的。

唐三七把易拉罐里的啤酒倒进肚子，打了个嗝儿，一副享受的表情说道："这死里逃生的感觉居然还挺过瘾，这穿山金主的活计，经过这么一趟下来，我还真喜欢上了，我这和尚也不当了，我要当一名走龙探穴的好手。"说完，他摸了摸脑袋，想了一下，接着说道，"咱也给自己起个名号，叫……"

"叫淘金方丈如何？"我冷笑了一下，鄙视地看了他一眼。

"嘿，还别说，这名字好！"唐三七往沙发上一跳，蹲在上面，伸手扯了一只鸡腿，一边啃一边说，"这淘金探脉的大多是武行，这方丈又是文道，淘金方丈，文武双全，有内涵，有气势，这名字好。"

司一介甩了他后脑勺一巴掌，呵斥道："就你现在这本事，别既丢了探脉人的脸面，又毁了方丈的名声。"

唐三七倒也不怒，呵呵一笑，摸了摸脑袋，说："这以前武林人士行走江湖，谁没个名号，是不是名副其实先不说，过招之前，得先能镇得住场子。"

"这地下洞穴里，不是土就是石，遇到点活物也是个耗子虫子，你这名号喊给谁听啊？"我白了他一眼，然后转过头，对上官绯说道，"上官哥，虽然这趟没赚什么钱，但那方老板打的十万活动经费倒是没怎么花，你看这钱要不……"

司一介歪了下头，鼻子哼了一声，看得出，他对我这财迷样就没瞧得起过。

上官绯倒不见怪，他点了点头，说："这一趟大家都不容易，老辈人说过，一起走过穴，在这道上就可以称同道。既然是同道了，就可以按道上的规矩来，这规矩就是穿山一趟，不论出力多少，所得都是按人头分，就是平均分配。虽然这笔钱是活动经费，不是探脉淘金淘来的宝贝，但大伙儿也是出了力，自然应该平均分了才对。"

我朝上官绯竖起大拇指，然后举起啤酒罐，和他碰了一下。

"瞧你们这得意劲儿，你们还真当这行是儿戏啊，秃子那伙人的遭遇你们不是没见到，那三个人死得是一个比一个惨，这都没把你们给吓退？"司一介喝了口啤酒，眼神里一股子凶劲儿。

他说得没错，今天这一回，我们真的算是死里逃生，要不是唐三七天生乐观，活跃了气氛，真要是细细想来，那三个人也是货真价实的穿山金主，这一下子说没就没了，虽说这几个人心怀歹意，死不足惜，但生死之事岂能看得这么儿戏？

见我和唐三七不说话了，上官绯赶紧打了个圆场，说道："一介兄，你也别这么严厉，这走龙探洞、穿山行穴的事儿，本就是风险和机遇并存。后辈都不愿学，这手艺也就失传了，难得这两位兄弟想跟着你蹚路，你何必把人都吓退了。况且，你之前不也说过，都是成年人，做自己喜欢的事，为自己做的事负责，这就够了嘛。"

"欸！还是上官兄这话说得在理，小叔，我们都是成年人，有什么闪失也不用你负责嘛。"唐三七拍了拍司一介的肩膀，他倒一副满不在乎的样子。

"狗嘴吐不出象牙，别说晦气话，什么闪失不闪失的，你们只要听指挥，按老子说的一步步走，出不了大事，要有事也是我先担着。”说完司一介转过头，冲上官绯说道，“给那神秘人回个信息，说事情没办妥，再道个歉，先把这一出给了了。”

上官绯点了点头，掏出手机，想了想措辞，打完字给司一介看了一眼，司一介说了声“行”，上官绯便把信息发了过去。

没想到才过了十来秒钟，对方竟然就回了过来。

上官绯看了眼手机，对司一介说道：“一介兄，看来这事儿还不一定能了。”

“对方怎么说？”司一介点了一支烟，问道。

上官绯把手机伸到我们面前，上面的短信写着：

“那麻烦问下上官兄，你们这趟有没有寻到玄场？”

◆

第七章 三角锥

唐三七扶了一把眼镜，说：“这神秘人鬼鬼祟祟的，到底安的什么心，还有，他怎么知道玄场的，这些外行不是都不懂吗？”

司一介摆了摆手：“看来对方可不是门外汉，得，把经过跟他说说，只说要点，别的不提。就说找到了一处玄场，但是煞气太重，不适合做墓地。”

上官绯照司一介的意思回了过去，但这次过了好一阵，对方才回过来。

对方的短信很长，上面说：“既然如此，那不必遗憾，看来这处玄场并非我们老板所求之处，仍然感谢上官兄及各位朋友帮忙。另，如上官兄能答应再帮一个忙，那便更加感激了，再打办事预支费用十五万至你账户，但此次事关重大，不便短信详说。如妥，请告知，在下会安排会面之处，面谈。”

上官绯抬头看了眼司一介，司一介想了想，说：“这十几万十几万地打过来也不手软，这线放得够长啊。还真不知道是线这头的我们是大鱼，还是线那头的他们是大鱼。”

“答应吗？”唐三七抹了抹嘴，直勾勾地盯着司一介。

“先答应下来，见了面掂量掂量再说。”

上官绯点了点头：“成，听一介兄的。”

说完上官绯便把短信回了过去。这次对方很快便发了短信来：

“本月17号，下午五点，市区柯华路悦人咖啡厅。”

司一介掏出自己的手机看了一眼：“今天才13号，还有好几天呢，不急。咱明天先回成都，休息一下，顺便理一理手上的东西。”司一介转过头对唐三七说道，“和尚安心养几天伤，你这伤口也不浅，得歇几天。对了，回去咱把那东西取了。”

“啥东西？”唐三七摸了摸脑袋。

“你这啥记性，小叔说的是胶卷的事儿。”要不是看他手臂上还缠着纱布，我又一巴掌拍下去了。

“哦，对对对，我都忘了这一茬了。”

上官绯听我们这一说，饶有兴味地问：“怎么？一介兄手上还有啥好东西？”

司一介摆了摆手：“不是啥值钱的东西，就是几卷老胶卷，还不知道里面拍的是什么。”

“和你追的事儿有关？”

司一介点了点头：“也许有关，也许也是白忙一趟。”

“行，到时候有啥需要我帮忙的，直接招呼。”

“还不是时候。对了，说起帮忙，这两天咱们分头办点事儿……”司一介话还没说完，唐三七挪了挪屁股，打断道：“谁手机在响？”

大伙儿都摸了摸手机，没谁的在响。

“奇怪，我明明感觉沙发上有东西振动了一下。”唐三七有点不相信。

我白了他一眼，说：“人生三大错觉之一。”

“不对，肯定有！”唐三七不信邪，伸手往沙发缝里摸了摸，也没有。他竖起耳朵听了听，又不死心地往沙发上的背包里摸索。

他手刚伸进背包，就愣了一下，转过头来看着我们，脸上是难以置信的表情。他慢慢把手从背包里拿了出来，手里拿着那个三角锥。

“好像……是这玩意儿在振动。”

司一介皱了皱眉头，问：“你小子确定？”

“确定啊，我这屁股老敏感了，坐马桶上就算有蟑螂在地上爬，我都能感觉到。”唐三七夸张地解释道。

司一介接过唐三七递给他的三角锥，握在手里感觉了一下。

“没有振动啊。”

“小叔，你那手成天不是挖坑就是攀岩的，别说振动了，就是铁锤子敲上面也是给你做做手部护理。”唐三七见我们不信，拿了一个玻璃杯，倒了半杯水进去，然后放在桌子上面。

“这手感不行，眼睛不会差吧？”说完他把三角锥放到玻璃杯旁边，杯子瞬间发出一阵高频振动的声音，声音很小，让人感觉到有点耳鸣。

接着，玻璃杯里的水出现了波纹，很明显的波纹。这下，大家都能看到，这玩意儿果然是在振动。

上官绯瞪大双眼，看了眼杯子，又看了眼唐三七，接着对司一介说："一介兄，你这两个徒弟还真不是一般的有潜力啊，一个比一个机灵，不干探脉人的行当，真是浪费人才啊。"

司一介摆了摆手："他这叫狗屎运。"说完他拿起三角锥，放到耳边听了听，又放了下来，"这声频太高，听不清，如果有仪器能测测就好了。"

"一介兄要是放心，可以把这东西交给我，我有门路，我拿去检测一下。"上官绯对司一介说。

"这有啥不放心的，你办事我放心得很，刚才话说到一半被和尚打断了。我的意思是，这两天咱们分头行动，你回去把化石的照片对照着搜一搜资料。另外，这三角锥也交给你，你去倒腾一下，照照X光，测测声频，看看这些东西能找出什么线索来。而我去搞那胶卷的事儿，然后17号我们去和那个神秘人接头，你看如何？"

"成。"上官绯点了点头。

"那今晚睡个饱觉，明早打道回府。"司一介一声令下，大伙撤了台子各自回屋。我和唐三七睡一间屋，司一介和上官绯睡一间。

我洗漱完了刚准备躺下，唐三七响雷一样的鼾声就灌耳而来。

我这才想起这唐三七打鼾是出了名的响，早知道不跟他睡一个房了。

无奈我只好刷了会儿手机，上网查了查关于三星堆的一些信息。

原来这古蜀国的历史还挺有趣，从四千多年前的蚕丛王朝开始，依次还经历了柏灌王朝、鱼凫王朝、杜宇王朝和开明王朝，最后被秦国所吞并。可以说古蜀文明是和华夏文明一样悠久辉煌的文明。其中最为有名的便是杜宇王朝的君主"望帝"和开明王朝的君主"丛帝"了，至今在郫县还有纪念他们的遗址望丛祠。而三星堆和金沙遗址出土的文物，主要就集中在鱼凫王朝到开明王朝这一段时期。

我脑子里又回想起那些形态古怪的三眼族人骨化石。听上官绯说，这化石应该存在了上万年之久，甚至可能上百万年，这远远超越了古蜀文明的年代。究竟这古蜀国是如何发掘这些史前化石的，而这些东西对古蜀国文明带来了哪些影响，这些疑问，在网络上基本搜索不到答案。

迷迷糊糊中，今天一天的疲劳劲儿涌了上来，我带着这些疑问，昏沉沉地睡去。

夜里做了个梦，稀奇古怪的，梦中的我好像是站在一个山顶，四周都是云海。突然整座山摇晃起来，我站立不稳趴在了地上，随后脚下裂开一条缝，深不见底。我试着从缝隙望下去，一双巨大的眼睛正盯着我，在黑漆漆的深渊里，如同来自地狱。我吓得说不出话来，随即那黑暗之中，那一双眼睛之间，又睁开一只眼……带着血红色瞳孔的第三只眼……

我一下惊醒了，耳边响起唐三七如雷般的鼾声，我缓了缓神，心里咒骂了几句，怪这噩梦都是唐三七的鼾声引起的。

我抹了抹额头渗出的汗水，顿时觉得口干舌燥，便起身准备倒一杯水。

刚走到门口的茶水台，就听到门外好像有人在说话。我凑到门口，朝猫眼里往外望了望，是上官绯，他正在走廊上打电话。

这小子，又深更半夜神神秘秘地打电话。我赶紧把耳朵贴在门上，想听听他在说什么。

声音仍旧很小，只听他断断续续地说：

"……可能……不太清楚……确实有……也不算不成功……回来再说……你先联系……研究所……"

听他说的这些，我暗自推测了一下，有可能是说这次的行动没有达到预期目标，但有收获，下一步想找什么研究所，和电话那头的人约好回去再详谈。

我突然想起司一介交给他的那个三角锥，看来他把这事透露给了对方，这小子葫芦里到底在卖什么药，他背后肯定还有什么事，只是不会告诉我们。我琢磨着，这小子看起来挺和善的，分钱的时候也大方得很，应该不是为了钱。但我转念又一想，他要真是只为了钱，还好说，要是有别的图谋，还真不知道对我们是利是弊。还有，司一介对他信任得很，这事又不能再对司一介说，被骂一顿还好，万一被上官绯知道我背后怀疑他，那就不太好了，容易伤了和气。也罢，我先观察一下，提防着他便成。

喝了水我又上床去，这时唐三七也翻了个身，暂时没打鼾了，我趁此机会，裹着被子，又睡着了。

这一觉睡得还不错，直到日上三竿。

第二天中午，大伙陆陆续续起来，在酒店吃过饭，便打道回府。一路上感觉大家困意都还没消，司一介一边开车，一边抽烟提神，我们几个索性在车上又打起盹来。

回到玛雅户外，已经是下午三点来钟了，我们卸下了东西，和上官绯告别，然后司一介让唐三七去取照片，他自己到唐三七的电脑上找起了资料。

我跟司一介打了个招呼，说晚上再过来，然后打了个车回家里一趟。

回到家我把屋子收拾了一下，往浴缸放了水，准备泡个澡。

衣服刚脱完，光着屁股就接到司一介的电话，说上官绯把钱转过来了，除去这趟的花销，一人三万五，唐三七的那份也交给我了。他卖货那笔钱上官绯也打给了他，他把其中的两万块打到我账户上了，一共转了九万块给我。我心想，这上官绯还真是个有诚信的人。另外，这司一介也太抠门了，卖了二十五万的货，就打发了我两万块。

我翻了下短信，看了下到账信息，发现有点不对，怎么多出来二十万，上官绯一共打了二十九万过来。

难道他手一抖，打错了？我正窃喜，结果司一介的短信就过来了，给了我一个账户，说让我给这个账户转二十万过去。

司一介没有网银，就只有一张银行卡。

我咒骂了两句，然后披着衣服打开电脑，给他说的账户转账。心想，这个司一介背着我们在外面养小三还是怎么的，一下就打二十万给别人，没看他对我们这么大方过。不过转念一想，他连婚都没结，哪里来的小三啊，就算有相好的，也不能叫小三嘛。

我输入了账号和户名，这人名叫张华，很普通的名字，看不出是男是女，我甚至怀疑，这可能只是个用来收账的账户。

这个司一介没房没车，赚那么多钱，全花在这些神神秘秘的地方，他到底在搞些什么？他一直说追什么线索，也从不把话抖干净，总藏着掖着，真不知道他这背后到底在钓一条什么样的鱼。

算了，我也懒得再去想，转完账关了电脑，便缩进浴缸，泡起了澡。

晚上我回到玛雅户外的门面，唐三七正在里面招呼生意，有几组人在采购，看样子也算一笔不小的买卖。唐三七还挺能说，口若悬河，唾沫星子乱飞，一边帮人拿货，还一边给人推荐别的装备。说这个牌子的登山靴要配哪个牌子的登山杖，还有什么大件装备是基础，危险的时候很多小装备小零件可以有奇效，又不增加负重，讲得头头是道。他朝我努了努嘴，意思是让我上楼，司一介在上面，别耽误他做买卖。

我爬到二楼，看见司一介正坐在沙发上抽烟，茶几上摆了几张照片，他弯着腰，一张张地在看。

“东西洗出来了？”我走到茶几前，看了看。司一介没搭理我，虚着眼盯着手里的照片。

我拿了一张起来，看了一眼。

是几个人的合照，有一辆挂着帆布的大卡车，七八个人站在卡车前，笑容满面地合影。照片的背景好像是一处戈壁里的营地，营地里有帐篷，有堆积的物资和一些设备，看得出，是个在戈壁里临时搭建的休息点。看这些人的穿着和装备，应该是几十年前的照片。

“探险队？”我抬头看了眼司一介，他点了点头。

“这些人都是谁？你认识？”

他摇了摇头。

我又拿起另外一张，是两个人在谈话，其中一个嘴唇上留着胡子，叼着个烟斗，另一个人戴着防风帽，正在拿手比画着什么，显然这两个人没注意到有人在给他们拍照，姿势和神态都很自然。这两个人的穿着和刚才照片里的人一样，应该是一个队伍里的人。

我正准备把这张照片放下，突然眼睛一瞟，愣了一下，然后把照片拿起来，凑在眼前仔细瞧了瞧。

“奇怪，留胡子这人手上拿的这块石头……”我不由得自言自语道。

司一介听我这么一说，把烟头掐灭，站起来朝我手上的照片看了看，然后又坐了下去，说：“你小子眼神还不错，能看到重点，没错，那人手里拿的是一块四轴石。”

“穿山淘金的？”

司一介摇了摇头，说：“看行头不像是穿山金主，倒像是正规的探险队。”他又递给我一张照片，是几个人在扎营生火，远处是一片湖泊，几辆卡车停在湖边，远远看见有些人在湖边架着设备采样。这湖不大，能看到两侧的湖岸，周围有些深色的植物，但这些植物再往外，几乎都是白色的树干，像是枯死很长时间了。

我又拿起几张照片，都没什么特别之处，几乎都在记录这个探险队科考采样和一些吃饭的场景，还有一些站在湖边摆拍的合照之类。

“两卷胶卷就洗了这几张出来？”我问司一介。

“已经不错了。”

“这伙人看上去是一个探险队或者科考队，但那个留胡子的人手里拿的确实是四轴石，难道是一支打着探险幌子的探脉淘金的队伍？”

“这儿还有两张。”司一介把手里的其中一张照片递给我，“你先看看这张。”

这一张几乎是黑色的，照片中央有一处光斑，右下角还有一点光亮，除此之外，什么也没有。

“洗坏了？”我疑惑地看着司一介，“啥也看不见啊这一张。”

“才说你眼神不错，耐心点看。”

我又虚着眼看了看，这光斑并非灯光，上面仿佛蒙了一层印花玻璃，有一层纹理一样的光影。右下角的光亮仔细一看，仿佛有个深色的物体，只是颜色太深，看不太清楚。

“是湖水。”司一介提醒了我一下。

我一下想明白了，右下角这个黑色的东西，应该是个皮筏的边沿，镜头之外可能有火把或者照明的东西，所以只看到了一点光亮。

而画面正中的这个光斑，应该是从湖水之下传上来的，经湖水的波纹折射之后，看上去似蒙了玻璃的感觉。

“这是什么？探照灯？”我问道。

“可能性不大，看这照片里的年代，应该不会有能防水的水底探灯。”司一介摇了摇头。

“湖底的光？难不成是……”我没敢说后半句。

司一介没回答，而是拿着那最后一张照片不断地端详，好像每个细节都想看清楚。

“还有一张拍的什么？给我看看啊。”我胃口有点被吊起来了，想知道最后这群人还拍了什么。

司一介沉默着摇了摇头，把照片扣在桌子上，然后点起了烟，深深吸了一口，长长地舒了出来，身子靠在沙发靠背上，望着天花板出神。

我看了看他那模样，便知道这最后一张肯定有蹊跷，于是赶忙拿起来一看。

出乎我的意料，这张照片和刚才那些截然不同。明明是同一卷胶卷里洗出来的照片，这张给人的感觉却像是错放进来的。

照片中是一座城市，一座现代的高楼林立的大城市。而更诡异的是，这整座城市竟然在漫天的大火中燃烧着，到处是坍塌的建筑，被摧毁的街道，以及伴随着大火冒起的浓烟。

“这……”我惊讶得说不出话来。

司一介也没出声，看得出，他也想不明白这一张像是错放进来的照片到底是怎么来的。

几声噔噔噔的脚步声从楼梯下传来，唐三七跑了上来，一脸做了笔大买卖的得意样子。他刚准备开口，我抢在他前面问道：

“和尚，这照片没弄错吧？”

他愣了一下，反问道：“怎么了？”

我把照片递给他，他一张张地看了一遍，我把刚才我和司一介的分析也和他讲了讲。当看到最后一张照片的时候，他也愣了。

“不应该吧，我再打电话问问？”

“不用问了，不会错的。”司一介直起身来，说道，“这最后一张照片虽然内容格格不入，但胶卷老化后出现的一些杂色和划痕和前面几张是一样的，这照片确确实实是那卷胶卷洗出来的。”

听他这么一说，我和唐三七更说不出话来了。

“打着科考幌子的探脉人……沙漠戈壁里的湖泊……”司一介自言自语道，“湖底透出来的光斑……还有被不知道什么力量摧毁的现代都市……”

“这胶卷到底哪儿来的啊？”我忍不住又问司一介。

他摆了摆手，说道：“东西哪儿来的不重要，重要的是这东西到底要把我们指到哪儿去。”

“嘿！”我撇了撇嘴，“你又不说清楚，我们哪儿知道指到哪儿去啊。你就不能详细说说这东西哪儿来的吗？你成天在外面到底在倒腾些什么，我们也好帮你分析分析。”

“你别装得一副好像事事关心的样子，你那心眼本来就小，装的还都是钱袋子，能淘到宝贝的活儿你就干，说啥废话。”司一介说了我一句。

唐三七也在一旁笑。我把照片往桌子上一甩，说道：“嘿小叔，你这话我不爱听了，啥叫能淘到宝贝的活儿我就干？这钱财是重要，但我是那种见利忘义的人吗？这不想替你想想招儿，出出主意嘛，说得好像我只认钱一样。”

“得了吧你，我还不知道你。”司一介说完又往沙发上一躺，不再开腔。

我却憋了一肚子冤枉，这个司一介，啥事儿也不抖干净，就知道数落人，把好心当成驴肝肺。

我还想说两句，却被唐三七拉住，他一脸媚笑地打圆场，说什么小叔肯定自有打算，这事儿还没眉目不愿我们操心，又转过头对司一介说：“无量哥不也是好心嘛，大家都相互理解理解，多好的团队，别刚起步就窝里讧嘛。”

但司一介根本无动于衷，躺在沙发里抽起了闷烟，我也不打算再搭理他，转身下了楼，出门打车回家去了。

路上唐三七给我打电话，说让司一介这两天在店里休息，他负责看着他，我也休息几天，店里的事儿他照顾着，不用担心。

这个唐三七，不管外面人怎么看他，说他傻，老异想天开，心眼还直，总被人骗。但我对他还是挺放心的，他做买卖从来不骗人，而且喜欢研究技术性的东西，给客人讲起装备来也头头是道，比我还专业。除了爱喝酒，容易感情用事，急起来脾气不小以外，别的没啥大毛病。

挂了电话我回到了家，在家歇了一晚，难得回到自己床上，又没有唐三七在一旁打呼噜，睡得挺好。

这一觉直睡到第二天中午。

我迷迷糊糊爬了起来，洗漱完准备叫外卖，就在这时，唐三七的电话突然就打了过来。

"啥事儿？"

"量哥，小叔，他……他跑了。"听得出唐三七有点着急。

我叹了口气，说："他这么大个人了，跑就跑吧，他哪次回来不都是急急忙忙就要走的。"

"但他啥东西都没拿，背包啥的都还在。"

"打他电话了没？"

"他电话都没带。"

"那行了，别管他了，你这两天安心养伤，他要不回来，咱乐得清净。"

"不会出啥事儿了吧？"

"能出啥事儿，你别乱想了，行了，就这样吧。"

说完我挂了电话，心想，我管你司一介跑哪儿了，你不用我们操心，我还真不操这个心了。

但转念又一想，不对，他要是真失踪了，咱这生意倒真吃紧了，没他给我们送货，我这财路不就断了吗？

先看看情况吧，过两天他要还不回来，就给上官绯打电话，再想办法。

在家看了一下午电影，晚上还是忍不住给唐三七打了个电话，问司一介回来没。

"还没呢量哥，要不给上官打电话问问？"

"先不急，上官那边可能正在忙，等两天，不是17号去见神秘人吗？在那之前他要是不回来，咱再找上官。"

"行。"

"你那伤口没啥事吧，明天记得去换药，破伤风的针也得去打。"

“放心吧，我身体好着呢，伤口没怎么发炎，问题不大，明早去医院。”

挂了电话，我往椅子上一靠，想着要不给上官绯打个电话，顺便问问他那边的情况。一方面那三角锥的事儿我还挺挂念，另一方面也想探探对方口风，毕竟他这个人也有些神神秘秘的，老是半夜打电话，而且把我们的事儿往外抖，不知道葫芦里卖的是什么药。

我索性拨了电话过去，但对方却关机了。

这让我心里隐隐有一丝不安，司一介和上官绯都玩失踪，这算什么事？我抬头看了眼时间，才过九点，这家伙不会这么早就睡了吧？

算了，先稳稳，不能乱了阵脚，过两天再说。

又过了两天，眼看明天就要去见神秘人了，司一介还是没消息。我正准备给上官绯打电话，对方却拨了电话过来。

“你这两天手机怎么一直关机？”我接了电话便问。

“不好意思，无量兄弟，我这两天一直在美国，刚回来，才下飞机。”

“美国？”我有点吃惊。

“对啊，那边有设备，而且有几个朋友，方便一些。我等下从机场直接过来，你们等我。对了，一介兄怎么没接电话？”

我沉默了一阵，回答说：“他都失踪两三天了，你快过来吧，我们见面说。”

“啊？发生啥事儿了？那你们等我，还是在玛雅户外碰头，这儿有些信息很重要，咱们先见面再说。”听得出他也有点急了。

“行，你赶紧打个车过来吧。”说完我挂了电话，心想你个司一介，可别死在荒郊野外了，你再不出现，我可要报警了。

过了个把小时，上官绯背着个包，进到门店里来了，我拉下卷帘门，让他上楼说。

走了几步，我又回头把卷帘门露了条缝儿，心想万一司一介回来了，可别连门都进不了。

上了楼来，唐三七已经把“作战室”准备好了，上官绯把背包搁下，拿了那三角锥出来，又把笔记本电脑接上投影仪，打开了电脑。

刚准备开始，只听得楼下卷帘门哗啦一声被拉开了，我赶紧推门出去，往下面看了一下。

只见司一介嘴里叼着烟，抖了抖衣服，一副满不在乎的表情走了进来。

“你到哪儿去了，都以为你被仇家杀了，扔府南河里头了。”我吼了他一声。

他抬头看了我一眼，撇了撇嘴，上了楼来。

“哟，上官也来了？”他走进“作战室”，和大伙儿打了声招呼。

“小叔，你这不说一声就失踪，大伙儿都急死了。”唐三七赶紧给他倒了杯水。

“没看你们急啊，你们这是在开会讨论怎么救我？”

“上官正要说他这几天研究的成果。你这两天去哪儿了？”我问他。

司一介拉了椅子坐下：“这是正事儿，先说这个，我一个大活人，出去逛两天散散心，没啥好聊的。”

我看了眼他的样子，胡子几天没刮了，衣服也没换，估计肩膀上的伤口也没去换药，一看就是去办了什么急事。但他又捏紧了话袋子，只字不提，这家伙太不把我们当自己人了。

上官绯看了看我们，咳嗽了一声，说道：“那我还是先说这边的情况吧。”

上官绯把电脑里的东西投影到银幕上，是一幅三角锥的透视图片。

他拿出激光笔，指着上面的图，说：“这些东西是别人帮我做的，我对专业的东西也不是非常了解，大概讲讲他们测出来的结果。首先他们给这个东西拍了一张全息图。你们可以从图上看到，这东西是空心的。”

“这个我们之前就能感觉到，毕竟很轻。”我看着银幕说道。

“没错，这并不奇怪，你们看这个外壳，厚度大概是三至四毫米，外部的石头部分比较粗糙，是普通的花岗岩，但内侧非常平整光滑，并且难以置信的是……”说着他动了动鼠标，三角锥的三维模型在银幕上转动起来，“从各个角度看，这个三角锥都没有接缝……”

“什么意思？”司一介皱了皱眉头，“你是说……这东西是从里面被掏空的？”

“可以这么说……”上官绯顿了一下，接着说道，“当然，虽然在正常情况下，石头是坚硬且封闭的，针头都没办法插入，但我们通过特殊的方法来看这三角锥，发现它并非完全密实的，普通的水都可以浸入。”

上官绯说着又换了一张图片，三维模型被扔进了一缸液体里。

“你们继续看。”他拿激光笔指了指图片，“我们将三角锥放置在水里，从透视图上可以看出，水很快浸入了表层，就是这个区域。”他指了指，“但是只有不到一毫米，再往里，水便不能浸入了。”

“这么说，内层的材质并不是花岗岩了？”我问道。

“嗯，从体积和密度的测试推论，内层并不是普通的石材，具体是什么不太清楚。我并没有同意他们把外层的石材损坏，没有深入研究，但可以确定的是，内层材料和外部石材并不是粘起来这么简单，可以说……是一种渐变的转换。”他转头看了我们一眼，我们几个一脸茫然，“简单说吧，就是从外部石材渐渐变成了最里面的材质，中间过渡是非常紧密的，几乎是原子级别的渐变。”

“等等，我有个疑问。”唐三七伸了一下手，“如果原子级别发生了改变，就是不同的材料了，比如铁和铝。那材料与材料之间不一定能紧密衔接啊，如果不是有效的分子结构，原子间存在很明显的排斥力。”

这唐三七，居然和上官绯谈起了物理化学，我有点蒙了。

“这个我也不太清楚，总之他们的结论是到了内部，材料不是普通的石材了。”上官绯耸了耸肩膀。

“也许不仅仅是原子级别的变化吧……”唐三七扶了扶眼镜，他那样子，给人一种高深莫测的感觉。

“接着说。”司一介抄着手，仰靠着椅背。

上官绯点了点头，继续说道：“这内部是如何掏空的，不得而知，但还有一个现象，就更古怪了……”说着他又换了一张图，上面有一个轴线图，有X和Y两条互相垂直的轴线，在轴线区间里，有一根顺着X轴不断降低的曲线。

“这是壁厚的动态跟踪图……”

唐三七还没等上官绯说完，便喊了一声：“不是吧，这壁厚一直在减少？！”

“没错！”上官绯指了指轴线图，“这X轴是时间，Y轴是壁厚，可以看出，这壁厚随着时间的推移，一直在减少，而且画出了一条规律的曲线。”

“你的意思是说……”我有点不敢相信，“这三角锥还一直在被掏空？”

“是的。”

“被什么掏空？”我一脸的惊讶。

上官绯摇了摇头。

“那这个东西的重量……”唐三七问道。

上官绯又切了一张图表：“重量也在不断下降。”

“有点意思……”唐三七往椅子上一靠，不说话了。

房间的气氛变得有点古怪，上官绯看了看我们几个，没接着往下说。

我壮着胆子接起话头，说道：“这就好像……怎么说……”我咂了咂嘴，“就好像……这里面有什么看不见的东西，正在一点一点地不断地挖空这三角锥，往外钻……然后……”我没敢说下去。

又是一阵沉默。

一直没说话的司一介往椅背靠了靠，说道：“然后里面这东西，就会逃了出来。”说这话时，他的眼睛直直地盯着银幕，脸上不带一丝表情。

房间里的人又都不说话了，“作战室”安静得有点诡异，只有投影仪转动着发出嗡嗡的响声。

◆

第八章
神秘人

司一介首先打破了沉默，他问道："按你那个图表的估算，这外层的石壁什么时候会破？"

上官绯点了下电脑，说道："这个只能估计，毕竟内部的材料和外层存在渐变的区域，而且从这个曲线可以看出，这个速度在减慢，虽然速度在减慢，但总有一个临界值。如果按不能透水的位置来看，可能还有五年左右，但里面的材料不知道是什么。虽然不会透水，但会不会透出里面的东西就不知道了，如果按掏空最内侧的那不到一毫米的均匀材质的材料来看……"

上官绯转头看了看我们。

"只有三个月。"

"准确地说是九十一天。"唐三七拿起激光笔，指了指图表的右下角，上面有一个倒计时的数字，这数字还在不停地减少。

又沉默了几秒，只听啪的一声，司一介拍了一把桌子，站了起来，吓了我一跳。

"什么三个月、九十一天，不一定靠谱，再说，这里面空空的，什么都没有，怕个球。"

他这话说得有点给大伙儿长底气的味道，但说实话，没啥用。

"对了！"唐三七搭了一句，"之前发现这玩意儿在振动，发出高频的声波，又是怎么一回事儿？"

上官绯见唐三七这么一问，脸上的表情变得严肃起来。他没说话，弯下腰在电脑上捣鼓了几下，屏幕上出现一个音频播放器。上官绯按下了播放键。

"呜……呜……呜……"电脑里发出一阵响声。

"什么东西？什么呜呜呜？"我皱了皱眉头。

“这是把高频音降调以后，播放出来的普通人的耳膜能接收到的声音。”上官绯解释道。

“那这呜呜声到底是啥？”我听不明白，摇了摇头。

“一开始我也不明白，但后来研究所的朋友提醒我，这只是把声音的音频降低以保证人耳能听到，但这种降频的方式，其实也会降速，也就是说，声音会拖得很长。越是高频的声音，降到正常声音后拖得就越长，于是他们试着调整了声音的速度，也就是降调不降速，你们再来听听……”

上官绯点开了另一段音频。

“呜……又……多……扩……”因为处理的原因，声音有点杂，而且语速仍旧很慢，声音失真，但仔细听大概能听出这几个音，而且不断地重复。

“这……”唐三七竖起了耳朵，脸上一副不敢相信的表情，“这……好像是……说……”

“不——要——打——开。”

司一介站在桌子旁，抄着手轻描淡写地吐出这几个唐三七憋了半天不敢说的字。

“你们不要自己吓自己好吧！”我有点不敢相信，“这么不清楚的声音，你们凭什么就断定是这几个字！”

我扭头看着上官绯，说：“这东西本来就在往外钻，还说什么不要打开，这不符合逻辑啊，又不是我们要打开的！”

上官绯摇了摇头没说话。

“这声音是通过三角锥振动发出的，这振动源找到了吗？”唐三七问上官绯。

“这振动每分钟一次，每次持续十秒，非常精准，可以达到原子钟的精准级别，至于振动源……没有找到。开始怀疑是有东西在里面掏空内部而发出的振动，但外壁的减少的曲线没有断断续续，所以排除了这种可能。”

“原子级别？那这振动频率仍然在相对论的范畴里吗？在不同的速度下频率有变化吗？”唐三七扶了扶眼镜，开始说一些完全只有他才听得懂的话了。

上官绯愣了一下，摇了摇头，苦笑了一下说：“这我就搞不懂了，也没做这些研究。看不出三七兄弟知识还挺渊博，相对论都搬出来了。我之前也说过，拿科学那一套东西来解释玄场这些东西的人也有，我也认识一些这种朋友。但我不是专业研究这个的，惭愧地说，我的知识也是老一辈传下来的，所以我只能给你们传达研究所那边测出来的结果，至于更深的东西，咱也只能遇到一出学习一出了。”

“不过无量刚才说的话，虽然不是什么高深的理论，但我觉得有一定道理，再高科技的东西，逻辑总要有的。”司一介又扶着椅子坐下，躺在了靠背上，“这东西在往外挖，又警告我们不要打开，这逻辑不通。”

“一介兄，你的意思是……”

司一介停顿了一下，说道：

“这警告声，是别人加在里面的……”

他这一说，我们都愣了一下。

见我们不说话，他皱了皱眉头，继续说道：“我虽然不懂你说的那些高科技的玩意儿，但我就凭经验来琢磨，这声音或者说这振动，可能是另外一个地方发出来的。这东西只是个接收器，就像手机一样，接到信号，然后振动起来。”司一介摊了摊手，“当然，我这猜测毫无根据，纯凭直觉。如果现在的科学解释不了这东西是怎么接收了信号并发出振动的，那我们就只能找到源头，找到发出这个振动频率的源头，两相一对照，就明白了。”

“这个猜测很大胆，但是……”我有点犯难，“你说这信号源在任何地方都有可能，甚至从地球外都有可能，哪儿去找？”

“还有一点……”唐三七摇了摇头，“这东西可是拿到美国去过，那么远的地方，一样能接收到信号，我想不到除了卫星还能有什么东西能穿越大半个地球将信号传播过去。所以量哥说的不是没有道理，这信号还真可能是从宇宙发射过来的。”

被我们这么一说，司一介也不开腔了，看得出，他这老行家遇到地球以外的东西，也是两眼一抹黑，估计还没哪个探脉人能探到月球火星上去的吧。

“九十一天……”上官绯又看了眼电脑上的数字，喃喃自语。

“老子还不信了，难不成九十一天后这地球就毁灭了？”司一介拍了一下大腿，说道，“想不明白就别想，和尚，去提两罐啤酒上来，再弄点下酒菜，老子先填饱了肚子再说。”

唐三七摸了摸脑袋，转身下了楼。我问上官绯是不是也没吃饭，再怎么说，小叔说得也在理，饭总是要吃的，这不吃饭，别说九十一天了，一天都不行。

唐三七叫了外卖，外卖送来了以后几个人关了机器回到客厅，先把饭吃了。

这顿饭吃得没滋没味的，估计大家心里都存着事，话也不多，除了唐三七和司一介偶尔扯几句酒经，没有多余的交流。

完了上官绯打车回家，我也准备打道回府，司一介仍旧住在店里，我问他去不去我家，他说懒得跑。我又问他肩膀伤好了没，他撇撇嘴，说早结痂了，不用操心。唐三七见我们两个聊着，赶紧过来说："小叔你看，你这侄子多关心你。"他又转过头来对我说，"量哥，再怎么说，小叔也不会抛弃咱的，毕竟是自家人，你说是吧。"

"是是是。"我说，"以后啊小叔你的事我也不过问，你说往东就往东，你说往西就往西。我就是钱眼子，有钱赚就行，成不？"

司一介点了点头，说了句："这就对了嘛，识相。有些事儿我还能扛，就不愿意你们来受。算了，不说这些了，走，和尚，咱们回去接着喝。"

"这两个酒鬼！"我苦笑了一下，转身回去了。

第二天下午，上官绯开车来接我，然后我们去了门店，把司一介和唐三七也接上。我问上官绯："不是说五点吗，会不会去早了？"

"这叫踩点懂吗？对方什么人什么底细我们都不知道，和陌生人接头，一般得先去看看情况，有备无患。"司一介鄙视地看了我一眼。

"行，听您老吩咐。"我也不开腔了。

"对了，上官哥，昨晚只顾着说那个三角锥了，那三眼人骨化石的事儿呢？"唐三七伸了脑袋过去，问上官绯。

上官绯摇了摇头，说："没着落，资料查了不少，根本没能对得上的。"

"也就是说，我们人类的历史上根本没有出现过这种东西？"唐三七歪了歪脑袋，坐了回来，"那就是在有记载的历史之前……史前……文明？"

上官绯笑了笑说道："史前文明的资料倒是有很多，不过都是推测，玄乎的多，靠谱的少。"

“那化石就是实实在在的证据啊，咱什么时候再回去一趟，弄点出来？”

“别提那东西了。”司一介摆了摆手，“前两天我托人帮忙又去看了看，你猜怎么着，全给人搬空了。”

“啥？！”唐三七差点没蹦起来，“那么多，全搬空了？什么人干的？”

司一介点了一支烟，吸了一口，说道：“螳螂捕蝉，黄雀在后。咱们后面不知道还跟了几队人马，你们眼睛都放亮点，这些人，都把咱们当炮灰呢！”说完他把椅背往后调了调，闭着眼抽起烟来。

说话间，车到了目的地。司一介看了看表，才刚过四点。“上官绯，你先进去找个位置坐着，靠街道这边窗子的，我们几个就在车上，先看看情况。”他安排道。

然后我们三个就在车上观察进进出出的人，这个地方挨着大学，进进出出的大都是学生模样的人。

我向司一介说：“这神秘人若是穿着黑西装戴着墨镜和口罩，肯定显眼。”

司一介白了我一眼，说：“这人都提出见面了，肯定不会穿成这样。我们在这儿看着的目的，主要看这个人是怎么来的，开车还是打车。如果是开车，能记住车牌就行，这样便能想办法摸摸这人的底细。如果是打车，也能根据车牌找到司机，问点眉目。当然，这一切都是迫不得已才会去查，如果这人对我们没什么威胁，就没这个必要了。”

我点了点头，心想这个司一介，不愧是什么浑水都蹚过，这些路子比谁都清楚，相比上官绯，他在这方面要老辣得多，怪不得之前他一眼就能看出有人在给上官绯下套。

可是看了大半天，进去的人没一个是找上官绯的。开始我们以为时间没到，但等了一个多小时，都五点一刻了，那人还没来。

“这啥情况？”我问司一介，“被放鸽子了？”

司一介皱了皱眉，转头对后座的唐三七说道：“给上官绯打个电话，让他给对方发个短信，问问情况。”

唐三七刚拿起电话，只听嘭的一声响，车子被人从后面撞了一下。

“谁啊！停路边都能让人给追尾了！”唐三七脑袋顶到前排座了，摸了摸头，气呼呼地推开车门下去。我也赶紧跟了过去。

后面停了一辆红色的车子，唐三七扶着眼镜看了看追尾的地方，又摸了摸。我也看了看，好像没大碍，只有保险杠被对方车牌上的钉子戳了两个印子。

“没啥事嘛。”我刚一开口，唐三七不乐意，说：“什么没啥事儿，这保险杠又不能单独喷漆，要喷还得刮了漆全喷。至少也要千把块的，不行，我得找车主去。”说完他便朝后面车的驾驶室走去。我叹了口气，跟了上去。

还没等唐三七抬手敲车门，红色车子的车主便推门下来了，我还没见着车主人，就听到一个银铃般清脆的女声不断说着：“对不起对不起，太抱歉了，都是我不小心，我太着急了……”

唐三七顿时愣住了，我走过去一看，嚯，对方竟然是个小姑娘，看上去十五六岁的样子。一头金发，梳着两条马尾辫，穿着小洋装套裙，一副可怜又可爱的模样。她用一双水灵灵的大眼睛瞧着唐三七，还不停地双手合十向他鞠躬道歉。

“那……这……”唐三七有点语无伦次，他那模样，真是下山的和尚遇到小老虎——呆了。我差点没忍住笑出来。

“那个……也没啥，就两个印子，没事。”唐三七好不容易挤出一个笑容，摸了摸脑袋。我听他突然这么一说，心里骂了一声，你个唐和尚，遇到个小姑娘你就没事了，刚才谁说没个千把块的这事儿完不了。

“真的没事吗？”这小姑娘又走到车头瞧了瞧，然后转身对唐三七说，“哥哥，实在抱歉，我这车也是借别人的，而且，我也没带驾照，报保险麻烦，如果可以，我们私了了吧。”我心想，你这年龄，怕不是忘带驾照吧，你还没到能领驾照的年纪吧。

“这有啥啊，没事，你有急事你先走吧，真没事。”唐三七大气地摆了摆手。

“真的？！”小姑娘拍了拍手，又给唐三七鞠了一躬，“谢谢哥哥，那我先走了？我确实有急事。”

唐三七微笑着点了点头，这模样，看得我心里发毛，心想你个和尚咋就这么没节操呢？一个小姑娘几句软话就把你搞得神魂颠倒的，瞧你那点出息。

这小姑娘回到车里，提了包就走，还回头朝我们挥了挥手。

唐三七还站在原地傻笑，一副魂不守舍的样子。

我正准备扇他一个巴掌，让他赶紧回车上，但眼睛余光一瞟，看见那小姑娘竟然推开咖啡店的门，走了进去。她站在门口四下看了看，然后朝坐在窗边的上官绯招了招手，竟然走过去坐了下来。

“这……”我愣了一下，赶紧走到车门前，叫司一介。

司一介听我说了下刚才的事，皱了皱眉头，回了一句：“咋是个小姑娘？”看得出，他也意外得很。

“我们进去？”

“不用，让上官绯一个人先应付，我们能不露面最好不露面。”司一介吩咐道。我赶紧转身过去把愣在原地看着咖啡店的唐三七拉回了车里。

“这……这……”他坐到车上，还有点没回过神来。

“这什么这啊，那小姑娘就是神秘人。”我拍了下他的脑袋，让他清醒一下。

“这不可能啊。”

“有啥不可能，你又没见过神秘人长啥样。”

“那之前和上官绯短信沟通的也是她？”

司一介摆了摆手：“那倒不一定，也许只是对方派来交涉的。我就说这神秘人不会轻易露面，但没想到派一个小姑娘过来。如果只是传个话，短信里就说了，但之前又说要当面谈才能说清楚，这小姑娘能说清楚什么，真不知道对方咋想的。”

我从车窗朝咖啡店里面看去，那小姑娘正在兴致勃勃地跟上官绯说着什么，还不停地拿手比画，上官绯并没有一副满不在乎的样子，而是好像听到什么挺严肃的话题，眉头紧锁，时不时还摇摇头。

两人交谈了半个多小时，小姑娘摆着手和上官绯告别，然后出门上了车。我和唐三七赶紧埋下头，生怕她又找过来。但对方没有停留，发动了车子便离开了。

“车牌记下了吗？”司一介问我。我点了点头：“刚才追尾的时候我拍了照。”

见那辆红色的车子走远，司一介推开车门，招呼我们进咖啡店。

我们进去后，司一介给了上官绯一个眼色，上官绯招呼服务员换了一个包间，四人围着桌子坐了下来。

司一介点了一支烟，问道：“你先说说情况，我看你的样子，好像不是轻松的活儿。”

“确实……”上官绯点了点头，“这小妹妹叫加奈，她说自己是美国人，是川大的留学生。她名字应该是个日本名字，看她模样，我估计是个日美混血儿。”

“怪不得长这么好看，我刚才还以为她那头黄毛是染的呢，敢情是真的金发啊。”唐三七嘟囔了一句，我白了他一眼。

“她只是来传话的？”司一介问道。

“没这么简单……别看她模样看起来小，说话语气也比较幼稚，但说的内容一点不幼稚……”上官绯摇了摇头，“她说，方老板想找一处玄场，一处特殊的玄场……”

“怎么个特殊？”司一介皱了皱眉。

上官绯把头朝我们靠拢了一些，说道：“轮回念场。”

司一介一听，立马警觉起来。

“啥？轮回？”我听不明白，看了眼上官绯。

“这玄场有很多种，之前我们遇到的煞炁念场就是其中之一。但明显方老板要找的不是这个，而是另一种，叫作轮回念场。”上官绯说道。

“这是什么样的玄场？”

上官绯摇了摇头：“我也只听说过，没见过，那小姑娘也没说这轮回念场有什么特征，但据说……”

“……据说能让人死而复生。”司一介接过话头，把烟头掐灭在烟灰缸里。

“这么玄乎？”我差点拍桌子跳起来。

“据说而已，我觉得是瞎扯。”司一介撇了撇嘴。

“不过这说法虽然玄乎，但也能把方老板这条线连起来了。”上官绯扶着胳膊肘，用手指摸了摸鼻梁，“这方老板知道自己可能要遭遇不测，所以……吩咐手下找我们去帮他找轮回念场，想要死而复生？”

“也不是没这个可能……”司一介想了想，说道，“那小姑娘还说了什么？”

“给了我一个地址，说是可靠情报，让我们去这里寻寻。”上官绯掏出了手机，打开地图，点了一下，放在桌上。

我伸头一看，竟然是都江堰。

我又扭头看了眼司一介，他皱着眉微微点了点头，说道："接，不就是找念场吗？再邪乎也邪乎不到哪儿去，都是咱老本行，又不是干别的。"

"但对方还有一个要求……"上官绯接着说道。

"啥要求？"

"那小姑娘……要一起穿这趟山。"

听他这么一说，我们几个都愣了，特别是唐三七，那表情更是惊讶中还带着一丝惊喜，张开的嘴角还挂着一丝笑容，别提多难看了。

"开什么玩笑？！"司一介有点恼怒，"这探脉淘金，你以为是过家家吗？一个小姑娘跟着，像什么话！"

上官绯埋下头摇了摇，说道："这个小姑娘，可能不是普通人啊……"

"几个意思？"我问他。

"她介绍说，自己是孔明派的传人。"

听上官绯这么一说，我转身看了看司一介，他也有点吃惊。我又转过头来问上官绯："孔明？是诸葛孔明的意思？"

上官绯点了点头。

"这诸葛亮也是玩穿山的？"唐三七也有了兴致，伸了伸脖子，靠过来问道。

"怎么可能，诸葛亮身为蜀汉丞相，哪有工夫搞这些事儿。这孔明派并非诸葛孔明亲传的门派，只是这一派从丞相手里学了些东西，借用了丞相的名号罢了。"上官绯解释道，"但据说这一派对布阵很有研究。"

"什么阵？八卦阵？"唐三七摸了摸脑袋，"之前广汉那山洞里就布有八卦阵，是不是和那个也有关系？"

上官绯摆了摆手："蜀汉是什么年代的事了，那古蜀国又是什么年代的事了，就算有联系，这牵扯起来就远咯。"

这时，服务员端了茶水进来，我们暂时收了声，等服务员一走，上官绯抿了一口茶水，接着说道："这穿山金主里的孔明派，虽并非诸葛亮亲传，但据说，这一派将丞相所学之奇门遁甲之术玩得是异常精湛。尽管这奇门遁甲之术并非丞相所创，但在他手里，这玩意儿发生了质变，八卦阵便是将其发挥到极致的一种阵法。"

“这么神？”我端着杯子，都顾不得喝水，听得兴致盎然。

上官绯接着说：“现在细想起来，这八卦阵应该是一种人造的玄场。”他又喝了口水，停顿了一下，然后说道，“但这还不算最神奇的，据说丞相对奇门遁甲之术研究到最深处后，找到一种玄场，那便是刚才所说的轮回念场。光听这名字就特别神奇，关于这个轮回念场的传闻，也是各种各样，有说可以穿越的，有说可以死而复生的，更有甚者说可以脱离轮回，得道成佛的。但说来说去，都是传闻，没人亲眼见过，也没人真止找到过。”

话说到此处，唏嘘有之，嗟叹有之，几个人也找不到什么词来评论这传说，各自喝着茶水，暂时没讲话了。

过了一会儿，司一介首先开了腔，他说：“怪不得这神秘人找了个孔明派的传人来，看来是铁了心要寻这轮回念场了。”

“那一介兄的意思是……”上官绯问他。

“既然他们帮我们铺好了路，我倒还真想看看这轮回念场到底啥样儿。对方说什么时候出发？”

“他们让我们自己定时间，越快越好。”

司一介又看了看手机上的地点，说道：“行，明天收拾下东西，晚上到都江堰，在都江堰市休息，后天一早探洞。”

上官绯点了点头：“那我给加奈发个信息，让她明天下午集合？”

唐三七掏出手机，问道：“那啥，我来发吧，电话多少？”

我甩了一巴掌在他后脑勺上，让上官绯给对方发短信。

第二天下午，吃过午饭，一伙人便到了约定的碰头地点。那个叫加奈的小姑娘从出租车上下来，穿了一身运动装，踩着登山靴，扎了一条马尾辫，一副干练的打扮。这模样让人有点惊讶，她的气场和第一次遇到时完全不同，眉宇间透着一丝英气，好像换了个人似的。

唐三七一见加奈下来，赶紧屁颠屁颠上去打招呼，他朝对方挥了挥手，露出比哭还难看的笑容说了声：“嗨。”他平时说话挺溜的，一见了美女，反倒腼腆起来。

可对方并没有热情地回应他，只是看了他一眼，便朝上官绯走了过来。

上官绯给加奈介绍了一下我们三人，她略微点了点头，但没显得特别热情，一脸的严肃。

这让我心里有点纳闷，再怎么说，之前撞了车，她对唐三七应该是有印象的。就算没有好感，但之前说话那么甜，哥哥长哥哥短的，眼前这人咋感觉这么陌生呢，好像不是一个人似的。

“加奈小姐，咱们又见面了。”唐三七摸了摸脑袋，一脸羞涩地说道。

“又？”加奈微微蹙了下眉头，问道，“我们之前见过？”

听她这样一说，别说唐三七的下巴掉了半截下来，我也吃了一惊。心想，这姑娘不会年纪轻轻就记性不好吧，就昨天的事儿，居然给忘干净了。

“这……那个……”唐三七有点语塞。

“不是吧，小妹妹，昨天咱们车子撞了，你还道歉来着，你忘了？”我见唐三七已经说不出话了，赶紧帮忙问道。

“叫谁小妹妹呢。”加奈有点不悦。

“那咱们该怎么称呼你嘛。”我苦笑了一下。

“我们家的人都称呼我加奈小姐。”她甩了下马尾，仰了下头。

我耷拉下脑袋，心想，完了，一个不好伺候的主。

“加奈大小姐，难道你真忘了吗，昨天咱们的一面之缘？”这个唐和尚毫无节操，赶紧就叫上了。

加奈歪了歪头，说道：“你们的事儿，也许是我妹妹忘了说了。”

“你妹妹？”我有点惊讶，“敢情昨天来的是你妹妹啊。”

“也可以这么说吧。”加奈摆了摆头，一副有点苦恼的样子，“她冒冒失失的，老捅娄子。”

“那令妹没一起？”唐三七追问道。

“她也在啊，不过在睡觉。”加奈摆了摆手。

“睡觉？”

“对，在这里。”加奈指了指自己的脑袋，神秘地笑了笑。

我们几个都没明白她的意思，她看着我们一脸的疑惑，笑得更开心了。

“呵呵呵，这都不懂吗？我们是两个人共用一个身体，她睡觉的时候我就出来。”

加奈这么一说，我们几个完全傻眼了。

“大……大小姐，你……你不是玩儿我们吧？”唐三七结巴着问，“你的意思是……双重人格？”

“差不多吧。”加奈把马尾辫一甩，说道，“赶紧出发吧，这有啥大惊小怪的。”

上官绯看了下表，说：“大家这才刚认识，一路上有的是机会熟悉，咱们先出发，边走边聊。”

司一介皱了皱眉头，没说话，他招了一下手，一群人上了车。

唐三七殷勤地给加奈打开车门，让她坐副驾座上，让上官绯开车，他准备让我们三个大老爷们挤在后排。

加奈也不谦让，把手里的背包扔给唐三七，坐上了车。

我嘀咕了一声：“还真有大小姐的气派。”

唐三七一副跟班的样子，赶紧把加奈的背包在后备厢放好，嘱咐对方系好安全带，这才屁颠屁颠地爬进后排。

一行人这就点火上路，往都江堰市开去。

路上我小声问唐三七：“你说这双重人格到底是不是真有这么回事，我咋一直觉得这种事虚虚实实，基本都是装疯卖傻故弄玄虚呢。”

“你小子没文化，给你讲也是白讲。”唐三七一副看不起我的样子。

“嘿，你小子少给老子装，这种事又测试不出来，谁知道是不是装的。”

“能测出来，比如明尼苏达多项人格测试，就可以比较客观地判断一个人的精神状态，并对精神疾病做量化评估。当然，咱们又不能对加奈做一个完整的测试评估。”

“哼！”听到我和唐三七的谈话，司一介鼻子哼了一声，说道，“是不是故弄玄虚，走几趟就能瞧出来，还没什么人装神弄鬼能逃得过我这双眼睛。”

“你说这人没事也不至于装什么双重人格啊，这不给自己找麻烦嘛。”我叹了口气。

“谁知道她葫芦里卖什么药，走着瞧呗。”司一介撇了撇嘴。

车子上了高速，一路上也没怎么堵车，看来到都江堰市也要不了多久。

唐三七时不时就探过头去问加奈要不要喝水，要不要吃水果，听得我都烦了。加奈也不怎么搭理他，摆了摆手一概不要，她耳朵里塞着耳机，自顾自地听着音乐。

没多久，车子就下了高速，来到了都江堰市。上官绯看了看表，才刚过四点，他问司一介：“是先住下来，还是直接去目的地？”

司一介摆了摆手，说：“无量，你带和尚和小姑娘先去找个酒店登记房间。上官，你和我先去目的地看看情况，明天一起行动。”

“为什么你们两个要先去？”加奈眯着眼睛看了下司一介。

“废什么话，出来以后都听我指挥。”司一介没好气地说道。

“没说不听你指挥，我只是问问计划。”加奈仰了下头，一副不爽的样子。

我心里暗想，这队伍大了真的不好带啊，这才刚开始，两人就较上劲了。

“小叔，你就说说大概计划，咱心里也有底儿嘛。”唐三七赶紧给加奈帮腔，这个没出息的东西，一副奴才样。

司一介叹了口气，耐住性子解释道：“我和上官绯先看看这地方大概是个什么类型的玄场，你们在市区等消息，可能需要什么装备也好现买。今天太晚，也不可能大家就直接踩了进去，虽说在洞里白天黑夜差不多，但有时候有一丝光亮就可能带来巨大的转机，你这个孔明派的小妹妹传人不可能连这些基本知识都不知道吧？”司一介有点不耐烦的样子。

加奈听他这么一说，点了点头：“也是，那就先拜托二位了。”说完又戴上了耳机，转身准备走。唐三七赶紧回车上拿了背包，跟了过去。我朝司一介苦笑了一下，司一介摆了摆手，示意我们先走，之后他和上官绯上了车。

我追上前面那两个人，喊道：“你们两个等下，这住哪个酒店都没商量好，你们往哪儿走呢？”

加奈转过头来，摘下耳机，说道：“有五星级酒店吗？”

“大小姐，这是都江堰市区，五星酒店都在青城山，老远了，咱这是出来穿山的，不是旅游的。”我摇了摇头，有气无力地说道。

“那随便吧，选最贵的吧。”说完她又塞上了耳机。

我朝唐三七努了努嘴，唐三七点了点头，伸手拦了出租车，让师傅去最近的星级酒店。

在车上我问加奈：“你妹妹啥时候醒啊？”言下之意还是她妹妹可爱，也好对付。

加奈没回答，反而问我：“你们两个也是探脉人？”

我点了点头，小心翼翼地说：“是啊。”

“哪家的啊？”

听她这么一问，我一下愣了，这猛地一下还真答不上来，司一介又没在我身边，我还真不知道我们家算哪家的。我一下子感觉太屈辱了，堂堂穿山金主的传人，居然不知道自己家是哪门哪派。

“商家的。”唐三七故作镇定地回了一句。

加奈听他这么一说，扭过头来看看他，又看了看我，嘴角露出一丝诡异的微笑，说道：“呵，看不出，名门正派啊。”

“啊……对啊。”我的语气明显有点没底，没想到我们商家居然还是名门正派。

“你们孔明派也不差嘛，道上出了名的布阵高手。”我循着上官绯之前讲的一些零碎传闻，试探着说道。

“高手谈不上，不过人丁兴旺，不像你们商家后继无人，只靠一个外子在撑门面，而且还是那么一个邋里邋遢的大叔。”

听她这么一说，我有点不乐意了，司一介再怎么说也算是武脉人中的高手，她这么埋汰人，岂不是连我们家也一起挖苦了。

“嘿，我说小妹妹，我们家的家事也轮不到你个外人来评论，这功夫好不好，还得穿了洞才看得出来，旱鸭子下水，不能光凭嘴啊。”我给她顶了回去。

“哼。”她冷笑了一下，也不再说话了，戴上耳机不再搭理我们两个。

到了酒店，登记好房间，加奈拿了钥匙就自己上了楼，我和唐三七也没带啥东西，背包都在车上，索性就在大堂坐着，准备等等司一介那边的消息。

百无聊赖地等了两个钟头，也不见司一介打电话回来。我有点担心，便拨了电话过去，竟然提示无法接通。

“咋？他们俩自己踩进去了？”唐三七伸了伸脖子，问我。

“不应该啊，不是说好今晚不行动吗？”我摇了摇头。

又等了半个多钟头，电话还是打不通。我有点慌了。

“什么情况？出事儿了？难不成要我们去寻他们？”我朝唐三七看了看。

“上官和小叔是一文一武，两人是最佳拍档，还能出事儿？”唐三七皱了皱眉头，“他们要是都出事儿了，我们进去不也是找死吗？再等等，不行咱们就……”

“就什么？”

“难不成报警？”

我伸手就是一巴掌：“报什么警，虽说咱们干的也不是啥见不得光的事，但这穿山探穴的活计，怎么说也不是正道儿啊，引一帮子外人不太合适。”

“那你倒是出主意啊。”

“不行咱就自己上。”

“嘿，可以啊无量，有点脾气，咱这个淘金方丈助你一臂之力。”

“少给我贫嘴。”我没好气地说道。

又过了一个多小时，八点已过，这时我手机响了。

一条短信：

“速来接应，宝瓶口离堆公园后山，两棵龙松中间有暗洞，进来顺着留下的标记走。”

◆

第九章
密室

我愣了一下，抬头看了眼唐三七，他一下蹦了起来，抬脚就要往外冲。

“等下！把大小姐叫上！”我吼住他，他拍了下脑袋，嘟囔着怎么忘了一个大活人，然后转身就往楼上跑。

过了一会儿，唐三七和加奈下了楼来，看大小姐的模样，一脸的不悦。

“火急火燎的，多大个事儿？”加奈噘了噘嘴。

“完了完了，小叔和上官绯出事儿了，咱得赶紧去救。”唐三七先推门出去，跑到酒店外拦出租车去了。

我一边走一边把短信给加奈看了一下，她蹙了下眉头，说道：“也没说出事啊，就说让我们去接应。你这个小叔，怎么这么不靠谱，刚才还口口声声说只是探探路，结果一脚就踩进去了，之前说什么尽量夜里不踩场，避免意外，这话刚落地就不算数了，哼。”说完她冷笑了一下。

听加奈这么一说，我也有些汗颜，心里直埋怨，这个司一介，说话咋这么不靠谱，丢咱们脸面。但回头又一想，司一介这人绝对不会这么冒失，平时做事马马虎虎，但干起穿山探洞的老本行，还是很谨慎的，肯定是遇到了啥情况，不得已为之。那短信也是奇怪，好像是延时发送的，难道说他进去之前，感觉可能会出事，先预发了短信，如果没按时出来，就找我们去接应？

现在想这么多也没啥用，还是赶紧去看看情况。三人坐出租车到了都江堰景区，在离堆公园门口下了车。刚走几步，就看见上官绯的车停在外面。

公园晚上已经关门，我们绕着围墙走，想找一个方便的地方翻墙进去。

走了半天，墙都高得很，凭我和唐三七的水平，一时半会儿还爬不进去。

加奈一副嫌弃的样子看着我们，说：“就你们这眼神和三脚猫功夫，也能做探脉人？”

“你行你来。”我冲她说道。

加奈指了指停在围墙旁的上官绯的车，说：“真不知道你们怎么看的，从车顶翻进去不就完了，绕这么半天有意思吗？”

听她这么一说，我还真有点不好意思了，眼前这么大一个“梯子”看不到，还四处绕。

加奈走到车前，伸手把马尾团起来，然后用手按住车子引擎盖，一个体操侧身翻的动作就上了车顶，跟着燕子似的轻轻一跃，跳上了围墙。我和唐三七还没来得及反应过来，她就嗖的一下跳了下去。

“乖乖，这小姑娘还真不是普通身手。”我一边说一边吃力地往车上爬。

“人家可是正宗的穿山金主，哪像我们两个，半路出家。”唐三七一副仰慕的样子说道。

“你少说丧气话，你不是淘金方丈吗？半路出家怕啥。”说完我们俩也连滚带爬地翻了进去。

“你们俩这是在耍宝吗？”加奈叉着腰在里面等着我们，见我们爬了进来，摇了摇头。

我拍了拍土，不跟小姑娘一般计较，招了招手，说：“赶紧吧，去后山。”

这公园还不小，三个人走了半天才上了后山。说是后山，其实也只是一处矮丘，毕竟这里就在宝瓶口的后面，都是河滩地貌，也不可能有大山。

摸到司一介所说的两棵龙松处，果然，在一块巨石后面有一个暗洞，很窄，仅够一人侧身通行。

“这暗洞根本不是真正的地洞。”加奈自言自语道。

“什么意思？”我奇怪道，“不是真的洞难道还能是画上去的洞？”

“我的意思是，这洞是被人后来凿开的。”

“凿开的？意思是……”

“大小姐的意思应该是，这个通道是个探洞，估计是为了踩这下面的场子而挖掘的通道。”唐三七说道。

“挖的通道？谁挖的？”我有点不懂。

“我怎么知道谁挖的。”唐三七耸了耸肩，扭头问我，“进去？”

“废话，赶紧。”说完我推了下唐三七，他先钻了进去，我跟着，加奈在最后。

这通道先是一段下坡路，我们扶着洞壁，小心翼翼地往下走。洞壁很粗糙，应该就是为了仅供人通行而仓促挖掘的。

往下走了十来米，通道慢慢平缓下来，也略微宽松了一点，大概有一米宽，两侧的洞壁也由岩石变成了青石砌起的石壁。

“看这石壁，应该是人为砌筑的。”加奈摸了摸墙壁，说，“这里应该就是挖通道的人想要进入的地方了。”

“这到底是什么地方，怎么在公园的地下还有这么一处人工修建的洞穴？”司一介和上官绯不在，我心里直打鼓，感觉没底。

“这地方离洞口估计有个十几米，外面又是一处几米高的矮丘，这地方应该是在地面以下。这公园又没有建地下室和高层建筑，开工的时候肯定也没挖这么深的地基，自然也没人知道这下面还有这么一处人造的空间。”唐三七一边走一边说道。

又走了几步，前面有了亮光，暖黄的光线，不是很亮。

突然，唐三七停了下来，我心里想着事儿，没注意，一头撞在他后脑勺上。

“你干吗，停下来干吗？走啊！”我吼了他一句。

唐三七摸了摸脑袋，说：“这墙上有字。”

听他这么一说，我扭开手电，往他指的一处石壁上看去。

光滑的青石石壁上有人雕刻了几个规规整整的字：

“单行退回。”

“啥？”我有点蒙，“这是小叔的字迹吗？”

唐三七歪了歪脑袋，说：“肯定不是。”

“你怎么这么肯定？”

唐三七叹了口气：“这上面的字是繁体字，你觉得小叔会写吗？而且这字雕刻得这么规整，小叔会花时间在这里给你雕一排字让你欣赏吗？”

我点了点头，确实，这字迹看上去也比较老旧，不像是才刻的。

“那是谁刻的？”我又问唐三七，他摇了摇头，说：“我咋知道。”

加奈皱着眉头看了看这几个字，嘟哝了一句："有不好的预感……"然后她催了催我们，让我们继续走。

"行了，走吧，先别管，先找小叔留的标记，和他们会合更重要。"我推了把唐三七，他扭过头，继续往前走。

又走了一会儿，便来到一处暗室一样的地方。房间不大，只有几个平方，房间中央放着一个石桌，石桌上有一盏烛台，烛台上有蜡，蜡上有火苗，光就来自这里。

"谁点的？小叔？"我扭头看了看唐三七和加奈。

"量哥，你老是谁挖的，谁刻的，谁点的，谁谁谁的，我咋知道嘛，我和你一起进来的，还不是两眼一抹黑。"

我撇了撇嘴，不再问他。

"喂，你们两个，这边。"加奈往另一侧的墙壁走了过去，好像找到了什么，喊我们过去看。

那是一道石门，但是门好像被封死了，唐三七推了推，推不开。

"看来这房间就两个口子，一个是我们进来的口，一个是这个石门。"加奈撅着屁股在门上摸索了一下，想找找看有没有什么机关。

"地上这个是什么？"唐三七指了指地面，好像有几滴蜡油。

我拿手电照了照，好像是用蜡油滴在地上写的一个"拉"字。

唐三七拍了下脑门，笑了："原来这道门是往外拉的，不是推的。"

"说得容易，这石门这么厚，又没有把手，怎么拉？"加奈抄起了手，说，"这个司一介，就不能写清楚点嘛，就写一个字，省油吗？"

"对啊，拿刀刻一句话不也行嘛，小叔也真是的。"这个唐三七，马上就给加奈帮腔。

"我说你们要不要这么懒，动动脑子不就完了。这门没把手，我们不能自己做一个？打个孔进去，拿绳子拉出来就行。"说完我拿过唐三七的背包，准备找工具。

"嘿，还真别说，这叔侄就是叔侄，想法都一样啊，这门上的U形孔都还在，估计是小叔凿的。"

唐三七接过绳子，往U形孔里一穿，像套手机链一样，给石门套上了绳子，然后他把脚蹬在墙壁上，拉紧了绳子，使劲一拽。

刺啦一声，刚把门拉开了一条小缝，一阵黑烟就顺着门缝冒了出来。

加奈马上抬脚一下踹在门上，把门蹬了回去，然后她顺手把绳子一抓，从唐三七手里扯了过去，接着一把捂住唐三七的鼻子，往后退了几步。

“差点就中招了，你们咋这么冒失？”说完她指了指地上的蜡油，“没看见旁边还有一摊被人拿脚蹭过的蜡油吗？”

唐三七有点蒙，没明白啥意思，拿手摸了摸被加奈捂过的鼻子。

“也许司一介写的是‘别拉’。”加奈皱了皱眉头。

“你是说……这‘别’字被人蹭掉了？”我扭头看了眼唐三七。他摆了摆手，说：“别又问我谁蹭的，我不知道。”

我又回过头问加奈：“刚才那黑烟是什么？毒气？”

她摇了摇头：“不算毒气，是一种迷烟，叫‘软步散’，会让人乏力没有精神。”

“你怎么这么清楚，我们就看到一股子黑烟，你这么快就知道是什么了？”

加奈皱了皱眉头，说道：“因为这个……是孔明派的东西。”

我愣了一下，心想怎么又扯出孔明派了，但回想起之前上官绯说的，这轮回念场本来就和孔明派有关，这一趟的目的也是轮回念场，和孔明派扯上关系也就不奇怪了。

加奈摆了摆手：“这软步散也叫行军散，原本是诸葛孔明为了行军打仗而研制的药物，本来是增强脚力，提升体力的东西，但后来孔明派改了一些配方，做成了迷烟。反正说细了你们也不明白，总之有人在这里设置陷阱，但目的不是置人死地，只是想让人知难而退，不要再往里走了。”

“那我们总不可能就此退回去吧？”

“那当然不会。”加奈摆了摆头，接着说道，“我说你们两个软脚虾到底有什么能耐，什么也不懂就冒冒失失地踩念场，真不知道你们胆子怎么这么大。”加奈说完从怀里掏出一包纸巾，扯了几张出来，给我和唐三七一人一张。

“捂住鼻子，光头你继续拉门。”她冲唐三七说道。唐三七点了点头，拿纸巾捂住鼻子，我也赶紧捂住自己的鼻子。这纸巾不是普通的纸巾，估计是在上面洒了什么东西，有股淡淡的香水味道。

门嘭的一声被拉开，黑烟顺势冒了出来，我们退后了几步，等黑烟渐渐扩散开来，慢慢淡了，加奈才指了指门，让我们跟着进去。

里面又是一截通道，黑漆漆的，我们打开了手电。加奈指了指头顶，我抬头一看，一个风箱一样的玩意儿挂在上面，有一个传动杆连着门，只要外面一拉，这风箱一扯，估计里面的黑烟就会冒出来。

进了门来，这石门又缓缓合上，加奈示意我们先不管，继续往前走，司一介他们应该已经进去了。

顺着黑漆漆的通道往里走，刚走了一半，唐三七又停了下来，他把手电往墙壁上一打，竟然又看到别人在上面刻的字。

“单行退回。”

“啥？又是这个？”我有点不满，“到底这提示是什么意思？”

唐三七摇了摇头，转而问后面的加奈知不知道。

“难道这也是你们孔明派留下的？”

加奈皱着眉头看了看，摇了摇头，打了个手势，让我们继续往前走。

走出通道，又是一个房间，但漆黑一片，我们打开手电看了看，和刚才的房间类似，四面石壁，中央放着石桌，桌上有烛台，台上有蜡油，蜡烛已经燃尽。

“几个意思？”唐三七绕着烛台走了一圈，有点蒙。我和加奈四下看了看墙壁，这石壁和刚才房间的石壁一样，青石砌筑，没有多余的花纹，整个房间除了石桌和烛台，别无他物。

“等等，你们看这个。”唐三七摸了摸石桌喊道。我和加奈走到他面前，他把中央的烛台移开，再把桌子上面的灰尘抹了抹，石桌上出现了一个刻上去的端端正正的字。

“休。”

“啥？休？是让我们在这里休息？”我抬头看了看唐三七，他摇了摇头。

加奈看了看这字，皱了皱眉头，咬了咬指甲，没说话。

“大小姐？可有眉目？”我转头问她。她摆了摆手，说：“不祥的预感，暂时不想说。”

“等下，这旁边好像……”唐三七一边说着，一边打着手电继续把旁边的灰尘抹开，那里竟然还有一排刻上去的小字：

“速沿通道提示退回！！”

这一排字迹的笔画很细，明显是人在匆忙之间拿尖锐物刻下的。

“量哥！这回我知道这排小字是谁刻的了，应该是上官兄。”

“鬼扯，你又没见过上官绯写的字，你怎么知道？”我不相信。

“虽然我没见过他写字，但我认识他的武器。他用的匕首，这刻的字迹线条很细，笔画的笔锋很直，撇捺都没有弯曲，都是直线，不会是用石块什么划的，应该是用极锐利的东西割的。除非这里还有别人，否则肯定就是上官刻的了。”

“哼！”我冷笑了一下，“你别说得头头是道、像模像样的，糊弄得了外行，糊弄我可不行。你手上抹的灰都还没擦干净就胡说，这真要是上官写的，也就几个小时前，还能积起这么厚的灰？”

唐三七被我这么一说，傻眼了。他愣了一下，看了看手上的灰，又虚着眼睛看了看桌上刻的字，彻底蒙了。

“不对啊，这肯定是上官刻的……”他自言自语道，“但这灰又是怎么回事……”

“喂，我说你们两个，能不能别像女人一样在那儿纠结了，继续往下走行不行？”加奈不耐烦地在另一侧石壁前喊道。

“走？往哪儿？”我朝她走过去。

她指了指石壁上的又一道石门：“一样的石门，拉开，往下走。”

我这才看到，在刚才进来的那个门正对的这堵墙上，竟然又有一道石门，而且这门上居然也和刚才一样有U形孔。

唐三七拿了绳子出来，穿进孔洞，准备拉之前看了看加奈，好像在问会不会又有黑烟。

加奈摆了摆手，说：“不会再有了，我们都没听警告闯进了这里，也没必要再警告我们了。”

我没明白她说这话的意思，还没等我细想，唐三七便拉开了门，这门后面，又是一个通道。

我下意识地往头顶看了看，这次没有风箱。

加奈大步往黑漆漆的通道里走，根本没有回头的意思，我和唐三七赶紧跟了上去。

穿过通道，竟然又是一模一样的房间，加奈好像早有心理准备，打着手电径直走到石桌前，喊了声："光头，抹开。"

唐三七赶紧拿手抹开桌上的灰尘，又是一个字：

"生。"

"休、生？"我歪了歪脑袋，"难道后面还有养、性？"

"你个文盲，'修身养性'的'修'是'修炼'的'修'，'身'是'身体'的'身'。"唐三七白了我一眼。我撇了撇嘴鄙视他没有幽默感。

我们两个开着玩笑，但加奈却表情严肃，她皱着眉头，咬着指甲，半天没说话。过了一会儿，她招了招手说："继续走。"

我们又拉开对面的石门往里走，走到一半，唐三七指了指墙壁，说道："看，又是那几个字。"

我拿手电照了照，上面刻着："单行进入。"

"这回是只能进不能退了……"

然后我们继续往里走去。

又是同样的房间，唐三七抹开石桌上面的灰，上面刻着：

"休。"

"休、生、休？"我念道。

"不是……"加奈摆了摆头，"这不是下一个房间，这是刚才我们走过的房间……"

"我们又回到了……刻着'休'字的房间？"唐三七疑惑地看了看加奈，加奈点了点头。

"刚才没走错啊，明明拉开石门，没有回头啊。"

"不信你把旁边的灰尘抹开。"加奈朝桌子指了指。唐三七半信半疑地抹开灰，那上面竟然出现了和刚才一样的一排小字：

“速沿通道提示退回！！”

“果然和我想的一样……”加奈叹了口气，“这是一个八卦阵……”

唐三七听她这么一说，拍了下大腿：“我想起来了，八卦阵共有八门，分别是休、生、伤、杜、景、死、惊、开。刚才的休、生就是其中两个。”

“哼！”加奈冷笑了一下，说，“没想到你这个光头还有点文化，至少知道点皮毛。没错，这地下房间应该是一个八卦阵，如果不能按照一定的顺序穿越那几道门，就没法走出去。”

“我知道！”唐三七接着说，“从‘生门’入，往‘休门’出，再从‘开门’入，此阵可破。”

“你哪儿学的？”我有点疑惑。

“《三国演义》啊，司马懿说的。”

“我怎么记得有句歇后语，叫司马懿破八卦阵——不懂装懂。”

“确实……”唐三七耷拉着脑袋，“司马懿没破得了，还差点丢了性命……”

加奈看了我们一眼，那表情简直就像在说，怎么就跟了我们两个愣头青来踩场了，真是倒霉。

“你们能不能先听我说……”她叹了口气，“没你们讲得这么玄，这八卦阵只要按从‘休’到‘开’的顺序，一次通过就能走出去。只是每个阵形式都不一样，关键是找到唯一的一条路，能把八个关键点按顺序踩过就行。这个密室八卦阵，每个房间有两条通道，二选一，有一条是对的，另一条就是错的，一旦走对了，就能进入下一个点位，但要是走错了……”

“就回到第一个房间？”唐三七开窍地接着说道。

加奈点了点头。

“这还不容易？”唐三七来劲了，“假如我们把有石门的这一边算作‘左’，把有洞的这一边算作‘右’，那就记住左右顺序。比如一开始按‘左右左’的顺序正确地通过了前三个房间，到第四个又走了‘右’，如果错了，回到原点，再按‘左右左’的顺序走到第四个房间，这一回再走‘左’不就可以到第五个房间了吗？按这种方法，很快就能试出正确的方向了。”

加奈听他这么一说，摆了摆手：“要是有这么简单，那八卦阵也就不会这么玄了，这可是孔明派最高级的阵法……我都只是略知一二。光头，你想的办法太简单，我不得不残酷地告诉你，这八卦阵可不是一个死阵，这阵是活的。也就是说，一旦你走错了，下一次正确的通路就不同了，所以不能用不断尝试的方法来破阵。”

“还有那通道里的字呢，说什么单行进入、退回的。”我提醒道。

“那字不知道是谁所留，也许是布阵的人留的。我之前也说过，这人根本就不想杀人，只是想让人知难而退罢了。若是这么想，那至少还不算要命，只要按通道里写的方向去走，我估计是走回原处，也就是回到出口……但我们要想进入阵心，找到这个玄场的源头，只能破解这个八卦阵。”

我点了点头：“也就是说，这一排小字不管是不是上官刻的，至少告诉我们沿提示可以走出去。”我心想这么说还不算坏，不至于破不了阵，饿死在这里。但我转念又一想，不对啊，于是说道：

“这司一介和上官绯怎么就没出来，他们进来的时候可以说不知道里面是八卦阵，只是想先来探探情况，发现是八卦阵迷了路，于是用预先设定的定时短信通知我们来接应。但既然大小姐你说按这通道里的提示可以走出去，他们应该也看到了桌子上的提示，那为什么没有先出来和我们会合？”

说到这里，加奈也摇了摇头。

“还有……”唐三七摸了摸自己的脑袋，说道，“这个字迹，我左思右想，的确是上官绯写的才对，但这一层灰解释不清啊，难不成……”

唐三七说了一半，没敢接着往下说。

加奈皱了皱眉头，接过唐三七的话说：“也许他们……已经死在这里了……”

“不可能！”我差点没拍桌子，“就算是被困了几个小时，也不至于死在这里吧。”

加奈看了看桌上的灰尘，说道：“也许不止几个小时，看这灰尘的厚度，可能有几年了……”

她这么一说，我顿时蒙了：“几年？你是说，这房间……他们都进来几年了……”

加奈摆了摆手：“你激动什么，我只是说也许，这八卦阵内时间流逝本来就很奇怪。我听过很多古怪的事，有些人进了八卦阵，几年没出来，结果出来的时候那人却说自己只进去了几个小时。还有，本来进去没两天的人，后来别人进去发现里面的人都变白骨了。”

听她这么一说，我和唐三七都不说话了，一方面被她说的话吓住了，另一方面开始担心起司一介和上官绯来。

“别往坏处想，也许没那么糟……”唐三七拍了拍我的肩膀。

“那现在怎么办，是出去，还是……继续闯？”

加奈把手一抄，说：“接着走，先试试运气。”

“往哪边走？”我问道。

“随便，反正都是二分之一的概率……”

唐三七伸出手指默算了一下说道：“二的七次方，一百二十八种可能，这要蒙对了，可以买三色球彩票了。”

三人接着往下走，唐三七随便选了一个方向，竟然蒙对了，走到了刻着“生”字的房间。

“接着蒙？”他看了眼加奈，对方点了点头。

“这次换个方向，往右走。”说完他朝洞口走去，推开通道尽头的石门，没想到居然又对了，这次石桌上刻着“伤”字。

“啊哈，看来我运气来了，看我的，这次继续走‘右’的方向，走洞口。”

推开石门，我们顺着手电一看，眼前的景象吓了我们一跳，这个房间有一半的石壁已经坍塌，中央的石桌也碎了，烛台摔在地上。

“这是……”唐三七赶紧走到石桌前，从碎片里寻摸，然后找到一块桌面，说道，“怪了，这碎片上刻着‘休’字，应该是第一个房间。”他抬头看了看我们，“但我们才离开不久，怎么这房间好像塌方了，刚才也没感觉到地震啊。”

加奈听他这么一说，皱起了眉头。

“我明白了……”加奈咬了咬手指甲，说道，“只要一走错，就会回到最初的房间，这点肯定没错，我们遇到的事实也证明了八卦阵的这个特点是对的。但正如刚才我说的，这个阵是活的，每一次从头开始都是不一样的阵法。而之前我一直不知道这个所谓的“活的”是什么样子，但现在看来，这是一种时间层面的活动，也就是说，每一次回到最初的房间，都是在不同的时间层面上。这也解释了司一介他们没出去的原因。”

她说得我有点蒙，没太明白。

唐三七蹲在地上说道：“难不成……布阵这个人虽然给出了原路返回的提示，但可能因为我们在里面走错了几次路，而到了不同的时间层面。也许我们现在出去，就不是当天的八九点了，也许是第二天，也许是前一天……”

“也许是第二年，或者前一年，甚至几年……”加奈的表情有点可怕，我简直不敢顺着他们的猜测往下细想。

“所以小叔和上官兄也许无功而返，但出去后却没在我们那个时间层，我们便没法与他们会合……”唐三七猜测道。

“你们……说得也太玄乎了吧，这些都是你们的猜测吧，没有依据……”我有点不敢相信，也有点急了，“虽然这个八卦阵确实玄乎，把我们困在里面，但可能是什么引起幻觉的东西在作祟。比如刚才那股子黑烟，也许就是一种让人产生幻觉的迷烟，让我们在几个房间之间兜圈子，也许有别的门洞可以出去，也许小叔他们已经在外面等我们……”

“要不我们……按通道里的指示方向先退出去……”唐三七建议道。

加奈摆了摆手：“万一我们出去发现已经是几年以后……”

她没有接着说下去，我心里一紧，要真是她说的那样，那真的更糟。

“现在怎么走？”唐三七站了起来，“总得做点什么啊，不能一直在这里像无头苍蝇一样乱撞啊。”

“办法倒不是没有……”加奈说道，“对付八卦阵，孔明派有一套技巧，但这技巧不到万不得已不会用，因为……”她话说了一半，没接着说下去。

“大小姐，姑奶奶，你倒是说完啊。”我催她道。

加奈摇了摇头，好像难以下决定：“我们还是先试试运气，毕竟这八卦阵也是一个玄场，只要是玄场就可以用意念来增加概率，我们都想着下一个桌台上刻着‘生’字，再往下走……”

没办法，事到如今也只能听加奈的了，她虽然是个小姑娘，但经验比我们都丰富，只有试一试了。

三人拉开门，走过通道，在洞口闭着眼默默想象了一下下个房间里桌子上的字，然后走了进去。

这房间依旧黑得让人心里有些发毛，手电照到房间中间，那里依旧摆着石桌。

我们拿着手电，走到桌前，抹开上面的灰尘，上面正好刻着“生”字。

“走对了。”唐三七说了一句，还没等他抬头，就听加奈急促地尖叫了一声，我们扭头一看，她捂着嘴，眼神惊恐地看着房间的一角。

我们顺着她眼睛的方向看去，那角落里竟然蹲着一个人，只能看见黑漆漆的背影，看不见脸。

一瞬间，凉气从背脊骨蹿了上来，我壮着胆子喊了一句：“谁？”抬起手电照了过去。那人身上的衣服破破烂烂的，蹲在角落，背对着我们没回应。

“是人是鬼你吱一声啊！”唐三七有些凶地吼了一句，其实也是在壮胆。

见对方不回应，唐三七抄起桌上的烛台就扔了过去，砸在那人的肩膀上。那人身子歪了一下，然后顺着墙角慢慢倒下去，脑袋扭了一下，面朝向我们。

我差点没喊出声，这才看清，那哪是一个人啊，已经是一具白骨了，骷髅头上黑洞洞的眼眶直直地盯着我们。

唐三七壮起胆子走了过去，拿脚踢了踢，翻了翻那尸骨，扭头对我们说：“死了好些年了，腐肉都没了，全是骨头了。”

我和加奈这才走了过去。

“看这穿着，好像是十几年前的样子。”唐三七拿手翻了翻那白骨旁的东西，“身上也有一些探脉人的装备，四轴石、水晶、凤羽木，只是很多年了，估计已经没用了。”

“我有个疑问。”我转头看向加奈，“你刚才说，只要沿着通道里的提示，再怎么也不至于死在这里面，最多就是外面的时间不同罢了。”

“这还真不好说。”她摇了摇头，“你想想，万一你走出洞口，发现外面已经过了几百年，你认识的人早就死了，也许你会想，还不如回到这里面寻一下出路，兴许还能回到原来的时间层。”

“没错，甚至有可能你走出去，发现外面竟然回到了冰河时代，外面茫茫冰川，别说你认识的人了，连一个人影儿都没，你是选择回来还是在外面冻死？”唐三七摇了摇头，“可惜这白骨不会说话，估计他经历的事是我们难以想象的。”

看着这具尸骨，我们三个人都沉默了一会儿，加奈心里估计也是百般滋味说不出来。

“咱也没空在这里给白骨默哀了，再不想办法，我们也很快就和他一样了。”唐三七提醒道。

没有办法，三人只好继续行动，脑子里想着下一个是“伤”字，穿过通道，走向下一道门。

但这一次错了，三人又回到了原来的桌上刻着“休”字的房间。并且，这房间完好无损，蜡烛虽然没有点燃，但还有大半截。另外，桌上那排小字也消失了，看来加奈的推测没错，我们应该又到了另一个时间层，在这里，司一介和上官绯可能都还未进来。

“别放弃啊！”唐三七喊了一声，“继续！”

就这样，我们在这八卦阵里转了整整一夜，也没能完全踩对方向，三人几乎已经筋疲力尽了，别说吃东西了，连口水都没能喝上。我也顾不得埋怨唐三七走得太急，不在背包里装点水和干粮。

三人靠着墙壁坐下，加奈埋着头不说话，唐三七也仰着脑袋闭着眼睛。我叹了口气，说：“大小姐，你之前说的孔明派压箱底的招数，现在估计得用上了吧。再不用，我们三个都得和之前那个倒霉蛋一样，变成白骨了。”

加奈抬起头，眼神有点恍惚，看得出，她已经很累了。她咬了咬嘴唇，仿佛下了一个很大的决心。

“这技巧叫作‘五卒过界’。”她慢慢地开口说道，“据说孔明派的前人有一次探寻一处玄场，进去以后发现正是八卦阵，而当时他们一共有五个人，最后……只有一个人走了出来。那人说了他们五个在里面的经历，以及他是怎么走出来的，这个方法，后来便被称作‘五卒过界’。”

“你……是说……”唐三七好像明白了什么，表情明显有些惊恐。

“你猜得没错，五个卒，一旦过了楚河汉界，就回不了头了，最后只有一个卒可以取得对方将帅的首级，其他四个……都得牺牲掉。”

唐三七脸色都白了，他抬起颤抖的手，拿手指算了算，说道：“三个人，可以牺牲两个……那七次选择，减去牺牲的两次，就是五次，二的五次方，就是三十二分之一的概率……”

“你们在说什么，什么牺牲两个……”我没明白他们的意思。

“量哥……你应该明白吧。如果我们不求三个人都走出去，而是在某个点上分开行动，最后只走出去一个人，那概率可以提升到三十二分之一，远远大于三人都走出去的概率。”

加奈轻轻叹了口气：“没错，而且我们可以先在前面多尝试几次，比如走到第四个点再开始分别行动，刚才我们运气最好的时候，就走到了刻着‘景’字的房间……如果从那里开始，我们便分开走，那最幸运的这个人，有四分之一的概率可以走出去。”加奈点了点头。

“还有，在这玄场里，只要意念坚定，也能提升概率……”唐三七补充道。

“等……等等，你们两个的意思是……弃车保帅？”

“也不能说放弃。”加奈摇了摇头，“如果我们只是想要找到生路出去，那没走出去的人自然就是被放弃了，也许会死在里面。但这个八卦阵不一样，这个布阵之人已经给出了生路，而我们尝试的是破阵，也就是走到阵心，破了这阵，那剩下几个人，就也能走出来了。”

“那要是这样也没成功……”我不敢说下去了，感觉汗水顺着太阳穴滑了下来，嗓子干得厉害，我用力咽了一口口水，咬了咬牙，“行，那按你们说的来，试试就试试。”我从墙角爬了起来，一把拉起唐三七，加奈扶着墙壁也站了起来。

虽然明白这是一种赌博，但又不得不试。一方面仅仅逃出去可能真不知道外面是何年何月了，另一方面，司一介和上官绯也许还真在里面兜圈子，他们只有两个人，很难用五卒过界的办法来破阵。我们得赌一把，赌能到阵心，破了这阵，把所有人都解救出来。但要是赌输了……大家都得被困在这里，而且每一个人都孤立无援，每一个人都在不同的时间层里，应该永远无法相见了……

“脑子别乱想了，都想着好事！”唐三七吼了一声，给大家打了打气，领头开始往门洞走去。

穿过第一个门洞，走对了，然后是下一个门洞，结果又回到了第一个房间。

再试！

又走了不知道多少次，几乎已经是到了我能支撑的极限了，最后，三个人终于走到了刻着“景”字的房间。

三个人望着桌子上的字都没说话，面色凝重，没有一丝欣慰。

“要在这里分开了……”唐三七叹了口气，问道，“怎么分？谁走单？”

我咳了声，缓了一下，说：“我走单吧，你们两个走一起，这样概率会大一点。大小姐你经验丰富，把最好的机会留给你，不然就算到了阵心，我们也不一定知道怎么破。”

谁知加奈并不领情，说道：“谁想和这个光头走一起啊，你们俩走，我自己一个人还自在一些。”说完朝我们撇了撇嘴，仰着头就往另一个方向走去。临到门口，她背对着我们说道：

“一起穿了山，那就算一路人，也算是一种缘分，不管结局如何，我都不会怪你们。”说完她摆了摆手，毅然决然地走进了那个门洞。

我明白，虽然她嘴上不承认，其实她是把最佳的机会留给了我们，自己选择了机会更小的一条路。唐三七眼眶有点红了，他看了我一眼，说道：“走吧量哥，心里往好处想，有希望的。”

我点了点头，和唐三七拉开另一道石门，走了进去。

◆

第十章
长子虚

走到房间中央，唐三七赶紧抹开上面的灰尘，看了一眼，然后扭过头来对我说道：

“量哥……走对了。”他脸上的表情并没有多高兴，相反好像有点不开心。

“我知道，我们这边对了，意味着……大小姐那边就……”我扶着他的肩膀，按了按，然后推了他一把，说道，“现在还不是伤感的时候，咱们两个在这里也要分开了，你选吧，走左边还是右边？”

唐三七埋着头撑着桌子，说：“量哥，你先走吧，我歇会儿再走。”

我点了点头：“那我走右边的洞口了，你等下朝左边走石门。”说完我转身朝洞口走去。唐三七在我背后说了一句：“如果都没成功，那咱们就都退出去。假如外面的时间变化还在十几年以内，咱们就去找大伙儿，就算年龄不一样了，但相信大家都不会忘记一起穿过山的伙伴们。”

“嗯。”我点了点头，走进了洞口。

沿着冰冷的石壁，我一步步地往前走着，心里很不好受，没想到这一趟探脉，居然让大家就这么一个个分开了，如今，竟然就成了我一个人独自在这里面穿梭。一丝孤独感涌了上来，我甚至有一个念头，宁愿大伙聚在一起死掉了，也不愿自己一个人活下来。

心理和身体上几乎都到了极限，当我推开石门踏出通道的一刻，我甚至有些恍惚了。

这个房间异常明亮，房间桌子上的烛台燃着蜡烛，有一个人正背对着我，靠坐在桌沿上。

“你是……”可能是因为精神恍惚，我甚至没有觉得太惊恐。

那人转过头来，是个少年，古装的打扮，穿着一件好像汉代的青色袍服，头上盘着发髻，眉清目秀的模样。

他微笑了一下，说：“你问我？”

我四下看了看，这房里应该也没有别人，于是冲他点了点头。

“我在这里等一个人。”

“等人？”我愣了一下，“等谁？”

“我也不知道等谁。”他又苦笑了一下，然后从桌子旁站了起来，朝我走过来，围着我转了转，四下打量了我一番。

“我叫长子虚，长远的长，子虚乌有的子虚。”他站到我面前，又问我，“你叫什么？”

“商无量。”我老老实实地回答道，“殷商的商，无法估量的无量。”

那人歪了歪脑袋，食指弯曲着搁在嘴前，好像在想什么。

“你……”我壮起胆子又问他，“你是哪个朝代的人？”

“朝代？”他被我这么一问，愣了一下，然后笑了起来，“哈哈，什么朝代啊，我和你是一个时代的人啊。”

“那你干吗穿一身古装？”

“不好看？”说完他扯了扯衣袖，看了看自己。

“神经……”我摇了摇头，心想，难不成遇到一个疯子，可能这人在这八卦阵里绕了半天都没能绕出去，已经癫了。

算了，我心想，我还是赶紧找路吧。于是我走到桌前，看了看，这桌子和之前看到的不同，干干净净的，没有一丝灰尘。桌子上面刻着一个字：“惊”。

看来我走对了，接下来只要再选一个门，如果对了，就能到最后一个“开”门了，有二分之一的概率破阵。

我四下看了看，有点为难，不知道该怎么选。

“你在找‘开’门？”那个叫长子虚的人问道。

他这么一说，我愣了一下，心想，这人看来不像疯子啊，竟然知道这个。

“你也在找？”我问他。

“没啊，我不是说了嘛，我在这里等一个人。”他摊了摊手。

“那你等的这个人，叫什么，多大了，长什么模样？”

长子虚摇了摇头：“不知道，样貌、年龄还有姓名，统统不知道。”

“那你怎么等？”我有点受不了他了。

他歪了歪脑袋，双手交叉抱在胸前，说：“我本以为我认得出来，而且对方也应该认得我，但我现在想想，觉得可能也未必，所以……”他摇了摇头，“算了，不管这个了，你不是要往‘开’门去吗？走那边，有洞的那边，穿过通道推开门就是。”说完他朝洞口那边努了努嘴。

我半信半疑地看了看他，又转过头看了看门洞。

“你确定？”我又问他，“你知道走错是什么后果吗？”

“走错？”他有点惊讶，“怎么会走错，那通道里面不是有标记吗？”

“标记？”我皱了皱眉头，“那标记不是往外走的标记吗？”

“对啊，按标记走就朝外，反着标记走就朝里嘛。”

他这么一说，我差点没跳起来，我又急忙问道：“就这么简单？！”

“那还能有多复杂？”他好像不明白我为什么这么惊讶。

我狠狠地拍了一下脑门，顾不得和他多讲，赶紧朝门洞跑了过去，三步并作两步，我穿过通道，推开了石门。

一阵明亮的阳光照进眼睛，我一下没能适应，拿手遮住了眼。缓了一下，我睁开眼一看，这里竟然已经到了室外，眼前是一片青山绿水，阳光明媚。我深吸了一口气，感觉好像在梦境中一般。

“是不是觉得不太真实？”背后传来一个人的声音，我扭头一看，长子虚叉着腰站在身后。

“你不是在等人吗？怎么也出来了？”

他耸了耸肩：“出来透透气嘛。”

“这里是……八卦阵的阵心？”我捂着微微发胀的头，问他。

“阵心？”长子虚歪了歪脑袋，“你找八卦阵的阵心干什么？”

“说来话长……”我摇了摇头，“我有几个朋友，还在阵里没有走出来，我想找到阵心，破了这八卦阵，把他们解救出来。”

听我这么一说，长子虚微微点了点头：“原来如此，不过这八卦阵也谈不上有什么阵心，往外是出阵，往里嘛，就会来到这里。”说完他抖了抖袖子，把手抄进袖口，一副悠闲样子说道，“如果你只是想让这八卦阵失效，倒也不难。”

“怎么做？”我仿佛找到了救兵，这个长子虚虽然看起来神神道道的，但好像对这里很熟悉。

“你跟着我，在这里晃一晃，看一段故事，只要看完这故事，这八卦阵对你也就失效了。”他摇头晃脑地说道。

“故事？什么故事？另外，对我失效是什么意思，我朋友呢？”

“八卦阵对你失效了，和你相关的人和事也就恢复正常了嘛。”

“那，这里是……哪儿？”我又看了看眼前的景色，问他。这里怎么看也不像在都江堰附近，难道我们在地下走了一晚上，到了青城山？

长子虚转了转眼睛，说：“这里嘛……按现代的地理位置来说，湖北襄阳附近吧，不过现在这里应该叫隆中。”

“隆中？”

“嗯，对啊，《隆中对》，三顾茅庐，诸葛孔明，你不会不知道吧，大名人呢。”

我有点眩晕。这再怎么绕，也不可能从四川绕到湖北吧！

“你说的故事是什么？为什么看了故事这八卦阵就会失效？”我又半信半疑地问他。

“哪有那么多为什么，你要破阵，我给你指路，你按我说的做，解决了你的问题，就这么简单。”他摆了摆袖子，然后朝前走去。

我赶紧跟上：“行，我见识少，你可别骗我。”

“这就对了嘛。”说完他带我朝前面的一片竹林走去。

说来也怪，这走了几步，我整个人好像清醒了不少，也没那么累了，难道这地方还真有灵气？

走到一条小溪旁，溪水清澈见底，我蹲下洗了洗脸，然后喝了几口，竟然甘甜无比。心想这是什么世外桃源，现在哪里还找得到这么干净的天然水，没被污染的太少了。

还没抬头，只见一条竹片编成的小船顺着上游缓缓漂了过来。我顺着小溪往上游看去，不远处有两个人，一人站在河边，看着另一人正往溪水里放小船。

这两人也是一身汉服打扮，盘髻袍服，正在交谈些什么。

“故事好像开始了，走过去看看。”长子虚朝那两人走去，我赶紧起身，跟在他后面。

在离那两人几米远的地方，长子虚停了下来，把手抄进衣袖，站着看了起来，我赶紧站在他身后，朝那两人看了看。

这其中一人长臂垂耳，衣冠楚楚，另一人短须俊眉，手持羽扇，两人正在攀谈。

“依先生所言，这几只小舟顺流而下，在前面分流处，必然是按照左、右、右、左、左的顺序经过了？”那垂耳之人说道。

另一人点了点头，说：“将军只需定眼看好，此舟定依亮所言，以左、右、右、左、左的顺序经过分流之处。”

听了这两人的对话，我愣了一下，扭头看了看长子虚，问道：“这……这两人难不成是……”

“刘备和诸葛亮。”他倒不惊讶，眼睛跟着那几条小船，顺着小溪往下看，脸上表情怡然自得，好像在看电影一样轻松。

我感到很奇怪，眼前这一幕到底是怎么出现的，难不成真的是电影？一部很真实的全景电影？有这个可能。因为我和长子虚站在这里，那刘备和诸葛亮根本像没看见我们似的，就像电影里的演员全神贯注在演戏一样。长子虚也说过，看一段故事，一旦看完了故事，这八卦阵也就解开了。姑且信他好了，我缓了缓神，就当是看电影似的继续往下看。

我看着那几条小船，问长子虚：“这孔明说那几条小船在溪水分流的地方，会按照左、右、右、左、左的顺序分开，是什么意思？”

“是一种预知的能力。”长子虚头也不回地说道。

我有点不信，眼睛盯着这几条船，看着它们远远地往下游漂去。经过分流之处，竟然真如诸葛亮所说，按照左右右左左的顺序通过了岔道。

那刘备惊讶于眼前所见，顿时朝诸葛亮作揖拜谢，说道：“先生真乃神人也，今后先生所言，备定听而信之，望先生助备一臂之力。”

诸葛亮笑了笑，说道：“将军既然愿相信匹夫，亮自当尽毕生之力，赴汤蹈火，助将军匡扶汉室。”

此时两人一副惺惺相惜的样子，诸葛亮又请刘备往远处的茅屋走去，并开始分析起天下局势。

“神了，这孔明难不成真有神机妙算预测未来的能力？”我转过头问长子虚。

长子虚点了点头：“嗯……也可以这么说。不过这才三顾茅庐，《隆中对》，咱们接着往下看。”说完他撇开眼前的两个人，转身往另一个方向走去，我赶紧跟着。

走了一会儿，来到一处山崖，远远望去，远处有一条大江，而山崖之上，有一片兵营。长子虚径直朝兵营走去，我紧随其后，一路上兵营里四处走动的士兵对我们俩都视而不见。我小心翼翼地走着，虽然心里明白这不过是全景幻象，但生怕撞上了哪个士兵，对方突然转过头来，那也够吓人的。

到了一处大帐前，长子虚并没停下，拿手掀开帐帘，和我一起钻了进去。

只见帐中有两人席地而坐，一人正是诸葛亮，另一人，气宇轩昂，眉宇之间英气勃发。只听诸葛亮说道：“都督只需依此行事，定可破曹军于江北。”

看来这另一人乃是周瑜周公瑾。

“先生的意思是，曹军将患疾，兵力疲弱。而后连舟布阵，避免水战，且数日之后，东风大起，天赐良机？”

“正是。”

“先生如何得知？莫非窥视天意？”

“此中机缘，难以细细道之，都督只需信此种种皆会应验便可。”

听了两人对话，我小声问长子虚：“是不是等会儿还有草船借箭、借东风、华容道这些情节？”

长子虚略微皱了皱眉，看了看我说：“怎么会有这些情节，你说的这些都是演义小说里的东西，眼前这个不是演义。”

不是演义？听他这么一说，我还真有点奇怪了，不是演义难道还能是真实的历史不成？

还没等我想明白，长子虚又转身出了军帐，我赶紧跟上。没想到，一出来，外面已经是鼓声震天，火光冲天，我们站在江边，遥望北岸连成一片的船只，在熊熊大火中燃烧。呐喊之声和呼号之声此起彼伏，整个一个宏大的战争场面。

“火烧赤壁？”

长子虚点了点头，然后跳上岸边的一条小船，朝我挥了挥手，我也赶紧踏了上去。

小船顺着江河往下漂流，两岸的战鼓之声渐渐远去，火光也慢慢随着船只的前进，变成了一片青山翠水，还不时传来猿猴的鸣叫声。

小船在一个码头停下，眼前出现一个台阶，我跟着长子虚拾级而上，来到一个大殿。进入殿中，有士兵官吏，无不面带悲色。再往里走，到了内室，有一黄袍华榻，有一人躺在床榻之上，前面站了几个人，其中一人半跪在榻前。

“白帝城托孤？”我见此场景，转头问长子虚，他点了点头。

两人走近床榻，只见那刘备已形容枯槁，诸葛亮握着他的手，眼中含泪。

病床上的刘备气息微弱地说道：“若丞相辅佐嗣子，孤无憾矣，匡扶之业，今此，交于丞相之手。”说完刘备握了握诸葛亮的手。

“君与臣草庐之初见，犹在眼前，陛下所托，臣早已答复。君既然信我，亮自当尽毕生之力，赴汤蹈火，为匡扶汉室之伟业鞠躬尽瘁……”话还未说完，这诸葛亮已是老泪纵横，泣不成声。

随后，那刘备缓缓闭上了双眼，床榻之前众臣及仆人皆号哭起来。

“只为君之初见，信而仰仗，便尽毕生之力，辅佐刘备建邦立国，南征北战，尽瘁一生，这孔明不愧是光耀后世的一代名相。”长子虚感叹道，站在原地暗自伤神。过了好一会儿，他微微叹了口气，又转身往外走去，我赶紧又跟上他的脚步。

“接下来难道是去五丈原？”我问他。

他摇了摇头：“继续看便是。”

出了殿来，竟已是码头，两人复又上船起航，行了一段，高耸在岸边的山崖慢慢变成了平原。又漂了一会儿，小船在一处浅滩搁浅，我又跟着长子虚起身上岸。

这是一处三角河滩，江水在此分流，而其中一条江边，一群工人正在建造工事。

远远看见一个手持羽扇的老人，坐在一张木椅上，督导工事。

“这里好像是……”我四下看了看，有点吃惊，“好像是古代的都江堰……”

“没错。”长子虚说道。

“那老人是……孔明？”

“正是。”

“都江堰的工程，丞相也修缮过？”

“毕竟是蜀国重要的水利工程嘛。”

我们两人朝诸葛亮走了几步，靠近以后一看，我有点惊讶，诸葛亮手如枯柴，面色憔悴，已经老态龙钟了。

“这时的丞相，已不是二十六七岁隆中作对时意气风发的诸葛亮了，已经是年近五旬，为蜀汉鞠躬尽瘁一生的老者了。”长子虚的表情显然凝重了不少，看得出，他对诸葛亮一生的境遇很是感慨。

我又看了看这工事和地貌，问长子虚：“这地方好像是宝瓶口，而工事所在的地方，好像……”

“正是离堆。”

“也就是说……这离堆下面的八卦阵，乃孔明所建？”我有点不敢相信。

“这岷江之水，来自西南雪山，那里是整个西南盆地玄烝念场的源头。这密集的‘念’顺江而下，到鱼嘴之处分流，聚集于宝瓶口。而这宝瓶口后面的河滩——离堆，正是汇集了大量‘念’的地方，在此修建八卦阵，自然最佳。”长子虚接着说道，“哦对了，这八卦阵当然不是为了把你和你朋友困在其中而修建的，被这阵保护在其中的部分，也是一个玄烝念场，这便是轮回念场。”

听长子虚这么一说，我差点没喊出来：“你说什么……轮回念场？”

“对啊。”他点了点头，转过头来一脸意外地看着我，“你不知道什么是轮回念场吗？”

我努力控制住情绪，说道：“有所耳闻而已。”然后我故作轻松地问他，“那我们现在，也就是说，正处在轮回念场里了？”

谁知长子虚耸了耸肩膀，说：“残骸吧，准确说，是轮回念场的残骸，里面都是残像罢了。这念场早随着孔明的去世，失去了原本的功能，现在只能看到一些残骸而已。”

他这么一讲，我又有一丝遗憾，原来我们一直寻找的轮回念场早就消失了。

“那是不是说，孔明所拥有的预知能力，就来自这轮回念场？”

“差不多……”长子虚摸了摸头，说，“不过之前没这么夸张，都是一些小的阵法，但这一次，他在都江堰修建了这个实体玄场，恐怕是为最后的北征做准备。”

“这轮回念场到底是怎么运作的，有什么神力？”

“这个嘛……继续看不就知道了……”他招了招手，往河岸上的山道走去，“最后一章，秋风五丈原。”

两人穿过山道，来到一处峡谷之上，山顶秋风四起，顿时感觉凉了几分，山头草木枯黄，鸟兽无声。

只见一位老人正在仆人的搀扶下，在山头来回走着。

他走走停停，不时抬头望天，不时伸头看看谷底，不时又蹲下身子拨弄道路旁边的石块，再掏出书简，往上面写着什么。

“那个人是孔明？”我问长子虚。

他点了点头。

“他在干吗？”

“他在选择。”

“选择什么？”

“选择要走的路。”

“什么意思？”

“他在经历一遍大战前的历史。”

长子虚话还没说完，只见山间突然出现许多士兵，打着蜀国的旗号，喊声震天。再往山谷下看去，一队人马正穿过山谷，看那旗号，正是司马懿的部队。

司马懿的部队躲开山谷上蜀军的弓箭，往岔道奔去。一支弓箭擦着队伍领头的将领的肩膀飞过，却未伤到那将领。那人惊出一身冷汗，但仍旧带领这队人马很快躲开了袭击，钻进了岔道，而岔道之上山势险峻，几乎无法安排兵力，眼睁睁看着司马懿一队人马逃了出去。

一瞬间，人马之声骤停，所有的士兵马匹像幻象一样，突然之间就消失了。

而眼前又出现了老者和仆人的身影。

那老者找到刚才险些射中敌方将领的弓箭手的位置，拿木棍插下标记，并记录在书简上。

不一会儿，又是人声鼎沸，战鼓擂响，同样的场景再次出现。而这一次，在刚才那个位置上，出现了多名弓箭手，齐发数箭，射穿了敌方将领的胸甲，那将领应声倒地，人仰马翻。司马懿见状，赶紧拉回马头，一队人马顶着箭雨朝谷内冲去。这一次司马懿的队伍死伤惨重，而且被困在谷内，难以脱逃。

“这就是你说的……选择？”我惊讶地看着长子虚。他不置可否，只是说道：“轮回念场就像一个模拟现实的虚构空间，在这里，可以重复经历无数次未来。而每一个未来，都因为对细微处不同的选择，而有着不同的结局。如果能在这些细小的选择中处处选对，就能得到自己想要的一个结局。回到现实中，便能通过记住的这些细小选择，将符合自己意愿的未来变成现实。”

“这就是轮回念场的能力？”我好像明白了，但又有新的问题，接着又问长子虚，“那为什么孔明最后没有北征成功，助蜀汉一统天下？”

“因为……”长子虚轻轻叹了一口气，“因为人的生命是有限的。你可以不断在轮回念场中去寻找那个完美的历史，但假如……假如这个你想要的完美的历史的概率太低，你势必要不断地通过轮回来寻找那微乎其微的可能。而这个过程，是要消耗你自身的时间的，也就是你的寿命。长时间在轮回念场中轮回的人，已经消耗了比处在正常世界里更多的生命，所以……丞相老得这么快……而最后，直到他生命终结，也许都没找到那个微小的可能……”说完长子虚摇了摇头。

天空突然阴沉下来，大雨骤降。风雨之中，那个老者仍旧站在山顶，遥望着北方，留下孤独而疲弱的背影，以及在风雨中飘摇的衣摆和纶巾。

“好了……”长子虚说道，“故事到此结束。”

他这话一出，我猛地感到一阵眩晕，整个人好像一下就没了力气，困得不行。我扶着一棵树蹲坐下来，不一会儿，便昏睡了过去。

也不知睡了多久，昏沉沉中只觉得身子一起一伏，好像在被人驮着走。

睁开眼，竟然真的被人背着，而背我的不是别人，正是小叔司一介。

“嘿，小叔，量哥醒了。”耳边响起唐三七那熟悉的声音。

“上官，把车门打开，这小子看着不咋的，却死重死重的。”说完司一介把我往车后座上一甩，我整个人顿时清醒了不少。

“你们……”我捂着头，头疼得厉害。

“我们在最后一间房间找到你的，睡得跟猪一样。”加奈打开副驾驶的车门，坐了上来，头也没回地朝我说道。

上官绯坐上驾驶座，扭头朝我笑了笑，说：“没事就好，这一趟能平安走出来，也算万幸。”

“到底发生了什么？你们怎么走出来的？那八卦阵……哦不，轮回念场……”我有点语无伦次。

“八卦阵倒是破了，还是上官哥厉害，他想到了标记应该反着来，就能走到阵心，于是我们都找到了最后一间房，就看到你竟然在那里呼呼大睡。”唐三七爬上车，说道。

“然后害得老子背着你出来。”司一介一脸的不满，也挤了上来，关上车门。上官绯发动了车子，往回开去。

“等等……”我皱着眉头，捂着脑袋，说，“现在是何年何月？”

“我说量哥，你看这车都能发动，说明还是原来那个时间层啊。”唐三七拍了拍我的肩膀，笑着说，“看来只要走到阵心，再往外走，时间就不会错了。”

“那……不对……还有个问题……”我理了理思路，问道，“你们是怎么聚到一起的？大家开始不都在不同的时间层走散了吗？”

“上官绯在桌上刻了字……”加奈把盘起来的马尾放下，甩了甩头，说，“他想到了标记逆向用的方法，然后在每个房间的桌子和墙壁上都刻上了很多提示，并且故意走错了几次，在更多的时间层留下标记。虽然我们处于不同的时间层，但假如走错几次，能走到上官刻过标记的时间层之外的任意时间里，不管上面的提示经历了多少年，都还存在，于是我们都得到了这个方法，大家便都走到了阵心，而阵心的时间，大家便都回到了原来的时间层。”

听加奈这么一说，我才恍然大悟，这一趟，还真是有惊无险。

“不过遗憾的是……没能找到所谓的轮回念场。”上官绯遗憾地说道。

“也不是没有找到……”我扶着椅子坐了起来，闭着眼缓了缓神，把自己的经历告诉了大家。

听我这么一说，大家都惊讶异常，特别是唐三七，他说："量哥，这不会都是你做的梦吧？"

"你要这么说，我还真不知道怎么证明这不是梦。"我耸了耸肩。

加奈摇了摇头，说："是不是梦还真不一定，但你描述的轮回念场，我好像还真听孔明派的先辈们提过，据说在武侯祠曾经发现过诸葛亮的手记。当然，不是现在这座武侯祠，可能是汉中那个古老的武侯祠，是不是真的就不知道了。总之，传闻里面对轮回念场的描述有'往复其间，万千殊途；择取其一，心念同归'的词句，现在想起来，还真有可能是无量说的这种情况。"

司一介双手抄在胸前，歪了歪脑袋，说："不管这些说法对不对，无量做的梦真不真实，总而言之，这一趟恐怕是要空手而归了。小姑娘，你那老板怎么给他交代？"

加奈摆了摆手，说："这事儿用不着你们担心，实话实说便是。"说完她戴上耳机，把头靠在椅背上，小憩起来。

"可惜这一趟啥也没捞着，之前在广汉，怎么说还搞了个三角锥子，这一趟连块石头都没淘到，白走了。"唐三七双手放在脑后，一副不甘心的样子。

他一提到三角锥，几个人表情都不轻松，那里面到底是个什么玩意儿，三个月后又会发生什么，谁心里都没底。

"我想起个事儿。"我见大家都不说话，便打破了沉默，"我做的那个梦里，那个人还给我说过这么一段话，他说岷江之水，来自西南面的雪山，那里是整个西南盆地玄炁念场的源头。而之前广汉鸭子河的源头九峰山也是西南面的雪山之一，难不成，在雪山之上还有一处天然玄场，是所有这些'念'发散出来的起始点？"

听我这么一说，上官绯点了点头，接过话讲道："无量兄弟说得没错，不管你是不是做梦，但你说的这种情况，在探脉人圈子里也是有传闻的。毕竟大家穿过的山多了，遇到的玄场也多。而在西南盆地，所有玄场里'念'的来源，多多少少都指向了西南面的雪山。特别是四姑娘山附近，曾经也有几路人马去踩过，但都无功而返，并且那里环境险恶，遇难的也不少。所以这说法就一直传着，却没人落实过。"

"那我们要不要……"唐三七探出和尚脑袋，问道。

司一介想了想，拍了拍上官绯的肩膀，说："先回酒店，今天大家都累了，先休息休息，晚上聚一起讨论一下，现在手里的线索有点乱，我想理一理。"

没多久到了酒店，一行人下了车来。

加奈伸了个懒腰，睁开眼一看，愣了一下，然后问道："这是哪儿？"她探过头朝我们看了看，说，"我怎么在这儿，咦，这不是上次的和尚哥哥吗？"

唐三七扶了扶眼镜，说："看来这回又轮到你姐姐睡着了吧。"

加奈吐了吐舌头，向大伙道了歉，说："不好意思，姐姐可能太累了，睡得挺快的，发生了什么事也没跟我说，只好晚上再问她了。"那模样变得真快，虽然穿的衣服还是之前那样，马尾辫也是一束，但整个人的神情真的就像换了个人似的。

唐三七摸了摸脑袋："没事，我可以给你讲讲。对了，你的房在十二楼，我带你上去。"

"嗯，谢谢和尚哥哥。"加奈甜甜地笑了笑，蹦跶着和唐三七一起上了楼。

司一介摇了摇头，转过身来对上官绯说："你把昨晚这事儿跟那神秘人说一下，看看他什么意见。既然这轮回念场救不了方老板的命，我看他们可能不会就此罢休。"

上官绯点了点头："不过无量兄弟提到的西南面的四姑娘山，你看有没有必要去？"

司一介皱了皱眉头，然后转头对我说："你先上楼，我和上官绯再商量一下。"

我心想，你们商量就商量，干吗把我支开，这个司一介，搞了半天还是不把我当自己人看待。我心里不爽，索性摆了摆手，上了楼去。

回到房间，唐三七正在隔壁和加奈聊天，我脱了衣服洗了个澡，出来后躺在床上想了想这一阵子发生的事。从人骨化石到三角锥，从各种各样古怪的玄场到玄场的源头——西南面的雪山，还有司一介带来的奇怪的照片，但想了半天，确实很难理出一条贯穿所有线索的主线。

突然，我大脑里闪现出一丝灵感，我想起司一介这一系列神秘兮兮的行为给人的感觉。他仿佛在解决什么严重的事，而且很显然，他说过，他不愿意我们来扛这些事，说明事情很严重，一般人解决不了。

于是我把这些天的经历分成两部分：一部分是危机，另一部分是线索。

危机里面有几个内容，第一便是三角锥里的东西，还有就是司一介带来的末日都市的照片。一说起这末日都市，我又想起之前秃头店家说的那个老瞎子，他也曾经描述过类似的场景，那这个危机会不会是所谓的大灾难呢？

我被自己这个想法吓了一跳，然后我又问自己：那这个末日灾难是怎么发生的？又在何时发生？

时间……难道……我最近遇到的和时间有关的，便是那三角锥里的东西逃出来的时间……三个月……

虽然这只是假设，但我不由得就这么推论下去。假如司一介之前通过什么渠道了解到了危机，或者说末日大灾难发生的可能，想要寻找线索或者解决的办法，而这一阵的经历也暗合了这种可能性，并且，有确切的时间表。

这么一来，另外一部分内容也说得通了，那便是线索，从古蜀文明到蜀汉遗迹，都把线索指向了西南面的雪山。也就是说，如果司一介在追寻的线索是这西南盆地玄场的源头，他当然会顺着方老板以及神秘人的意思，去探寻这几个别人已经给出的线索，并且从中寻找新的线索，所以他不为了钱也要帮上官绯的忙。这样司一介的动机也就全说得通了。

而且正如他所愿，这几次探脉也收集到了相关的东西，三角锥也好，轮回念场的由来也好，都让他坚定了西南雪山可能会是最终的目的地的念头，而且他也把三角锥一直带在自己身边。所以，按他的性子，他肯定会抛下我们几个，前往四姑娘山寻找最后的线索。

我越想越觉得不安，一方面因为司一介对我们的不信任而不悦，另一方面为他个人安危担忧。

我赶紧翻身下床，拿起电话打给上官绯，想让他阻止司一介的行动。

电话刚一接通，上官绯就告诉我，他和司一介已经先开车回去了，说司一介让他告诉我，让我们休息一晚，明天自己回家。

我问上官绯他们要去哪儿，但上官绯没有正面回答，只说让我放心，他跟着司一介，不会出什么事儿，完了便挂了电话。

这个司一介，我差点没把电话摔在地上。

我赶紧推门出去，想喊唐三七一起去追司一介和上官绯，没想到刚推开门，就差点和正匆忙跑进来的唐三七撞在一起。

“不好了，量哥。”他有点慌神。

“咋了？”

“大小姐她说，神秘人刚才发短信告诉她，方老板要见我们。”

“啥？那个死了的方老板？”我有点不敢相信自己的耳朵。

唐三七瞪大的眼睛里满是惊恐，我明白他不是在骗人。

◆

第十一章
神启会

这一头是司一介和上官绯准备撇开我们自己去四姑娘山，另一头又是死而复生的方老板要见人。我一下拿不定主意。

我问加奈："你和那个神秘人到底什么关系？"

她歪了歪脑袋，想了想，说："我也没见过那个人呢，我一直在接他们老板的一些生意。你知道的啊，女孩子嘛，总要买这个买那个，没有收入可不行啊。方老板一直很大方，每次帮他们办了事，收入都不少呢。"

我摇了摇头，看来这个加奈也仅仅和他们是生意上的往来，这一次来都江堰也纯粹是做了对方的马卒，她并不是他们里面的人。

"量哥，而且这次方老板指明要见你，到底为什么？"唐三七不解地问道。

"我想来想去，可能因为这次只有我见过那轮回念场，但那到底是不是梦，我完全搞不清楚。而且就算不是梦，那轮回念场已经消失了，见了我也不可能给他复制出来啊。还有，这方老板到底是人还是鬼，怎么说死就死，说活就活，真是搞不懂。"我有点沮丧。

"还有小叔和上官绯，你说他们是去四姑娘山了，你咋这么肯定？"

我简单地把我之前的分析对唐三七和加奈说了一遍，唐三七也表示确有可能。

"两位哥哥，那一介叔叔这么厉害，还有那上官哥哥也是，就算他们去了四姑娘山，你们担心什么啊？"加奈问道。

她这么一问，反而把我给问住了。对啊，我和唐三七两个三脚猫连加奈都比不过，还去担心他们两个，岂不是杞人忧天？

既然如此，我说道："好，那他们两个我们暂时不管，也管不着，咱们就先去会会这个方老板，再做下一步打算。"

第二天一早，我们三人便坐巴士回了城，下了巴士来不及休息，便马不停蹄地打车去会面的地方。

那是郊区的一处会所，坐落在树木茂密的林地之间，隐蔽得很。看外部就知道是有钱人的私人会所，门口站着几个西装笔挺的保镖。

下了车，保镖好像早知道我们要来，便领我们进了门。进门一看，嚯，里面的装修更是奢华，古董家具，油画瓷器，一应俱全。

往里走到一个会客厅，保镖安排我们坐下，仆人送来了茶和点心。唐三七拿了一块点心放进嘴里，一边四下打量一边夸耀方老板财大气粗，果真有钱，这能帮方老板做事，也是人生一大幸事。

我鄙视了一下他的嘴脸，问加奈："这地方你来过吗？"

加奈摇了摇头："每次都是短信交流的，我从来没见过方老板本人。"

"嘿，看来你还不如量哥。"唐三七笑了笑，"量哥之前见过方老板，那次看地的时候，是吧量哥？"

我点了点头，虽然只是一面之缘，但方老板的样子我还是记得的。

说话间，房间的门打开了，一个坐着轮椅的老人被人推进屋里来。

这老人身形消瘦，面色苍白，好像得了重病。

"各位好，这位是方老板。"推着轮椅的保镖说道。

这一句话把我说愣了，直直地看着这个老人，完全无法把他和之前见过的那个方老板联系起来。

不对，这人肯定不是我之前见过的那个方老板，就算他得了什么病，消瘦得厉害，但人的骨架、面容不可能完全不同。之前那个方老板，鼻子大，国字脸，并不高。而眼前这个，看起来手脚细长，关键是鹰钩鼻，长脸，怎么看也不是同一个人啊。

见我惊讶得说不出话来，那老人开口了：

"你之前见到的那个方老板，不是我本人……"

"是您的替身？"唐三七问道。

那老人摇了摇头："也不算替身，准确地说，是我的一部分……"

他这一解释，我们更蒙了。

"这说起来话长，我身体也欠佳，就长话短说，那人有我一部分记忆……喀喀喀……”那老人没说几句话便又咳嗽起来，看来病得不轻。

这个方老板顿了顿，又接着说道：“但那一部分记忆对我来说……喀喀……很重要……所以，请你们一定帮我寻回那一部分记忆……”

我看了看唐三七，他也看了看我，两人面面相觑，不知道说什么好。

“我知道，这位小兄弟见过一个人……”他看着我，仿佛在等我的确认。

我疑惑地问他：“您是说……我在轮回念场里见到的那个人？”

“没错，虽然我不知道他叫什么，长什么模样，但这都不重要……你去想办法再找到这个人，你把我说的话转达给他，他知道怎么帮我寻回那一部分记忆……”

“但……我去哪里找这个人呢？”我有点不解。

“这个老夫也不知道，但我相信你能再见到这个人，因为……”话说了一半，他又咳嗽起来，便没再接着说。他朝保镖使了个眼色，保镖替他说道：

“方老板答应，事成之后，给各位付五十万的佣金，但……”他又看了看方老板，接着说道，“但时间不多了，请各位一定尽力。”说完他转身推着方老板离开了，留下我们三个一头雾水地坐在沙发上。

唐三七摸了摸脑袋：“这老爷子还有半句话没说完，这让我们怎么找那个人？对了，那人叫什么来着？”

“长子虚。”我埋着头，脑子也很乱。

“这名字好，子虚乌有，根本就是不存在的人，让我们上哪儿去找。”

“两位哥哥，这方老板不是说了嘛，咱们总会再见到这个人的，至于什么原因他虽然没说，但既然他提了，肯定说明可能性很大。”加奈说道。

“大小姐，你的意思是……”唐三七说道，“咱们守株待兔？”

“那也没别的招啊。”我站起身来，“咱们还是先回去，既然明白了这个方老板的意思，回去再细想。”

“想不到这方老板还能分身，一个人的记忆能分开给几个人用。”唐三七咧了咧嘴。

“这有啥好奇怪的，我还一个身体两个人用呢！”加奈嘟了嘟嘴。

“那倒也是。”

我们从会所出来后，保镖开车送我们回了市区。加奈和我们两个告别，说先回家去，几天没回家，家里人又要念叨了，临走时还嘱咐我们：“别想独吞这五十万啊，见者有份。”

我心想，你别抛弃我们就好，这司一介和上官绯跑了，我和唐三七两个菜鸟，还不得抱你的大腿。

回到玛雅户外，两人叫了外卖，在店里吃起来。唐三七打了几个电话，安排了几单送货的生意，匆匆吃了饭，便去送货了。我一边没滋没味地吃着饭，一边想，总觉得哪里有点奇怪。

矮的那个方老板遇害之后，一直是那个神秘人在联系我们，而这次，瘦的这个方老板竟然亲自见我们，总觉得哪里有点不对。他既然肯露面，为何一开始还神秘兮兮的，靠发短信来联系。“难不成……”我脑子一转，心里蹦出一个大胆的设想。

我赶紧给加奈打了个电话，问她：“昨天那个神秘人给你发短信，说方老板要见我们，是用的以前的号码吗？”

加奈听我这么一说，想了想，说：“是个陌生的号码。”

“这就对了！”我按捺住紧张的心情，说，“这两边不是一伙人！”

“啊？！为什么啊，无量哥哥？”

“当然，也可能神秘人换了电话，你们之前交易那么多次，他也经常换号码？”

“嗯……有过一两次吧。”

“这样，为保险起见，你给原来那个神秘人的号码发个短信，就说下一步怎么做，看他怎么回话。如果他说的内容和今天见的那位方老板说的大相径庭，那问题就大了。”

“那好吧，我试试。”说完加奈挂了电话。

我搁下电话，饭也没心情吃了，坐立不安，站起来走了几圈。

过了好一会儿，加奈的电话才打了过来，她说：

“短信上说，既然方老板说过我们会遇到那个人，想必有他的道理，让我们先等两天。”

“怪了……”我自言自语道，“这么说，是我想多了？”

“无量哥哥，我看你是跑这一趟跑累了，而且遇到这么多奇怪的事，有点神经质了，你好好休息两天吧，再看看情况。”

和加奈结束了通话，我摇了摇头，看来自己确实是太累了。最近老是疑神疑鬼，心里像打了结一样，总觉得处处都是陷阱都是阴谋，这样下去也不是个办法，最好休息两天。我索性关了店面，给唐三七发了条短信，然后回家去了。

在家待了两天，百无聊赖，做什么事都提不起兴致，心里老惦记着事儿，看来这穿山金主的活计一旦尝试过以后，还真有点上瘾。虽说也有各种危险，但比起平凡的生活来说，确实有趣多了。也许，每个人心里都藏着一股冒险的冲动，只是平时没有察觉罢了。

我给上官绯和司一介打了几个电话，都提示不在服务区，估计两人已经上了山，也不知情况如何，惦记得很。

我又给唐三七和加奈打了几个电话，唐三七那边倒做着生意，一如既往。而加奈那边有时候是妹妹接的电话，有时候又是姐姐接的电话，而且她们两个好像交流不多，常常是才给妹妹说的事情，到了姐姐那里又要重复一遍，让人感觉累得慌。

一切都平静得很，但我总隐隐感到，有什么大事要一触即发。

到了第五天，唐三七匆忙给我拨来电话，说：

“量哥，有人找你，你快来店里一趟。”

我问：“谁啊？这么着急。”唐三七只说：“你快来吧，听这人说，司一介和上官绯他们好像出事了。”

一听唐三七说出事了，我赶紧挂了电话，套上鞋子就往外跑。

到了玛雅户外，唐三七见我进来，赶紧拉了卷帘门。我问“人呢”，他指了指楼上。

“别什么人都往楼上带啊，那地方是我们的老窝。”

“这人可不是一般人。”唐三七顿了顿，说，“据他说，他是上官绯的弟弟。”

我愣了一下，心里有一丝不好的感觉，赶紧和唐三七上了楼。

那人坐在沙发上，穿着一身黑色的长摆大衣，背挺得直直的，双手放在膝盖上，手上戴着一只手套。没错，只戴了一只，左手戴着手套，而右手没有戴。

我朝他走了过去，他见了我，站起身来，这人身材很高，估计有一米九了，面色冷峻，眉宇间透着一股英气。

“你好，商无量是吗？我叫东方禁，是上官绯的弟弟。”他说着伸出右手。

我愣了一下，然后也伸出手和他握了握，他手很大，手指也很纤长。

“东方……你不是姓上官？”我听他这么一介绍，有点奇怪，便问道。

“我和上官并不是亲兄弟，我是父母的养子。”东方禁解释道，说话间没有一丝迟疑和为难，即便是说自己是上官家的养子，也显得堂堂正正，气场很足，没有丝毫难以出口的样子。他给人的感觉和他哥哥上官绯完全是两个性格迥异的人。上官绯比较柔，说话很有耐心，并且彬彬有礼，脸上也常挂着笑容。而这个东方禁，感觉硬邦邦的，脸上一副严肃的样子，让人有种难以接近的感觉。

“哦，听说你找我？”我试探着问道。

“是的。”他一点也没拐弯抹角，直接说道，“我哥轻信了司一介的话，他被司一介骗了。”

听他这么一说，我吓了一跳，赶紧问道：“骗了？你什么意思？”

“司一介带着我哥去了海子沟，但他的目的绝不仅仅是寻找玄场源头，他是另有目的，我们必须赶紧出发。”

“出发？海子沟？你是说四姑娘山的海子沟？”他说的话里信息太多，我一时没能反应过来。

“对，马上出发，现在就走。”

“为什么？”我虽然听他这么说，也有点急，但还有一丝理智，“我们为什么要相信你说的话？”

“因为我不希望上官绯出什么事，你也不希望司一介出什么事，对吧？”东方禁表情严肃地问了一句。

尽管他前面说的那些话我都没整明白，但这一句，我想我是听明白了。

我转头看了眼唐三七，他表情也很紧张，他冲我点了点头，于是我又转过头对东方禁说：

“行，暂时按你说的，现在就出发。但路上你得把话说清楚了，这来龙去脉咱得理得一清二楚，否则……”我一时没想好否则怎么样，话说了一半，没了下文。

东方禁倒也不拖沓，微微点了点头，便转身下楼。我赶紧让唐三七准备包裹，马上出发。

“要不要……给大小姐打个电话？”唐三七一边收拾，一边问我。

我想了下，说：“叫上，咱手里也没认识的探脉人，多一个人，多一个帮手。”

我问东方禁需要什么东西，他说常规的装备带上就成，他自己有贴身的装备。我看了看他的大衣，心想估计和他哥哥一个德行，衣服里面不知道藏着什么武器。

我们收拾了半天，刚走出门，加奈的红色车子就已经停在外面。

我为东方禁和加奈相互介绍了一下对方，两人都很冷漠的样子，简单打了下招呼。加奈只小声说了一句：“这太师门的救兵都搬来了，看来事情闹得够大的啊。”

“什么太师门？”我没听明白。今天这个加奈显然是姐姐，说话的语气傲得很。

“你问这位小师哥啊。”她冷笑了一下，然后钻进车里。我转头看了眼东方禁，他皱了皱眉头，摆了摆手，说：“有什么话路上说，先出发。”

我心想，这探脉人的圈子也太复杂了吧，什么孔明派、青乌派，现在又出来一个太师门。还有，之前听加奈说，我们商家也算名门正派，这些门派到底是些什么关系？不行，我等会儿得问清楚了。

加奈开车，唐三七厚着脸皮坐到副驾座上，我和东方禁坐后排，他上车后也不说话，抄着手抱在胸前，背挺得直直的。

“走哪条路？”加奈在前面问了一下。

“走都江堰到映秀那条。”东方禁面无表情地说道。

“那条路可不好走。”

“这条路快。”

加奈摇了摇头，没说话了，继续开车。

开了一会儿，车出了城区，上了高速，我见大家都没说话了，便挑起了话头。

“小师哥，对了，不介意我也这么叫吧，刚才我听大小姐这么叫你。”

东方禁面无表情地答道：“无所谓。”

“嗯，我说小师哥，咱能不能先说说，你到底都知道些什么情况。”

东方禁眼睛看着前方，微微皱了下眉说道：“那个司一介，是神启会的人——”

“神启会？等等，这又是一个什么门什么派，你们这探脉人的圈子也太复杂了吧。”我有点急了，赶紧打断他。

“也没你说得这么复杂。”东方禁接着说，“一个行当干的人杂了，自然各门各派都有，但多数是旧时代留下来的称号，而这里面鱼龙混杂。真正在行当里叫得响的，只有四个门派，这便是东商玄、西孔明、北太师、南广陵。上官家族便是太师门的一脉传人，我是上官家的养子，所以，自然继承的也是太师门的衣钵。”

听东方禁这么一解释，我算是明白了，他说的商玄派应该就是指我们商家了。虽然我之前不知道，但现在心里便有了底了。

“那是不是说这四大门派各有各的看家本事？”唐三七也感兴趣地扭头过来问道。

“商玄派对玄场最有研究，孔明派奇门异术最厉害。太师门嘛，擅长山脉探洞，而广陵派，自然是水脉的行家了。”东方禁说到此，略微扭了扭脖子，接着讲道，“不过，这都是老门旧派了，到了现代，交流频繁，各门各派的特色也没那么鲜明了，况且，引入了新兴科技的新人们基本都统一了称呼，以探脉人自居了。”

“那刚才提到的神启会又是什么路子？”我追问道。

“那是近几年兴起的一个教会，不是什么名门正派，这几年各处山脉秘洞，都有他们的身影。他们对普通的洞穴、地下工事甚至财宝都不是特别感兴趣，他们好像在寻找一切与玄场有关的东西，而且背后应该有什么不可告人的秘密。”

听东方禁这么一说，我想起司一介之前一直在外面倒腾，但对于穿山探脉淘来的宝贝一概不太关心，只对稀奇古怪的玄场感兴趣。真好像和他说的情况一模一样，我不由得心里犯怵，难不成这个司一介还真是个入了邪教的叛徒？

“那你怎么判断上官绯是着了司一介的道，被骗去了海子沟？”

东方禁没有马上回答我的问题，而是微微摇了摇头，然后才说道：“司一介与神启会来往密切，而且据我的情报，这一趟神启会派了不少高手，已经前往海子沟。并且，就神启会行事的风格来看，只要能达到目的，他们不会在意牺牲谁，我担心，可能司一介也会成为他们的弃子。”说完他不再直视前方，而是闭上了眼，“我知道现在无论说什么大家未必会信，到时候若是见了人，问个明白，自然就清楚了。”说完他闭上嘴，不再说话。

我听了他这番话，脑子转了起来，虽然这一方面暂时理清楚了来龙去脉，明确了此行的目的，但另一方面，想着接下来可能不仅仅是穿山探脉这么简单，也许还面临着和别的队伍干仗的可能，心里还是有些犯嘀咕。这加奈和东方禁算是一把好手，唐三七怎么说也有点不怕死的蛮劲，而我一个手无缚鸡之力的柔弱书生，到时候真打起来，肯定得想办法躲在他们后面。

车子下了高速，上了省道，路也渐渐难走起来。唐三七主动献殷勤，让加奈休息休息，换他来开。加奈嘴上不领情，也不谢他，却把车子交给他，自己戴上耳机放心地打起盹来。

再往西，就开始上山，山路蜿蜒，海拔也渐渐高起来，头涨得难受。

还好一路顺利，没遇到塌方或者路基毁坏而堵车的情况，眼看天色渐黑，一行人顺利到了日隆镇。

幸亏最近是旅游淡季，日隆镇人很少，除了几个背包客，大队的游客几乎没有。四个人在镇上住了旅店，暂时先安顿下来，准备明天一早进山。

晚上我躺在床上一时睡不着。我这人有个毛病，一旦挪了窝，老睡不踏实。我翻来覆去地在床上折腾，脑子也乱得很，想着自己平时在城市里待着做做小生意，日子过得还不错，怎么就过上了这穿山探脉的野人生活。虽说之前在家里窝着，又对外面的刺激冒险心存向往，但其实心里明白，这探脉淘金可不是悠闲度假。一方面危险无处不在，另一方面，每一天都要面对的是不确定的未知，心里总有点没底。

本以为傍上了司一介，怎么也得是他冲在前面受累，我躲在后面享福。没想到没几天工夫，他就抛下我们跑了，害得我跟一个霸气小师哥和傲娇大小姐搭伙儿，想想真是造化弄人。但转念一想，那大小姐之前在八卦阵也算是靠谱，而且还说什么一起穿了山，就是一路人，想想还挺感动的。而这个东方禁，虽然看着挺严肃，但说话间总让人感觉有一身正气，兴许是个面冷心热的好人呢。

想着想着，伴着唐三七的鼾声，我也稀里糊涂地睡着了。

夜里不知不觉，竟然又做起梦来。

在一片大雾弥漫的湖面上，自己竟然站在湖水之上，朝脚底望去，那湖水清澈见底。隔着湖水，居然看到湖底是一片绿油油的草地，而一位穿着青色袍服的男子正信步在其间走动，仿佛隔着玻璃一般。那人突然停下脚步，抬头往上看，我这才瞧清这人的面孔，正是那天我不知是不是在梦里见到的长子虚。

他朝我笑了笑，然后指了指我的身后，我转头看去，浓雾之间，一只巨大的鸟正在天空中缓缓翱翔。

第二天早上醒来，我的脑袋昏昏沉沉的，那梦里的影像也在记忆里模糊起来，后来还梦到什么就都给忘了。

我下了床洗漱，唐三七已经在整理背包和装备了。他兴奋得很，直说什么傍上大腿了，太师门和孔明派两大高手带队，这回经验值得暴增。

我说："你还真当自己是淘金方丈了，想改行做职业探脉人啊。"

唐三七点了点头："量哥，你是不知道，我总感觉我天生就是做这行的啊，看来我一度迷茫的人生又找到了新的方向。"

我皱着眉头甩了他一个白眼。

收拾完毕，两人下了楼，东方禁已经在大厅等着了。我和他打了个招呼，他只是略微点了点头，还是一副对人爱理不理的模样。

我们三个又等了等，加奈才从房间里下来，一看打扮，两束小马尾扎在头上，额前梳着小刘海，穿着一身粉红的冲锋衣，一副可爱小萝莉的装扮。我心想，完了，这回得是妹妹陪我们穿山了，真不知道靠不靠得住。

加奈向大伙儿热情地打着招呼，东方禁显然没想到，愣了一下，唐三七跟他解释了一番，他说了声"幼稚"，然后转身朝门外走去，我们赶紧跟上。

四人上了车，往目的地开去，没开多久便到了四姑娘山景区门口。东方禁拿出GPS看了看，然后说："不走这边，往另一头走，绕到背后去，再徒步进山。"

唐三七按他指的路开车绕到景区背后，又开了一段，连土路都没了，四人便下了车，提上背包，开始徒步。

这海子沟虽说在雪山之下，但植物茂密，有一片一片的草甸，还有各种色彩缤纷的灌木花丛，青山绿水，景色美得不行，恍惚中，我差点以为自己是来旅游的。

东方禁走在队伍最前面，唐三七和加奈走在后面，我夹在中间。一路上东方禁只顾往前赶路，从来不回头看我们，好像心里只顾着寻他哥，别的事一概不关心。

“我说小师哥……”我朝东方禁搭话道，“那地方你去过？”

东方禁摇了摇头。

“那我们这是往哪儿走？”我抬头四下看了看，好像我们从山沟一直在往山峰上爬。

“当然不会是往旅游景点走，山沟下面是海子沟的各个湖泊，而绕着山峰往后，那里还有一片雪湖，应该就是那里。”

听他这么一说，我脑子里立马浮现出梦中那片雾气笼罩的湖面，心里总感觉怪怪的。

一队人又走了两三公里，越往山上走，植被就越少，四面的风景渐渐变成了荒土和未化的积雪。虽然还没到山顶，但寒气直往背上钻，我赶紧把防寒冲锋衣的拉链拉上，一直拉到脖子。我回头看了看唐三七和加奈，他们也都扣紧了衣服，还把连衣帽给扣上了。但东方禁好像一点不怕冷，还是敞着大衣，脚步丝毫没有放缓。

“小师哥，这大概还有多远？”我往前赶了两步，走到东方禁身边，问他。

“应该不远了，估计还有个四五公里。”他看了看手里的GPS。

“四五公里还不算远？”我差点没喊起来。

东方禁转过头来看了我一眼，皱了皱眉头，说道：“穿山探脉，徒步几十公里都是常事，眼前这几公里路，你都走不了？”

听他这么一说，我也不好意思再抱怨。毕竟咱现在代表的是商家的门面，可不能在太师门面前丢了脸面，况且他说得也在理，又不是出来旅游的，就是那些背包客，估计走这几公里也是稀松平常。我索性闭了嘴，埋头跟着他往前走。

绕过山脉，到了雪山背面，抬头往上望去，那山顶隐没在云雾之间，而往下看去，也有几片云挂在山腰，人仿佛置身于仙境中一般。

东方禁又走了两步，停了下来，他看了看手里的GPS，然后抬头往山顶看了看，说了句：“好像到了，就这附近了。”

唐三七和加奈也走了过来，我们朝东方禁望的方向看去。那前方的山顶下面，仿佛有一处平台，而远远看去，平台上有反光，应该就是东方禁说的雪湖。

眼看目的地就在眼前，一队人加快了脚步。

又走了一阵，我们离那雪湖越来越近，雾气也越来越浓。唐三七突然喊了一声："等等，你们看，那是什么？"我抬头往雪湖方向看去，那湖隐没在浓雾之中，看不太清，而在那浓雾之间，仿佛还有什么东西，那东西的阴影透过雾气，若隐若现。

我心里咯噔一下，想起昨晚的梦，难不成这是……我没敢往下想。

东方禁皱了皱眉头，说了声："走，过去看看，雾大，注意脚下。"

他们几个开始小跑着往前赶，我跟在后面，心里有点犯怵。

走到一处山崖，那平台竟然在山崖下面，而此处已经没有缓坡可走，往上又是山顶，几个人暂时停了下来。

"哥哥们，那雾里好像还真有东西。"加奈眯着眼睛看了看，说道。

"奇怪，那阴影不像是山峰啊……"唐三七嘟囔道，"这东西好像……"

"好像是悬空的……"加奈接过他的话。

我们站的地方离那片湖所在的平台估计有十几米高差，湖面在平台远端，在雾中反射着光，好像浓雾中开着的雾灯一样。湖的上方十几米处，便是一片更浓的云雾，而那雾中的阴影，就正对着我们这个高度，在水平距离三四十米开外，看上去真就像悬浮在空中一样。

"难……难道是一只鸟？"我扭头看了看东方禁，把担心的事讲了出来。

"怎么可能，量哥，你眼花了吧。"唐三七说道，"哪有这么大的鸟，再说，就算是鸟，也不能悬空不动啊。"

唐三七说得也有一定道理，鸟都是滑翔飞行或者在运动中起飞降落，即便有一些蜂鸟可以通过急速地扇动翅膀在空中悬停，但还真没这么大的鸟能悬浮在空中的。

"先别急着研究这个，咱们得先下到平台上。"东方禁摆了摆手，让唐三七把背包里的动力绳和下降器等装备拿了出来。

东方禁看来身手不错，他麻利地系上绳子，把保险扣扣好。之后，他在崖上找了一块岩石，固定住锚栓，将穿过锚栓的绳子与下降器连接，然后把绳子另一头往山崖下一甩，就握住绳柄开始往下滑。

别看我卖了这么久的装备，这玩意儿却没怎么用过，还是唐三七懂，他三下五除二帮我系好绳子。那个加奈虽然是小妹妹，但也不是省油的灯，很快也系上了绳子。

“两位哥哥，那我先下去了，雾大，注意别撞着岩石。”说完她灵巧地一蹬腿，顺着山崖哧溜一下就滑了下去。我见状也赶紧小心翼翼地拉了拉绳子，试了试稳不稳，然后和唐三七一起也顺着崖壁往下走。

滑了几步，我扭头往下看了看，虽然隔着雾气只能隐约看到底，但毕竟是十几米高，心还是有点虚。那东方禁和加奈速度很快，他们已经快到底了。

“量哥，你倒是走啊，我在你下面，你怕个啥，掉下去也是我垫背啊。”唐三七在下面催我。

“呸呸呸，说什么倒霉话。”我把头转回来，接着一点点松手，借着下降器的摩擦力，绳子一点点往下松，人也慢慢往下滑。

又往下降了一段，估摸还在崖腰上，唐三七停了下来。

“量哥，你看这石壁，上面嵌着浮雕呢。”

我听他这么一说，赶紧又降了一点，和他并靠在一起。

果然，这石壁上被人挖了一些大大小小的洞，洞里还有一些浮雕。

“看这样子，好像是……”唐三七扶了扶眼镜，“好像是古蜀国的浮雕，国字脸，竖眉突眼。”

的确，这浮雕的风格和三星堆出土的那些青铜人像几乎一样，再傻的人也一眼能看出来其中的关联。

“怎么这里也有古蜀国的东西？这离广汉好几百里呢。”我说道。

“兴许他们也时兴来这儿旅游。”唐三七打趣道。

这时，下面两个人都到了底，加奈扯着嗓子喊我们，催我们赶紧。

我摇了摇头，拿手机拍了几张照片，赶紧和唐三七下了崖壁。

下到了平台，唐三七把绳子收了，将装备放进背包。我们继续朝着前面的雪湖走去。

几个人在雾里穿行，等到了湖边才看到，这湖不大，直径有三四十米，而且已经完全结冰了，怪不得刚才从远处看过来像镜子一样反射着光线。

也不知是高原反应还是因为想起昨晚的梦，我感觉脑袋有点痛。这结冰湖面的场景和梦中一样，我壮着胆子探出头往湖底看了看，冰面并不透明，倒也是，梦里那个玻璃一样的湖面现实中怎么可能有。

“别踩上去！”东方禁在背后喊了一声，“这冰应该很薄，这里的温度不可能结太厚的冰。”

我往回走了两步，然后抬头往天上望去。这一看吓了一跳，那东西非常大，站在它下面才看得出它的大小，几乎有整个湖面这么宽，就像一个巨大的盘子盖着雪湖一样。而且，诡异的是，我们换了几个角度看过去，发现这东西真的和四周都没有物体相连，真的是悬在了空中。

“这雾散不开，也没地方可以爬上去，根本看不清这是个什么东西。”唐三七抱怨道。

东方禁倒没我们两个激动，他四下看了看，说：“先别管这个，入口就在附近。”

“入口？什么入口？”我问他。

“洞脉的入口，根据以前来过的探脉人所说，在雪湖附近有探洞，能进到山脉里面。”

“里面？这里面有什么？”

“不知道，进去的人就没出来过，回来的人都是没进去的。”东方禁一边平淡地说着，一边四下观察，好像在讲一个不起眼的事实。

“进去的都没出来过？那你的意思是……我们要进去？”我试探着问他。

“你们不愿意也可以，我反正要进去。”他头也不回地说道。

看来这东方禁也是个倔头，不撞南墙不回头啊。我心里打鼓，难不成司一介和上官绯两个人也是进了这洞脉里面没出来？

“喂，你们两个，别走远了啊，这雾这么大，别走散了。”唐三七朝我们两个喊道。我这才发现，这雾没有一点消散的意思，反而越来越浓，相隔几米估计都看不清人脸，只能看到人影了。

“加奈呢？”我问唐三七。

“咦？刚才不是跟你们在一起吗？”他看了看我和东方禁。

“没啊，下了平台之后我就没见过她，我以为你们俩走在一起呢。”

唐三七赶紧扭头四下看了看，喊道：“大小姐，你在哪儿？”

没有回应。

这下唐三七有点慌了，想转身回去找。我赶紧冲他说：“要找也一起去找，别一个没找到，另一个又不见了。”

东方禁拍了下我的肩膀，指了指另一头，几米远的地方好像有个人影。

“大小姐！”唐三七冲那人影喊道，那人影没回答。唐三七想朝那人影走去，东方禁一把拉住了他。

“好像有点不对劲……”他小声说道。我们朝那人影看去，那人影动了几下，然后转了个身，这时，从那人影背后又缓缓挪出一个人影来，这一下变成了两个人影。

我吓得差点喊了一声，我回头看了眼唐三七，他的表情也僵住了，看来不是我的幻觉。

“一、二、三。”

我把我们三个人的人数点了一下，然后扭过头，又看了眼前面，真的有两个人影，而且后面那个紧跟着前面这个，好像鬼魂一样……

◆

第十二章
红玉

“管不了这么多了！”唐三七吼了一声，腾地一下就冲了过去，朝加奈背后的那个人影猛扑了上去。

只见唐三七一下扑跪在地上，而加奈背后鬼魂一样的人影居然仍旧站着没动。

东方禁见唐三七倒地，也赶紧几个大跨步冲上前，冲着那人影就是一脚飞踢，他腿很长，脚抬得极高，一下踢在了那人影的脑袋上。

更让我惊讶的是，等东方禁一个转身放下脚来，那人影竟然像没有中招一样，依旧纹丝不动地站在那里。

东方禁转头看了看，摇了摇头，把趴在地上的唐三七拉了起来。

“虚惊一场，只是个影子。”东方禁转过身来朝我说道，“你过来看看。”我听他这么一说，赶紧壮着胆子朝他们走过去。

但走到那人影跟前，影子居然不见了。

“什么鬼？刚才还看见有人影，这走近了一看，居然就没了。”我十分不解。

唐三七拍了拍脚上的土：“确实怪，我直接扑了个空，而且别说加奈背后的鬼影了，连加奈的人影也不见了。”

东方禁摆了摆手：“只是幻象而已。”

“幻象？”

“具体原因我也不清楚，但刚才那两个人影应该只是某种浓雾里产生的幻象。”

我摇了摇头，搞不清眼前的状况。

三个人又四下走了走，继续寻找加奈。

“喂！你们几个哥哥在这儿啊，我找好半天啦。”伴着一声清脆的喊声，加奈突然从另一头蹿了出来。

“哎哟大小姐，你可算出来了，你跑哪儿去了？”唐三七松了口气。

“我去湖对面转了转，你们刚才干吗呢？听你们在这边又喊又叫的。”

东方禁皱了皱眉头：“你说你刚才在对岸转了转？”

“对啊。”

“也就是说，刚才那两个人影果然都是幻象了？”我扭头问东方禁，他点了点头。

唐三七看了看湖面，又朝浓雾外昏暗的阳光射过来的方向望了望，他一拍脑袋，说道：

“原来这湖面折射了阳光，然后把加奈的人影投影了过来，所以我们看到的就是一个雾气里的幻象而已。”

听他这么一解释，好像还真是那么回事。

“不过……刚才出现了两个人影，难道……”东方禁话没说完，我心里又咯噔了一下。

没错，刚刚明明有两个人影，而且另一个就跟在第一个人影后面。难不成……刚才加奈后面还跟了一个人？

“几位哥哥，你们在这儿一副愁眉苦脸的样子干吗？对了，我刚才在那边找到一个洞口，我估计吧，是探脉人打的探洞，要不要去看看？”

东方禁听她这么一说，估计也暂时没心情想刚才的事，找人心切，他丝毫没有犹豫，一挥手：“走，过去看看。”

加奈带着我们绕到雪湖对面，那里是一处山脚，山峰在浓雾中看不见头，但距离地面几米高的地方，能看见一个洞，就凿在山壁上。

“怎么把这洞打在山壁上？”我有点奇怪。

东方禁看了看那探洞，说道：“一般探脉人打洞，会选择一个洞口安全的地方，否则什么奇怪的东西跟着钻进了洞里，而里面又有危险，人想出来时，就会两头受袭了。这洞口开在高处，说明这洞到地面这一段，可能会有什么奇怪的东西……如果洞口不开高一点，万一什么东西爬进洞里来……”

我往周围看了看：“奇怪的东西……”不知道东方禁说的奇怪的东西是什么。

还没等我再说话，东方禁已经搓了搓掌，开始往上爬了。他那只戴着手套的左手好像不怎么方便用力，几乎都是右手在吃力，但即便如此，也是身手了得，几秒钟不到，就攀到了洞口。然后他蹲在洞口，接过唐三七抛给他的绳子，固定在石壁上。

我们几个这才顺着绳子爬了上去。

这洞口很窄，仅够一人通过，往里先是一段水平的通道，几个人可以站进去稍微整理一下。我回头往洞外看了看，那巨大的阴影物体仍旧悬在空中，但看样子东方禁暂时对那个不感兴趣，他应该是只想赶紧找到上官绯他们。也罢，我只好摇了摇头，先顾眼前再说。

几人往里走了几步，便是很陡的往下的斜坡了。

几个人扶着石壁慢慢往下走，东方禁走在最前面，唐三七殿后。

“这里面好像比外面暖和。”唐三七一边说，一边把领口的拉链拉开。

确实，这洞里温度按理说应该比洞外高，但没想到会高这么多。又走了几步，竟然有些热了，我们都把外套敞开，而东方禁好像一点感觉也没有，不管是冷还是热，他都这一副打扮，好像机器人一样，感觉不到冷热。

穿过了这段下坡通道，来到一处平地，这里已经没有什么外面的光线了，我们几个赶紧扭开手电。

这里是一处洞穴，四壁都是岩石，头顶也是悬下来的石锥。但奇怪的是，这脚下踩的地面竟然非常平整，我拿手电照了照，没想到脚下面竟然是石板铺成的地面。

“人工铺的地面？”我提醒了他们一下。

“这谁这么无聊，打了探洞进来，还把地面装修了一遍？”唐三七揶揄地说。

“和尚哥哥，我看这打探洞的和这铺地板的不是一伙人吧。你看看我们来的那个洞口，垂直着从石壁上穿进来，而且洞口凿得这么粗糙，一看就是为了通行而临时打的洞。但这地上的石板一块块都打磨精致，平整如一，肯定是先有人在这里建了洞穴工事，后面才有人打了探洞进来淘金。”加奈一番话说得还挺有道理，看来这小妮子即便是妹妹，也不是绣花枕头，都是经验丰富的探脉好手。

“不过这雪山之中，谁没事建什么洞穴工事，光是运东西上来，就已经很费时费力了。”我有点不解。

“无量哥哥，越难的地方，就越不容易被人找到，这些洞穴工事要都建在人口密集的近郊，不早被人发现了吗？”

“你这小妮子，懂得还挺多，你真的是美国人吗？除了一头黄毛，光听说话语气啥的，咋一点不像外国人啊？”我问加奈。

“哥哥，我外公可是孔明派三杰之一。我外婆和妈妈虽然是日本人，但我三岁开始就跟着外公学东西。别看我年纪小，但探脉方面嘛，我怎么也算你跟和尚哥哥的前辈啊。”

“对对对，大小姐说得对，我和量哥都是你的后辈，你得多教教我们。”唐三七赶紧附和。

“我要学也得学商玄派的东西，跟着你学孔明派，这不乱了师门了吗？”我不满地说道。

东方禁在一处石壁旁一边拿出四轴石来测玄场，一边对我们说道：“你们平时穿山探穴，都这么边聊边干？”

“嘿，活跃活跃气氛嘛。有时候情绪对工作很重要，这要是情绪不好，做起事来毛躁也容易出事儿。”唐三七继续贫嘴，但东方禁微微摇了摇头，不再搭理他，专心地测起玄场来。

过了一会儿，他朝我们喊道：

“先别说了，赶紧过来看看这里。”

我们走到东方禁这边，把手电照到石壁上，仔细一看，那石壁上竟然有一根人的手臂骨一样的枯骨，像浮雕似的镶嵌在石壁上。

我愣了一会儿，问道：“这浮雕是谁刻的？”

“量哥，这哪是浮雕啊，这明显就是人骨化石好吧。”唐三七壮着胆子摸了摸那手臂骨。

“人骨化石？”东方禁不是很明白。

唐三七倒也不见外，没藏着掖着，把在广汉遇到的事跟东方禁讲了一下，东方禁微微点了点头。

“这地方有玄场力，但是比较微弱。”东方禁看了看四轴石。

“兴许就是这人骨化石发出来的，这东西应该就含有‘念’，只要使用得当，会散发很强的玄场力。”唐三七解释道。

“哥哥们，这边，这里还有石阶。”加奈指了指旁边，我们朝她指的地方看去。一处不显眼的石壁上，竟然有一个门洞，而门洞后面，还有一段石头砌成的台阶往更深处延伸。

东方禁招了招手，我们几个人便沿着石阶继续往下走。

这一路上，只见石阶的两侧，一层层的化石层像年轮一样暴露在外面。更多的人骨化石镶嵌在这些化石层中，而且形态各异，走在这人骨堆成的石壁中间，又如此阴暗只有手电的光线，让人心里不由得发毛。

而且，最关键的是，这些化石里有些能看到头骨的部分，竟然也都有第三只眼。

“看来这里便是那些化石最早形成的地方。我估计，广汉那里的古蜀国，就是从这里开采的化石，然后运到那山洞里的祭台的。”唐三七一边走，一边拿手电照着看。

“想不到古蜀国的人竟然能跋涉到这里，而且，这些东西要开采出来并运回去也不是易事，看来动用了不少人力物力来做这件事。”我同意唐三七的看法。

几个人接着往里走，但没想到，越往里走，温度竟然越高，我额头都渗出汗来了，唐三七索性脱了外套，系在腰上。

“这下面是岩浆不成，这么热？”唐三七抱怨道。

东方禁走在最前面，他接过话说：“应该不至于，这四姑娘山脉是地块挤压形成的，又不是火山带，哪里来的岩浆。”

往下又走了一段，唐三七掏出海拔仪看了看，说：“比进来的时候深了二十米。”

“等下，你们看前面。”我喊住大伙儿，那前方竟然透出一丝微弱的光线。

“走，过去看看，估计是热源。”东方禁加快了脚步，朝光源走去，我们赶紧跟上。

穿出石阶，一股热气扑面而来，感觉就像夏天从空调房间走到户外的一瞬间，让人不由得闭上了眼。

等我适应后睁开眼一看，发现这又是一个大厅。整个大厅呈圆形，直径估计有二十来米，非常高，并且让人惊讶的是，这大厅竟然泛着红光，比手电还亮。

我抬头往上望去，这厅确实很高，估计有四五十米，而且越往上越窄。在最顶上，一块巨大的红色石头像钟乳石一样倒悬着，这洞里的红光和热量估计都是由此散发出来的。

“那是什么石头？”我问东方禁，“小师哥，你见过吗？这石头像被烧透的岩石一样。”

东方禁摇了摇头，眯着眼抬头看着那石头，看样子，他也有点震惊。

“哥哥们，咱们上去看看便知啊。”加奈指了指大厅的墙壁，墙壁上竟然有一条往上旋转延伸的石阶，这让整个大厅看起来就像一座塔的内部一样，圆形的墙壁，越往上直径越窄，还有镶嵌在墙壁上旋转着向上的石阶。唯一不同的是，正常的塔顶部是朝外突出的塔尖，而这里，顶部却是一块朝里突出的烧透了的红色巨石。

“走，上去看看。”东方禁招了招手，第一个冲上了石阶。

我们赶紧跟着走，这石阶虽然看起来还算结实，但除了右手边是墙壁以外，左手边根本没有栏杆。我只好贴着墙壁往上走，生怕脚下一滑，从台阶上摔下，这上去后几十米的高度，还是挺要命的。

越往上走，就越能感觉到这块石头散发的热量，给人感觉就像在大夏天的中午，被放在室外的烈日下炙烤一样，但即便如此，大伙都还能忍受。

沿着台阶走，可以看到四周的石壁上有不少孔洞，大大小小地散布在上面，但台阶附近并没有孔洞。那些有孔的地方离得较远，在台阶对面的墙上也过不去，没法看清楚里面是什么。

接着往上走了一大半，那石头的尖底已经能看到了。石头虽然是红色的，但并不是烧烫的岩石，看上去像玉石，但比普通的红玉颜色更艳丽，怎么形容呢？好像是把玉石放在灯的前面，透过灯光看玉石的那种颜色。

又往上走了一截，唐三七突然喊了起来：

“那石头里有东西！”

被他这么一喊，我差点脚一软掉下去，赶紧扶住墙壁。

顺着唐三七指的方向看去，那巨大的红玉里面的的确确有一个巨大的黑影。这大厅比较宽，即便我们所处的高度已经和玉石齐平，但距它仍旧有好几米远，不能凑拢了看，所以看不清那黑影到底是什么，只能大概看出轮廓。

“看样子，好像是……一只鸟……”唐三七虚着眼睛看了看，说道。

听他这么一讲，我心里一紧，反驳道：“怎么可能有这么大的鸟？”

“这有啥好奇怪的，远古时期有一种巨鹰，现在学名叫阿根廷巨鹰，翅展可以达到八米以上。况且，这鸟本来就是恐龙进化而来，存在巨型的鸟类也不是不可能啊。”唐三七解释道。

东方禁没有理睬我们的争辩，扶着石壁，认真地看着那红玉，过了一会儿，他嘴里吐出几个字来：

“冥府神鸟……”

我愣了一下，扭头看着他，问：“什么神鸟？”

“东方哥哥说的是古蜀国传说中的一种鸟，叫冥府神鸟，也叫太阳神鸟。”加奈听东方禁这么一说，也掺和进来。

“太阳神鸟我知道，金沙古蜀遗址发现的金饰嘛，但冥府神鸟是什么，没听说过。”我看了看那红玉里的巨大阴影，一想到这可能是一只展翅后十几米宽的巨鸟，心里就有些发毛。

“不管是冥府神鸟还是太阳神鸟都是后来人起的名字，金沙遗址出土的金箔上面因为有镂空太阳图案，所以把这鸟叫作太阳神鸟，而三星堆出土的青铜树，树上也有鸟。总之鸟这种动物，在古蜀文明中是一种图腾一样的存在。”

“那冥府神鸟这个名字又是哪里来的？”

“这是探脉人圈子里的传说了，据说有人在川北穿山的时候，淘出过一块紫铜书，也就是一种刻了文字的铜器。这紫铜书是古蜀国的东西，上面的文字是古蜀国使用的，只有专门研究这个的很少一部分人才能解读。后来这东西传到川大的教授手上，碰巧他就是古蜀国文字研究方面的老学者。他解释说，上面记载了一段话，讲有一种鸟，巨大无比，从冥界深渊而来，当它降临的时候，前一个世界就要毁灭，而后一个世界将在这只神鸟的庇佑下建立起来。”

一说到世界毁灭，我脑子里第一反应便是末日灾难，难道说，这和我之前分析的那个司一介在调查的“危机”无形中又凑到一块了？

“这东西是不是鸟还说不准呢，咱也别自己瞎琢磨了。”唐三七望了望台阶，快到顶了，“要么赶紧往上，看看能不能出去，要么退下去。这地方这么热，再多待一会儿，油都要烤出来了。”

“继续走还是退下去？”我问东方禁。

“既然我们是从探脉人打的探洞进来的，那这地方总应该有一条路是原来的路。我估计这原来的路是从上面沿着台阶走下来的，我们上去看看，说不定还能走到这石头上面去，看看这东西到底是什么。”

一行人绕着这块巨大的红玉继续往上走，这东西在这个大厅里格外显眼，或者说，这个大厅应该就是为了这块红玉而建造的。也不知道这里到底是干什么用的，是为了祭祀还是什么。

“会不会……”我一边走一边胡乱猜想，“这地方其实是一个孵化器……”

“孵化？孵化什么？”唐三七一边走一边搭话。

“这神鸟啊。”

“如果古蜀人记载的事是真的，那谁这么无聊孵化这个，难道要毁灭世界？”唐三七摆了摆手，“量哥，你就别瞎想了，上去看看再说，是不是鸟还不一定呢。”

一行人走到石阶的尽头，果然墙壁上有一扇门，东方禁推了推，门锁住了。他朝加奈招了招手，说了句：“奇巧异术，你们孔明派最懂，估计这门难不倒你。”

“我试试，先说好，弄不开别怪我，我本事小。”说完加奈挤到前面，从头发里抽出一根金属丝，从门缝里塞进去，然后耳朵贴着门一边听一边活动手里的金属丝。

“听声辨路，不愧是孔明派的行家。”东方禁小声说道，“这孔明派的传人耳朵灵得很，可以将金属丝探进一处机关，通过金属丝在机关里运动发出的声音，在脑子里描绘出机关内部的图像。”

“这么神？！”唐三七小声地惊呼道，“那岂不是成了人耳B超？”

“哥哥们，小点声啊。”加奈鄙视地转过头来，唐三七赶紧闭了嘴。

没一会儿，加奈就搞明白了这门锁的情况，然后拿金属丝解开锁芯，门咔嗒一声响，朝里面开了。

东方禁第一个钻了进去，我们几个也赶紧跟上。

进了门又转过一段台阶，竟然来到一间较为明亮的房间，房间几米宽，六七米高，顶部有洞，应该是通向户外，光线也是从那里照射下来的。这个房间温度不高，应该是热量顺着这屋顶的洞散了出去。

房间的中间有一圈围成圆形的石栏杆和几根从下面伸上来连接到屋顶的石链子，走过去一看，栏杆围绕的中心是空的，下面一股热气涌了上来。那下面便是那块红玉，那玉被几条石链子固定住，与这个房间房顶的山壁相连。这整个就像一串项链一样，巨大的红玉就是项链上的坠子，吊挂在下面那个大厅的顶部，也就是这个房间下面。而链子穿过这个房间地板中间的圆形孔，挂在这房间顶部的山壁上，从而固定住红玉。

“这地方怎么这么乱，栏杆也破了，房间里的地板也破破烂烂的。”唐三七看了看四周，有一部分栏杆已经碎了，碎片到处都是，而且栏杆破碎的这一段，人要是一不小心，很可能会掉下去。

东方禁蹲下来看了看那断裂的栏杆，说道：“这裂口挺新的，这里可能刚被人破坏过。”

“我看不像是有人故意要破坏这地方，我估计，是有人在这里打过架。”唐三七一副肯定的样子点了点头。

“打架？谁和谁打架？”我冲唐三七问道。

“凭我的经验，这地上和栏杆上的划痕还真有可能是来自小叔和上官绯用的猎刀和匕首。”

“他们两个在这里打架？”我有点惊讶。

“你想啥呢，肯定是他们两个和别人在这里过招啊。”唐三七又探头看了看栏杆下面，“看这被破坏的栏杆，我估计有人从这里被甩出去，撞碎了栏杆，翻下去了。”

我也探头往下看了看，这要是摔下去，要么砸在那红玉上面，要么直接从红玉上面滚下去落到那大厅地面，这二十来米高，估计活不了。

“刚才也没见下面有啥尸体啊。”我缩回身子，问唐三七。

东方禁看了看那栏杆说道：“有一种可能就像唐三七说的那样，有人从里面翻出去了，但也有另外一个可能……那便是有人从外面翻进来的时候撞坏的……”

“从外面？怎么翻进来？”我有点疑惑。

“假如有人开不了这门，可以从下面的台阶那里，甩挂绳跳到这红玉上，然后从红玉上面再沿着石链往上爬，爬到这个房间来。你们看这栏杆，碎片都是在内，如果是往外撞击，碎片肯定飞到下面去了。所以我估计，是他们跳进来的时候撞断的。”

“有理有据，令人信服。”唐三七伸了个拇指出来，“那你们说，这小叔和上官绯到了这房间，和谁打了一架，然后又跑哪儿去了……难不成他们从屋顶那个洞钻走了？”

“倒不一定，如果他们出了这里，肯定会跟我们联系，但这么几天都没消息，我估计他们要么还在这里面，要么遇到别的什么麻烦了。”东方禁皱了皱眉头，在房间四下观察起来。

我看着下面的红玉，又看了看那石链子，心里盘算着能不能从这里探下去，踩到红玉上面，这样才能看清这玉石里面的阴影到底是什么。但这热气太大，光是把头探出去就热得够呛，要是下到下面，人不得烤熟了？我又抬头看了看那石链子，从兜里摸了水瓶出来，倒一点水在手上，然后泼了上去，只听哧的一声，水接触到石链子，瞬间蒸发了。

“呀，这么烫！那一介叔和上官哥哥怎么爬上来的？”加奈看了看那石链子，摇了摇头。

“也不至于，如果戴上手套，动作快一点，也不是很麻烦，这就像一个在太阳下面晒热的石头，又不是放火里烤透的铁球。”唐三七摆了摆手。

“说得轻巧，那你下去看看？”我鄙视地看着他，“我倒是觉得东方禁说的情况确实有点没说透。你说看栏杆碎片朝内，的确是可以判断人是从外往里跳的，但这玉石和石链这么烫，还要先从台阶那里甩挂绳上去，再顺着链子爬，我觉得难度很大，不太可能。”

“你又没有司一介那身手啊，他那么皮糙肉厚的，兴许不怕烫。”唐三七摆了摆手。

我摇了摇头，心想，就算司一介不怕，上官绯又不是武脉人，他们不可能这么容易爬上来，这里面肯定还有蹊跷。

“我说两位哥哥，这链子为啥要把这红玉吊在下面，你们想过没有？”加奈看了看栏杆下面，又问我们俩。

她问的这个问题，我还真没仔细想过，只觉得这洞穴里的工事设计和建造有点诡异，但具体什么原理，还真没细想。

“这玉石悬吊在下面这种样子，让我想起一个东西。”加奈歪着头想了想，说。

“什么东西，你倒是说啊。”我有点着急。

“吊茧。”

“那是什么东西？”

“是云南雨林里的一种蝴蝶幼虫，结茧的时候会爬到地热温度高的植物上面，用丝把自己挂在植物上，身子顺着丝线往下坠，探入地缝，然后继续吐丝把自己用茧包裹起来。利用地缝里的热量，这蛹成形便很快，成长得也好，最后蝴蝶咬破茧，化羽而飞。”

“你的意思是……这东西真的是在孵化？”我有点不敢相信。

“是不是孵化我就不知道了，我只是觉得很像嘛。还有，两位哥哥你们想，刚才路上看到的那些孔洞到底是干吗用的。”

“我说大小姐，我们没你见多识广，你想到什么就赶紧说嘛，别让我们猜来猜去了。”我赶紧求她。

“你们看，那上面的孔洞大大小小，还有一个最大的孔和门洞差不多，好像人能钻进去一样。”她朝栏杆外面指了指。我们趴在栏杆上，看了看对面的墙壁，果然如她所说，那最大的洞口确实仿佛门洞一般，甚至隐约间还能看到里面有楼梯。

“但那门洞那么高，没法过去啊。”

“我觉得这地方原本不是这么空空荡荡的，而且温度也不应该这么高。”加奈拿手绕了绕头发，蹙着眉头一边想，一边说道。

“原本……难道说……”唐三七摸了摸脑袋，好像想起了什么。

“也许原本这下面的大厅是装满了水的水池。”加奈望了望下面，然后自我肯定地点了点头。

“水池？你的意思是，这下面的大厅本来应该是在水里？”加奈的这个说法好像有点意思。我顺着她说的思路往下想了想，如果这下面的大厅原本是装满水的水池，那墙壁上那些门洞就说得通了，人可以通过潜水游到对面去。

“对，还有，这块巨大的红玉本来也应该是泡在水里的，否则，这个温度太高，里面的东西说不定早就孵化了。而这个地方，我感觉根本不是什么孵化器，恰恰相反，这里就是一个装满水，给这个石头降温的冷库。”加奈补充说，“但不知什么原因，这里面的水被人放干了，于是这玉石便越来越热。”

“那司一介和上官绯如果真来过这里，他们很可能是潜水进来的了？并且也可能通过潜水，游到对面那些门洞里了？”我顺着她的分析往下说，这样确实就能解释他们是怎么绕开锁上的门，进到这个房间的。

“对对，我想起来了，我们进来之前，外面那个探洞不是挺高嘛，起码距离地面有好几米，为什么？我估计，外面那个平台上的湖，到了夏季，雪水融化，肯定就会涨水，如果洞口不开高一点，就会给淹了，那个探洞洞口正好证明了这个湖里的水是有涨落的。而湖里的水如果能不停地涨落，恰恰就形成了一种循环，给这里面的水池不断地自动换水，将温度过高的水从那些孔洞压出去，然后把低温的湖水通过地下水脉挤进来，这简直就是一个完美的冷库，一个永远保持低温的水池。”

唐三七也算个技术宅，他既然这么说，自然还是有几分道理，特别是对这个水池构造的理解，估计靠谱。

“你们几个分析得还不错。”东方禁听我们这么一说，也走了过来，“确实，我刚才也看了，这房间的地面、墙角有很多干枯的青苔，已经烤干了，但很明显，这些植物以前是生长在这里的。这也从另一方面证明了这房间的下面就是水池，否则温度一直这么高，还这么干燥，不可能长出青苔。”

“那你们的意思是，要想找到司一介他们，咱们还得想办法到那边的洞里去？”我问东方禁。他抬头往那边的洞口望了望，摇了摇头。

“去还得去，就是太远，水也被人放干了，没办法过去。”

“这水是怎么被放干的？能不能再装回来？”唐三七歪着脑袋想了想。

“这地下水脉复杂得很，没有探测过水路，根本不知道水是从哪里走的，肯定是有人凿穿了水路，至于为什么这么做，我感觉，可能是不想让别人跟进去。”东方禁眉头紧锁，拿手摁了摁额头。

“那我们现在怎么办？”我确实想不出办法来。

“也不是完全没办法，就是难度大了点。”东方禁往栏杆下看了看，“可以从这里连一根绳子过去，然后吊在绳子上像滑索一样滑过去。”

“不是吧，这也太难了吧！”唐三七一副苦瓜脸，“而且这距离这么远，我们又没有气枪，怎么把挂钩甩过去？”

“得有人攀岩攀过去固定绳索。”东方禁看了看我们，然后说，“还是我来吧。”估计他一眼就看出我们几个都没这本事。

东方禁把绳子和锁扣等工具带上，绳子一头找了个石壁做了个锚点，拴上安全带，这样即便攀岩的时候失手，也不至于掉下去。绳子另一头拴在腰上，等爬到了对面，再找地方固锚，这样两头就连成一线，做成滑索桥。

准备齐全，他检查了一下锚点的安全性，然后翻过栏杆，抓住底沿，像猿猴一样依次甩臂，吊爬到了墙壁上。那墙壁凹凸不平，每隔一段还有一些水孔，可以用来攀爬。东方禁小心翼翼地在上面移动，每走一步都十分艰难，看得我们几个都心惊肉跳的。

他朝那门洞一点点靠近，几乎就要够着了，但附近竟然没有可以借力的孔洞。东方禁双手抓住石壁上的凹槽，双脚尝试了几次往门洞甩过去，都没办法够着门洞，有一次还险些脱手。我看得心急，而且脑袋被那玉石散发的热量烘烤着，本来就热，一抹额头，竟然一手的汗。

那东方禁停了一下，喘了几口气。接着，他留一只右手单臂吊在石壁上，空出左手来，紧跟着他拿嘴咬开左手的手套，然后握紧了拳头，好像是在蓄力。几秒过后，他竟然猛地一挥拳，那拳头硬生生地砸在那石壁上，大厅里顿时发出嘭的一声巨响。这声响就像敲击铜钟发出的声音一样浑厚，而且在这个空荡的大厅里回荡了很久，几乎让我产生整个山洞都在晃动的错觉。

我再望去，嚯，那石壁上竟然被他生生地砸出一块凹槽，再看他的手，好像并无大碍。这得是多硬的拳头啊，看得我喉咙干涩难忍，不由得咽了一口唾沫。

我不敢相信，揉了揉眼睛，甚至还有一丝错觉，那东方禁的左手在砸向墙壁的一瞬间，好像一块发红的铁锤似的，难道他这只手是机器铁臂不成？

我还没回过神来，东方禁已经翻进了门洞，那左手又戴上了手套。

他固定好了绳索，给我们做了个OK的手势，示意我们可以滑过去了。

加奈把闭锁器扣在绳子上，然后把腰上的绳子穿过闭锁器并在腰间扣好，试了试松紧，轻巧地一跳，便顺着这绳桥滑了下去。

我看了眼唐三七，他咧了咧嘴，说："没法子，上呗，人家桥都搭好了，咱俩总不能这时候做熊包吧。"

我点了点头，一咬牙，爬上了绳子，扣上锁扣，一闭眼，两腿一蹬，整个人一下像失去了重心，急速地往下面滑过去。中途从红玉旁擦过，近距离地靠近这个东西，虽然只是一瞬间，但那热量像火烧一般灼得人皮肤生疼。

临到了对面，只听东方禁喊了一声："降速！"我一下反应过来，把减速器用力一捏，只觉得腰部被绳子一扯，脚一下飞了出去，还好东方禁反应快，伸手拉住了我的脚，要是撞上岩石，估计不折也得肿了。

"注意力集中点啊，这么高还不减速，不要命了？"

"刚才一慌神，忘了减速了，还好有小师哥在。"我赶紧奉承道，但东方禁根本不吃我这套，没给我好脸色。看得出，他认为安全方面的问题讲不得儿戏。我自知理亏，也不再狡辩，下次注意便是。

只听唐三七扯着嗓子嚎了一声，整个人也应声而下，顺着绳子滑进洞里来。他也没一开始就用减速器，而是临到了门口才减了一点速度，一落地，嘴里还直呼过瘾，看来这小子是故意不用减速器的。我白了他一眼，说："你小子以为你是人猿泰山。"

"量哥，别这么严肃嘛。"唐三七搭着我的肩膀，嬉皮笑脸地说道。

"安全无儿戏，你以为这是游乐场啊。"我本来被东方禁教训了就不爽，这下又教训到唐三七头上。他倒脸皮厚，也不说啥，摇头晃脑地收拾起东西来。

"别浪费时间了，赶紧往里走，这地方既然有人不愿意让咱们进来，那咱们就进去看看到底有什么名堂。"东方禁招了招手，大家跟着他往里走。

从石壁上的门洞进来，也是一段向上的台阶，应该是在往高处走。走了一阵，进到一处洞窟模样的地方，没有光亮，大伙儿打开手电看了看，这里四壁都是岩石，其中一面岩壁上挂着一帘水，水从石缝渗出，顺着石壁流下，水流的下方有一个水井一样的洞，水便往里流去。看样子，这里应该是与地下水脉相连的地方。

“你们看这里。”唐三七喊了一声，他指了指地面，那里竟然有一堆熄灭的木炭。东方禁走了过来，蹲下来看了看木炭周围，皱了皱眉头。

“应该是他们两个在这里生过火。”

“他们在这里过夜？”唐三七问道。

“不太可能啊，这地方这么热，还需要生火吗？”我有点奇怪。

“不对不对，哥哥们你们想想，我们进来的时候这大厅没有水，如果一介叔叔他们是潜水进来的，那肯定得生火把衣服什么的烤干嘛。”加奈看了看木炭堆，解释道。

“对哦，我差点也忘了，这里原本是有水的。”唐三七摸了摸脑门，说完继续在四周看起来。走到一处石壁前，他突然喊道：

“你们看这墙上，好像有人画了什么东西。”

◆

第十三章
金字塔

我们赶紧跟过去一看，果然，有人拿刀子在一块稍微光滑的石壁上，画了一幅简易的地图。

“这是……这个洞穴高塔的地图？”我问唐三七。他摇了摇头，说：“不太像，这高塔内我们也走了一趟，和这地图完全对不上。”

东方禁眯着眼睛看了看，说：“是地下水脉的网络图。”他拿手指着上面的水路说道，“这里打叉的地方就是我们现在所在之处。”然后他一边顺着一条线往下指一边讲，“这水路往下，穿过塔底，然后……这里，往外就是湖泊，这个圆圈的地方。”

“那这一条呢，塔底往下，这里有一个三角形，是什么意思？”唐三七问道。

“应该是个机关。”加奈把脑袋凑了上来，手指搁在嘴唇边，一副认真的样子说道，“应该是一个水闸一样的机关。”

“水闸？”我好像明白了什么。

“对，就是控制这高塔内部蓄水放水的水闸。”加奈摇了摇头，“可是这机关在什么地方操作呢？”

“为什么要操作这个机关？”我有点不解，“把水放出来，我们等下还得潜水，没必要啊。如果原路返回，我们从洞口吊绳子下去不就行了。”

“回答这个问题前，哥哥你得先想想，这水池是干吗用的，难道这水池只是为方便潜水通行设置的？”加奈翘了翘嘴，接着说道，“这水池原本是给那块红玉降温用的，如果我们不把水池放满水，那里面万一孵出来什么东西……”她故意留了后半句没说，一副坏笑的样子看着我们。

“量哥，人家大小姐说得对嘛，这地方我觉得还是给复原的好，万一飞出来个什么恐龙大小的怪鸟，咱也不好收拾。你说是吧？”唐三七也在一旁煽风点火。

我无奈地点了点头："行，但现在也不知道这机关在哪儿操作啊，还有……"我看了眼东方禁，"这小叔和上官哥到底去哪儿了，急死人了，咱们是先找人还是先给这池子放水？"

"我看不矛盾。"东方禁开口说道，"先说这幅图，看这刻痕和笔触，这应该是我哥刻的，你们再看这上面的水脉网络，我估计，他们在这里不止待了一晚。"

"嗯，那木炭堆里还有好些干粮包装袋，还有一些估计是小叔扔的烟头。"唐三七点头同意。

"这幅水脉图就是他们两个不断潜水下去探出来的，每探一条路，就在这石壁上画上一条，慢慢才形成了这幅地图，而你们看这里……"东方禁指了指那石壁角落的井洞，"这下面正好有一个井，容得下一人潜水穿进去，我估计，这里面就通向这幅地图所绘制的地下水网。"说完他又走到地图前，"你们再看，这条路通向一个尽头，这里，他们标记了一个问号。"

"他们也不知道那里是什么？"唐三七问道。

"不是，这正意味着从这迷宫一样的水脉网络里找出来的这条路，走到尽头，就是他们要寻找的目的地。他们找到了路，但是距离太远，潜水潜不过去，所以……"

"所以他们回来后标记了一个问号，然后又潜到水闸处，找到了打开闸门的机关，把水放了，随后他们便朝那标记了问号的地方过去。他们没有再回到这个房间，所以，这个标记就一直在这摆着了。"唐三七也明白了，接着东方禁的话解释道。

"也就是说，咱们要去找他们两个，得从下面的水脉穿过去？"我问道。

"没错，而且，你们看，这条路在这个岔道口过去一点，就是开闸的机关，咱们可以先去找他们，然后回来的路上再去把闸门关上，这塔内自然就会慢慢蓄起水来。"

"而且估计这条通向标记问号的水路，水已经干了，咱们直接走过去便是。"说完唐三七拿出手机，把墙上的地图拍了下来。

说干就干，东方禁也没说歇口气，第一个从那井口探进身子，扶着井壁小心地踩下去。我们几个也赶紧跟上。

到了井底，水已经退了很多，只有细流在地上淌着，根本不需要潜水。唐三七把拍了地图的手机递给东方禁，东方禁拿着手机看了看，然后向我们一招手，从其中一个洞口弯着腰走进去。

我们跟着东方禁慢慢往里走，这洞大概一米半高，勉强能通行。

唐三七一边走一边又忍不住啰嗦起来："咦，量哥，你说这地下水脉哪有这么整齐的洞穴，依我看啊，这水路根本不像天然形成的，这简直就是一个人工挖掘的地下通道嘛。"

东方禁微微点了点头，然后从裤兜里掏出四轴石测了测，说道：

"除了开始那一片化石堆有玄场反应，这里面几乎没有测到玄场力。"

我有些奇怪，开口问道："那他们两个到这里面来找什么呢？"

"这个司一介，我之前也说了，被神启会的人利用了，甚至有可能他就是神启会的人，我觉得他们的目的未必是找玄场这么简单。"

"那你有没有听上官哥说起，司一介到底在找什么东西？"我试探着问东方禁。

没想到他摇了摇头，说："不太清楚，我只知道神启会一直在寻找各种山脉秘洞里的玄场，而且，他们对你们之前的行踪了如指掌。我也不知道他们是如何得知的，总之之前你们在广汉找到三角锥和在都江堰遇到轮回念场的事，神启会应该也知道。"

从东方禁的话里，感觉他不像是知道内情故意不说，和他也接触了这么一段时间，看得出他这个人还是很正派的，心眼也比较直。听他这么说，我更担心起来，这一路走下来，神启会的人竟然都暗中跟踪我们。我又想起司一介之前讲的事，说广汉青乌洞下面的人骨化石几天不到被人全搬空了，估计也是神启会干的。还有那三角锥一直在司一介手里，而神启会的人对这东西恐怕也是心存贪念。虽然说要我相信司一介就是神启会的人，我心理上接受不了，但如果不是他，这些事又怎么说得过去？

先想不了这么多了，等下要是见着了人，当面质问个清楚便是，现在空想也没啥用。到时候要让司一介原原本本把事情说清楚，比如到底有没有所谓的大灾难，他成天在外面寻找的是什么线索，他和神启会到底有没有瓜葛，都得让他一一说清，否则我绝对不再掺和他的事。

想着想着，走了一大段路，东方禁停了下来，看了看手机，说道："这个三岔路往左便是闸门机关，往右就是通向标记问号的路。"

"嗯，先往右走，现在要是关了闸门，想退出来就难了。"我对东方禁说道。他点了点头，一群人猫着腰往右边的通道走去。

这通道确实有点长，要是闭气潜水进来，估计游不到头。看来司一介和上官绯两个人也是折腾了不少时间，才解决了难题。

又走了一段，来到了路的尽头，这里居然是条死路。

"咋的？搞错了？"唐三七摸了摸脑袋。

东方禁看了看地图："没错，是这里。"

"那咋是死路一条？"唐三七有点不满。

"哥哥们，这不是死路，而是路的方向变了。"加奈朝头顶指了指。我们往上看去，这里竟然是一处像井底一样的地方。

"不是吧，这么高。"唐三七拿手电扫了扫，高不见顶，"怎么上去啊？"

"难不成……"我想了想，"还得灌水进来？"

"先去开闸门？"唐三七摇了摇头，"那小叔他们怎么上去的？要是灌了水，这回去的路也给淹了，潜回去不够气儿。"

"兴许还有别的招。"加奈贴着石壁摸索着，想找找有没有什么机关。突然，她摸到一个拉手，然后打着手电看了看周围，估计不像是危险的东西，便用力一拉。谁知她这一拉，背后突然嘭的一下，落下一道石门，把我们几个全关在里面了。

"什么情况？"唐三七刚喊了一声，还没回过神，脚底下的地面就开始震动起来，我还没来得及伸手去扶石壁，只觉得脚下突然涌上来一股热风，这风很大，我们几个立马被吹离了地面。

"不是吧！"唐三七的吼声在风声里几乎听不清楚，我只感觉整个人随即失去了方向，身体被风吹得在空中翻滚起来。

"控制住平衡，把手臂和腿都尽量张开！"东方禁一脚踹在我的腰上，抵住了我翻转的惯性，然后麻利地把我的手脚一拉，我这才算找到点平衡。加奈和唐三七也赶紧照办，我们四个人居然被这气流推着，往顶上冲了上去。

“太刺激了！受不了了！”唐三七口齿不清地喊道，整个脸和嘴都被吹歪了。我却几乎说不出话来，感觉呼吸都有点困难。东方禁拿手把我和加奈牵住，唐三七也赶紧拉着东方禁的一条腿，四个人像跳伞一样展开四肢围在一起，这样身体就稳定了一些。

四个人就这样乘着气流往上浮，也不知道被往上吹了多高，直到东方禁松开手，一把抓住了井沿，才把我们几个从空中拉下来。我在地上翻了好几个滚才停下来，张着嘴不停地喘着粗气，感觉都要窒息了，差点没缓过气来。

“没想到这井道是这样把人送上来的，这到底是谁设计的，太不人性化了。”我摇了摇头。

“也许当初不是这样的。”加奈爬起来，拍了拍身上的土，“可能这原本还有一个石盘一样的落脚的东西，气流将石盘顶起，人就能站在石盘上被推送上来，像电梯一样，本来是很精妙的机关。”

我挣扎着爬起来，心想算了，能手脚健全地上来就不错了，还在乎什么方式。

我们四下查看，发现所在之处是个小空间，前面有一道门，几个人走过去推开门一看，里面竟然是一个明亮的房间。

房间的比例有点奇怪，很长，但并不宽，估计有十来米长，却只有三四米宽。房间高度也有三四米，顶部有采光井，光线便是从那里进来的。

“看来他们不在这里……”东方禁皱了皱眉头。

“会不会他们从那采光井翻出去了？”我抬头望了望，顶部并不是很高，但房间里空荡荡的，没什么东西可以借力攀爬上去。

“我说哥哥们，你们过来看，这房间还挺多名堂的。”加奈站在房间的另一头，朝我们说道。

我们赶紧朝她跑过去，加奈指了指这个房间尽头的墙壁，那上面竟然有一块浮雕，浮雕很大，几乎占据了整面墙壁。

“三角锥？！”唐三七惊讶地喊道。那浮雕上刻的正是一个三角锥模样的东西，三角锥的中央雕刻着一个长着翅膀模样的黑色标记，在三角锥的背后，是若隐若现的群山一样的花纹，而三角锥的下面，又好像是一片水波纹的图案。

但我仔细一看，又有点怀疑，便自言自语道：“这个……好像不是三角锥那么小的东西吧，看背景还有栩栩如生的群山、云雾，而这下面精美的水波浮雕应该是指河川水域吧。这样看的话，这三角锥应该是在某个有山有水的地方……而且，放在山川河流之间的这么巨大的三角锥，简直就是一个……金字塔啊。”

“水脉之上……群山环绕……”唐三七皱起了眉头。

“还有这中间的像鸟一样长着翅膀的标记又是什么？”加奈也有点惊讶，她一边问，一边看我们的表情。我和唐三七摇了摇头，东方禁表情严肃地闭着嘴，一言不发。

“这个……不会就是那什么冥府神鸟吧？”我想起之前他们说的那紫铜书记载的内容。

“那意思是……这上面刻的三角锥是指刚才大厅里的那块红玉？大厅本来也是有水的，所以……这三角锥里的神鸟就是红玉里的那个东西？”唐三七猜测着。

“不太像，那大厅里的红玉形态不像这个正三角形，那是冰锥子一样的形态，而且是倒吊着的。还有，那水可以解释，这群山也对不上。”我摇了摇头。

我掏出手机拍了几张照片，加奈在墙上摸索着，看有没有什么机关。唐三七和东方禁也四下走动，想再找找有没有别的什么线索。

“等等！这地上有个烟头！”唐三七突然喊起来。

“烟头有啥奇怪的？”我朝他走过去，“这司一介就是个老烟枪，刚才他们生火的洞穴里不也有他留下的烟头吗？”

“但……这个烟头……还没熄。”听唐三七这么一说，我和东方禁都愣了。东方禁赶紧走了过来，看了一眼，然后马上抬头往头顶看去。

“看来他们肯定是从采光井那里爬出去了。”说着他就四下找能攀登上去的地方。

“三七兄弟，麻烦你搭把手。”东方禁冲唐三七喊道。

“搭手，怎么搭……”唐三七还没反应过来，东方禁已一把把他的肩膀按住，唐三七稍一弯腰，东方禁便一个蹬腿，一脚就跨上了他的肩膀。

“加把劲！站稳了！”东方禁喊道。唐三七咬着牙把他顶了起来，东方禁稍微一用力，一下跳起来，单臂抓住了采光井的口沿，而唐三七被他这么一蹬，又趴地上了。

“小师哥，你这劲儿够大啊，还好洒家也算练过，也就我能给你当这垫脚石了。”唐三七从地上爬起来，拍了拍身上的土。

唐三七话音还未落，只见东方禁一个单臂引体向上，另一只手也搭上了井沿，然后双手一用力，便翻了出去。

我们便等着东方禁伸手下来要绳子，但等了一会儿，上面竟然没有反应。

“啥情况？这小师哥丢下我们跑了？”唐三七抓了抓脑袋。

“不会吧，小师哥不像会做这种事的人。”我不相信。

我话刚落音，只听上面哐当一声，然后便是几声砰砰砰的闷响，怎么听都像是拳脚相击的声音。

我们还没回过神来，东方禁一下从上面又跳了下来，他一落地，喊了一声“快躲”，便朝我和唐三七扑了过来。他把我们往后一推，又喊了一声“趴下”，我们两个不敢大意，马上往地上一趴，远处的加奈也蹲了下来。

突然就听得房顶一声巨响，爆炸的火光一下从井口冲了进来，整个房间就像地震一样摇晃了几下，碎石块紧跟着从洞口坍塌下来。

房间里瞬间泛起一片尘土，我不知是被这爆炸声震得还是吓得，捂着头趴在地上，蒙了。

“别愣着！起来，赶紧往回撤。”东方禁一边提起我的衣领把我拉起来，一边喊道，“外面有埋伏！”

“什么人？神启会？”唐三七一边喊，一边跟着跑。

可是我们跑到门口，却发现石门推不开，好像后面被啥东西顶住了。

“不会是刚才的爆炸把山石震塌了，顶石门上了吧？怎么办？被人关在里面了！这门打不开，这房间的两头又是死路。”我问东方禁。他皱了皱眉，四下看了看。

“这什么味儿！”唐三七吸了吸鼻子，喊道，“好像是硫黄！”

“不是吧，外面扔雷管就算了，难道这房间里面还埋了炸药？”我一下也慌了，“这房间封闭起来就是一个雷管，这里面要一炸，咱们就算是铁人也能给轰成渣啊。”

"让开！"东方禁喊了一声，把我们两个往旁边一推，伸出左手来，右手摘下上面的手套。

我这才看清，东方禁这左手竟然和常人的不同，如玄石一样，皮肤泛着光亮的青黑色。他一咬牙，左手攥紧了拳头，那上面竟然像龟裂的岩石裂开了缝隙，而那缝隙里竟透出了如岩浆般刺眼的红光。

当东方禁这只左手慢慢变成一块烧红的铁石一般时，他奋力往那石门上一击，一瞬间，伴随着一声巨响，石门竟然生生被轰出一个大洞来。

"钻过去！"他喊了一声。我们愣了一下，没敢细想，赶紧钻了进去。几个人跑回到刚才的风洞口，那气流已经停了，东方禁一挥手，我们全探下身子，双手抓在井口，吊挂在井洞里。

刚一躲好，就听到一声震耳欲聋的爆炸声，火光从那门洞喷射出来。我一只手没抓稳，被那爆炸气流冲脱了手，整个人眼看就要往下掉，东方禁一把抓住我的衣领，把我拎住了。

我冲脱的那只手赶紧又抓在井口上，魂都差点吓没了。

这风洞离那房间还有一段距离，除了爆炸的气流冲击，山洞里没再有落石掉下，几个人这才算逃过一劫。

唐三七骂骂咧咧地爬出洞口，我们几个也赶紧爬了上去。

"这神启会的人下手这么狠！老子跟他们无冤无仇，竟要置我们于死地，老子马上出去跟他们拼了！"唐三七骂道。

"等下！"我喊了一声，"加奈呢？"

唐三七听我这么一喊，也愣了，转身往后看了看没人，一下急了，马上扭头往门洞跑去。我一把没抓住他，赶紧跟着他追，东方禁立马也跟了上来。

又穿过门洞，那里面的房间竟然刮起了大风，三个人勉强扶着墙壁才站住了脚。左右一看，这房间竟然被炸通了，两端的墙壁，包括那面刻着三角锥浮雕的墙，都被炸得无影无踪了。房间两头直通户外，而这外面便是雪山之间，山的两面贯通，极强的气流让这个房间成了一个十几米长的风道。

房间里却空无一人。

"加奈！"唐三七扯起嗓子喊起来，"加奈！"

我和东方禁也四下查看，那屋顶的采光井早就被石头封死，而房间里除了灌进来的狂风，什么都没有。

唐三七不死心，往房间一端走去，但风力太大，几乎寸步难行。他又扭头往顺风的方向走，东方禁一把拉住他，把他往门洞里推。

“你不要命了！这风这么大！走到那口子上，不立马把你吹到山下去！”他朝唐三七吼道。

“不行！老子得去救人！你放开我！”唐三七不依不饶。

“救什么人！刚才这么大的爆炸，人要没死，也得被这风给吹飞了出去，你能救什么救！”说完东方禁一把把唐三七推进了门洞，我也赶紧钻了回来。

“你放开！我不信！大小姐身手也不差，不可能这么容易死！你放开我，我要找她！”

东方禁一下把唐三七摁在地上，吼道：“穿山探脉，你以为是过家家！这都是探脉人，都明白这里面有什么危险，出了事也都担当得起，自己的命，自己管好！”

“呃……啊！”唐三七被东方禁摁在地上，撑不起身子，咬着牙死命地捶地。

虽然东方禁说的话太狠，但我明白，他绝对没有说错。只是我也好，唐三七也好，从来没面对过真正的生死险境，无法接受罢了。

“一起穿过山，就是一路人……”唐三七咬着嘴唇，声音有点哽咽，“大小姐不可能死，我们也不可能不救她。”

东方禁看着地上的唐三七，皱了皱眉头，松开了摁住唐三七的手，站了起来。他吐了口气，说道：“你们两个在这儿等着，我进去再看看。”

唐三七还想爬起来跟上他，东方禁一脚把他踹倒：“别来当‘拖油瓶’，老实待着！”说完扒住门洞，一下钻了进去。

我赶紧扒住门洞往外看，只见东方禁贴着石壁，一点点往顺风口挪动，不敢走快，怕速度太快，到了风口收不住脚。

那里面风实在是太大，他每一步都走得很艰难，手指死死地抠住墙壁，那墙壁本来就很光滑，看得出他手指几乎都要挖进墙壁了才吃得住力。我真是为他捏了把汗。

渐渐到了风口，他朝外探出身子，看了一眼，估计风力太大，他又缩了回来。反复几次，好像是确认了可能会有人摔出去的几个地方，这才摇了摇头，转身往回走。

我心里一紧，也不知道他看到外面是什么情况，那大小姐到底是生是死。

我见东方禁转身往回走，便扭过头想缩回来，但刚一转头，就看见那房间顶上竟然有一捆雷管，那引线呲呲地冒着烟。

“还有雷管！”我大吼一声，朝东方禁看去。他听我这么一吼，抬头一看，估计也看到了那雷管，脸色立马变了。

“躲回去！”东方禁朝我喊道，同时加快了脚步，但风实在太大，他移动速度仍旧很慢。我一下慌了，想缩回去躲，但又看见东方禁离门口还有距离，一下不知道该怎么办。

我心里只有一个念头，东方禁为了救人，自己在冒险，我不能眼睁睁看着他死在这儿。我转身朝唐三七喊道：“和尚，抓住我的手！”

唐三七赶紧过来抓我，我把身子往外面探出去，一边瞄着那雷管的引线，一边朝东方禁喊：“小师哥！快！来得及！”

东方禁咬着牙朝我们这边赶，我把身子已经全探了出去，唐三七一边抓住门沿，一边死死地拉住我的手。

“来不及！你们赶紧进去！”东方禁又喊了一声。

“没事！自己的命，我们自己说了算，你赶紧！”我冲他喊道。

就在那引线缩进雷管的一瞬间，也不知道是因为害怕还是因为想开了，我忍不住闭上了眼睛。但突然感觉手上一紧，东方禁一把抓住了我的手，我大吼了一声：“和尚！拉人！”

唐三七把吃奶的劲儿也用上了，用力把我们往里面拉，刚一出门洞，东方禁双手一张，把我和唐三七挡在身下。只听轰的一声巨响，耳膜都快震破了，爆炸的气流一下将我们一起轰了出去，感觉整个山洞都塌了，我们顺着破碎的石壁飞了出去，连人带石往外翻滚。我在空中自由落体般下坠，直到咚的一声，背脊撞进一片水里，深深地往下沉去。

回过神来，已经是在水中了，我赶紧憋住气，往水面上浮，双腿卖力地蹬动，眼前是一片气泡，看不清状况。直到气泡渐渐散开，我这才看清，自己就在刚才那个大厅里。我们从上面被轰了出来，只是这里已经积满了水，我们正浮在其中。更惊讶的是，悬挂在眼前的，正是那块红色的玉石，它静静地浮在水中。

这玉石浸入水中以后，没有之前那么火红，反而清透起来，我就贴在这红玉面前，此刻与这玉石靠得如此之近，能清楚地看到那东西就包裹在其中。

那并非一只鸟，那如同翅膀形状的东西也并非鸟的羽毛，这是一个如同干枯的树干一样的东西，上部是延展分叉的枝干，下部是盘根错节的树根。但这树并非枯木一般的土色，而是透明的，如同密密麻麻交错的管道一样，而在这透明的管道里面，流淌着散发着银光的液体。

我憋气憋不了太久，闭着眼摇了摇头，咬了咬牙，用力浮出水面，刚伸出头，便深吸一口气，整个肺瞬间充满了氧气，这才缓过劲来。

“和尚！小师哥！”我大吼一声。

“在！我们俩在这儿！”我听到唐三七的回应，赶紧朝他们那边游了过去。只见唐三七驮着东方禁，东方禁一只手搭在唐三七肩膀上，整个背上的衣服全部被烧焦了，露出血色模糊的后背。

“小师哥！”我喊了他一声，他抬起头，虚弱地点了点头。

“这小师哥就是硬，要不是他把我们两个挡在下面，估计我们早被炸得稀巴烂了。”唐三七一边说，一边死命地扶着东方禁。

我顾不得细看东方禁的伤势，往头顶上一瞄，那塔顶的房间就在上面。

“这水脉估计被炸开了，水灌得很猛，应该等一下就能上去，我们先爬到塔顶的房间。”我冲唐三七说道。

“小师哥，你怎么样，挺得住吗？”唐三七歪过脑袋问他。

东方禁点了点头，看样子伤势还不至于要命。我心想，难不成这家伙身子真是铁铸的，挡住一次爆炸，还能挺住。

没过一会儿，那水果然越来越高，塔顶本来就比塔下的空间小，涨得就更快了。到了塔顶的房间，我赶紧翻了上去，然后唐三七在下面托着东方禁，我伸手拉了他上来。几个人翻进房间，喘起了粗气。

“量哥，现在怎么办？”唐三七没了主意。

我看了看东方禁，问他："刚才你在风口那里，看到加奈了吗？"

东方禁摇了摇头："没见着，那下面就是我们进来时候看见的那片有雪湖的平台，没看见有人摔下去。"

"那也未必是坏事，至少没见到尸体，兴许还活着。"我拍了拍唐三七的肩膀，站了起来。我又朝头顶看了看，说道："等下水漫上来，咱们再借着这水，浮到上面的洞口去，先出了这地方，回去找救援队，再来寻人。"

"也不知道小叔和上官绯怎样了，还有那群神启会的人——小师哥，刚才在上面，你和他们碰面，是群什么人？"唐三七问东方禁。

东方禁喘了几口气，扶着地板站了起来，看样子问题不大，只是背上全是血痕。"他们都戴着面具，穿着作战服，装备挺齐，武器也足，而且好像人数不少，等出去看看情况，别硬来。"

"对了，量哥，刚才你看见下面的红玉了吗？"唐三七突然想起什么，转头问我，我点了点头。

"不是什么鸟，但也挺怪的，像金属的树。"我摆了摆手，"回去再说，现在顾不得这些破事儿了。"

说话间那水已经漫到了腰部，我赶紧让唐三七从背包里扯一件衣服出来，给东方禁套上，然后几个人围在一起，顺着水慢慢往上浮。

到了洞口，唐三七先爬了出去，然后接应我们两个上去。

出了洞，我深吸了口气，在洞里总觉得憋屈，出来才感觉外面的世界真的好太多。

我往下一看，这洞口下面竟然就是我们刚开始来的时候站的那悬崖口，悬崖下面，便是有雪湖的平台。我们几个小心地沿着石壁下去，站到那悬崖口上。

天气竟然已经转好，地面上到处是阳光洒落的光影，之前的浓雾也一扫而空。刚转头朝湖那边一看，眼前的景象就让我惊讶得几乎不敢相信自己的眼睛。

那湖面之上，原本被雾气笼罩在其中如同阴影一样的巨大物体，此刻已然揭开了它的面纱，清晰地呈现在我们的眼前，竟然是一座飘浮在空中的巨大的金字塔形建筑。

阳光洒在如同镜子一样结冰的湖面上，金字塔就在我们的正前方，而它背后，是环绕着的雪山山脉，这景象，让我脑海里一下就浮现出那一幅浮雕的图案。

“原来……真的和那浮雕上描绘的场景一模一样啊。”唐三七眼珠子都快掉下来了，直直地瞪着那空中的金字塔，嘴张得合不拢。

东方禁抬头往山顶上看了看，说道：“我知道了，那山顶上的房间就是一个风道，两面石门堵住，这里便容易积雾气，而那房间被炸通以后，山那头的大风便吹过来，吹散了这里的雾气，这金字塔就显现了出来。”

“这难道都是古蜀国的人建的？那洞穴高塔、那地下水脉、那山顶的风道、那些浮雕，还有……这……这飘浮在空中的金字塔？”我有点不敢相信。

“看那边！”唐三七突然喊起来，“那边有人！”我和东方禁朝唐三七指的方向看去，那山顶处确实出现了几个人影，他们顺着山，挂着绳子往下滑，看样子是要绕到金字塔那边。

“神启会？”东方禁皱起了眉头，“他们想进金字塔里面去？”

“等等，那是谁？那下面还有两个人，好像是……”

“是小叔！还有上官哥！”我也忍不住喊了一声。

东方禁一看，转身扭头就往回跑，想绕到山的后面追上他们，我和唐三七没拉住他，也只好跟着他跑。

转过山，果然看到了司一介他们，他们两个就在前面几十米远处，但隔着山涧，一时过不去。唐三七正想扯着嗓子喊他们，我见那群神启会的人已经快从山上滑到司一介他们那里了，怕被神启会的人发现，我扯了下唐三七，示意他先别出声。

司一介和上官绯好像在说什么，看上官绯的样子好像在拉司一介，但司一介竟然甩开上官绯，想往神启会那帮人那里去。

“什么意思？小叔是要去和神启会的人会合？”唐三七有点不敢相信。

东方禁找到了一处石壁，可以攀岩过去，他让我们在这里别动，自己先过去看看。唐三七正要给他掏安全绳，他摆了摆手，顾不得拴绳子了，徒手就攀了上去。

我再扭头一看，神启会的人已经到了金字塔附近，司一介和上官绯朝他们走了过去。神启会的人果然像东方禁所说，都戴着戏曲脸谱一样的面具，身上披着带帽子的黑色披肩，遮盖着眼睛，身上穿着整套的黑色作战服，手里都拿着弩枪和猎刀等武器。

其中一个戴着黑脸面具的人像是领头的，朝司一介走了过去，司一介和他说了几句话，两人转身要往金字塔走，上官绯又上前一步，抓住司一介的手，好像还在说着什么。但司一介甩开了上官绯的手，转身要走，上官绯还想上前，那黑脸竟然转身朝上官绯抬起了弩枪。

我紧张得不行，又不敢喊，扭头看了眼东方禁，他快攀到对面了。

“怎么办量哥？这小叔真要投敌啊！”唐三七不知所措地看着我。

要不是亲眼所见，我确实不敢相信，司一介居然不听上官绯的劝，执意要跟神启会的人走，不仅如此，现在神启会的人竟然要杀上官绯。

司一介见黑脸要朝上官绯开枪，便朝上官绯吼着，估计是让他赶紧走。正在这时，我余光一瞥，看到东方禁已经爬到了对面，贴着山壁朝他们冲了过去。

那黑脸身后的几个人好像发现了东方禁，喊了一声，纷纷抬起弩枪，朝东方禁那边射过去，东方禁往山壁上一贴，躲了过去。

就在此时，我扭头往司一介他们那边一看，正好看见司一介竟然伸出手来，把上官绯推了一下，上官绯脚下一滑，一脚没踩稳，竟然从那山壁上摔了下去。我吓得喊了一声，东方禁探头一看，上官绯整个身子已经滚下了山涧，重重地摔在了下面。

东方禁见他哥就这样在他眼前被人推下了山，情绪几乎失控，顾不得对方手里有武器，撕心裂肺地吼了一声，朝神启会那帮人冲了过去。我一扭头，竟然发现唐三七也控制不了情绪，不知什么时候也攀上了岩壁，想过去帮东方禁。

眼前的这一幕我简直不敢相信，司一介竟然对上官绯下狠手，把他推下了山。我探头往山涧看了下，十几米深的山谷，而且山上都是坚石峭壁，上官绯从上面硬生生滚下去，扑在地上一动不动，估计已经没了知觉。我也顾不得危险不危险了，扯了背包里的绳子，准备滑下去救他。

我顺着山壁往下滑，半空中又抬头看了看上面。东方禁趁神启会的人在换弩枪箭头的时候，猛地冲了上去，眼看就要冲到跟前了，突然间，一个人影从他后面闪了过来，一个侧翻，伸出双脚从背后像剪刀一样夹住了他的脖子。东方禁被重重地摔在了地上。

我定睛一看，那人影不是别人，竟然是加奈！

唐三七从后面赶了上去，一看加奈放倒了东方禁，愣了一下，谁知那加奈转身就是一个回旋踢，一脚踢在了唐三七的脑袋上。唐三七一下摔了出去，躺在地上也不动了。

东方禁正想起身，一支箭嗖的一声射在他的肩胛上，他身子一侧，摔卧在雪地里。加奈快速跑向神启会的人，带头的黑脸一招手，他们一群人绕到金字塔背后去了。东方禁倒在雪地里，撑了两下没能爬起来，眼看着他们从自己的视野里消失。

我简直不敢相信，加奈不仅还活着，而且居然是神启会的人！

我顾不得上面的情况了，赶紧滑到山谷，朝上官绯跑过去。

上官绯脑后被摔破了，血淌了一地，我摸了摸他鼻子，好像还有呼吸，我喊了几声，没有反应，他已经失去意识了，我赶紧拿绷带给他缠了头。完了我抬头一看，只见东方禁挣扎着爬了起来，顾不得肩上的箭头，单臂把唐三七扛起来。

我再转头朝金字塔看去，想看看神启会那帮人和司一介、加奈他们的情况，但难以置信的是，那空中竟然……竟然空空如也，刚才的金字塔居然消失不见了！

◆

第十四章
记忆容器

我简直不敢相信自己的眼睛，这飘浮在空中的金字塔本来就够让人震惊了，居然一瞬间的工夫，就这么莫名其妙消失了。

顿时，乌云遮盖了阳光，天空变得阴沉起来，看样子要变天了。

我赶紧朝东方禁喊了一声，他咬了咬牙，冲我点了点头，然后指了指我身后，示意我把上官绯背着，绕到后面的斜坡。他扛着唐三七，也从另一头绕过去和我会合。

我吃力地背着上官绯，绕了很远，终于看到了东方禁，他眼眶血红一片，不知是愤怒还是难过。他没说话，示意我坚持，先往回走。

我们两人艰难地把上官绯和唐三七背出了山，到了海子沟，还算幸运，正好遇到一群出山的驴友，那几个人赶紧过来帮忙，这才将我们带回了镇里。

在镇上的医院，医生简单给东方禁做了应急处理，但没敢拔箭头。唐三七虽然醒了，但说头疼得厉害，而上官绯却一直没有醒来的迹象。我连夜叫了救护车，送上官绯回成都，坐在车上，我和东方禁一路都没有说话。

到了成都的医院已经是第二天了，上官绯马上被安排住进了医院的监护病房。他情况不是很好，虽然还有生命体征，但一直没有醒过来。

东方禁做了手术，拔了箭头，在病房住院输液。唐三七也一样需要住院，医生说应该是脑震荡，要卧床休息，如果休息不好会有后遗症。

我在医院忙活了两天，拿药开单，安排他们几个的事，一口气都没来得及歇，脑子里乱得很。

等终于有空坐下来歇口气时，感觉整个人都快虚脱了。我坐在医院走廊的椅子上，看着天花板发呆，肚子虽然咕咕响，却一点东西都不想吃。

这一趟穿山，大家差点丢了性命，还有司一介，我简直恨死了他。他和神启会勾搭上不说，竟然对上官绯下毒手，难不成为了他那所谓的大事，他谁都可以牺牲吗?

还有那个加奈，万万没想到，她竟然也是神启会的人，枉我们为了找她，还冒了那么大的险。看来之前透露我们行踪的，也一定是司一介和加奈。这一趟在四姑娘山，估计他们两个是为了利用上官绯和东方禁的能力，找到解开金字塔的线索，这也就算了，没想到事成之后竟然还下如此毒手。

我把头埋了下来，不敢相信这短短两天，一切竟会变成这样。

“小兄弟！”耳边突然响起一个声音，我抬头一看，是个中年男子，穿着笔挺的灰色西装，系着领带，戴着眼镜，文质彬彬，一副着急的样子。“麻烦问一下，ICU重症监护室是往哪边走？”

“您是找……”我有点没反应过来。

“我找一位叫上官绯的病人，楼下的护士说是在这层楼。”他掏出手绢擦了擦汗。

我听他这么一说，立马从椅子上弹了起来，小心翼翼地问道：“您是上官哥的家人？”

他见我称呼上官绯为哥，有点惊讶，点了点头，说：“我是他的父亲，我叫上官泉，小兄弟您是……”

“我是商无量，是上官绯的……朋友。”说出朋友这两个字的时候，我实在是有点愧疚。

“原来是无量小兄弟啊，我听上官绯提起过你。那你能带我过去吗？我刚从美国飞过来，听他弟弟说出了事，我就马上赶回了国。”

我点了点头，赶紧带上官绯的父亲到了他住的病房，因为还在监护中，只能隔着玻璃窗往里看。

上官泉隔着窗子看了看，摘下眼镜，掏出手绢擦了擦镜片，看得出，他虽然没落泪，但也是强忍着，眼眶都红了。自己的儿子出了这么大的事，还一直昏迷不醒，作为父亲，谁不心痛?

“叔叔，对不起，都是我们的错……”我不知道该说什么，只好道歉。

“说什么呢，小兄弟，穿山探穴本来就是风险极大的事。这孩子自己选的路，我和他母亲本来不愿意他走这条路，但他还是成了探脉人，这都是命。”说完他戴上眼镜，问，“他弟弟呢？东方禁也在这里住院吧？”

“嗯，他和我另一个朋友唐三七住一个病房，我带您过去。”我不知道东方禁有没有对上官泉说当时的情况，也不好明说是司一介把上官绯推下山的，只好先不提这事。

来到病房，唐三七还在睡觉，东方禁见到父亲，想从床上起来，上官泉赶紧上去扶住他，让他躺下。

“爸！”东方禁见到父亲，语气明显和对我们时不太一样，软和了许多，“对不起，是我没保护好我哥。”

“你们怎么都给我道歉，咱们探脉人不是这样的，自己选的路，自己为自己负责，有什么好道歉的。”上官泉摆了摆手，接着说道，“所以说，我一直不愿意你们两兄弟做这些穿山探穴的事，我只想你们两个能平平安安，过普通人的生活。我是吃过苦头的，明白有些事一旦牵扯进去，可就麻烦得很，唉！还有，绯儿的情况也不是很好，我已经预约了美国那边的专家，我过两天就接他回美国。”

上官泉摇了摇头，又对我说道：“不好意思，小兄弟，之前可能他们两个都没跟你说，绯儿一直把你们的事在向我汇报，而且之前他把那三角锥也是拿到我们在美国的实验室做的测试，所以我一直在关注你们的行踪。我知道这事儿非同寻常，但我确实不愿意你们牵扯进去。”

上官泉这么一说，我好像明白了什么，上官绯之前一直半夜打电话，原来是给美国那边打，因为有时差，所以总是在夜里。看来上官绯还真不是鬼鬼祟祟的人，是我多疑了。

“上官叔叔……”我开口问道，“不好意思，我就想问问，既然上官哥一直在跟您联系，他可说过关于司一介和神启会的事儿？”我试探着问他，直觉告诉我，他可能知道点什么。

上官泉听我这么一问，轻轻叹了口气，说道：“你的小叔，也就是司一介……他是从他母亲那里知道了一些事儿，但具体是什么事儿，我也不清楚。只知道他一直在追查着这事儿的线索，也许他是为了查清内情，才和神启会扯上关系。”

“我小叔的母亲……我姑奶奶？”我回忆了下，说，“也就是我爷爷的妹妹……好像是叫商语淮？我只记得小时候见过她，据说她一直在国外？”

上官泉点了点头：“十几年前，我、商语淮，还有几个朋友，曾经都是探脉人，我们走过很多地方，也遇到过很多的事。商语淮便是在那时候，寻到了一些先古文明的踪迹，她越发痴迷于寻找那些东西，后来，应该是发现了什么。那时候队伍出了一些事，有些人怕了，也有些人倦了，队伍也就渐渐散了。那之后，商语淮便独自行动，再后来，就只知道她定居在了国外，其他的我也不清楚了。”上官泉说完抬头看了看东方禁，然后伸手拍了拍他的肩膀，看上官泉的样子，好像有些话没说。

虽然上官泉没提什么有价值的线索，但大概和我之前的猜测对上了号，司一介果然是在追查什么大事，他是从我姑奶奶那里得到的消息，而且，这事应该和先古文明有关系。

我们三人又聊了几句家常，上官泉便要离去，说还要为上官绯办一些手续，让东方禁安心养伤，话语间，透露出不愿让他再掺和这些事儿的意思。

东方禁也不置可否，点了点头，让父亲放心。但我感觉，他肯定放不下，一方面他可能也想按他哥的意愿，把这事摸清楚，另一方面，我那小叔把上官绯推下山的事，估计他不会轻易放过。

等上官泉一走，我本来也准备起身，想先回趟门店，处理一些事，再回家收拾收拾，但东方禁却叫住了我。

“无量，这事儿可不能这么结了。”他开口道，“这一趟下来，看得出你也不是那种贪生怕死的人。你和唐三七在风洞那里救我的时候，我就知道，你们两个也都是硬骨头，对得起探脉人的称号。那司一介对我哥下狠手的事，我不在你面前说报仇的话，但你得帮我，咱们再去找一趟那金字塔。”

我听他这么一说，心里也涌起百般滋味。一方面他说我们也算真正的探脉人，并且也信任我，让我心里一暖，但另一方面，毕竟司一介与他有仇，真不知道他会怎么对付司一介。

不过，不管怎样，我也不可能放弃这事不管，那金字塔定是要去的，这一点上，我和东方禁应该是一致的。

我点了点头，说：“你安心养伤，过两天我们就出发。”

回到门店，我处理了杂事，然后托了熟人帮忙照看店子。我明白，这一阵，估计我得耗在那穿山探穴的事上了，可这生意也不能不做。完了我回到家，洗了澡，收拾了房子，想躺在床上休息一下，晚上再去医院陪唐三七和东方禁。

可躺在床上辗转反侧，怎么也睡不着，脑子里像万花筒一样，不断浮现出一些场景，我总感觉哪里不对劲。

突然，我从床上坐起来，我想起来了，司一介和上官绯在那洞穴高塔顶部的房间，和谁打了一架，为什么？如果司一介是神启会的人，应该一开始就琢磨好利用上官绯来解密，为何要在那里和人打架，而打架的对手，十有八九是神启会的人。

这么说……司一介并不是神启会的人，也不是神启会的合伙人。司一介在金字塔面前和那个黑脸交涉了几句，才跟对方一起走的，很可能是在那个时候才加入神启会的队伍里……他是不是有什么不得不服从神启会的苦衷？

但司一介为什么又要把上官绯推下山呢？我越想越觉得头痛。

难道……司一介推上官绯，不是为了杀他，而是……救他？对了，我当时在看东方禁那边，回过头的时候，只看到司一介伸手推了上官绯一把，但在那之前，那个黑脸不是抬着弩枪要杀上官绯吗？难不成司一介推开上官绯是为了让他躲过那一枪？

也许只是我不愿意相信司一介是坏人，一直在给他找借口。我摇了摇头，不行，还得找到司一介，问个清楚。

还有那个加奈，真是没想到，她竟然是神启会的人，真是知人知面不知心。这道上的水太浑了，我涉世太浅，根本没经验，我们几个之前都被她的演技给骗得团团转。

但我回头又一想，还是有点说不通啊，在八卦阵里那一出，又是什么情况？感觉加奈也不像在演戏啊，她把机会更大的路留给我们，自己走了另一条，如果她只是利用我们，不应该这么做啊。

等等，她……哪个她……我突然一拍脑门，有两个加奈，那个姐姐是陪我们走八卦阵的，而那一天，从后面偷袭东方禁和唐三七的，是……妹妹。

难道这加奈身体里那个妹妹是神启会的人，而姐姐却不是？

我越想越头痛，又躺下了。不行，这事太复杂，我还是得安心睡一觉，身体是革命的本钱，身体累垮了，啥也干不了。总之东方禁也说了，我们还得去一趟那金字塔，不能就这么算了。

昏昏沉沉中，我渐渐睡着了。

“无量……无量兄弟！”

半梦半醒之间，我听到好像有人叫我。

我扭头一看，竟然是长子虚。这一次，他居然没穿汉服，穿着休闲装，一副现代人的打扮，但头上却仍旧盘着发髻。

“怎么？见到我很吃惊？”他笑着问我。

我摇了摇头：“你怎么不穿汉服了？”

他看了看自己的穿着，疑惑地问：“嗯？这身儿打扮不好看？”

我摆了摆手：“算了，无所谓，穿什么都成，别光着身子就行。”我突然想起那方老板托我的事，于是对他说，“对了，有个老头在找你。”

“老头？”他歪着脑袋想了想，“是我等的人？是个老头？”

“估计不是你等的人，他说他记忆丢了，说你知道怎么帮他。”

“记忆丢了？”他皱了皱眉头，“脑子……坏了？”

我有点疑惑，看这样子，他好像也不清楚是怎么回事。

“那老头姓方，是个大老板，你认识？”我又问他。

他甩了甩头。

“他说他有一部分记忆在另一个人脑子里，那人死了，那部分记忆丢了，他让我找你，说你有办法。”我自己都不相信自己说的话。

长子虚手指搁在嘴边，埋着头想了想，说道：“哦，这个啊……这个有点麻烦，你带他来找我，我想想办法。”

“他都坐轮椅了，估计得了重病，活不了多长时间了，再说，我让他去哪儿找你？你神龙见首不见尾的。”

“他不是有好几个记忆容器嘛，让他带一个过来，至于我嘛，我不一直在你身边吗？”说完他诡异地笑了笑。

我眼前的画面渐渐模糊起来，然后梦便醒了。

我躺在床上叹了口气，这到底算怎么一回事嘛，难不成我对方老板说，我在梦里遇到长子虚了，他让我带你去见他？

还有，他说什么一直在我身边，难不成一直在梦里？真是的，估计我脑子也快出毛病了，尽做这种怪梦。

我起身看了看时间，然后穿起衣服，准备去医院。还没出门，手机就收到一条短信，陌生号码发来的：

“无量小弟，方老板托你办的事，进展如何？”

真是，想哪出来哪出。

我摇了摇头，确实没招，还是把梦中的话给回了过去，我说：

“人我见到了，对方说，让方老板拿一个记忆容器给我，让我带给他，他会想想办法。”

这一条短信发过去，好一会儿都没回音，估计那神秘人正请示老板呢。

等我坐到出租车上，那人才回过来：

“方老板已经派人把东西送去你门店，烦请你等下去收取。”

东西？我愣了一下才反应过来，是不是说那记忆容器？也不知道这是什么东西。我招呼师傅，掉头回一趟门店。

刚到店里，帮忙的小工正在收摊，他见我来了，把一个小盒子一样的包裹递给我，说有人送来的。我接过包裹，让他忙完了先走，我自己关门。

我把东西拿上楼，拿刀拆开，盒子里面竟然是一块温热光滑的红玉，像一个鹌鹑蛋。

一看到这红玉，我立马联想到那洞穴高塔里的巨大红玉石，我一激灵，赶紧把这块玉放到灯前，对着灯光看了一下。

这一看，惊出我一脑门子汗，这玉石里面竟然包裹着一丝丝如同血管一样的纹路，而里面竟然也是透着银色的光。

这简直就是那块巨大红玉的缩小版。

难道说……这就是所谓的记忆容器？那我梦里听到的长子虚所说的东西，竟然还真有？不仅有，这东西还和那高塔里的红玉一个模子刻出来似的，这到底是个什么东西？

出了店门，我又往医院赶去，把这红玉随身带着，想着指不定什么时候又遇到那长子虚。不过，我细想一下，要是在梦里见到长子虚，我怎么把这东西交给他呢？

到了医院，我先去看了眼上官绯，向护士问了问情况，护士说他现在体征平稳，如果过两天没有变化，可以转到普通病房了。我又问转院的事，她说病人的父亲已经在办，估计快了。

回到唐三七和东方禁的房间，一推开门，唐三七正在吃饭，看他那吃相，估计没什么大碍。东方禁却不在房间。

“量哥，你来了。”

“嗯，好点没？”

“没啥大事，就是不能想事儿，不知怎的，一想事儿，这头就疼。”

我摸了摸他的和尚头，说：“那你就别想事儿，你这一想事儿，这头发又冒出来了，过两天剃一剃，兴许没了头发，脑子轻松不少。”

“去去去，就知道取笑我！对了，你吃饭了没？”

我一点食欲都没，就说吃过了。

“对了，我晕倒前，记得看见大小姐了，她是不是没事儿，没死？”唐三七突然问我，看样子他不记得是谁把他给踢晕的了。

“她还活着，她追着神启会那帮人进了那金字塔。”我不愿意告诉他真相。

“那咱们啥时候再去啊？小叔是不是也被那帮人给抓走了？咱得去救他们俩啊。”他有点激动。

“去，肯定得去，等你和东方禁好点了，咱们就去。”

“我好得很，没事儿，只要脑子不想事儿，啥毛病没有。”

我摇了摇头，心想，你脑子要不过事儿，到时候遇到麻烦，光凭蛮劲儿怎么行。

正聊着，东方禁回来了，他肩膀缠着绷带，背上也贴着膏药。

“对了，小师哥，你回来得正好，我有事儿和你说。”

“尽管直说。”东方禁坐在床沿，把肩上的绷带拆了，然后看了看伤口，那箭伤竟然只留下一点疤，几乎好得差不多了。

我有点惊讶，又看了看他的左手，还是戴着手套，看来这个东方禁身体确实不是普通人的身体，有石头一样坚硬的左手，身体的愈合能力也超强。我又想起他替我们挡炸弹的事，不由得暗自惊叹他这肉身到底是什么做的。

“有什么事你说，愣着干吗？”他皱了皱眉头，提醒我。我这才回过神，问道：

“你父亲之前说，他、司一介的母亲，还有几个朋友，曾经也一起寻山探脉，这事儿你知道？”

“嗯。”

“那为什么我总觉得他没把话说完，而且他看你的眼神，好像不想说清楚。当然，你要觉得不方便，也可以不说。我是认为，既然大家都是一条船上的人，之后指不定会遇到什么事儿，知道得多一点，也好帮忙想想对策。”

“我明白你的意思，我父亲之所以没把话说完，也是顾及我的感受。也不瞒你，直说好了，我的亲生父亲叫东方华，当时就是在和他们一起探脉的时候遇难的。”东方禁这么说的时候，表情仍旧很平静，看来他早已知道自己的身世。

“所以上官泉收养了你？”

“老一辈的事了，讲起来话就长了，虽然父亲没有明说，但我和我哥通过圈里人的消息，也大概知道当年的情况。那是1993年的一次穿山探脉，目的地是青海境内一个西汉时代的地下遗迹，传说是西汉某位大将军在修建军事据点时发掘到的一个古代遗迹，而又在那遗址基础上筑建了地下工事。当时队伍一共八个人，我生父带队，除了我养父和司一介的母亲，还有几个队友。据说在那遗迹里发现了很多不寻常的东西，具体是什么，养父一直没提，但我和我哥猜测，应该是跟一些先古文明有关。一开始还算顺利，但从地下工事出来时遇到了塌方，八个队员，最后只有三个人逃了出来，我生父就是在那时遇难的，而商语淮，也是从那时候开始，追寻起先古文明的线索。”

听东方禁这么一解释，我点了点头，心里有了点谱，先不说那西汉地下遗迹到底是什么，至少明白了这事的起始渊源。

“那你母亲为何要把你交给上官泉抚养？”我又问道。

“这个我就不知道了，我只知道，我母亲也是探脉世家的后人，她把我交给我养父之后，便不知去向。我想，她应该是不愿意再接触和探脉有关的任何事。而我的养父，收养我之后也不再做穿山探脉的事儿，在美国教书，做研究，也一直不愿意我和上官绯接触这些事……”

听了他的讲述，我无比感慨，我和唐三七兴致勃勃为之向往的穿山探脉的活儿，在某些人眼里，也许已经成了不愿提及的往事，甚至是心里难以平复的伤痛。

“那……你为什么还执意要干这行当？”我抬头看了眼东方禁，他皱了皱眉头，说：

“小时候和我哥约定的事儿了，本来也只是一句戏言，不提也罢。”说完他摆摆手，不再开口。

“嘿，我说量哥，你真不会聊天。”唐三七见话题越来越沉重，赶紧起来打圆场，“说点积极的，咱啥时候出发？”

“我看你们两个伤也好得差不多了，我建议，明天一早，我们把出院手续办了。上官绯有他爸照顾，我们趁机先走，我觉得，再去找金字塔的事儿宜早不宜迟，我怕去晚了，神启会那帮人已经溜了。”

“对，我们回来都耽误两三天了，小叔和大小姐还落在他们手上，咱得赶紧。”唐三七还不知道司一介和加奈的事，东方禁看了他一眼，也不愿意提，怕他想起来又头痛。

“行，那无量先回去收拾东西，最好租一辆车，我在这里办手续，明早咱们会合，马上就走。”东方禁冲我说道。

“对了，积极点嘛，要我说，这回咱们不仅要救到人，还要把那金字塔里的秘密摸个一清二楚。咱们新一代的探脉人得做出点成绩，让老一辈的刮目相看嘛。”唐三七拍了下大腿，咋呼起来。

“说起那金字塔，我一想起，感觉还在幻境中。那塔怎么就能飘浮在空中？这不符合常理。虽然这一路上穿山探脉，遇到的都是稀奇古怪的事，但这么大一个物体竟然能脱离地球引力，好像没有重力一样飘浮着，而且，消失也就是一瞬间的事，怎么想都不明白。”我摇了摇头。

“你那点科学常识，当然觉得奇怪了。”唐三七来劲了，说道，“在科学上，飘浮和瞬间移动都不是啥奇怪的事。磁悬浮是飘浮吧，还有，量子飘浮你见过吗？没见过吧，自己去网上搜搜，看看，这些都是实实在在的科学。再说，提到量子，量子级别的物质就是瞬间出现瞬间消失，这不是魔术，也不是玄学，是实实在在的科学，构建我们这个世界的物质就是这么玄。当然，像金字塔这么大体量的物质，瞬间消失几乎是不可能的……”说完唐三七又埋下了头。

“行了，咱们也别在这里猜了，到了地方，再找到那金字塔，进去看看就一清二楚了。”东方禁摆了摆手。我点了点头，和他们告别，赶紧回去收拾东西了。

晚上在家收拾完东西，准备洗漱睡觉，躺在床上，我不自觉地又摸出那块小小的红玉来。

也不知是不是夜里的缘故，这东西看上去好像和白天有点不同，里面那一丝丝的银线闪耀的光比之前更亮了一些。

我也不知咋想的，估计是想看看能不能晚上做梦，见着长子虚问个明白，于是把这红玉搁在枕头下面，希望事情能有点进展。

可这一回，长子虚是没见着，却做了个奇奇怪怪的梦……

刚开始迷迷糊糊地就听到有人在耳边喊我：

“小眼镜，嘿，小眼镜！”

听声音像是一个少年，年纪不大，但可能正在十五六岁的变声期，声音有点嘶哑。

我迷迷糊糊地揉了揉脑袋，这才睁开眼一看。

果然，眼前是个学生模样的少年，嘴角挂着两撮细细的胡须，留着一头略长的头发，一看就不是学校里受老师待见的学生。

“嘿，小眼镜，你总算醒了，吓了我一跳。”那少年见我醒了，便伸手把我扶起来。

我这才发现，自己躺在地上，背上忽然一阵疼痛感。

我伸手扶了下自己鼻梁上的眼镜，感觉有什么不对，又把眼镜取下来，果然，有一个镜片裂开了。我拿袖口擦了一下，然后戴了回去。

这一系列的动作让我有种说不出的怪异，我从来没戴过眼镜，按理说并不知道戴眼镜是什么感觉，但这些动作很熟练，仿佛自己确确实实是一个长期戴眼镜的人。

大家可能都有过这种感觉，就是在梦里的时候，人一般意识不到自己在做梦。

但这一次更奇怪，好像自己的身体都不是自己的了一样，动作和行为并不受我自己控制，怎么说呢，就感觉……感觉像被别人控制了似的。

“没事，哥哥，就是刚才摔下来的时候背摔得有点痛。”我揉了揉背，说道。

“那小意思，起来吧。”这被我叫哥哥的人拉了我一把，把我从地上拉了起来。

我心里有点纳闷，眼前这人年纪不大，我还叫他哥哥，我这年纪得多小？

还有，这到底是什么鬼地方，阴暗得很，好像是在一个破旧的建筑里面，往头顶望去，天花板上有个破洞，洞外天色有点暗，也不知是清晨还是傍晚。看这样子，我们应该是从这洞口进来的。

“咱接着往里走。”这小哥招了招手，从系在腰上的腰包里掏出两块四轴石来，一边摆弄着一边招呼我跟着他往建筑深处走。

“嗯，这里面暗得很，我把手电打开。”说完我摸了摸自己的衣服口袋，拿出手电来。

这感觉真够奇怪的，一方面我不受自己控制地说着话做着动作，另一方面我脑子却自顾自地转个不停，不停地想这是什么地方，面前这人是谁，还有，最让人好奇的是，我自己到底是谁。

“好像就是这门后面，但这门打不开啊。”小哥摸到一扇铁门，看样子已经锈得不成样子了，也不知道是锁了还是因为锈了，他拧了几下门把手，又拿脚踹了几下门，只听得几声闷响，却不见这门有丝毫动静。

“小眼镜，把那笔记本拿出来，看看上面怎么说的。”小哥朝我说道。

我摸了摸衣服内兜，掏出一个笔记本，然后拿手电照着翻阅起来。

笔记本很小，巴掌大一本，里面密密麻麻地写着很小的字，还有各种图示，看得人眼睛疼。

“看这地图，应该有别的入口。”我扶了下眼镜，然后拿指甲尖一点点指着地图一样的图示看着，然后抬头指了指屋顶角落的出风口说道，“从上面的通风管道绕进去。”

那小哥立刻四下看了看，然后拉了一张桌子和凳子过来，架在一起，准备往上爬。

我跟着他爬上桌子，一边看他拆风口的百叶窗，一边问他：

“哥哥，你说我们真能把这游戏通关吗？”

那小哥没回头，答道：“我觉得没问题，你小子不是脑子挺好用的吗？”

“不是……”我话里好像有点犹豫，“那万一不行，我们俩不都完了吗？”

“你这小眼镜，救人也是你要救的，现在又怕。别想这么多，放心吧，有哥在呢，不会坑了你。”说着这小哥拆下了百叶窗，然后伸手把我拉上凳子，自己先钻了进去，再回头把我接了上去。

我跟着他顺着通风管道往里面爬，脑子里却一堆的疑问。

我们说的这个游戏通关到底是什么意思？还有这救人到底是救谁？而且听这口气，游戏要是通不了关，两人都得搭进去。

到底是什么游戏这么邪乎？

看这小哥的架势和他手里的四轴石，我们两人应该是来探脉的，只是这地方到底是什么地方，看样子也不像在地下，倒像是在一栋废弃的建筑物里。

从刚才房间里的摆设和建筑风格来看，这好像是一栋欧式风格的老建筑，里面有一些破旧的书架和宽敞的书桌。如果我猜得没错的话，这里以前应该是一座图书馆。

顺着通风管道来到那铁门后面的房间，小哥用力把出风口的百叶窗踩了下去，然后纵身一跃，跳了下去。

他冲我挥了挥手，做了个抱人的姿势喊道：“别怕，跳下来，我接着你。”

我在上面犹豫了一会儿，眼睛一闭，一咬牙，也跳了下去。

这回没像刚才那样摔个结实，小哥一把接住了我。

这里面的房间已经没有像刚才那样通向室外的洞口了，漆黑一片，我赶紧打开了手电，四下看起来。

这和外面那房间有些不同，如果说外面是图书馆的话，里面这间显然只能算一间书房。房间很小，不过密密麻麻摆着几排书架，穿梭其间，仿佛置身在某个博物馆被人遗忘的角落。

“小眼镜，那本书是在这个房间吗？”小哥问我。

我赶紧掏出笔记本翻了翻，说道：

“应该是的……”

“‘应该是’，到底是还是不是？”

“这上面没具体说在哪一排书架的哪一列上。”

“不是吧，这么多书，我们怎么找？”小哥显然有点头大，拿手电筒扫了扫书架上那些布满灰尘的书籍。

“这上面说……”我用一种自己都不相信的语气说道，“不能用眼睛找……”

“胡扯嘛这不是，不用眼睛找，那怎么找？用鼻子闻？”

“用耳朵听……”我照着笔记本上的内容念道，“……在寂静得仿佛时间都静止了一般的深夜，整个书房没有一丝响动，我闭着眼，本想就这样抛下今天手头上的工作睡去。但迷迷糊糊中，却听到沙沙沙的声响。这声音听起来就像是用蘸水笔在羊皮纸上书写的摩擦声，时而奋笔疾书，时而又停顿好一阵，仿佛一个书写者在仔细斟酌自己写下的每个句子。”

“这么邪门？”小哥有点不敢相信，皱着眉头想了想，说，“都说玄场之内必有怪事，这地方玄场力又这么强，我看肯定是某种玄场力在搞鬼。”

“哥，那你说我们咋办？”我有点举棋不定。

“还能咋办，安静下来听听，看看是不是如这上面所说有什么沙沙沙的写字声响。”

听他这么说，我便闭上了嘴，耐心地听起来。

两人默不作声，不透光的房间里弥漫着一片让人发怵的死寂。

可是，却没有任何除了我们呼吸之外的声响出现。

“哎！”小哥终于忍不住了，说道，“什么声音都没有，骗谁呢这。”

“会不会是时间不对？”我想了想说道，“这笔记本上说，当时是在深夜……”

小哥皱了皱眉头，按了按太阳穴，说道：“反正咱也不急，就再等等，等过了十二点再说……”说完他冲我扬了扬头，问道，“我跟你来得急，也没详细问清楚情况，你跟我说说，那几个小孩是什么时候被发现的，他们的魂儿又是怎么丢的……”

我一听小哥这句话，心一下子提了起来。

我，也就是小眼镜咽了一口唾沫，指着笔记本上的一段话说道：“就像这笔记本上记载的一样……在那个世界里，眼前一片漆黑，那不是黑夜的黑，也不是盲人眼里的黑，而是比黑夜中的盲人所感知的黑暗更黑暗的，如同光在这个世界从来就不存在一般的深邃的黑……”

第十五章
文字游戏

我扶了扶眼镜，对小哥讲道："那是三个月前，他们几个说学校的后山下面埋着一栋鬼屋，怂恿我一起去。一开始我并不相信，怎么会有鬼屋埋在山里，但也有点好奇，便跟着他们来到后山。没想到，这山下确实是埋了一座建筑，至于为什么会被埋在山下面，他们不知道，我自然也不知道。也不知道他们几个从哪里找到的这个笔记本，让我根据这东西寻找鬼屋的入口。我虽然害怕，但还是根据笔记本上记载的地图和一些暗号，找到了进入这栋建筑的方法，然后他们就想进去探险，但我不敢，也不愿意冒这个险。这几个人平时就爱戏弄我，我怕这次又是他们搞的什么鬼，所以打死也不愿进。他们几个嘲笑了我一番，然后丢下我，自己下了这建筑里面来。"

小哥啧了一声，说了句："这几个兔崽子胆子不小啊。我觉得他们根本就是想借助你的聪明劲儿帮忙破解这笔记本上的线索，就没真想带你一起进去。"

"也有这可能……"

"你小子平时肯定是没少被他们欺负。"

小哥这么一说，我也不开口了，埋着头沉默起来。

"那后来呢？"

"后来……那晚上他们没回家，家长们着急了，便四下寻，最后我带他们寻到这里来，几个大人下来后发现了他们，当时都昏迷了，大人急忙把他们送到了医院。也不知道是哪里伤了，医生说可能是受了刺激，脑子出了些问题，就这样，他们一直处于昏迷状态，至今都没醒来。"

"那这铁门也是后来被焊死的了？门口那些东西也被家长们给封起来了？"小哥问我。

我点了点头："我从他们其中一人的衣兜里把这笔记本摸了出来，一直没敢告诉别人……”

“那这些家长没追问你什么？”

“我都如实说了，我说不敢下去，就他们自己下去了。”

“估计家长们觉得你隐瞒了什么没说，只是他们也不好对一个小孩干什么……”小哥耸了耸肩，露出一副不屑的神情。

“但我确实不知道啊，我也如实说了当时的情况。”

“但你没说笔记本的事。”

听他这么说，我便又埋着头，没吱声。

“那你怎么找到我的？”小哥又问道。

“听说你专门干这个的……”我小声地说道，“我听一位叔叔提起过。”

“你这叔叔估计也是圈内人。”小哥摆了摆手，“算了，不提这个了，既然我来了，就得把这事摸个底儿透。”说完他又想了想，问道，“我想不通你救这群人干吗，他们不老欺负你吗？”

“我也不知道……看他们几个都昏迷好几个月了，也没见醒的迹象，总感觉心里堵得慌，而这笔记本上面记的东西又太离奇了，我确实也有点好奇。但自己一人肯定是不敢来的，也做不了什么事，还得请哥哥您出马。”

“别拍马屁了，话说，这笔记本……”小哥转头又问道，“这笔记本上真说他们是因为‘某个游戏’而昏迷的？”

“只说了是一种游戏，没说会因为这个昏迷……”我顿了顿，又接着说，“但我估计，他们就是陷到那‘游戏’里面去了，所以才昏迷的。”

“那游戏不通关就出不来？是这意思？”

“我也只能这么猜想了，如果我想象力还够的话……”

“这玄场里稀奇古怪的事，不是我们常人能够想象的，没想到不要紧，到时候见到就知道了。”

说完小哥看了下表，说：“离午夜还有好几个小时呢，我先打个盹，你竖着耳朵听着，看看有什么响动。”

“别啊哥哥，我一个人怕。”我赶紧呼道。

“有啥好怕的，玄场是玄场，又不是鬼场，有点唯物主义精神好不好？再说了，有我在呢，有啥吓人的东西你就这么嚎一嗓子，我不得立马弹起来啊。”

“那……那我也睡。”我小声嘟囔道。

“好吧，养足精神，等下好办事。”说完那小哥扯了一把椅子，拿手啪啪啪扇了几下灰尘，便仰着头坐上去，闭目养神起来。

我也赶紧拖了张凳子坐他旁边，双手搭在膝盖上，也闭起眼来。

恍恍惚惚中时间不知过了多久，好像有什么细细碎碎的声音在耳旁响起，我又不敢睁眼，只好任由这声音拨弄着耳膜。

“沙沙沙，沙沙沙……”仿佛有人在纸上奋笔疾书，时而快时而慢，时而所有声响都停顿下来，过后又是一阵急促的书写声。

“哥……哥哥……”我没敢睁眼，小声地喊着，伸手推了推他的肩膀。

突然，我的手腕被人一把抓住，我本能地张嘴想叫，却被人一下捂住了嘴。

“别叫，仔细听。”原来小哥也听到了响声，坐了起来。

“沙沙，沙沙沙……”那响声异常的清晰，仿佛就在某个书架的背后，坐着一个伏案而书的鬼魂。

小哥弯着腰站起来，一边侧着耳朵听着声响，一边小心翼翼地挪着步子。

我不敢站起来，几乎是蹲着在他身后跟着。

两人摸过一排排的书架，好像离那东西越来越近，声响也越来越清晰。小哥走走停停，声音大的时候移动，声音小或者没声音的时候停下，就这样一点点地朝目标靠近。

我感觉有汗珠从脸颊滑落下来，没敢伸手擦，只在肩膀上微微蹭了一下。我感觉自己心跳快得很，紧张得要命，但小哥却镇静得可怕，连喘气声都不出，一看就知道是探脉的老手。

“在这儿……”小哥小声说了一句，然后指了指自己头顶的书架。

“在书架上？”我也压着声音回道。

他点了点头，然后慢慢直起身子，动作轻得像要捕捉什么小动物似的。

等他站直了身子，那声响依旧没有停下来的意思，他伸手轻轻地从书架里的某个地方抽出一本书，然后蹲了下来。

“沙沙，沙沙沙……”这声音还真就是从这本书里发出来的。

我惊诧地看着小哥，问：“就这个？”

他不置可否，打开手电，照向书的封面。

这本厚厚的如同字典一般的书，用皮革包了封皮，上面有极其华丽的暗纹，封面没有多余的文字和注解，仅仅在正中央刻着三个巴洛克风格的英文字母：

“MUD。”

“MUD？什么意思？”我开口问道，“是英文‘泥巴’的意思？”

小哥皱着眉头没说话，摸了摸那封面，而此刻，书页里仍旧发出沙沙的写字声。

“翻开看看就知道了。”说完他便翻开了这本书。

翻开的那一页上的文字居然不是我们想象中的印刷字体，而是用蘸水笔手工写成的，书写流畅工整，没有涂改，看上去极其舒服。书写的文字倒是中文，里面这样写道：

他醒来的时候，脑子一片空白，意识模糊不清，唯独有两种强烈的感觉刺激着他的神经。一个是痛觉，头痛，仿佛有个外科医生举着手术钻在不停地钻着他的脑袋，另一个感觉就是渴，嗓子就像被一包烟熏过了一样干疼。

他捂着头从地上爬了起来，环顾了一下四周，从滑落的沙发垫子和自己站在茶几和沙发之间的位置判断，自己应该是睡着后从沙发上滚了下来摔在地上，并且继续昏睡了不知道多久。

这是一个有着巨大落地玻璃窗的美式公寓样的房间，宽敞的横厅，现代风格略带嘻哈元素的装饰，房间里有点乱，但并非狂欢party后的那种一团糟。

除了他自己，房间里还横七竖八地躺着好几个人，有在椅子上躺得四仰八叉露着啤酒肚的，有在地毯上蜷缩着如同一只瘦弱的猴的，也有文雅地扶着餐台并拢迷你裙下的双膝枕着小臂昏睡的。

“地上应该再多一些血迹……”他脑子昏昏沉沉，心想，“如果地上再多一些血迹，也许比现状更容易让人明白这里发生了什么。”

他一边这样想着，一边朝敞开的西式厨房走过去，拿起一只水杯，准备接点自来水喝。

水龙头里没有一滴水流出来，他举在半空中的手有点颤抖，脑子略微清醒后第一反应不是想为什么没水，而是，这到底是什么鬼地方？！

他环顾了一下房间，皱着眉头挨个点了点人数，沙发上一个，地板上两个，冰箱角一个。

为什么不以他的名字称呼他呢?

这并不是因为文章的叙事方式就是这样，而是因为，到此时为止，他，完全不知道自己叫什么。

“我喝了酒吗？宿醉？”他问自己，“什么样的醉酒能让自己连自己的名字都忘了？”

他揉了揉生疼的额头，撑着水台想再恢复一些意识。

“这是一间避难室……”背后有人说了一句话。

他猛地转过头，朝声音传来的方向看了过去，是一个男人，背对着他站在窗前，嘴里好像叼着一支烟，一边吸着，一边望着窗外。

“避难室？”他记不得刚才有没有见到这个人，或者说这人一直都在那里站着，只是因为自己意识不清醒而没有注意到。

“没错……”那人把香烟嘴扔进自己手里的啤酒瓶里，说道，“也不知道是幸运还是不幸，我们现在就在这么一间小小的避难室里，这里隔绝了外部的一切，包括灾难与希望……”

他稍稍朝那人走了几步，看了看对方的样子。那人留着蓬乱的长发，胡子拉碴，穿着仿佛好几个月都没洗过的破洞牛仔裤，上身穿着的白色背心也满是污渍，但这些都不重要，重要的是他的眼神里没有一丝精气神，虽然眼睛看着窗外，但好像又什么都没看。

“你说这是避难室？”他试着问那人，“外面发生了什么？我们为什么会在这里？”

“外面发生了什么我并不知道，但我倒是知道这避难室的名字。”那人有气无力地答道。

“什么名字？”

那人深吸了一口气，说道:

“末日避难室……”

看到这里，我抬起头，问道：“像是一本悬疑小说？”

“不对……”小哥感觉好像有什么不对劲，他想了想，说道，“这明显是一个故事的开头，但这又确实是这一本书中间的一段。”

说着他立马又翻了一页，里面这样写道：

我醒来时，发现自己躺在一片沙滩上。海浪拍打着我的脚掌，我揉揉发疼的头，撑着身体坐了起来。

仅我一人被留了下来，而乘坐的船只已了无踪迹。

我看了看眼前无边无际的浩瀚的大海，以及身后荒草丛生的孤岛，突然感觉自己就像受伤落单的羚羊一样，眼睁睁看着羊群远去，自己却无能为力，一丝绝望涌上心头。

我强打起精神从沙滩上爬了起来，开始沿着海岸线绕着岛慢慢察看起来。

我从西海岸以顺时针方向经由北岸来到了东岸。还好小岛不大，虽然我已经累得有点喘，但当我转过一片椰树林后，一条停在浅滩的三桅帆船跃入眼帘。兴奋之余，我顾不上喘口气便急忙朝它奔去。

眼前的这艘船不算大，但工艺十分精美，就像一只放置在玻璃瓶里的帆船模型一样精致。高耸的桅杆系着雪白的风帆，金漆刷过的船沿上刻着美轮美奂的浮雕，在阳光的照射下闪着耀眼的光芒。

我走到船身正面，看到固定在船头的船首像，那是一个巨大的十字架，而被钉在上面的便是上帝之子——耶稣。这船首像让人有种说不出的感受，虽然十分精美，但这样的东西总让人有一丝不祥的感觉，仿佛这艘船背负着什么苦难的命运或者有一种可能带来死亡的味道。

唰的一声响声将我从思索中拖回现实。我循声望去，一副舷梯从船舷上挂了出来，却没看到水手的人影。

我望着那副舷梯，仿佛听见它在轻声低语，邀请我上去，上到这艘船上，踏上它的甲板，开启它的舱门，以找寻藏在其中的秘密。对于即将发生的一切，我有一丝紧张，因为我并没有自信能够从容面对接下来可能发生的状况。

我鼓起勇气登上舷梯，一步一步，小心翼翼，尽量平复自己紧张的心情。我踏上这艘船的甲板，放眼望去没有一个人影。就在我转头看向船外的一瞬间，耳边突然响起人声："孩子，我等你很久了。"

这声音把我吓了一跳，我转头看去，一位老者已经站在我面前。他穿着一身白袍，留着白色的长须，头发也是雪白一片。

"您……您是谁？"

"我是谁并不重要，重要的是你得知道你的使命是什么。"他微笑着对我说道，"孩子，你一定知道那艘著名的船——诺亚方舟吧。"

我疑惑地四下看了看："您是说，这就是诺亚方舟？"

老人摇了摇头："不，诺亚方舟不是一艘有桅帆船，况且那艘船已经完成了它的使命，而这艘船与你一样有新的使命，我为它取了一个名字，叫希望之舟。"

我再次打量了一下这艘船，回过头来望着老人："那您说的使命又是什么？"

"呵呵，当然，这次并非要你拯救这个世界的物种，仅仅是帮助你的朋友和亲人渡过难关而已。"他笑了笑，指着对面的小岛说，"这座岛即将被疯狂的巨浪淹没，而只有登上这艘船才能幸免于难。你自然可以逃过一劫，但你的朋友和亲人们……恐怕只能葬身于大海了吧。"

"我要怎样才能救他们？"我立刻问他，"既然您说这是使命，那一定是有办法的对吗？"

"是的孩子，你需要将他们的灵魂带上船来，这样他们就可以逃过灾难。"

"这……"我有点晕了，"这完全是另一个故事吧？"

"嗯……我们再看看别的……"说着小哥又把书翻了几页。

眼前又是一个新的故事：

1997年5月的一天，具体是何日并不重要，大抵是一个周末。秋明高中部一年级三班乘坐的春游巴士驶过青山隧道，旅途的疲惫让一车人都陷入昏昏沉沉的状态，横七竖八躺在车厢里。那没睡的几个同学并非精力旺盛，而是邻座的同学过于夸张的睡姿让他们无比别扭，只好撑着脑袋，看着窗外的风景。

我便是其中之一，邻座的同学不仅半个身子斜靠在我肩膀上，而且鼾声震天，即使车辆在盘山公路上的急转弯也不能将其甩向一边，他整个人像重心偏移的不倒翁一般一直保持着倾斜的姿势。

我叹了口气，窗外的景色千篇一律，无外乎山与树，甚至连水也看不到了。我转头望了望车内，已经见不到几个“活人”了，睡得仿佛躺尸成片。

黄昏的阳光实在是让人难以招架，又硬撑了一阵，我还是忍不住耷拉着脑袋闭上了眼，在邻座的鼾声中昏昏睡去。

没有梦的睡眠如同没有时间的流动，睡了多久是完全感知不到的。当一阵刺耳的声音将我唤醒时，我睁开眼看见的却是一幅白色天花板一样的画面。

我揉了揉眼睛，下意识地抬了抬左边的肩膀，并没有感觉到有被人压住的重量。我侧头看了看，没有人，甚至没有座椅，也没有车厢，而自己躺在一块地板上。头突然很疼，我捂着头坐起来，打量了一下四周。地上躺着几个人，好像是我的同学，而我们所在之处，是一个房间，长宽各有四五米的样子，高度也几乎一样。这房间除了四面墙，地板，以及屋顶外，别无他物。

我坐在地上无所适从，思考因为记忆的断层几乎无法进行下去。好在几位同学先后也清醒了过来，相互对视、观望，他们的表情说明了他们跟我一样困惑。

如果不能从未知的地方得到新的信息，那么应该先把已有的信息做个归纳。这是我想到的第一步。我开始逐一确认同学们的身份。

高宇、欧阳辉、陈一嘉、黄玥、苏晓楠、欣岚还有我自己，一共七个人。

“7”不是个好数字，不是因为迷信，就数字的逻辑性来说，“7”是个不怎么令人舒服的数字。“1”到“10”之间，排除1这个特殊的数字，没有一个数字可以与“7”配对而含有非“1”公约数。比如“3”“6”“9”之间非“1”公约数是“3”，“2”“4”“6”“8”的非“1”公约数是“2”，“5”“10”的非“1”公约数是“5”，而“7”则没有。所以“7”在数字里显得如此孤独和离群，即便是在《易经》里，“7”也不是个好数字。

而这里恰恰是七个人。

“哥，这是怎么回事？”我小声地问道，“是短篇小说合集？”

“不像……”小哥表情开始严肃了起来，想了想，说道，“你看出来了吗，这三个故事并不像一个个单纯的小说故事，反而有点像……”

他这么一提醒，我好像明白了什么，接过他的话说道：“你是想说……像三个游戏？”

“没错！就是游戏！游戏的开场，类似于我以前玩过的一些角色扮演的游戏，不同的游戏有不同的场景描述，对于一个进入游戏里的人来说，开场的场景描述是必不可少的，并且这里面暗藏了无限的发展可能和令人想要一探究竟的线索，完完全全是一个标准的游戏开局似的描述。”

“哥，你这么一说，我也想起来这MUD是什么意思了……”我激动得声音都有点发颤，“这是一种基于互联网的文字游戏，这游戏的玩家也把这种游戏叫作‘泥巴’。”

“互联网？”

“就是……这么说吧，网吧，你去过吧？那种把很多电脑用调制解调器连接到互联网上的，像游戏厅一样的地方。”

“我倒是去过图书馆用电脑检索过资料。”

“差不多的意思，总之，这MUD就是指一种许多人通过互联网一起参与其中，用文字描述的方式进行的网络游戏。”

这段对话让我有点诧异。很明显小哥对网络很不熟悉，而小眼镜的知识虽然非常超前，但他嘴里的网吧，感觉像是20世纪90年代的模样。

“难不成……”一个念头从我心中浮现出来，“难不成这两人现在所处的时间，是一九九几年？”

虽然我也不是很清楚那个时代网吧流行的东西，但小眼镜嘴里的“泥巴”我倒是曾经听唐三七谈起过，那确实是当时电脑性能极其低下的时候最原始的一种网络游戏。

玩家通过文字对自己控制的人物发出指令，例如“前进”“右转”“拾取道具”等。而游戏里所有的场景，均是以文字的形式进行描述，因为文字肯定比画面对设备的要求要低得多。玩家通过文字描述，在一起打怪升级探险解密，所有的一切都只使用文字，连一张图画都不存在。

这种我们现在无法想象的简陋游戏，当时却让很多网络玩家痴迷。

“那么说……”小哥好像也明白了，“这本书，就是那所谓的‘游戏’了？”

“如果我没猜错的话……”

“但这‘沙沙沙’的声音是怎么回事？”那从书本里发出的声响一直未停，并未因为我们的谈话和对书本的翻阅有所改变。

“我猜应该是……”说着，我翻起书来，一页一页地翻阅，直到看到一页与众不同的书页。

这一页，并不像刚才所看到的那种一整页都是文字的版式，文字只占三分之一的页面，剩下的大部分页面是空白的。

“沙沙沙”，随着书写的声音响起，文字竟然在空白处一个字一个字地显现了出来。

仿佛有一个隐身的幽灵，拿着鹅毛笔，一笔一画认真地写着字，而我们，能看到的只有一笔一画浮现出来的文字罢了。

这场面让人震惊不已。

“这……”小哥好像明白了什么，“这就是……正在进行的游戏？”

“没错，正在进行。”我把已经滑落到鼻梁下的眼镜重重地推了一把，说道，“有人此刻正在通过书写文字，推进游戏的进度。”

“这……这也太神了，要不是亲眼所见，凭我的想象力，定是想不到还会有这种东西的。”小哥啧啧称奇起来。

“如果我的推想没错的话，应该就是这样了。但是……”我摇了摇头，“怎么把里面的人救出来，我倒还真想不明白。”

“通关嘛，你不是说通关就能救出来吗？”

“那只是我猜的，再说，你不觉得奇怪吗？这书页这么多，便意味着有很多很多的游戏在进行，那就意味着有非常多的人在里面。到底这书怎么来的，为什么会把这么多人都困在里面，而这些人……到底都是谁？”

这番话从我口中蹦出后，我自己也不禁毛骨悚然了。是啊，这些人到底都是谁呢？难道这书在这里已经存在了很久，并且不断地吸引着人前来，又贪婪地将他们的意识或者灵魂吸到书页里去？怎么想都让人瘆得慌。

“问题并不在这里……”小哥摇了摇头，接着说道，“难不成这里面的游戏都极其困难，以至于这么多人都无法通关而困在里面？我看未必……你不也说了，那不知道从哪里来的笔记本里只说明了这是一个游戏，并没有说通关就可以出来，万一……”

“你的意思是……万一这些人……永远也不可能再出来？”我这话一出，便更让人觉得发怵了。

“这个疑问不是现在能解答的，我们还是先想想看怎么进入这游戏里面，还有，你那几个同学，他们又到底在哪一页呢？”小哥摆了摆手。

“确实，先别说怎么进去，光是翻到他们那一页，都无异于大海捞针啊。”

“那咱把这本书带出去，慢慢翻不行吗？”小哥拍了下大腿。

“怕是不行的……”我摇了摇头，从地上站了起来，然后指了指书架，说道，“哥，你可能刚才没看到，这一整排书架，还有，这后面的书架，甚至……这房间所有的书架上……”

那小哥听我这么一说，瞪着惊诧的眼，缓缓站了起来，四下转头看了看，不由得紧张地吞了一口唾沫。

我点了点头，无奈地说道：“是的，这整屋子的书架上，都是这种封皮的书……”

“……这不是大海捞针……是在宇宙里寻找一粒尘埃啊……”

“我们总不可能把这一屋子书都搬出去吧……”

“得……”小哥苦笑了一声，弯腰把地上的书合上，拾了起来，拍了拍上面的灰尘，放回了书架。

“小眼镜，不是哥哥无能，这确实没办法，你那几个同学啊，看样子是救不出来了。”说完他拍了拍我的肩膀，露出一副无可奈何的神情。

两人沉默了一会儿，谁都没说话，我脑子里一片空白，什么点子都想不出来。

突然啪嗒一声响，把两人从沉默里拉了出来，我们低头一看，那本小小的笔记本从衣兜里掉了出来。

“对了！”小哥像找到一根救命稻草似的，赶紧把笔记本拾起来，问我，“这里面……会不会有什么线索？”

“线索？”

“对啊，你想，你那几个同学肯定是拿着这小本子进来的，那么他们一开始肯定也不可能随随便便抽一本书，然后就嗖的一下飞进去了，必然是这笔记本里的某些指引，带领他们进去的。”

“有道理，这么说，如果运气好的话，这笔记本不仅记录了进入游戏的方法，还有可能……指引向了同一本书？”

“没错！你赶紧再看看，不行我们一起找。”小哥把笔记本递给我，冲我点了点头，眼神里透露出一丝兴奋的神色。

“嘿嘿，哥，真不好意思，把你拖进来，我自己却差点打了退堂鼓。”我摸了摸头，有点不好意思。

“你少来这一套，到时候事成了，我的报酬可不打折的。”

“我知道，哥……”我点了点头，然后埋头翻起笔记本来。

笔记本上密密麻麻的字本来就小，加上手电筒光线又刺眼，我看不太清上面写了什么，只能从对话中理清思路。

“这上面大多是一些故事，就和那些书架上的书里的内容差不多，密密麻麻地写了很多，也配了一些线条之类的图示，但感觉没啥价值啊。”我一边看一边摇着头。

“故事？”

“对啊。”

“完整的故事？”

听他这么一说，我又翻了翻，说道：

“好像是一个个完整的故事。”

“而这些书架上的故事……好像并不是完整的故事……”

我点了点头：“这些书架上的故事，怎么说呢，就像是……进行中的故事，后面的情节如何尚不得而知，结局就更不知道了。”

小哥揉了揉太阳穴，说道：“如果说书架上这些书本里的故事没有完结，倒可以说因为这些游戏还在进行中……那这笔记本上密密麻麻记载的这些故事都是完整的……又说明了什么呢？”

“等等，哥哥，听你这么一说，我倒是有个想法，会不会……”

“会不会什么你倒是一口气说完啊。”小哥有点急，我却是一副不太确定的样子。

“哥，你知道什么是游戏攻略吗？”

“游戏攻略？”

“对，有些游戏比较复杂，如果玩家全靠自己慢慢摸索，一方面很多细节和通关条件难以找到，另一方面可能要花成倍的时间。于是在市面上，有一些厉害的游戏玩家就会在通关之后，把通关流程和注意事项写出来，作为游戏攻略供别的游戏玩家参考。”

“你的意思是，这小本子是……”

“很可能就是游戏攻略，因为进行中的游戏肯定是看不到后面发展的情况的，就像书架上那些书本现在展示的内容一样。然而什么地方可以看到完整的故事呢？那就是在游戏攻略里，这笔记本上的故事，很可能就是游戏里某些故事能达到通关结局的故事流程。”

小哥一边听我说着，一边不住地点头，完了他笑了笑，伸手搓了搓我脑袋上的头发，说道：

“没想到小眼镜你年纪不大，脑子倒挺好使。”

“哥，你就别开我玩笑了，这只是我的猜测，对不对还不好说。再说了，就算我们知道这是攻略，但也不知道怎么进入这游戏啊。”

“我说你啊，有些地方聪明，有些地方却糊涂。这倒也不怪你，你知识是丰富，但社会经验肯定不如我。我在琢磨人这方面倒是有些经验。”

“这话怎么说？”

“你是从自己的角度去看问题，而我呢，总会从别人的角度去分析。你看，那几个小屁孩是拿到这笔记本进来的，你从他们的角度来看，复盘一下整个过程，就会发现一个线索……那就是如果许多种游戏放在他们面前，他们会选哪一种？”

“会选哪一种？”

“没错，你看看这些书架，其实和图书馆里的图书排列方式类似……”说着他走到书架侧面，指了指上面的金属牌，那上面写着“历史类”。

“图书分类？”我恍然大悟地脱口而出。

“没错，看来这些游戏类型也都有分类，不仅如此……”说完他又摸到书架的其中一排，打着手电仔细地找着什么东西，然后在其中一个位置停了下来，“小眼镜，你看，这里还有具体的分类标牌。”

我顺着他指的位置看去，果然，那里也有一小块金属牌，上面写着“古希腊历史类”。

“我怎么想，也觉得这几个小屁孩不会选历史类的游戏吧。”小哥冷笑了一声。

“有点道理，哥，你可真厉害，能从这些蛛丝马迹中找出一条线索来。”

“那你倒是说说，这几个小子可能对什么类型的游戏感兴趣。”

“那必须是战争类的，我知道，他们几个最喜欢的就是战争类题材的东西。”

“好，那我们就先找找战争题材的。”说完他走到书架旁边找了一下，然后招呼我过去。

“这一排都是战争类的。”

“但如果不找到细分题材，也很困难啊。”我挠了挠头，说道。

“说得也是，这一排估计也有……”小哥数了数，说道，“估计也有好几百本。”

“对了！”我猛拍了一下大腿，说，“看攻略！”

“看攻略？怎么看？”

“这笔记本上不是记载了一些攻略吗？但很显然，这上面并不是所有游戏的攻略都有，毕竟这笔记本这么薄，而这里的书又那么多。也就是说，这笔记本的主人应该也只玩了其中的一部分游戏而已。”

“你说的没错，但这又有什么用呢？”小哥左手抱着右肘，拿右手手指按了按太阳穴。

“嘿嘿，正是因为这些攻略并不多，正好缩小了我们查找的范围。你想啊，当你准备玩一款游戏，而且是有一定风险的游戏的时候，你是选一款有攻略的游戏还是没攻略的游戏？”

“可以啊，小眼镜，这推理不错，没毛病。”小哥一拍手，称赞道。

“嘿嘿……”我傻傻一笑，说道，“哥，刚才我把这些都草草翻了一遍，还真巧了，关于战争的故事就这一篇。”说完我把笔记本翻到其中一页，指着上面的文字给小哥看。

那字实在太小，我们两个大概看了看，然后相互点了点头。小哥说道：

“谍战题材？”

“而且看样子是第二次世界大战时期的故事……”

小哥立刻转身去书架上寻，过了一会儿，他喊了一声：“这里，近代战争类！”

“哇，这一排好多，起码也有二三十本啊。”我惊叹道。

“嘿嘿，你看我发现了什么。”小哥又招了下手，朝着书脊说道，“这下面还有小字……”

“真的啊，好多……《美国独立战争》《法国革命战争》《美国内战》《中日甲午战争》《第一次世界大战》……”我顺着那一排书脊上的小字挨个看着。

“在这儿，《第二次世界大战欧洲战场》！”我一边喊着，一边赶紧把那本书抽出来。

虽然锁定到了一本书上，但摸着这厚厚的书页，心里还是有点打鼓。

“那就别磨叽了，开始翻，找开头的内容和那小本子上记载的谍战故事一样的那一篇。”小哥挽了挽袖口，开始翻起来。

两人趴在地上打着手电筒仔细地翻每一页，开始还比较慢，越到后面越熟练，因为分辨故事开头的内容很容易，如果对不上，立刻就往下翻。

哗啦哗啦地翻了好一阵，终于，小哥把手往书页上一拍，说道：“找到了！就这篇！”

我扶了一把眼镜，瞪着上面的文字从头到尾对了一遍，也点了点头。

“和小本子上记录的内容一样？”他开口问道。

“嗯，几乎一模一样。”

“那赶紧看看这游戏进展到哪里了……”

我赶紧翻到这一页，这时，因为书上字比较大，我才看清楚了这一页上的故事内容：

随着一声尖锐的警哨声，他从昏迷中醒了过来，还没来得及反应过来是怎么回事，一盆恶臭的冷水便泼在了他脸上。

水滴从他的脸、他的脖子上流淌下来，伴随着一股钻进鼻腔的死鱼臭味，他的意识渐渐清醒了。

双手被反绑在椅子上，他仿佛还能嗅到在钢板焊成的铁椅子上被虐待而死的那些犯人的血液味道。

“一共四个人，只有一个间谍。”他的耳边传来一句德语，语气沉缓而傲慢，仿佛宣读冰冷遗书的律师，“我们今天的工作是搞清楚你是不是这个间谍。”

他稍稍睁开已经肿起来的眼皮，看了一眼面前这位穿着整洁军服的纳粹军官，听他说道：“希望你配合，元首大人并不希望有任何盟友因为我们的失误而死掉，当然……”这位军官放下跷起的二郎腿，伸手端起椅子旁边的一杯茶喝了一口，然后说，“对于那些妄图颠覆元首政权的坏分子，我们的手段称不上太人道。”

他嘴角微微向上翘了一下，刚刚露出一丝冷笑，便只听得啪的一声响，随即后背传来一阵钻心的疼痛。一声惨叫从他嘴里冲了出来，他吼得喉咙都生疼。

“现在开始，我问你答，不必要的话和表情最好别有。”说完那纳粹军官又跷起了二郎腿，从怀里掏出一个小本子，脱下手上的黑色皮质手套，舔了下手指，翻了起来。

“姓名？”

“布兰卡·洛佩斯。”

“籍贯？”

“西班牙人。”

“职业？”

“战地记者。”

“嗯……”那军官抬头看了他一眼，又埋下了头，说道，“和本子上记录的内容完全一致。”

“长官……”布兰卡喘着虚弱的气息，说道，“你看，我是真的不知道自己为何被抓到了这里，我严格遵守贵国的法律和条例，仅在规定的地区做战地报道。并且我发的每一篇稿件和照片，也是严格遵守贵国的《新闻记者法》，还经由帝国报业管理处审批……”

他话还没说完，那军官摇了摇头，打断道：“这些都不能成为你无罪的辩护，我们自然是掌握了一些对你不利的证据，否则不会有这样的行动。”说完他又喝了一口茶，然后比出四根手指。

“我们手里的证据表明你们这四个被一同抓来的人里，必然存在一个间谍，另外三人已经被分别带到了不同的房间，所以你们现在串供已经是不可能的了。你现在有两个选择：第一，认罪；第二，指出他们谁是间谍。”

说完军官顿了顿，好像是要给他一点思考的时间，然后接着说道：

“但不论你指认谁是间谍，你也好，他们其中之一也好，都未必是最终的答案，而我，则会根据你们投票的结果，让得票最高的那位罪犯得到应有的赎罪机会……”

“投票？”

“没错，一人一票，可以投给自己，也可以投给别人。”

“那……如果有平票的情况呢？”

“那都是罪犯，如果两人得到一样多的票数，那这两人都得死。”

“如果四人一人一票呢？”

“这个问题问得很好，元首并不是一个残暴不仁的恶魔，如果四人一人一票，那就是我们搞错了，你们都是无辜的。”

“你的意思是……我们都能活下去？”

“没错，感谢仁慈的元首，是这意思。”说着他轻蔑地扬了一下头，问道：“你的选择是什么？请告诉我。”

看到这里，我抬头望了眼小哥，他也抬头看了我一眼。

“他们就卡在这里了？” 小哥皱了皱眉头。

“应该是的，后面没有文字了。”我点了点头，“估计这几个被抓的人，就是那三个同学。”

“为什么他们不把游戏进行下去？”

“万一自己是死的那个，可能就再也出不来了吧。我也不知道，也许是谁也不敢冒险吧。”

“这游戏的选择好像那什么来着……囚徒什么的理论。”

“囚徒困境——博弈论的经典案例。”我接过他的话答道。

“对对，遇到这种情况，应该是有个最优选择的吧，大家都能活命那种？”

我摇了摇头，说：“最简单的选择，那就是四个人都承认自己有罪，但囚徒困境的特点就是你不知道另外几个人怎么想。如果给自己投票，那你至少就拿到了一票，而这个游戏里只需得到两票，就必死无疑。纯粹从概率来说，把票投给自己，会有百分之五十七的可能死掉。而你如果不给自己投票，要被另外三人中的两人投票才可能被处死，这概率就小得多了，只有百分之十五。”

“这概率你怎么算出来的啊，小眼镜？”

“这本子上写的，看来这个攻略确实详细。”

“那这攻略上没有后面的内容吗？”小哥指了指笔记本。

“有的……”

“那赶紧看看说的是什么。”

“攻略上说，布兰卡选择了把票投给另一个伙伴，而那个人也被另外两个人投了票，这几个人逃过一劫，被放了出去。”

“这……怎么会这样？”

“有什么问题吗？”我问小哥。

“既然这个游戏注定要牺牲一个玩家，那这些看过攻略的小孩子为什么还要进去玩？而那个被杀掉的人明知道自己扮演的这个角色会被杀死，为什么还要进去？”

“不知道啊！哥，你不是很会分析人性吗？你给分析分析。”

小哥埋着头，眉头打起了结，想了一下，说道：“有没有这个可能，他们开始并不知道游戏里死亡，便意味着会真的死亡？”

“他们以为只要有一人通关游戏就可以结束？所有人都可以获救？”

“这还不是问题的关键，问题的关键是，就算不知道游戏规则，他们如果只是好奇闯闯鬼屋，为什么又一定要进来玩这个游戏？”

“为了新鲜刺激？”

小哥摇了摇头，然后突然想起什么，张口问我：“你刚才说什么，他们几个人？”

“三个人啊。”

“那这里为什么是四个人？”

“会不会是……游戏里的NPC？也就是程序角色，并不是真正的玩家。”

“不不，如果是四个人的话就说得通了。”

“怎么说得通，那岂不是平白无故多出来一个人？”

“不是平白无故多出来的，而是……”小哥肯定地点了点头，“而是本来就困在里面的另一个玩家！”他接着说道，“这就都说得通了，那三个小子也是因为有人留下了线索，进来寻人的。而进到游戏里面，四人一碰头，才知道了这游戏里的残酷规则，那就是游戏里死亡的人，在现实中也会死掉。甚至……有可能他们进来寻的不是一个人，而是只剩下一个人了……”

我紧张地咽了一口唾沫，说道：“哥……这么说这故事前面那些在情节中牺牲的有名字的人物……都是……”

“都是先前的玩家……”

第十六章

选择

话说到这里，我们两人都不开腔了，沉默了好一阵，仿佛房间里的空气被抽干了，听不到一点声响。

“那这攻略岂不是没用？”过了好一会儿，我先开了口。

“这攻略恐怕是以幸存者的身份来写的……也就是说，不论里面死了多少玩家，只求自己能活下来……”

“我的天，那这作者是玩过了多少游戏啊，而且每一次都能成为最后的幸存者活下来……这篇文章的最后，只有这个叫布兰卡的人活了下来。”我摘下眼镜，掏出纸巾擦了擦眼镜片，然后抹了下额头和鼻梁的汗。

“常在河边走，哪有不湿鞋？这作者最后是不是死在哪本书里了，谁知道啊。”小哥说道。

“这也……太疯狂了吧，拿性命在玩游戏。”我难以置信。

“先别管这个了，小眼镜，这人你是救还是不救？”小哥看着我问道。

“我倒是想救，就是不知道怎么救啊。”

“我觉得……”小哥表情有点严肃，转头又冲我说道，“这游戏需要一个人进去，打破僵局……”

“关键是……怎么进去？”我又翻了翻那本游戏书，想寻找一点线索。

突然，划过书页的手指一抖，我喊了一声：“原来是这样！”

小哥赶紧凑上来问：“怎样？找到办法了？”

“拿笔写进去……”说着我把书往前翻了翻，指着其中一处说道，“你看看这一句话。”

这时，有人从屋里走了出来，向大家自我介绍道，他叫菲利普，美国人，来这里做红酒生意。

“看出什么来了吗？”我问小哥。

“这字迹……”

“没错，这句话不是书本里的人写的，而是……被人拿笔写上去的。”

“这就是进入书本的办法？”他有点诧异。

“如果没猜错的话……只是，你看这整篇文字，只有几处有新人物出场的地方笔迹不同，也就是说……不能写与新人物出场无关的情节。”

“不能靠外力修改故事？”

“不，准确地说，只能修改一句，而且必须附带人物出场的描写。恐怕写完这一句，人就会失去意识，进入书本里。”

“原来……是这样啊……”小哥恍然大悟一般，点了点头，“那就好办了，你想想看写一句什么样的话可以打破僵局，我进去把他们带出来。”

听他这么一说，我有点犹豫，小声说道：

“不过，这方法可能真的有点危险，搞不好就和那些人一样陷在里面出不来了。要不还是算了……”

“这几个人不救出去，你不会安心的。”说完小哥拍了拍我肩膀，说道，“我进去，你在外面看情况。”说完他便转身去书桌上取来蘸水笔和墨水。

“先讨论一下，写哪一句会对这剧情有帮助？”小哥问道，“写墙壁被炸弹炸开，有盟友来救人了怎么样？”

我埋头想了好一阵，说道：

“不妥，这样只能救面前这个人，其余几个人什么情况并不清楚。”我捂着下巴又想了想，说，“这样写，‘军官接了一个电话，便匆匆离开了房间，这时，一位叫施罗德的德国军人走了进来’。”

“然后我便是这位德国军人？”

“对，接下来你的身份是德军中被策反的卧底，带领他们逃出去。”

小哥搓了下鼻子，笑着说：“有意思，这游戏还真有点意思。”说完他把蘸水笔往墨水瓶里用力戳了戳，然后在瓶口刮了一下墨，准备开始写。

就在他准备落笔的一刹那，我突然伸手抓住他的手腕，张了张嘴，想开口说点什么，但又没能说得出来。

小哥嘴角扬了扬，轻轻拍了拍我的肩膀，然后用另一只手抓住我的手，慢慢掰开，说道：

“放心吧小眼镜，我可是还有很多大事要做的人，可不能死在这里。而且我相信你，你脑子够用，不会让我死在这里的，对吧？”

说着，他毅然下笔在空白页面上写下刚才我说的那句话。

刚一写完，小哥就身子一沉，往书架上倒去，我赶紧拉了他一把，扶着他坐下来，靠在书架上。

我还没来得及去看小哥的情况，就听到那书上发出了沙沙沙的声响，后面的剧情开始发展下去了……

这个叫施罗德的德国军官冲周围的士兵使了个眼色，那些士兵又抽出了皮鞭，狠狠地朝布兰卡背上甩了几鞭，直痛得他鬼哭狼嚎起来。

施罗德走到布兰卡身边，一把扯住他的头发，把他的头猛地抬了起来，说道：

“与其这样一声不吭地死掉，不如试试挣扎一下吧。”

随即，他凑在对方耳边低语了一句，由于声音太小，没能听到他说了什么。

布兰卡闭着的眼睛突然轻轻睁开了一条缝，他瞥了一眼施罗德，然后狠狠地冲地上啐了一口唾沫，吼道：

“如果你们一定要冤枉一个好人，那就处决我吧，我就是那个间谍，我为英国效命！为盟军效命！你们这群纳粹狗！”

施罗德微笑着站起身来，冲记录员点了点头，记录员立刻记了几笔，然后推门离开了审讯室。

过了一会儿，那记录员又进来了，手里拿了一张表格，递给施罗德。

“啧啧啧……”施罗德扫了一眼表格，说道，“据我所知，并没有哪个西班牙人有这样的勇气，为自己的朋友顶罪。”他点了一支雪茄，狠狠地抽了一口，接着说道，“今天确实让我对你们的看法有所改观，没想到你们几个的友谊还挺深厚的，竟然都承认自己是罪犯。”

说完他又吸了一口雪茄，闭目养了会儿神，然后说道：

“把他押下去，办完手续送上去苏黎世的火车。”说完便转身，头也不回地推门离开了房间。

布兰卡长出了一口气，没想到在这节骨眼上，遇上了这么一位盟友。

看到文字进行到这里，我松了一口气，看来小哥成功地将他们四人之间的信息串了起来，让他们都承认自己是间谍，从而使德军误以为他们都是被迫认罪的平民。

接下来的故事进展异常顺利，虽然路上又经历了不少危机，但布兰卡一行人还是成功地经由瑞士回到伦敦，把窃取到的情报交到盟军手里。其间的情节，和笔记本上记录的攻略几乎一致。

只听到书页上沙沙沙的响声慢慢变缓，直到书页上写下最后一句话，并出现一个“完”字，我不由得喊了一声：“成功了！”

我赶紧扔下那本书，转过身去看小哥的情况，他还没醒，我便伸手摇了摇他，还是没有反应。

“不是……不是完了吗？他们四个都成功完成了游戏，文章也都写完了啊！哥，你为什么还没醒呢？”我有点慌乱，不知所措起来。

就在这时，那让人精神崩溃的声音又响了起来。

“沙沙沙，沙沙沙……”

我颤颤巍巍地把那本书拾了起来，那书页上渐渐又浮现出一段文字：

后记——《施罗德的选择》

施罗德接到电话的那一瞬间，便明白了事情的严重性。

东西线战事的全面败退这一点倒不出人意料，相反，这正是他早就看清的事实。另外，一直隐瞒自己家人早就离境到达美国的事，估计早晚也得败露。他虽然早做好了不能全身而退的准备，但当这一天真的到来的时候，他心里还是有一丝慌张。

“好的，我会向元首汇报，不用派人来接，我会自己坐车过去。”施罗德冲电话里说道，然后挂断了电话。

党卫军不会放过他，即便这些恶狗已经明白自己明天的命运，但撕咬猎物的快感让他们可以忘记即将到来的死亡。

“哥哥没出来……故事还没完……”我自言自语道，“哥哥这个角色还有后记，他没有跟布兰卡他们一起离开柏林，应该是他的身份不方便逃……”

后面的文字一点点地浮现出来：

施罗德只吃了两口仆人做的晚饭，用餐巾认真地擦了擦嘴，然后扯下胸前的餐巾，拿起衣架上的军装，一丝不苟地穿上。

他在梳妆镜前整理了一下，拿起军帽，推开门，司机已经候在门口，帮他打开了车门。

黑色的军用车穿过柏林的街道，直奔总统府，一路上几乎看不到人，偶尔有几辆军车经过，也是紧闭车窗，仿佛只有幽灵乘坐其中。

“大难临头各自飞。”施罗德竟然忍不住笑了起来。

车子开进总统府，传令官将他带了进去。

坐在门口候了一阵，秘书从里面出来，给他使了个眼色，意思是元首心情不好，让他说话注意一点。他点了点头，报以微笑。

推开门进去，那个人背对着门口，坐在长椅上，看不到脸，甚至连他的头顶也看不到。

“Heil, mein Führer!”施罗德面对椅背行了个军礼。

那个人伸出一只手，指了指旁边的椅子，示意他坐下。

他落座后，那个人开口了：

“我们会赢得胜利。”

“是的，亲爱的元首，我们会赢得最后的胜利。”

“所以美利坚迟早也会被我们打败，到时候，你和你的家人又可以见面了。”

那个人的这番话，让施罗德心里一紧，但他很快平静了下来，回答道：

“尊敬的元首阁下，您是听到了什么传言吗？我想我可以解释一下。”

“桌上有一把枪……”那人缓缓地说道，“把它拿起来，冲你自己的脑门上来一枪，或者……冲我的后脑勺上来一枪。”

施罗德心里咯噔一声，朝桌子上看去，一把锃亮的PPK德制自动手枪摆在那里，枪身泛着油光，枪口冲着他，仿佛一只黑色的眼睛盯着他一般。

汗瞬间从他额头渗了出来。

“别怕孩子，拿起来，鼓起你的勇气，做出你的选择。”这句话从那个人的口里说出来，仿佛来自地狱恶魔的低语。

施罗德深吸了一口气，站了起来，走到桌旁，拿起那把手枪。

他掂量了一下重量，凭感觉就知道这里面塞满了子弹。

朝那个人开枪？

这个念头从冒出来的第一秒就被否定了，万一子弹里面没有火药呢？不，就算里面有火药，杀死他自己也必死无疑。

朝自己开枪？他只是要试探自己的忠诚，如果真的没有火药，那便可以自证清白了，也逃过一劫。

但万一，这是货真价实的弹药……

该怎么选择，留给施罗德的时间并不多。

文字写到这里，便戛然而止。

我摸了把额头上的汗，我知道，这个选择就代表最后故事的结局。施罗德，或者说小哥能不能恢复意识，就看这一次的选择了。

“千万别冲动……”我一边自言自语地祈祷小哥别匆忙间做出错误的选择，一边焦虑地挠着脑袋，思考着有没有两全其美的办法。

总统府里戒备森严，不论以何种暴力的手段想突出重围都不可能，就算运气好能逃出去，在全城乃至全国的围捕下，也别想离开德国。

所以最好的办法一定是小哥用某种方式证明自己，让对方相信自己的清白，然后才能大摇大摆地离开总统府，并且可以在柏林各地区畅通无阻地活动，最后就可能趁着德军投降前的混乱，安全逃出去。

可就在此时此刻，要怎么自证清白，而且这个方式又让人相信呢？

时间一分一秒地过去，我越来越着急，我明白，不管用什么方法，自己肯定要进到那游戏里面才行。我伸手拿起蘸水笔，咬了咬牙，想写点什么，但又觉得不对，又把手放下。

我拼命地咬着自己另一只手的指甲，握着笔杆的手不停地在颤抖，眼泪在眼眶里打转，几乎就要哭出来了。

“我相信你，你脑子够用，不会让我死在这里的，对吧？”小哥的话在我耳边响起，此刻，我的眼泪再也忍不住了，开始不停往下掉。

突然，我想到了什么，手停在空中，愣了一下，然后猛地点了点头，说了句：“哥，这回我来救你！”我擦了一把眼泪鼻涕，把蘸水笔往墨水瓶里蘸了几下，墨也没来得及刮，就开始写：

咚咚咚，三声敲门声后，负责送茶的管家罗斯端了茶具进来，他用餐布搭了搭自己的左手，那只手上好像藏着什么东西。

刚写完这一句话，我只觉得眼前一黑，便什么都看不见了。

当我意识渐渐恢复的时候，眼前仍旧一片漆黑。这黑色一下让我想起之前那笔记本上写的那段话：

“在那个世界里，眼前一片漆黑……如同光在这个世界从来就不存在一般深邃的黑。”

过了一会儿，眼前出现一行行的文字：

我径直走到元首的桌前，摆下他常用的几件茶具，沏上茶，然后挺着笔直的背，走到施罗德的面前……

我一边不露声色地为他摆上茶具，沏上茶，一边伸出左手，将手里的东西用餐布遮挡着递到他面前。

那是一把与他手里的PPK一模一样的手枪。

他惊愕地抬头，但一瞬间便恢复了镇定。两人快速交换了手里的东西，然后我直起身来，托着银质托盘，挺着笔直的背，离开了房间。

那是一把没有火药的枪，用这把枪，施罗德可以毫无顾忌地朝自己开枪。如果一切顺利的话，过一阵他就可以安全地从那房间里出来。

当然，如果被发现枪被换掉了，那不仅施罗德没法安全出来，恐怕连我自己也没法逃掉。

这是一次赌博，但我却不得不这样做。我就这样站在门口，板着脸尽量不让自己的情绪表现出来。

时间仿佛过得很慢，一分钟、两分钟……我知道时间越长就越可能出事，但除非党卫军冲过来把我抓走，否则我是不会离开这里半步的。

我一定要等他出来。

终于，门开了，施罗德推开门，看见我在门口，伸手拍了拍我的肩膀，小声说了一句：“快走。”

我们两人不露声色地快步离开，出了院门，施罗德和我钻进车里，冲司机说了一声：“去机场。”

军车飞驰在柏林出城的街道上，阳光冲破黑云照射下来，广场上有几只白鸽飞向了天空。

施罗德转过头来看了我一眼，笑了笑，伸手摸了摸我的头，这熟悉的动作，让我也不由得会心地笑了起来。

文字从视界中消失了，眼前又恢复了一片深不见底的漆黑。过了一阵，光线从我慢慢睁开的眼帘透了进来。

我揉了揉额头，意识慢慢清醒过来。

一只手拍在我的肩膀上，我扭头一看，小哥冲我笑了笑，然后从地上爬了起来。

“哥……”我叫了他一声。

“干得不错。”

“嘿嘿，哥，我不会让你死在这儿的。”

“哈哈哈，说话前先把鼻涕擦干净吧。”小哥弯腰把书拾起来，看了看，笑着摇了摇头，接着放回了书架，转头对我说道，“走吧，回去了，那几个小屁孩应该也恢复意识了。”

“对了，哥，这个……”我一边说，一边伸手把自己脖子上的一条项链摘了下来。

“钱什么的我是没有，但这条项链给你做报酬吧。”我对小哥说。

他拿过去看了看，又打开手电照了照，是一块玉。

小哥笑了笑，说道：“这东西挺值钱的啊，你把这玩意儿给我，你老爸知道了不打死你？”

“没事，他经常不在家，管不了这些事。”我傻笑了一下。

“哥手上也有个东西，虽然不值什么钱，送给你做个纪念。”说着小哥也掏出一块石头一样的玩意儿递给我。

那是一块锥子一样的小石头，外表粗糙，但里面好像透着水晶一样的东西，微微泛着红光。

“哥，我一定保管好这东西，说不定以后咱还能有机会见面呢。”

“得了吧，你最好老老实实念书，别和我这种人混。”

两人顺着来时的路，一边你一句我一句地说着，一边往回走。

迷迷糊糊中，我从梦里醒了过来。

刚醒的时候，脑子里像一团糨糊，就像魂儿从别处飘了进来，还没适应自己的身体，手脚都动不了，只有意识还在。

在床上躺了好一阵，才渐渐恢复了知觉，我顺手从枕头下把那红玉摸了出来。

我打开手机屏幕，冲着灯光看了看，那红玉里的光亮消失了，就好像它里头原本蕴含了什么能量，现在能量被用完了，恢复了暗淡的颜色。

突然间，我猛地想起梦中那块玉来了，意识清醒后，我脑子里的记忆也恢复了，一下就记起来了……那块玉，不就是司一介平时戴在脖子上的那块吗？

这就是说……我梦里见着的那个十几岁的小哥，就是年轻时的司一介？

这样的话，那小眼镜又是谁？

我脑子乱得很，这个还不是关键，关键是为什么会做这个稀奇古怪的梦。这梦不像是梦，倒像是某些人的记忆片段。

难不成和那红玉有关？之前方老板不是说过吗？那是一种记忆容器。

是不是我梦到的那些东西，正是这红玉里的记忆片段？如果真的如此，那这到底是谁的记忆呢？

这些问题想得我脑子生疼，没一阵，又昏昏沉沉地睡了过去。

第二天一早，我借了一辆SUV，开到医院接唐三七和东方禁。

刚到门口，就看到唐三七和东方禁已经在那里等我了。

我问东方禁："都办妥了？你父亲那边要不要跟他说一声？"

"算了，不提的好。"他把包往车上一甩，准备上车。

"小师哥，我还想再去看看上官兄。"我心里总有点什么事放不下似的，对东方禁说道，"上官兄这次去了美国，还不知道什么时候才能回来……"

东方禁轻轻叹了口气，点了点头，把车门带上，和我们两个又一起回到医院。

到了病房门口，见上官泉正在和医生聊着什么，估计是在谈转院的事。

我们三个绕开他们，悄悄地进到病房里面。

上官绯躺在病床上一动不动，脸色看上去倒不差，就像只是睡着了一样。

"上官兄，你放心，我一定把司一介他们找到，搞清楚这事情的来龙去脉。你安心养病，等好了，咱再一起探脉淘金……"我小声地说道，也不知他听不听得到。

三人沉默了一会儿，东方禁冲我点了点头，示意我们还是尽早出发，别耽误了时间。

就在转身的一刹那，我好像看见什么东西，随即又转过头来。

那是戴在上官绯脖子上的一条项链，链子有点歪，上面有一颗坠子，从衣领里露出半截来。

就是这半截坠子，令我立马反应了过来，这不和我梦里见到的那颗司一介送给小眼镜的石头是一个东西吗？

这是怎么回事？难不成……

我没好意思从上官绯脖子上把项链摘下来细细看，也没吭声，便和他们一起走出了病房。

一路上我一直在想这事，直到坐上了车，脑子还在转，这东西到底和昨晚的梦有什么联系？

唐三七和东方禁也钻进车来，一行人这就往目的地出发。

路上我一边开车一边想，上官绯脖子上戴的那东西，难道也是一块记忆容器不成？如果真是这样，会不会……他脖子上的记忆容器有一些记忆碎片被复制到我手里这块记忆容器上来了，于是昨天夜里，我才做了那个奇怪的梦？

顺着这思路往下想，好像就说得通了，昨夜那个梦就是上官绯小时候的一些记忆碎片，而我在梦里经历了一遍他记忆中的那些事。

那爱哭鼻子的小眼镜，就是小时候的上官绯，而那个一看就不太正经的小哥，就是司一介。原来那记忆碎片的内容，就是他们两个小时候的一段经历啊！

想不到这两人从小就认识，怪不得司一介之前说怀疑谁都不能怀疑上官绯，这两人原来还有这么一段故事。

按这么说，司一介更不可能害上官绯才对啊，一个人得坏到什么程度才能置自己兄弟的生死于不顾，只管达成自己的目标呢？

但是……我转念又一想，司一介对他所追寻的目标执着成那个样子，也保不准他为了达到目的，不会下狠手。

想到这里，我把油门一踩，车开得飞快，一方面是因为心急，另一方面是为了让自己的注意力集中到开车上，暂时不想事，因为这些事太乱。现在我和东方禁一样，只有一个念头，那就是赶紧找到司一介，好问个明白。

唐三七一路上都在睡觉，东方禁也闭着眼睛养神，路上大家几乎都没说话。

到日隆镇时刚过中午，天气不错，远远地朝雪山看去，阳光洒在上面，金灿灿的一片。我问东方禁要不要先休息，他摆了摆手，说：

“饿的话先吃点干粮，我们马上进山，我怕晚了天气阴起来，可能寻不到那金字塔。”

听他这么一说，我觉得有几分道理，当时那金字塔出现的时候，晴空万里，阳光也很强，而金字塔消失的时候，正好变天了，阴沉沉的没了阳光。难不成这金字塔的出现和消失与光线有关系？

三人直接开车上山，绕到山沟后面，到了先前徒步进山的地方，一眼就看见加奈那辆醒目的红色车子。

“他们人没走？”我看了眼东方禁。

“有可能，也许还在那金字塔里面。”他点了点头，挎上背包，下了车。

“那赶紧啊量哥！”唐三七也把家伙背上，准备出发。

三个人按原路进山，这一次路熟了，感觉也没那么难走，也就一个来小时，便看到了那群山环绕的平台上的雪湖。

“好像金字塔没出现……”我远远地望了望，那里已经没有先前的雾气，看来山顶的风洞打开后，雾气不再积郁了。

东方禁摇了摇头：“先过去再说。”

三人走到那悬崖旁，沿着崖壁，吊着动力绳下到平台上。我朝那雪湖看去，一片星星点点的，反射的阳光并非之前那样像镜面一样高亮。走到湖边才看清，湖上的冰已经化了，湖水在微风下泛着涟漪，湖面反射着阳光，显得波光粼粼的。

我们四下抬头看了看，丝毫不见那金字塔的踪影。

“看来来得不是时候，这金字塔不在。”唐三七摸了摸脑袋。

“你们看那边。”东方禁指了指湖对岸。我朝那边看去，那湖的对岸居然冒着一缕青烟。

三个人绕着湖岸走了过去，才看清这是一堆篝火，看样子没熄灭多久，还有一些木炭冒着烟。

“他们在这里过夜？”我问东方禁。他拿脚踢了踢篝火堆，又看了看四周，说：

“还有一些扎帐篷的桩子和临时用的炊具，看来他们在这里不止过了一晚。”

“他们没进那金字塔？”我有点疑惑。

东方禁摇了摇头：“不清楚，估计他们今天凌晨才离开这里。”

“但没出山……”

“对。”

“又没出山，又没进金字塔，他们人呢？”

唐三七指了指那湖，说道：“会不会下水去了？”

“不应该啊，这湖看样子也不浅，没装备怎么下水？而且所有人都走了，要是有人潜水的话，岸上总要有人接应啊。”我摆了摆手，觉得不太可能。

“等等，你们看，这边有绳子！”唐三七朝平台的尽头指了指，那里是平台的边缘，再往下，就是万丈深渊。

“他们下到山涧去了？”我赶紧和他们两个往边缘跑去，“不太可能啊，这下面都是乱石雪沟，去那下面干什么？”

走近了一瞧，果然，有几根绳子挂在平台边缘，直直地往山下吊去。

“那应该是下去了，但为什么不把绳子收了？”我问道。

“可能他们还要从原路返回……”东方禁皱了皱眉头。

“那我们在这里守株待兔？”

“一起下去，追！”东方禁招了招手，把那绳子捞了起来。唐三七看了看我，我点了点头，说：“听小师哥的。”

三人穿上腰带，扣上下降器，便开始顺着崖壁往下降。

下到一半，唐三七突然喊道：“不对啊！这绳子不够！”

我探头往下望去，果然，距离底部还有很长一段距离，而这绳子几乎已经到头了。

“什么情况？”我朝东方禁问道，“难不成他们是降到一半跳下去的？”

“别慌。”东方禁扣住下降器，四下看了看，说，“他们应该也是降到这附近的，这里应该有路。”

“路？”唐三七赶紧四下看起来，过了一会儿，他喊道，“那里！那里有个石台，先降下去，看看情况。”

三人赶紧落到那石台上，绳子也差不多到头了，如果再往下降，就要继续打固定锚栓。

东方禁朝石台下面望了望，说：“这里没绳子，他们如果继续下去了，应该留有绳子，这里没有，说明他们就在这里。”

唐三七朝石台里面走了几步，然后指着一堆山壁上的积雪说道：

“这雪……好像是人为堆积的，不像是天然积雪。”

“挖！”东方禁喊了一声。唐三七愣了一下，然后掏出铲子刨起来。

没挖多少，他惊讶地喊道：“有探洞！”

果然，朝他的位置看去，积雪背后，有一条不显眼的细缝。

"进去？"唐三七转头望了下我们。东方禁点了点头，大手一挥，三人猫着身子钻了进去。

进到探洞里面，就感觉一股硫黄味直往鼻子里钻。

"什么情况！又是雷管？"唐三七慌了，想往回退。东方禁推了他一把，说道：

"应该是炸这洞时留下的味道，既然他们也在里面，就不可能再埋雷管把洞口炸了。"

唐三七咧了咧嘴："吓死我了，我现在一闻到硫黄味就心慌。"

三人继续往里走，尽量不发出响声，因为不知道里面的情况，万一钻进去，发现一群全副武装的神启会的面具人抬着枪对着我们，岂不傻眼了。

走了十来米，快到通道尽头了，前面竟然有光，我愣了下，问："什么情况？又穿到外面了？"

东方禁没回话，指了指前面，让我们继续走。

一钻出通道，没想到这光线竟然强得很，刺眼的光一下照进眼里，我下意识地闭了闭眼，等缓了一下睁开眼来，眼前的景象竟让人惊讶得说不出话来。

这是一个巨大的空间，仿佛有透明的水晶铺设在地面上，泛着耀眼的光芒，而房顶竟也是一片晶莹透明的水晶，而在水晶之上，竟然有水在流动，整个大厅仿佛置身于水底。

"这是在那雪湖的下面！我们在湖里！"唐三七压着声音说。

经他这么一提醒，我才算看明白，这巨大的空间根本就是在湖水里面，我们顶部是十多米深的湖水，被透明的水晶玻璃隔着，而脚底也是一层玻璃，这两层玻璃大概间隔四五米，而我们现在就站在这两层玻璃之间。这空间非常宽阔，直径约有三四十米，和整个湖差不多大，而房间里面的光影便来自这玻璃和湖水的折射，斑驳迷离，光彩夺目。

"这也太……"唐三七一时半会儿没了形容的词语，四下看了起来，眼珠子都快掉下来了。

我不由得往中间走去，小心翼翼地踏在玻璃地板上，仿佛一用力，地板就会像冰面一样裂开。这感觉犹如在空中行走，没有了踏实的大地，整个人都轻飘飘的。

快走到湖心位置时，唐三七突然趴在了玻璃地板上，他朝下面望去，脸色都变了。

“这……这下面……”他惊恐地抬头看了看我们，“下面好像是一个金字塔……”

刚才因为害怕，一直不敢往玻璃地板下看，此时听他这么一说，我也壮着胆子朝脚下望去。这不望不打紧，一望还真把我吓得整个人都蹲了下来。

这玻璃地板下面的空间非常奇怪，并非平坦的湖底，而是由四面三角斜坡拼接而成，细细一看，真的犹如金字塔一般。只是，这金字塔是倒悬着的，尖顶深深地朝下探去，最低处离我们所站的地方估计有三十来米深。而我们就像站在一个空心金字塔内部的中央，我们站在上面，塔尖悬垂在下面。

◆

第十七章 怪鸟

见我和唐三七趴在地上不敢起来，东方禁提起我们两个的衣领，把我们一把拉了起来。

“怕什么怕，这地板应该不是普通的玻璃。”说完他又抬头看了看，“这顶上的玻璃居然能横跨几十米，还能承受整个湖水的水压，估计也不是普通材质……”

“这……这到底是谁建的……”唐三七壮起胆子踩了踩地板，“这怎么看都不是古蜀国的东西啊……”他又抬头看上面，咂了几下嘴，扶了扶眼镜，“还有，这下面的金字塔……和之前在湖面上飘浮在空中的金字塔很像……你们看那三角斜坡上的纹路，简直和之前雾中金字塔表面的纹路一模一样。”

我眯着眼睛仔细瞧了瞧，还真如唐三七所说，那纹路异常复杂，几何线条犹如迷宫一样密密麻麻地分布在上面，而之前看到的金字塔，表面也是覆盖着这样的几何线条。

“难道……这飘浮在空中的金字塔沉到湖底了？”我皱了皱眉头，有点不敢相信。

“有点不太对……”东方禁双手交叉抱在胸前，“这只是几道斜坡，怎么看也不是一个实体啊。”

“等等，我想起来了……”唐三七捂着头，表情有点痛苦，好像头又痛起来了。

“你行不行，不行别瞎想。”我瞅了他一眼。

唐三七摆了摆手，说：“你们想想之前，在浓雾里，我们不是看到加奈的人影，被光影投射到雾中，形成了幻象吗……”

我听他这么一提，好像明白了点什么：“你的意思是……雾……”

"没错……这下面的金字塔斜坡，在阳光的折射下，透过这玻璃投射到浓雾里……"

"于是在空中形成了幻境？"

"是的，这下面的金字塔是倒着的，但投影到湖面的雾中，便成了正的，所以说，那飘浮在空中的金字塔，其实是这湖底形状的投影！那根本不是真正的金字塔，只是一个幻象！"唐三七差点吼起来。

我一拍腿，顺着他的说法往下一想，彻底明白了："对对对，那浓雾散去之前，投射出来的是一片阴影，浓雾被风吹开，那投影便在稀薄的雾气中呈现了完整的金字塔幻象，而当雾气完全散去，阳光也被遮蔽的时候，金字塔便消失不见了！"

东方禁听我们两个这么一分析，点了点头，看得出，他也认可我们两个的猜测。

"你们这一说，就通透了，那金字塔为什么能飘浮，为什么能突然出现又突然消失，也都圆得上了。"东方禁接过我们的话说道。

"如何，小师哥，咱们也不是混饭吃的，脑子还算好使吧？"唐三七朝东方禁扬了扬头，一副得意的样子。东方禁微微翘了下嘴，轻笑了一声，说了句："运气好罢了。"不过，还真难得看到他笑，看来这东方禁嘴上不承认，心里还是觉得我们俩有两把刷子。

"不过那金字塔形成的原理是解开了，但下一步怎么做？这地方也没见别人，这神启会的人和小叔、加奈他们到底去哪儿了……"唐三七四下又瞅了瞅，没了主意。

"这个不难推断，既然这飘浮在空中的金字塔是幻象，我们当时以为他们进了塔，看来是错的。估计他们也发现了空中那塔只是投影，所以……他们在湖岸边扎营休息，寻找突破口，最后湖冰化了，他们发现了这湖底的秘密，便炸了探洞钻进来了。看来他们就在这里面……"东方禁也四下寻起来，看有没有别的通道。

"这上下两层水晶玻璃把大厅夹在中间，除了进来的探洞，其他地方严丝合缝，根本没有通道可以走。"唐三七吐了口气，甩了甩头。

"等等，如果这个空间是完全密闭的，那空气从哪里进来？"我有点不解。

“也是，我们没有感觉呼吸有什么不妥，这么大的空间，氧气不可能都来自那小小的探洞，看来这里至少还有个通风孔。”唐三七肯定地说道。

“这人这么大一个，光找到通风孔有什么用？”东方禁皱了皱眉头。

“先找到再说，至少是个突破口嘛。”唐三七也不泄气，绕着墙壁一点点摸索起来。

过了一会儿，他突然喊起来：“过来过来，这边，有戏！”我和东方禁赶紧跑了过去，一瞧，嘿，那墙壁上还真有几个圆盘一样的按钮。

这圆盘大大小小有好几个，石头材质，上面有浮雕图案，但太过抽象，看不太明白上面的意思。

“可能是某种文字。”唐三七挠了挠头，“怎么弄？随便按一个？”

“随便按万一是什么机关怎么办？”我有点慌。

“不太可能，你想啊，哪有机关做成按钮一样让你操作的，你电影看多了！要是正常人，设置一个操作的按钮，会不会没头没脑地就设计成一些自爆、毁灭之类的一键式操作按钮？你家电脑会不会设置一个键，一按，‘嘭’，炸了，白痴才会这么设计对不？”他说得头头是道，虽然听着不爽，但确实有点道理，他毕竟是做过IT的，很了解客户体验和需求。

“这啊，我估计也就是一些启动键，启动一些风道啊，排水啊，升降梯之类的东西，咱一个个试试就知道了。”说完他一伸手，直接就朝最大的那个按钮按了下去，一点反应的时间都没给我们。

这按钮一按，只听咔咔地响起了声音，也不知道从哪儿发出来的，还没等我找到声音来源，脚下的玻璃地板竟然震动起来。

“和尚，你不是说不会出事儿吗！咋就地震了！”我赶紧趴下，扶住地板。

“别慌别慌，先看看是什么机关启动了！”看样子他也没想到，赶紧勾着腰，扶着墙壁。

“这地板在往上升。”东方禁看了看头顶，又看了看地面，表情严肃地说道。

“啥？啥啥啥？！地板在升？”唐三七也赶紧抬头往上看，果然，我们离那天花板居然越来越近，而且地板没有停下来的意思，还在继续往上升。

“这还叫没危险，跑吧！再不跑就被压成肉饼了！”我一招手，赶紧爬起来往进来的探洞口方向跑。我们现在正好在那探洞的对面，三个人赶紧朝大厅中央跑，想穿过大厅直奔出口。

才刚刚跑到中央，头几乎就已经擦到天花板上了，比我们高的东方禁都已经弯着腰了。

突然，唐三七脚下一滑，一个趔趄，摔倒在地上，而他的手还不消停，一把拽住我的腿，把我拉了下来。两人在地上滚了两圈，我还想爬起来，却发现背已经顶住天花板了。

“完了！这回真要死在这儿了！”我趴在地上喊道。

东方禁伸出左手，想往顶上砸，刚一抬手，那空间却已经容不下他挥臂了。他咬了咬牙，死命拿胳膊肘撑着地板，试图抵住上下两层玻璃，留出一点空间。

就在这上下空间已经窄得把我的脸都压得顶住地板时，震动突然停止了，地板上升的势头也止住了。我愣了一下，扭了扭脖子，朝他们两个喊道：

“什么情况！小师哥是你顶住的吗？”

“这么大的空间，我哪里顶得住啊，这玩意儿自己停了！”东方禁喊了一声。

“虽然命保住了，可咱们也变成夹心饼干了，地板升起来，出口也挡住了，我们岂不是要在这儿卡到地老天荒。”

我咬了咬牙，痛苦地摆正自己的脖子，趴在地板上，眼睛不由得朝地板下面望去。

这一望，好像看见有什么东西飘浮在下面，仔细一看，竟然……是个人影。

“你们看下面，那是什么？”我压着声音喊了一声。

那人影慢悠悠地从最下方的金字塔塔尖处飘起来，缓缓地往上移动，如同在宇宙空间里活动的宇航员一样，动作缓慢，好像失去了重力一般。

“那是什么……”唐三七也有点疑惑，“那人怎么能在空中飘浮起来？”

我脸贴着地板，看着那人影，也有点不敢相信自己的眼睛。不是说飘浮在空中什么的都是幻象吗？下面这个人怎么就能在这么巨大的金字塔里面，像没有重力一样飘浮着……

我们都愣了没说话，眼看着那人影一点点地朝上面飘起来，他虽然在旋转，但身体好像并没有在摆动，犹如……一具尸体。

那人影越到上面飘得越快，一眨眼，便一下贴在了玻璃板下面，吓得我把脸一侧，闭起了眼。

等我睁开眼一看，一张血肉模糊的脸就贴在我的脸正下方，一半脸上戴着破碎的面具，另一半脸眼珠突在外面。那果然是一具尸体，穿着黑色作战服，背上的披肩已经烧焦，好像是被活活烧死的，看样子是神启会的人。

我忍住一股想呕吐的劲儿，刚想扭头喊东方禁，只听到身下的地板咔嚓一声响，我愣了一下，张了张嘴，还没来得及说话，就哗啦一声，整个人往下一沉，摔了下去。

我的心咯噔一下，以为要掉下去了，本能地想喊，可还没等我喊出声，一股液体就冲进嘴里。我赶紧憋住气，闭上眼，只觉得身子周围都是液体，原来这下面根本不是空的，而是注满了液体。

我憋住气一蹬腿，想往上游，却发现在这里面用不上劲儿，整个身子像被人拖住似的，直往下走。

我抬头一看，那玻璃地板不知怎的，像冰块一样一瞬间融化在这液体里了，唐三七和东方禁也掉进了水里来，他们好像和我一样游不上去，都在往下沉。

我实在憋不住气，一口气没缓上来，又呛了一口水。心想这下完了，要溺死在这儿了。

但不知道怎的，这水呛进喉咙里刚开始有一阵刺痛，但几秒钟后，不仅没感到呼吸困难，反而让人觉得舒服了起来。我不由得吐了口气，又吸了一口水，竟然如同呼吸一样顺畅。

这液体不是普通的水，身在其中竟然可以呼吸!

脑子里一蹦出这个念头，我赶紧一伸手，拖住上面唐三七的脚，他朝我看了一眼，我给他比了个呼吸的手势。他皱了皱眉头，试着一吸气，表情狰狞了一下，然后也一脸惊讶，赶紧又呼吸了两口，一下来了精神。

东方禁好像也明白了，也在这液体里呼吸了两口，这下，三个人竟然在这水中顺畅地呼吸起来。

但不知为何，不管我们怎么用力蹬腿和摆臂，身体却没法向上浮。

三人只好顺着这液体慢慢往下落，那动作缓慢得很，仿佛在外太空行走的宇航员一样，由塔底一点点朝塔尖沉去。四面三角斜坡上的几何纹路围绕着我们，那纹路好像还微微发着一点荧光，我们身处在这空旷而又奇幻的空间里，慢慢下沉，仿佛置身在异度空间一样，如梦如幻。

沉了几十米，便来到金字塔的尖底，这儿就像一个沙漏一样，我们就像几颗沙砾，正要通过沙漏底部的小孔。

三人掉进一个两三米宽的篓子里，刚一掉下来，唐三七扶着墙壁摸索了一下，找到一个圆盘一样的按钮，猛地一按，这篓子顶部竟盖上了，然后只听见抽水声和气流声响起，篓子里的水很快便被抽得一干二净。

恢复到空气环境里，我们几个使劲地咳嗽，把那液体咳了出来，再一吸气，发现可以正常呼吸空气了。

“这什么东西！味道像痰一样！”我一边咳，一边吼道。

“喀喀！”唐三七啐了一口，说道，“这不会是氟化碳溶液吧？”

“氟化碳？”东方禁问道。

“一种可以携带氧气的气体，吸入液态不影响呼吸。”唐三七摆了摆手，“但需要在高压低温下才能形成液态，而且只在实验室里用白耗子做过实验，人类能不能用根本不知道。”

“那我们刚才不就用了吗？”我皱了皱眉头，“而且你看，这身上的水好像很快就蒸发了。”那液体在正常的环境里，很快便化作气体挥发了。

“那谁知道有没有副作用啊，说不定等会儿就中毒了！”唐三七一面抱怨，一面找出口，“这个篓子应该是个中转间，排干净水后，也许会打开个口子让我们出去。”

他话音还未落，只听唰的一下，旁边打开一道门来。

“瞧瞧，多人性化的设计！”他咂了几下嘴，朝门外探出头去，我和东方禁也赶紧跟上。

“你小心点！”东方禁吼了唐三七一声，“这地方古怪得很，不像是正常的古代地下工事，我穿过那么多山，都没见过这些玩意儿。”

东方禁说得也是，这儿肯定不是古蜀国的遗迹，这些玩意儿太高科技了。那坚硬无比的水晶玻璃遇水却立马化了，而这水也不是普通的水，人竟然可以在里面呼吸。还有那巨大的金字塔一般的几面斜坡，如果不是亲眼所见，我们根本不会相信这世上竟有这样的地方。

走出中转间，就看见唐三七杵在原地，我上前推了他一把，说："你小子愣着干吗？"

唐三七扭过头，眼神里满是惊恐，他说："量哥，看来这里不是善地儿啊。"

我一把推开他，打着手电往前一看，居然遍地的人骨化石，密密麻麻地镶嵌在面前这个大厅的墙壁和地面上，站在其间，仿佛置身于乱葬岗一般。

"又是人骨化石坑？"我惊恐地说道。

"不一样……"东方禁从后面走了过来，看了一下，说道，"这些根本不是化石……"

经他这么一提醒，我一下蒙了，细细一看，这还真不是化石……而是真真切切的白骨。

"这些人是怎么死的……"我问唐三七，"好像是突然被杀死，仍保持着生前的姿势。"

"他们怎么死的我不知道，但我估计……"唐三七扶了扶眼镜，分析道，"这地方……应该是三眼族的聚集地。"

"废话，不用你说，我们都能看见。"我顶了他一句。

"不仅如此，量哥，我猜想，这里就是那些人骨化石的发源地。这些人被杀死后，经过很多年的时光，有些成了化石，有些还保留着原来的样子。但随着地壳运动，这地方被推上了山脉，那些化石也七零八落地散布在这山脉里，其中有一些被古蜀国的人发掘了出来，并发现了里面拥有玄场力……这便有了后来的八卦祭台。"

"先古文明？"我皱了皱眉头，有点不敢相信。

唐三七点了点头："这三眼族应该就是某个先古文明时期的人类，这金字塔，这上面的玻璃大厅，这能呼吸的液体，甚至再往里走的遗迹部分，十有八九都是他们建的……"

东方禁掏出四轴石，四下测了一下，说："这地方的玄场力并不算强，但好像往里的话……"说完他努了努嘴，示意我们继续往里。

“先不管这些，往里走，找到神启会的人和司一介他们再说。”

往深处没走几步，唐三七突然又停了下来，他眯着眼睛往前瞅了瞅，说道：

“那里好像有一盏灯……”

我朝他指的方向看去，果然有一团火焰一样的光，忽明忽暗的，但与普通的火焰不同的是，那光的颜色居然是绿色的。

“什么鬼东西……”我推了下唐三七，“你先过去看看。”

“为啥又是我打头阵。”唐三七扭过头来，一脸苦相地看着我。

“你不是淘金方丈吗？一团火就把你吓着了？”我又推了他一把，他不情愿地猫着腰继续往前走。

越走越近，离那团火还有个几米的样子，唐三七突然吼了起来：

“有鬼呀！”

我猛地伸头一看，那前面竟然站着一个人影，而那团火不是别的，正是那人头上冒着的绿色的“鬼火”……

我们两个吓傻在原地，没敢动。

东方禁伸手把我们两个推开，说了声：“就你们俩这胆量，也不知道哪儿来的勇气来探脉……”说完径直朝那不知是人还是鬼的东西走了过去。

走到那东西跟前，他伸手推了一把，那东西便哗啦一声倒在地上。东方禁伸脚拨动了一下地上的东西，然后轻轻一踢，把那带着绿火的脑袋踢到我们跟前。

我吓得差点蹦到唐三七身上，定睛一看，这脑袋已经被烧焦了，嘴咧开了一半，露出狰狞的牙齿。

“神启会的人？”我问东方禁。

他招了招手，让我们跟上去，我俩往前走了几步一看，前面竟然摆着好几具尸体。这些人和刚才那人一样，身上燃着还未熄灭的绿色火焰，看样子都是被烧死的。

“什么情况？”我有点不知所措。

东方禁拿脚踩了踩那绿火，火熄灭后他拿手拈了一撮灰，搓了搓，又凑到鼻子跟前闻了闻。

“铜粉？”他摇了摇头。

“也可能是硼酸。”唐三七走过去，看了看说，“很多东西燃烧都会让火焰变成绿色，这没啥稀奇的。”

“倒是这几个神启会的人，怎么就被烧死了，而且刚才在外面玻璃大厅里，看到从下面浮起来的那具尸体也是被烧焦了。”我也凑过去说道。

东方禁咧了咧嘴：“看来……这里面还真有什么厉鬼。”说完他挥了挥手，“走，会会去。”

“我说小师哥，要是真有厉鬼，你得罩着我们。”我往后面缩了缩，把唐三七往前一推。但转念一想，万一背后冒出个鬼来，我岂不是成了垫背的，于是伸手又把唐三七拉了回来，让他殿后，我走中间。

唐三七鄙视地看了我一眼，说：“老子是风箱吗？你说推就推，你要拉就拉，瞧你那点出息。”

三人继续往里走，走出刚才的房间，便来到一处深坑前，深坑直径有十来米，深不见底。但这深坑并非普普通通的天然洞穴，好像是一处人工建造的地下工事。深坑在整个建筑的中央，深坑周围的坑壁上，有楼梯、台阶和各式各样的通道，而这些路径又通向分布在深坑上的各个房间和建筑物。

就好像一处人工建造的洞穴城市。

“看样子，这地方应该有人长期居住过。”东方禁拿着手电四下照射，当他抬头往洞穴上方看去时，发现那上面好像挂着一张巨大的网，而连成网的细线上还燃着绿焰。这网中间破开了一个大口子，好像之前有什么东西挂在上面，现在已破网而出了。

“这个……难不成就是那……厉鬼？”唐三七有点心虚，“这网破开的洞也太……太大了吧……这东西难道有这么粗？”

“别自己吓自己。”东方禁皱了皱眉头，“这东西不一定是什么鬼，看这遗迹的样子，上面这个应该是给整个地下城市照明的东西……”

经他这么一提醒，我歪着脑袋又瞧了瞧，说：“照明……用绿色的火焰照明？”

“也不是什么奇怪的事，也许这三眼族的人需要绿光……就像很多植物吸收红光和蓝紫光，反射出不需要的绿光。” 唐三七摸了摸他的和尚头。

“你的意思是……这三眼族是植物人？”

“这先古文明的人类长什么样我又没见过，只是打个比方，植物又不吸收绿光。”唐三七撇了撇嘴。

东方禁摇了摇头，往深坑下看了看，然后他沿着坑壁上的楼梯，开始往下走。

我和唐三七也紧跟着他，唐三七摸了摸那坑壁，说：“这石壁也不知道是怎么挖掘的，光滑得很，但又没有打磨，像是用什么东西削开，但石头上根本没有绳刀的纹路。”

“什么绳刀？”我走在他前面，一面紧跟东方禁，一面头也不回地问他。

“就是古代切割石头用的工具，用绳子夹杂沙子，增加摩擦力来切割石头、玉石这些玩意儿，之前上官绯不是说过解石砂什么的吗？”

“你的意思是……这深坑，不是用正常的方法挖掘的了？”

“废话，自从进了那湖底大厅，我就知道这地方什么东西都不正常。”唐三七说完这句便不再开腔，继续跟着走。

那楼梯穿过一些平台，平台上有各个房间的入口。我问东方禁：“不进去看看？”他摆了摆手，指了指脚下，说：“跟着那些未烧完的绿火走，神启会剩余的人和司一介他们应该是往下逃了，先找人，这地方回头再探。”

经东方禁这么一提醒，我往深坑下一望，这一路上确实星星点点地挂着很多火焰和残渣。这火焰诡异得很，好像是一盏盏逃生通道里的安全指示灯，又好像是夜路旁飘荡在身边的“鬼火”，不知是凶是吉。

沿着坑壁上的通道继续往下走了十来分钟，还未到底，但已经能看到下面有一团燃烧的绿焰，就在深坑底部。那火焰看起来烧得很旺，有一股强烈的热气从下面涌上来。

“那东西……就在下面。”唐三七显然有点慌，贴着洞壁，小心翼翼地往下探着步子，没敢发出太大的响动。

又往下走了几步，东方禁突然停住了脚步，他伸手把我们往后一挡，指了指身旁的一个平台，说：“前面有人，先靠后。”

我赶紧转身，推着唐三七躲到那平台的矮墙后面，东方禁也一个转身闪了过来。

我略微把头探了出去，往下面一看，就在下面不远处的另一个平台上，神启会的几个人正在上面，而司一介也在他们中间。

“找到了……”唐三七推了下我，“量哥，这小叔不是被他们抓走了吗？怎么看起来好像和神启会的人打成一片了啊。”

我把他的光头往下按了按，生怕他脑袋反光被人看见。“可能神启会留他有用，让他帮忙探脉。”我随便敷衍了一下唐三七，他还不知道司一介把上官绯推下悬崖的事。

“怎么办？神启会还有五个人，我们直接上去不一定打得过。”我问东方禁。他点了点头，说：“先看看情况，运气好的话能抓落单的，一个个搞定。”

我又朝他们看去，司一介正和那个带头的在说些什么，看不清那带头人的脸，他依旧戴着黑脸面具。

他们所在的那个平台有一扇巨大的石门，有两个人正贴着石门安装什么东西，另外有两个人提着弩枪，朝深坑下面的绿焰看着，好像在注意下面的动静。

“他们是想进那个房间里面？”我问道。

“他们在放炸药，但小叔好像在和那个黑脸沟通，他可能觉得有什么不妥。”唐三七眯着眼睛看着，做出了这样的推测。

“有什么不妥？”我不是很明白，“怕这地方炸塌了？”

“不是，我估计他是怕那爆炸声音太大，把下面那东西给引上来。”

听他这么说，我紧张得咽了口唾沫，看来下面这团绿火就是刚才把那几个神启会的人烧成焦炭的怪物，这到底是什么东西……

只见那带头的黑脸指了指那石门，两个手下点了点头，点燃了炸药的引线，然后转身想往回走，但那带头的摆了摆手，好像意思是让他们留下，然后他和司一介转身往回走。那石门附近留了两个人，另外两个端着弩枪一边看着下面，一边往回退，跟着带头的黑脸和司一介沿着石壁上的台阶往上走来。

“他们上来了，怎么办？我们往回退？”唐三七有点慌。

东方禁往后看了看：“不行，我们一出去肯定被发现。”

“要不上去和他们拼了，把小叔救出来！”唐三七挽起袖子，想往下冲。

“你冲动什么！没看见人家手里有枪吗！”我拖住他的衣领，没让他蹿出去。

就在这时，只听砰的一声闷响，下面石门处迸出一片火光，石门被炸弹炸开一个口子。那黑脸没有第一时间跑回去，而是继续警觉地慢慢往上走，手里也拿起了弩枪。那平台上留下的两人也从背上抽出武器，警惕地望着那深坑下面。

绿火摇曳了几下，似乎火焰中有什么东西听到响声后抬起了身子，慢慢地抖了抖身上的火焰，接着从深坑底部传来一声尖锐的声音，这声音直冲上洞顶，仿佛将整个洞穴都震动得摇晃起来。

"什么东西！"唐三七低声喊道，只见那绿焰嗖的一下腾空而起，从底部直蹿上来，仿佛来自地狱的烈焰，冲向那石门处的平台，一瞬间，便将那平台吞噬了。只听得那两个神启会的人发出几声凄厉的惨叫，仅仅几秒钟的时间便没了声音。

我愣在原地，简直不敢相信自己的眼睛，那烈焰之中包裹的竟然……

是一只巨鸟。

而更为恐怖的是，这根本不是一只活生生的鸟，而是一副巨大的鸟类骨骼。

"妈呀！这是什么鬼！"唐三七低吼了一声，想转身跑，但神启会的人也提着弩枪在往上跑，这一出去肯定和对方撞上。

那燃烧着绿焰的巨鸟在平台上扇动了几下翅膀，转头便朝司一介他们扑了上去，神启会的几个人赶紧朝它开枪。但弩箭射过去，有的钉在那巨鸟的骨骼上，有的竟然从骨骼之间的缝隙直接穿了过去，对那怪物没有丝毫的杀伤力。

他们拼命地沿着台阶往上跑，眼看就要跑到我们所在的这个平台了，我看了眼东方禁，他咬了咬牙，一手扶着矮墙，身子略微抬起，可能想冲出去。

"这边！你们几个！过来！"这时只听背后突然响起一个人的声音，我扭头一看，后面房间的石门竟然透出一条门缝来，有个人正在里面朝我们招手。

而那人不是别人，竟然是加奈！

"大小姐！"唐三七惊喜地叫了一声，赶紧弯着腰朝对方跑了过去。

我愣了一下，看了眼东方禁，他皱了皱眉头，一挥手，顾不得太多，也跟着跑了过去。

我们三人从门缝里钻了进去，唐三七正想开口问什么，加奈把食指往嘴上贴了贴，示意我们先别说话，然后她贴着门缝往外看，我们几个也躲在门后观察外面的动静。

我瞥了一眼加奈，她表情严肃，微微蹙着眉头，看这神态，应该是姐姐。我心里暗想，果不其然，我之前的推测是对的，看来姐姐并不是和神启会一伙的。

朝门外望去，那怪鸟趴在洞壁上，用翅膀上的尖爪抓住石壁，朝司一介他们站的地方爬过去。随后又是一声尖叫，它猛地一抬头，接着伸长脖子张开尖嘴，一股绿色的火焰从嘴里喷射出来，朝司一介他们扑去。

司一介也算身手了得，一个转身，便猛地往旁边的台阶上一跳，双手抓住踏板，躲开了这一股烈焰。那黑脸也不是普通人，一个冲刺竟然踏着石墙飞檐走壁般转了一圈，也躲开了那攻击。可另外两个人就没这么幸运了，其中一个瞬间被绿焰轰中，一下成了燃烧的火人，挣扎着从台阶上摔了下去，另一个被烧中了背部，赶紧贴在墙上，不停地碾着火。

那怪鸟根本没有停下来的意思，从石壁上腾空而起，扇动着翅膀，身上的绿焰像龙卷风一样瞬间贴着石壁燃烧起来，整个石壁都烧起一片绿色的火焰。

司一介掏出腰间的爪绳，往头顶的一处平台射去，然后一拉绳子，便牵引着把自己拉了上去。那黑脸和另一个神启会的人也不敢耽搁，赶紧射出爪绳，也朝上面逃去。

“那鸟是什么怪物……”唐三七压低声音问道。

加奈摇了摇头，说：“这地方太多不可思议的东西了。”

东方禁眉头紧锁，想了下，说道：“还记得之前提过的冥府神鸟吗？”

“冥府神鸟？”加奈疑惑地问。

东方禁扭头看了她一眼，估计也发现了面前这个加奈不是之前在洞穴高塔里和我们一起行动的那个，他咂了下嘴，说道：“我也不清楚，从没见过这种东西，明明只是一堆史前鸟类的枯骨，竟然能像活物一样活动，而且它身上的绿焰也非同寻常。”

他刚说完，那怪鸟扑腾着翅膀，竟然又飞了起来，伴着一声尖利的鸣叫，朝深坑的出口飞去。

“快！跑出去！趁着那怪鸟飞上去了，咱们到那石门里去！”唐三七招了招手，蹑手蹑脚地从门缝里钻了出去。

“这地方什么情况你都不知道，往那石门里钻什么钻？”我有点担心，“还有，小叔还在上面呢，咱们得去救他。”

“救他？你刚才没看到他那身手吗？他就算搞不定那怪鸟，逃命绝对没问题。而且就咱们的本事，上去也是给那怪鸟当生日蜡烛，一点一个着，然后排成排烧成灰。”唐三七摇晃了下脑袋，做了个可怕的表情。

“和尚说得对，咱们先去看看，既然这神启会的人不惜引出那怪物也要炸开这石门，里面肯定有什么他们特别感兴趣的东西。”加奈也同意。

“如果司一介和神启会的人能活着逃回来，肯定也得到这里面来，咱们先进去，到时候也算先有个准备。”东方禁点了点头。看来这三个人都觉得可以先进那石门，没办法，我也不可能自己去追司一介，就我的本事，分分钟和那几个神启会的人一样被烧成炭。我叹了口气，只好跟着他们一起行动。

几个人贴着洞壁，沿着台阶小心地往下走，这地方经过刚才那一场烈焰的焚烧，到处是未燃尽的火焰，泛着绿色的火光。

我们小心地绕过这些火焰，沿着破碎的石阶往下走，来到那被炸开了口子的石门前面，地上两具尸体已经被烧成黑炭，还冒着绿焰。

唐三七厌恶地捂着鼻子，绕开尸体，朝那洞口走去，探头往里看了看，钻了进去，我们几个也赶紧跟了进去。

扭开手电，眼前是一个略大的房间，房间里堆满了各种各样的器物和一些莫名其妙的装置，上面都落满了灰尘，一看就是被封埋了很久。

“好像……是个设备间。”唐三七自言自语道。

房间的中央矗立着一根柱子，那柱子是个三角柱，每边大概有半米宽，从底部直通到屋顶，估计有好几米高。在灰尘掩盖之下，有光线若隐若现。

唐三七伸手抹去那柱子表面的灰尘，里面透出一截泛着白光的柱体，光线有节奏地闪烁着。

“这是什么？”我探头看了看。

唐三七皱了皱眉头：“应该是个信号塔。”

“你怎么知道？”我有点不信。

唐三七摆了摆手指，说：“以我多年从事电子设备研发的专业角度，你听我给你讲讲，绝对有理有据，让你信服。”

“说人话。”

“你看这灯，有节奏地闪烁，你想到了什么？灯塔？航空指示灯？没错，所有的有规律闪烁的光源都代表一个意思，那就是传送信号，要么是传递‘我在这里’的信号，要么是传递‘我正在通信’的信号。”他一本正经地说道。

“传递信号？传递什么信号？”我还是不太明白。

“这个嘛……”唐三七一边说，一边又把手伸了上去。他摸着那柱体，脸上露出有点讶异的表情，自言自语道：“这东西在振动……”

“振动？”

“等等，这感觉……好像和那三角锥的振感一样。”

◆

第十八章
终极玄场

唐三七闭着眼感受了一下，然后转过身来，把背上的背包卸下，伸手进去摸了摸，掏出一截绳子。

他把绳子在柱子上绕了几圈，将那发光部分缠绕起来。他这么一弄，那柱子竟然发出嗡嗡的震动响声。

“什么情况？”我问道，“怎么缠上绳子就开始响了，你别又搞出什么事，把这玩意儿给弄炸了。”

“你懂啥，这叫物理降频。”说着唐三七又掏出手机，拨弄了一下，将那手机的麦克风口对着那柱子，然后给我们几个比了个“嘘”的手势，示意我们别出声。我扭头看了看东方禁和加奈，东方禁双手交叉抱在胸前，没开腔，加奈耸了耸肩，也不明白这小子在干吗。

过了一会儿，唐三七拿回手机，把绳子收回，然后拿手指在手机上面拨弄。搞了好一会儿，他把手机伸到我们面前，点开上面的一个音频播放键。

“听听，这就是我把这声音录下来然后降调处理过的音频。”

降调？我听他这么一说，不由得想起那三角锥发出的声音，心里不由得咯噔一下。

还没等我回过神，那手机的扬声器里便传来这样的声音：

“呜……要……多……开……”

这声音一出，我立马毛骨悚然，这简直和那三角锥里发出来的声音一模一样。

“这……”我脑门上汗都冒出来了，“这难不成就是之前说的……信号……”

唐三七严肃地点了点头。

加奈和东方禁不太清楚之前的事，唐三七给他们解释了一下，而我看着那发光的柱子，咬着嘴唇，说不出话来。

“这地方根本没有手机信号，这洞这么深，连卫星信号都未必能传得出去，你说那三角锥接收的信号是从这里发出的，怎么能传递到那么远？而且……”东方禁正想接着问，唐三七迫不及待地说：“你想说，而且当时上官哥是把三角锥拿到美国去做的实验，这里的信号怎么可能传那么远，并且那信号的节奏非常精确，这么远的距离，就算是卫星信号也会衰减也会断断续续，不可能做到完全一致，分毫不差。”

东方禁点了点头。从唐三七兴奋的神情可以看出，他已经有了答案。

“这信号根本不是电磁波……而是……”他脸上露出亢奋的笑容，转身又伸手抚摸着那柱子，声音激动得有点发颤，“是量子通信……”

“量子通信？！”我有点不敢相信。

“太不可思议了，这地方的一切都让人难以置信……”唐三七感叹道。

“量子通信？那是什么东西？”加奈皱了皱眉头。

唐三七咽了口唾沫，正想开口解释，我打断了他，说：“这东西要你来说，估计一天一夜都说不完，你好好想想，一句话给大伙儿解释清楚。”

唐三七摸了摸脑袋，说道：“简单地说吧，假如有两个球，一个蓝色的，一个红色的，我拿一个，你拿一个，握在手里都不打开看，然后不管我们分开走到哪里，就算是一个在宇宙的那头，一个在宇宙的这头，如果我手上的球是蓝色，代表你安全，如果是红色的，代表你有危险，我就得去救你。这时候，你遇到危险了，你要传递这个信息，那就得让我手里的球成为红色，你怎么做？”唐三七看了眼加奈。

“我会用玄脉石，想着我手里的球是蓝色的，然后打开，我手里的球如果正是蓝色，你手里那个就一定是红色的，于是你就知道我有危险了。”加奈顺着唐三七的话说道。

“没错！这个信息可以瞬间传递到我身边，不管距离多远，身在何处，这个信息是可以穿越任何障碍物和任何时空的。”唐三七兴奋地说道。

“但玄脉石也不能保证你所想的就一定能实现，只是增加了成功概率，万一没成功，不就传递了错误的信息吗？”东方禁摇了摇头。

“所以说，刚才说的情况只是利用了玄场力，假如没有玄场力，只有两个球肯定是不行的。真正的量子通信用的不是球，而是两个光子，简要地说，假如有两个光子，很小很小，比原子还小，量子级别的尺寸，也是一个蓝色一个红色，当然，光子没有颜色，准确地说一个是在顺时针旋转，一个在逆时针旋转，我只是打个比方，不要深究，你们可以简单地理解成两种颜色。而这两个光子，和球不一样，球的话一旦你打开看了，颜色就不能改变了，而光子却不同，光子的状态可以改变，通过设备，可以改变光子的旋转方式，于是……想象一下，你能随意左右你手里的球的颜色，而我那一个，是完全和你互补的，所以你要传递什么信息，只需要改变你手中的球的颜色，然后这个信息就能瞬间传递到我这里来。”

“这……也太科幻了吧？”我有点不信。

“你懂什么，这不是科幻！我再说一次，这不是科幻，是科学！量子通信卫星我们国家都发射了几颗上天了，虽然还在研究阶段，也没有推广到民用的地步，但这是实实在在的科学！”唐三七有点激动。

东方禁拍了拍唐三七的肩膀，让唐三七先冷静一下，然后他转过头来对我说道：“先不论这东西的原理是什么，总之这柱子确实传递了信息到那三角锥里，这应该不会错。但我还有一个疑问，和科技无关，因为这地方如果真是某个先古文明的遗迹，有什么样的科技我们暂且不论，最让我不明白的一点是……”他顿了一下，接着说道，“这声音，为什么会是现代普通话。”

他说得确实有道理，中文从古至今经历了那么多变化，文字还好说，发音确实千差万别，怎么可能会是现代普通话？

我吸了口气，摇了摇头，说：“难不成……”

“难不成录这信号的是个现代人。”加奈接过我的话说道，“这科技，这设备，这遗迹，都可能是远古的，但不能排除使用这些东西的是个现代人，你们说是吧。”她甩了下马尾辫，冲我们挑了下眉毛。

“有道理……”东方禁点了点头，“那三角锥也是从老瞎子住的洞里找到的，估计也是他淘到的宝，东西不是现代的，用的人却可以是现代人……”

“你们的意思是，这警告的声音来自和我们一样的现代人？”我有点惊讶。

“至少是近代，总之，是说一样语言的人。”加奈点了点头。

“不管怎么说，至少那三角锥的源头算是找到了，虽然不知道是怎么落到那老瞎子手里的，但应该就是出自这里，是三眼族的东西。”我抬头四下看了看，这地方除了柱子有活动的迹象，别的东西都死气沉沉的，应该是闲置了很久，也不知道有什么用，更不清楚还能不能用。

东方禁也四下观察起来，他一边看一边说：“神启会的人到底是来找什么的，这里面到底还有什么东西是他们一直想寻的？”

“你们看，这是什么……”唐三七指着一块金属板，那金属板挂在墙上，上面蚀刻着一些图案。

“好像是……设计图纸……这上面画的，应该是一个……金字塔……”我看着上面的图案说道。

“倒着的金字塔……”加奈也走过来看了看。那上面的金字塔的确是倒置的，而塔的中间刻着一些东西，看上去像一座建筑。

“有点像空中之城，这倒置的金字塔是基座，里面是一座城一样的建筑群。”唐三七一边伸手抹了抹上面的灰，一边说道。

“金字塔……城……”东方禁摇了摇头。

“难道……是一只飞船？”我突发奇想。

“外面那个倒置的金字塔是飞船的基座？”唐三七差点喊了出来，“未完工的宇宙飞船？像一座倒置的金字塔一样的飞船，将城市搁置在其中，可以飘浮？”

“虽然你脑洞大得可以，但这地方我觉得无论怎样去想象都不为过……”我咬着嘴唇想了想，说道，“有这个可能，他们在这里建造和这座城市一样大的金字塔飞船，但……还未完工，却全都死了……”

“难道是要准备逃离，逃离什么？”唐三七摸了摸脑袋。

“世界末日……”我顺着他的话说道，这话一出口，我自己都有点后怕。

“等下，我捋一捋……”唐三七皱起眉头，扶了把眼镜，“一个拥有高科技的先古文明，在末日来临之前想建造飞船逃离，但未来得及，世界便毁灭了，文明被埋在深海。很多年后，地壳运动，人骨成了化石，而这基地也被挤出地表，形成了雪湖，遗迹被雪湖的冰雪和浓雾笼罩，长埋于此……”

“好像说得通……”我点了点头。

“而有些东西……被曾经来过这里的人带了出去，但有人留下了警告。那些被带出去的东西被神启会的人盯上，他们对这先古文明的科技产生了占有的野心，而且，这科技显然和西南地区的玄场有密切关系……”东方禁也顺着这思路往下说道。

“你们这只是推测……”加奈摆了摆手，“而且你们这推测有很多事说不通。比如那三角锥，如果是这三眼族文明做的东西，而里面又有未知的危险，那他们是怎么把这危险的东西封存在三角锥里的？他们既然有这能力封存危险，又怎么会遭遇灭族的末日？还有，这飞船，他们要飞去哪儿？既然刚才都提到能跨越宇宙传递量子信息，那这危险的东西肯定也能轻松地到达外太空，有飞船又能躲去哪里？太多疑点，你们的推论根本就是瞎猜。”

唐三七挤了个笑容，说道：“对对对，还是大小姐逻辑严密。我这不是闲着也是闲着嘛，开开脑洞，活跃下气氛嘛。”

见他那副样子，我气不打一处来，心想，你小子见到加奈，脑袋也不疼了，想事儿也不累了，瞧你那点出息。

我琢磨了一下，顺便问加奈：“对了大小姐，你是怎么从神启会那帮人那里脱身的？你妹妹到底和神启会有什么联系？”

加奈噘了噘嘴，说：“她的事儿我又管不着，反正我醒了发现情况不对，便找机会溜了，至于她做了什么，可和我没关系。”

这两姐妹看来不仅性格不同，关系也不是很融洽，各顾各的。

“不过我从那群人和司一介的对话里面听到一些东西。”加奈歪了歪脑袋，想了想。

“他们说什么？”我有点感兴趣。

“说什么终极玄场……”

“终极？”

加奈微微蹙眉，拿手将耳边的发往后捋了捋，说：“我从他们口中听到，这神启会一直在找的东西就是这个终极玄场，传说这东西和普通的玄场不同，可以……”

“可以什么？”我有点急不可耐。

“可以将未发生的事的发生概率提升到百分之百。”

听她这么一说，我倒吸了一口凉气。百分之百，这是什么概念，这简直就是神一样的能力，几乎可以说是操控了未来的一切……

“这不符合科学！”我有点不敢相信。

唐三七扶了扶眼镜，撇了撇嘴，开口说道：“这也不是完全不符合科学……”

我瞪了他一眼，想听他怎么圆。

“世间万物皆为概率下的产物，因为世间万物皆由量子级别的微小粒子组成，而量子级别的物质最大的特性便是不确定性，也就是说，任何微小物质的运动皆是一种广义的概率。打个比方，一个神枪手朝你脑门开一枪，那几乎是百分之百可以打中你的眉心，但假如他手里拿的枪，射出的不是子弹，而是一颗电子，那你猜怎么着？”

“怎样？”

“这电子可能射向任何地方，我说的任何地方不仅仅是指你身体的任何地方，甚至可能绕个圈射向他自己的屁股，或者从枪口直接朝上射向宇宙深处。”

“你确定他是神枪手？”

“当然，这里有一个概率，也就是说，射向你眉心的概率比射向屁股的概率高很多，但并不是百分之百。”

“废话，神枪手也不可能百发百中啊。”

“但如果是真实的子弹，他射一万发，一亿发，也不可能射到自己的屁股。但如果射的是电子，这个可能性是很高的。只是打个比方，也许表达得不对，但他射一百发电子，可能就有一发会绕个圈，打中自己的屁股。”唐三七咽了口唾沫，继续说道，“一颗子弹是由多少像电子一样的微小粒子组成的，这个你们应该都知道，中学就学过吧。而要这所有的组成子弹的粒子都绕个圈，射中枪手自己的屁股，概率是多少？具体怎么算的我就不和你们这群高数估计都不及格的人说了，简单说吧，假如按买彩票来说，需要从宇宙诞生之日起，每天中五百万，持续中到今天……”

“这……可能性也太小了吧……”我咂了咂嘴。

“要连续中一百多亿年……”

“这么小的概率……”

“虽然小，但并不代表没有……”唐三七擦了擦额头的汗，“你现在知道，如果有终极玄场，能让某个可能发生的事的出现概率提升到百分之百，是什么意思了吧……”

“那就是……子弹随意射中任何地方……”我咽了口唾沫。

“子弹算什么！就算你面前有一堵墙，你都可以随便穿过去，就算你脑袋上落下来一万个核弹，都炸不到你，而你可以在辐射中自由呼吸，因为放射粒子再多，也存在没有一颗穿过你的身体的情况，而这种情况发生的概率虽然极低，但你可以将其变成百分之百……”

唐三七摆了摆手，接着说道：“百分之九十九点九九都不等于百分之百，百分之九十九点九九概率再高，当事件叠加起来就会减少，而百分之百，就是无敌、永生，神一样的存在……”接着他像泄气的皮球一样，耷拉着脑袋，说，“所以我不相信有什么终极玄场，这不可能……”

加奈摇了摇头，说道：“听你这么一说，我想起之前无量说的诸葛亮的轮回念场，那几乎就是一个终极玄场啊。从无数不可能中选择一个可能，即便这个可能很小，但终究是有的，找到这种可能，就能实现……”

“但在那个轮回念场里，时间是流动的，人没有足够的寿命来寻找那个极低的可能……”我接过她的话说道。

东方禁点了点头：“但至少说明，这不是在胡扯，的的确确有迹可循，也许轮回念场只是一个失败的试验品，但三眼族文明是否已经掌握了这终极玄场的完整技术呢？”

“你们动动脑子好吧，这三眼族都灭亡了，还终极，手握神迹还遇上什么末日毁灭，说不通吧。”我撇了撇嘴，“嘿，你们就别在这里瞎猜了，我估计，这也就是神启会那帮子神经病臆想的。那种组织嘛，脑子都不正常，手底下的人被洗脑的也多，可能就是瞎折腾，咱别跟着智商也被带进沟里了。”

东方禁挥了挥手：“继续往里走，看看里面还有什么，如果没别的东西，我们还得回去找司一介。神启会就剩下两个人了，咱们想办法收拾了他们，把司一介抓回来问个明白，也别在这里浪费时间了。”

说完一行人继续往房间后面走去，穿过大厅后的通道，又见着几个房间，但都大同小异，都是一些设备存放间和试验间。

正想往回走，唐三七喊了起来："这边……这边还有个储藏间，有好多棺材！"

听他这么一喊，我心里咯噔一下，背脊骨蹿上来一阵凉气。什么？棺材？

几个人进了唐三七说的储藏间，里面确实立着密密麻麻像棺材一样的盒子，但这些盒子都不是平放着的，而是像罐子一样立着排列的。

这些盒子也不知道是什么材质做的，严丝合缝，只是顶部有一块透明材质，像玻璃窗一样。东方禁伸头看了一眼，说："是三眼族的人，不过都快变成白骨了。"

一听他说是尸体，我也壮着胆子看了一眼，果然，里面的人已经没个人样了，尸体已经腐烂，脸上白骨都已露出，盒子里好像还有液体。

"估计是泡在那种可以呼吸的液体里，等待灾难之后苏醒的一群人，但看这模样，应该是醒不来了。"东方禁敲了敲盒子。

"废话，这能醒来就不是科幻片，是恐怖片了。"我松了口气，擦了擦额头上的汗。

"过来过来，这儿还有一个盒子，盖子开了！"唐三七又在另一头朝我们招手。我心里不由得骂道，能不能不要一惊一乍的，当老子的心脏是升降机啊，刚降下去又给拉起来。

几人走近一看，果然，那盒子的盖子敞开着，里面的液体也已经干了，但空空如也，并没有枯骨。

"啥……意思？"我有点心虚，"有人……出去了？"

我回头看了他们几个一眼，他们都没说话，看脸上的表情，应该是同意我的看法。

"你们别愣着不说话啊，别吓我。"我朝他们挥了挥手。

东方禁深吸了口气，抬头打着手电四下照了照，没说话。

"嘿，别找了，这里面水都干了，都积灰了，要真有人出来，估计早就出来了，不会躲在柜子后面突然冲出来吓咱们。"唐三七摆了摆手。

他话音刚落，只听哐当一声，从背后传来一声东西碰撞的声响。我心头一紧，斜着眼看着唐三七，问："啥声音，你小子咋这么乌鸦嘴，说什么来什么……"

东方禁朝背后看了看，突然跨了出去，走到房间门口，朝外望了望。我也赶紧跟上，躲他后面，探头朝门外看去。

那外面的大厅里有个黑影，正鬼鬼祟祟地走着。

那人走到发光的柱子面前，柱子微弱的光线照在他脸上，我细细一看，竟然是司一介。

还没等我喊出声，东方禁一下冲了出去，抬起手就要去抓对方。司一介突然侧身一闪，躲开东方禁的手，但东方禁身子一扭，跟着一个回旋踢就朝司一介头上扫去。司一介拿手硬生生地挡了下来，往下一缩身子，一个滑步，从东方禁胯下缩了出来，往后连退了几步，提起手里的手电，照在东方禁的脸上。

"兄弟，都不自我介绍一下就动手，难免有失风度嘛。"司一介皱了皱眉头，冲东方禁说道。

"小叔！"我忍不住喊了一声，朝他们跑过去。

司一介看见我们几个，愣了片刻，喊道："你们怎么也来了！"

"这不……抓你来了嘛。"我见了司一介，一时不知道说什么。

"抓我？"他有点惊讶。

东方禁咧了咧嘴，说道："你装什么糊涂，自己干了什么事，心里想必清楚得很。"

"小叔……上官哥他……"我冲司一介说道，"现在还躺在医院没醒过来。"

他听我一提上官绯，眼神里透出一丝犹豫，埋头叹了口气，说道："那只怪他非要缠着我不放。"

听他这么一说，东方禁自然火气又上来了，冲上去抬起手臂就要抓司一介的衣领，司一介两掌挡开他，两人拳脚相加，又过起招来。这两人谁都不是省油的灯，拳拳到肉，脚脚上身，都不肯收手。

东方禁也是真急眼了，看着分不出胜负，竟然一把扯开左手的手套，露出玄石一样的左拳，运起气来。

眼看那拳头越来越红，就在他朝司一介挥出拳头的一瞬间，只听轰的一声，一块铁板飞到他拳头前，那拳头硬生生轰在铁板上，铁板瞬间飞了出去，撞在墙上。

等铁板翻滚着落地，我定睛一看，铁板中央竟然被砸出一个洞来，而且那洞口边的铁竟然闪着火红的光，像是被什么熔化了一般。

我再扭头一看，加奈缓缓放下抬起的手臂，走到两人中间，气场十足地说道："两个大老爷们能不能有话好好说，非得弄死一个再讲话是吧。"

唐三七扭头看了看我，我也朝他瞥了一眼，他心里估计也在想，这加奈哪来的力气把这么大一块铁板扔出去。看来眼前这三个人，都不是普通人。

"你先说，说完如果他还不满意，你们再打也行，我也不插手，管你们谁死谁活。"加奈朝司一介扬了扬头。

司一介吐了口气，朝地上啐了一口，说道："有什么好说的，你们要真认为是我害了上官老弟，要找我寻仇，尽管朝我来。不过我话说在前面，我可不会任由你们打，我事儿还没干完，现在还不是丢命的时候。"

这个司一介，居然冒出这么一句讨打的话。我见气氛不对，赶紧打圆场：

"小叔，是不是当时神启会那人要拿弩枪射上官哥，你情急之下推了他一把，不是有心的？"

见我递了这一台阶过去，司一介一副勉为其难的样子点点头："就算是吧。"

他这一副模样简直让人气得牙痒痒，到底是不是和我说的原因一样，他也不给个准话，难不成他肚子里还有什么秘密不愿说？这急得我真是一口气堵在胸口上，憋得不行。

我又回头看了眼东方禁，东方禁咬了咬牙，捏了捏拳头。

"那你和神启会到底是什么关系？你今天把话抖明白，你是不是和他们一伙儿的，骗我哥为你们卖命！"东方禁恶狠狠地盯着司一介，问道。

"你哥？"司一介眯着眼睛看了看东方禁，"你是……东方？"

"他就是上官哥的弟弟——东方禁。"我冲司一介解释了一下，然后问他，"小叔，你倒是说说，你和神启会到底啥关系，你为啥要跟他们一起行动啊？"

司一介皱了皱眉头，没有直接回答，而是想了一下，拿手指揉了揉眉头，这才说道："我一路跟着神启会的人进来，那是因为他们要找的东西，也正是我在找的东西……"

"什么东西？终极玄场？"我想起加奈之前说的。

司一介看了我一眼，点了点头。

“真有这东西？”我有点不信。

司一介从怀里掏出个东西，我们探头一看，是那块三角锥。

“这东西就是。”他语气平静地说道。

我们几个顿时愣了，半天没说出话来。

“这……”唐三七咽了口唾沫，“这东西就是终极玄场？那……那你还找什么？”

司一介摇了摇头：“这东西已经坍缩了，没有用了……”

“曾经是？”我有点怀疑地问他。

司一介点了点头：“那老瞎子曾经用过，当然，也不知道他是不是歪打正着，总之，那老瞎子所有的预言之所以能成真，我估计，不是因为他的预言准确，而是……”

“而是……他说什么，就会发生什么……”唐三七接过司一介的话。司一介看了他一眼，点了点头。

“那坍缩是……”唐三七接着问道。

“我也不懂，听别人说的。”司一介摆了摆手。

“谁说的？这些事……你都是怎么知道的？都是从神启会的人那里听说的？”我还是有点不敢相信。

“也不全是，七七八八的信息凑到一块，我……我猜测的。”

听他这么一说，我吐了口气，说道：“啥啊，都是你猜的原来。”我勉强笑了笑，扭头看了看其他几个人的表情，他们都一脸的凝重，我的笑挂在脸上，僵硬了起来。

“那你是怎么和神启会的人走到一起的？”我转过头又问司一介。

“在道上混久了，自然什么人都接触得到，不管是正是邪，只要有共同的利益，就能结伴，利益有冲突，就得兵戎相见。”司一介把那三角锥往怀里一揣，接着说道，“不管怎么说，我都得想办法找到能用的终极玄场，否则……”

“否则什么？”我赶紧问道。

司一介表情严肃地朝我说道：“否则，末日降临之时，一切都来不及了。”

当听到司一介嘴里说出“末日”这两个字的时候，我也不知道是该为这个猜想终于被证实了而担心，还是该为终于有人与我一起面对这件恐怖的事情而释然，深吸了一口气，长长地叹了出来，心一下沉了下去。

“果然……”我苦笑了一下，“果然是什么末日，这三眼族没有躲过，难道今天，轮到我们这一代了吗？”

“你们两个胡扯什么，什么末日？”唐三七有点摸不着头脑，问道。

“你小子健忘还是怎么的，刚才你不是也猜测，这三眼族在末日之前想建造金字塔飞船逃难吗？但他们没能逃掉，先古文明也被末日终结。”我拍了下他的脑袋。

“不是，刚才大小姐不也说了吗？这只是个猜测，还有很多地方说不通啊。况且，这三角锥是三眼族做的，这终极玄场的技术他们也掌握了，还怕什么末日啊！还有什么末日能毁灭他们啊！还有，就算有那什么末日毁灭了三眼族文明，那也是很多年前的事了，跟我们有什么关系？！”唐三七脑子也有点乱。

“好像这么说也对……”我摆了摆脑袋，抬头问司一介，“你从哪儿听来的什么末日论，靠不靠谱？”

“我怎么知道靠不靠谱！”司一介也有点急了，说道，“我从你姑奶奶那里听说的，她也是个神经病，倒腾这玩意儿一辈子了。据说她探过好几个先古文明的遗迹，那些先古文明全都是毁灭性地消失，留下的信息只有一个，就是不能触碰到那条线。也没说是哪条线，这就像一根地雷线，谁知道我们这一代文明会不会就一脚踩上了这根线，砰一声巨响，全完蛋。”

“我姑奶奶？”我睁大了眼，“商语淮？”

司一介点了点头。

“那她说的不能触碰的线……又是什么东西？”

司一介摆了摆手：“说来话长，回去以后慢慢说……”

这一番话说完，东方禁也开了口，他说：“我哥的事儿咱们回去后再跟你算，你记住，就算你不是故意推他下的山，但他要是有个三长两短，我不会轻易放过你。”

司一介抬头看了看他：“那你也要等我把这事儿摸清楚了。还有，我实话告诉你，你哥是我最好的兄弟，追这线索，也是他心甘情愿地帮我，他要是真有事，老子搞清楚了这些破事，自然赔上这条老命下去陪他，不用你小子多嘴。”

说完他不再理我们，而是走到那发光的柱子旁边，拿手摸了摸。

“这东西就是信号发射器。”我看他有点疑惑，便跟他说了刚才唐三七说的事儿，还有什么量子通信连我自己都不懂的东西。

司一介略微点了点头，他拿起三角锥，想了想，然后将三角锥靠近那发光的三角柱。

这两个东西一接近，没想到，突然发出嗡嗡嗡的响声。这响声开始还低得很，然后逐渐提高频率，越来越尖锐，我们几个不由得都捂起了耳朵。

“什么情况！小叔快停下来，这耳膜都要被刺破了！”唐三七捂着耳朵喊道。

突然，那声音在最尖锐的时候戛然而止，没有丝毫征兆，那柱子上的白光又闪了一下，接着便熄灭了。

司一介握着手里的三角锥，看了看，然后说道：“这东西不振动了……”

唐三七凑过来瞧了瞧，然后伸手拿过司一介手里的三角锥，靠在脸上感受了一下。一分钟后，他把三角锥递给司一介，说：“确实，这一分钟过去了，也没再振动，之前这东西每分钟都会振动，现在一点动静都没了……”

“那……”我试探着问道，“那是不是里面的东西不会钻出来了？”

司一介看了看那三角锥，摇了摇头：“不知道，只是振动停止了，之前上官绯也说过，这振动和里面要往外钻的东西没有联系。”

“振动停止，意味着那警告……也就消失了？”唐三七又看了看那三角柱子，“这柱子上的白光也不闪烁了，说明这信号也停了……”

几个人盯着那三角锥，正想说下一步怎么办，就在这时，我耳边突然嗖的一声掠过什么东西，抬头一看，面前的三角柱上竟然刺着一支弩箭。

司一介和东方禁见状立马转身要与后面射箭的人搏斗，但司一介的拳头还未抬起，只见一个黑影把唐三七拽了过去，一手拿枪抵着他的额头，另一只手扯着他的衣领往后退了几步，然后从他背后露出半边脸来，而那脸上戴着一副黑脸的面具。

“把三角锥扔过来！”黑脸隔着面具，声音有一丝嘶哑，“我只要那个三角锥，虽然我并不介意多杀几个人。”

“兄弟，有话好商量，这三角锥之前不一直在我手上嘛，也没见你要啊？”司一介一边拿着那个三角锥，一边和那人套话，估计想放松对方的警惕。唐三七脸色有点白，额头上挂着汗，看样子心已经提到嗓子眼了。

“现在这玩意儿和之前这玩意儿不同了，你不用跟我耍心眼，这一路上我也早知道你的心思，咱们都心知肚明，相互利用嘛。这机关险境也都闯过来了，到了分赃的时候，自然道义放两边，利字摆中间了。”黑脸说完呵呵笑了一声，那声音简直比公鸭叫还难听，“行了，该说的不该说的就讲到这儿了，东西扔过来，咱们也大路两头，各走一边，好聚好散。”

“我说……”唐三七咽了咽唾沫，鼓起勇气对那黑脸说道，“兄弟，大哥，壮士，咱有话好好说。你看我一文弱书生，也没啥价值，上有老下有小的，纯粹是来凑热闹拼人数的。你放我回去，我保证，以后老老实实做人，绝不沾穿山探脉半点关系，成不？大哥，兄弟……”

话还没说完，那黑脸提起枪托往他后脑勺上就是一下，唐三七疼得立马杀猪一样地喊着。

“哥！脑子还没好，再敲成蛋花汤了！”

“废什么话！”黑脸说完用手一把勒住唐三七的脖子，卡得他顿时面红耳赤，发不出声来。

“有话好说，有话好说，都是文明人，讲道理，能不动手不动手！”我赶紧朝那人喊道，然后冲司一介挤了挤眼，示意他快想办法。

“不就是个破锥子嘛，你不都说了，这玩意儿已经没用了，你要真看得上，我给你就是了，何必动手动脚，伤了和气不是。”司一介赶紧伸手把那东西递过去，但没撤手，伸到那黑脸面前两米左右的位置，停在空中。

“扔过来，扔我脚边！”黑脸冲司一介喊道。

“不太合适吧。”司一介皮笑肉不笑地说，“这玩意儿既然你看得这么重要，万一扔地上摔坏了，不就亏了。”司一介又往前走了半步，将锥子递到那人一米开外的地方，“你伸手接过去不挺好吗，我这赤手空拳的，也没拿武器，你怕什么。”说完他举起左手，张开手指，右手伸直，把东西拿在手中，一副很有诚意的样子。

那人的表情藏在黑脸面具里看不出来，更没法揣测他心里在想什么。就这样僵持了几秒，他瞥了一眼唐三七，唐三七一副害怕的样子，他看了看，然后松开卡住唐三七脖子的手，一脚踹在唐三七的膝盖弯里。唐三七被黑脸这么一踹，一下扑跪在地上，黑脸抬脚一把踩住唐三七的背，弩枪朝下，指着他的脑袋，然后伸出另一只手，探出半个身子，去接司一介手上的三角锥。

哪知唐三七竟然一翻身，那黑脸脚下一滑，吃了一惊，立马扣动了手上的扳机，只听哐当一声，弩箭擦着唐三七的头皮，射在地上。还没等黑脸再次抬起枪，司一介左手一伸拉住他的手腕，把他身子拖了过去。两人扭成一团，距离太近，黑脸没法抬起弩枪来朝司一介开枪，他的手臂被司一介夹在腋下，但那枪仍旧指着空中。他连开了几枪，弩箭朝司一介背后的我们几个射来，东方禁立马把我和加奈按倒，蹲了下来，弩箭擦着我们的头顶射偏了出去。

“愣着干吗！跑啊！”司一介抱着那人，冲我们喊道。东方禁赶紧冲上前去，一把把唐三七从地上拽起来。司一介把手里的三角锥朝前面一扔，唐三七一个趔趄冲上去接住，撒开腿就往外跑。

我们几个赶紧往门外跑，刚踏出门口，只觉得眼前一阵绿光闪过，接着便是扑面而来的一股炽热的空气。

外面等着我们的竟然是那只浑身燃着绿焰的怪鸟。

第十九章
九死一生

那绿焰怪鸟从上空扑了下来，落在平台上，仰头嘶叫了一声，张开嘴就是一股烈焰朝我们吐来。

那火焰犹如旋转着的狂风朝我们扑来，我顿时脚下一软，连步子都迈不动了，心里只有一个念头：完蛋了，这回真要烧成焦炭了。

还没等我回过神，一个身影从我后面闪了过来，只见加奈冲到人群前头，伸出双手，朝那股烈焰挥去，那烈焰竟然像猛地撞在一堵墙上，在我面前四下散开，整个人群顿时被分散开的绿焰包裹起来。片刻之后，烈焰散去，加奈喘着气站在我们前面，转过头来冲我们喊道：“往上逃！”

唐三七推了我一把，我这才反应过来，立马抬脚就往台阶上跑，一边跑一边冲唐三七喊道：“大小姐这是什么招啊！那火焰被她这么一挥手，就全挡住了！”

“我哪知道啊！反正他们几个都不是普通人就对了！”唐三七也连滚带爬地往上面逃，“难道这些探脉人都有特异功能不成！敢情我们两个才是混进了主角圈里的龙套啊！”

那怪鸟见我们绕开它往深坑上面逃去，扭转头就扇动翅膀追过来。刚一腾空，东方禁伸出左手，一把抓住它燃烧着绿焰的一只爪子，大喝一声，竟然硬生生地将它一把摔在地上，那怪鸟滚了一圈，撞在石壁上。

“妈呀！绿巨人大战火焰怪！太恐怖了，都不是人！”唐三七一边喊一边抱头往上冲。

我一边跑，一边回头往下看，只见司一介从门里也逃了出来，估计暂时摆脱了那黑脸。他一出门，看见怪鸟也愣了一下，然后赶紧朝加奈和东方禁一挥手，三人一起转身往上跑。

那怪鸟摇晃摇晃脑袋，从地上又爬了起来，伸出爪子抓着岩壁，朝我们追来。

怪鸟沿着岩壁往上爬，从路径上看，很快就要追上来了。

“我们是绕着深坑在跑圈！这货是直线往上爬！耍赖啊！”唐三七探头往下看了看。确实，那怪鸟直直地朝我们前面的台阶爬去，而且速度不慢，看样子还没等我们跑到前面，它就已经爬上去等我们了。

“你能不能留点劲儿逃命！光喊有什么用啊！”我一边喘着粗气逃命，一边朝唐三七吼道。

“这货一副骨架子，要是把我们吞了，也不知消化得了不，估计还没咽下去，我们就从骨架子里掉出来了吧，哈哈哈。”唐三七估计是脑子坏掉了，都这时候了还有心情讲笑话。

还没等他笑完，我们脚底下的台阶突然晃荡起来，我一下没踩稳，差点摔下坑去，唐三七一把拉住我，把我提起来。

“什么情况！”唐三七扶着石壁，“咋又开始晃了！这地方要塌了？！”

司一介他们几个从后面赶了上来，冲我们喊道：“赶紧跑！那黑脸不知道在控制室里捣鼓了什么东西，这地方好像要塌了！”

“这货咋这么熊孩子！别人家的玩意儿不懂能随便碰吗！”唐三七吼道，“怕不是启动了那飞船吧！”说完他抬头一看，深坑顶上的石壁竟然裂出许多缝来，而这些缝隙一开口，便猛地喷出水来。

“你看，我说什么来着，果不其然，这上面金字塔里的液体漏出来了！”

还没等他的话说完，只听那怪鸟又从下面发出鸣叫，我探头往下一看，那洞壁上喷出的水居然浇在那怪鸟身上，怪鸟身上的绿焰一遇到水，便腾起一片蒸汽。怪鸟嘶叫着想躲开，但头顶的裂缝越来越多，水柱不停地往下灌，深坑底部一瞬间全积起水来，很快便漫了上来。而这水落到底部，竟然没有像之前那样汽化，看来这里面夹杂了地下水脉里的水。怪鸟抓在石壁上的爪子一下没抓稳当，身子一歪，整个滑了下去，落进了水里。

那声音如同一块烧红的铁掉进冷水里一般，呲的一声，整个洞底瞬间被蒸腾而起的雾气笼罩，整个空间一下像关了灯一样黑暗。

“哈哈，自取灭亡！”唐三七脸上灿笑着，沿着洞壁拼命往上跑，“快快快，冲出去，那金字塔要飞了！”

几个人还没来得及松口气，只听一声刺耳的尖叫再次从下面传来，我心里一紧，回头一看，一个巨大的黑影从下面腾空而起，冲了上来。

那怪鸟竟然又挥着翅膀追了上来，一下冲到我们面前，扑在石壁上，爪子抓住壁缝，身子上湿漉漉地挂着水，绿焰已经消失，只剩下骨架。它探着白骨脑袋，望着我们。

“这货竟然没死！”唐三七喊道。

“这货都是骨头了！还能怎么死？！”我有点绝望了，头顶上的建筑早已坍塌，不停地有碎片落下，我估计出去的路都封死了，而眼前还有这一只拦路虎，这下真不知该怎么逃了。

那怪鸟抖动了一下身子，把身上的水甩了甩，然后一下冲我们扑了过来。司一介眼明手快，把我们往旁边一推，侧身一跃，一下搂住那怪鸟的脖子，身子跟着一翻，脚也挂了上去。他又往后一仰，整个人抱着那怪鸟往下拖，怪鸟被他这么一甩，一下没站稳，和司一介一起从台阶上滑了下去，栽进水里。

那怪鸟扑腾了几下，又从水里钻出，司一介翻身骑在上面，冲我们喊道：“跳上来！”

我还在发愣，加奈便上前一步，跃身一跳，朝那怪鸟扑了上去，一下抓住鸟的一根肋骨，翻了上去。

“你们两个愣着干吗！”眼看那怪鸟飞得越来越高，东方禁把我和唐三七一手提起一个，大喝一声，朝外面扔过去。我一下扑在那怪鸟的脖子上，死命地抱住它，那怪鸟嘶叫了一声，奋力地扇动翅膀往上飞。这怪鸟的翅膀都只剩空骨架了，也不知哪儿来的力量往上飞。

“东方哥，快跳啊！”唐三七抱着一只鸟爪子大喊。那怪鸟飞得越来越高，东方禁沿着洞壁的台阶往上追，眼看离得越来越远，他一脚踩在石壁上，用力一蹬，整个人都飞了起来，冲怪鸟扑过去。

就差一点，他的手擦过怪鸟的身子，没有抓住，眼看整个身子就要往下坠，突然，一只手牢牢地抓住了他的手腕。

是司一介一手抓住怪鸟的肋骨，一手探了出去，把他给抓住了。

东方禁皱了皱眉头，说：“你还不如把我给扔下去。”

司一介一使劲，把东方禁拉起来，说："我就当拖了个死人起来。"

"你们两个能不能先别闹！"我死命地抱着怪鸟的脖子，喊道，"这怪鸟像是要往外面逃，咱们抓稳了，接下来就听天由命吧！"

怪鸟冲洞顶飞去，那顶部已经塌了，不断有落石掉下，我们几个靠鸟骨架挡着，还能躲一躲，但那鸟骨架也不是铁做的，脆得很，每挡一块石头就碎一块。而这怪鸟竟好似没有知觉，仍旧能朝上面飞。

"这货根本不是在飞！"唐三七喊道，"这东西好像有什么玩意儿托着它，在往上推，这骨架子就是摆设。这怪鸟就像一个提线木偶，我估计，就算翅膀折了，它照样能飞。这怪鸟根本就是被控制了！"

他话刚说完，一块巨石就砸在怪鸟的一边翅膀上，那翅膀连同爪子的骨头，整块被砸落，但果然如唐三七所说，我们居然没往下掉，还在往上冲。

快到顶了，那洞壁坍塌后竟然露出一截东西，仔细一看，竟然是那金字塔的一角。

"你不是说这金字塔要飞吗？要上天吗？怎么还在这儿？"我问唐三七。唐三七死命地抱着鸟爪子，摇了摇头，喊道："我怎么知道，豆腐渣工程呗，没建完强行启动，结果升空失败呗！"

"也许这东西根本就不是用来做飞船的。"司一介摇了摇头。

怪鸟冲破头顶的大网，一下在顶部撞开一个口子，但口子太小，它卡在洞口。

"下来！往外爬！"司一介大喝一声，从怪鸟骨架里钻出来，朝洞口爬去，我们赶紧跟上。

几人连滚带爬冲出洞口，外面竟然是一片雪坡。

"跳！"司一介大喊一声，从洞口跳出，顺着雪坡往下滑去，我们几个也跳了出去。我身子平衡一下没掌握好，整个人像木桶一样，旋转着滚了下去，一直滚到坡底才停了下来。

我已经晕了，天旋地转，躺在雪地上，脑袋里像一盆糨糊。

"还不能歇啊！这平台要塌了，赶紧往那边的坡上逃！"唐三七喊了一声，一把把我拽起来。我回头一看，整个雪湖的平台都在往下陷，感觉山崩地裂似的。

"这前面是岩壁，爬不上去啊！"我们往前冲了几步，这才发现，眼前是之前那面镶嵌了很多古蜀国雕像的岩壁。

“钻探洞里去！！”东方禁指了指之前那个探洞，“先躲进去，这里面看样子不会塌！”

司一介几步踏了上去，然后东方禁从下面把我们往上一推，司一介在上面一拉，我们几个也钻了进去。

“又回到这里了……”我扭头往回看了看，那平台连同雪湖整个慢慢地陷了下去，仿佛下面有个黑洞，把一切都吞噬了。

“这里面……是之前那块红玉的地方？”唐三七往里探了探头，“先进去，看能不能从那里面的高塔翻出去。”

司一介点了点头，一行人探着身子往里走。

经过那人骨化石的大厅，又进到高塔里面来。这里面的水不知什么时候排净了，而红玉还挂在顶上，但看上去没有之前那么亮，而且这里冷得很，没了之前的高温。

“走，上去看看。”唐三七扶着墙壁，踩着螺旋状的台阶往上走。一行人爬到顶，看了眼那红玉，果然，颜色暗淡，没有光彩，也没有之前那炽热如火焰一般的温度了。

穿过门，进到塔顶的大厅，这里有光，抬头一看，顶部的采光井还在，看来可以逃出去了。

“谁？”唐三七突然喊了一声。

我朝他面对的方向看去，那里竟然站着个人，他背对着我们，站在那中央的栏杆前，好像在朝下面的红玉看去。

那人转过头来，我仔细一看，不是别人，竟然是长子虚。

“哟，这么巧？无量，你也来了？”他笑着朝我挥了挥手。

我转头看了看他们几个。司一介皱了皱眉头，问了声：“你认识？”

“他就是长子虚。”我回了一句。他们几个都愣了一下，估计想不到真有此人。

我朝长子虚走了过去，上下打量了一下他，他穿着休闲装，和上次我在梦里见到的一模一样。

“怎么？”他也埋头看了看自己，“为什么朝我看来看去的，很奇怪吗？”

我摆了摆手："你怎么在这儿？"

听我这么一问，他转头又往栏杆下的红玉看去，说道："我等的人没等到，便循着线索找他来了，没想到……他已经不见了。"

我朝下面的红玉望了望，疑惑地问他："谁？谁不见了？"

长子虚耸了耸肩膀，说："我也不知道是谁，只晓得他不见了，他那部分记忆也消失了。"

"记忆？"经他这么一提醒，我想起方老板托我办的事，便伸手掏了掏衣服的内兜，拿出那一块玉石来，"对了，按上次你说的，我把那人的记忆容器带过来了。"

"我上次说的？"他歪了歪脑袋，然后恍然大悟，接过我手里的红玉，仔细瞧了一会儿，然后摇了摇头，说道，"这记忆容器已经关闭了啊。"

"啊？！"我完全听不懂了，"'关闭了'是什么意思？"

"就是这部分记忆没有通过量子传递到容器里。"

"你能说得明白点吗？我现在一听到量子这个词就头痛。"没想到长子虚说的话跟唐三七似的，我扭头往回看了眼，想找唐三七过来，也许他明白。但一回头，身后一个人影都没有，不知道什么时候，他们几个人竟然都不见了！

"也就是说，那个丢失的记忆主体在最后切断了联系，这部分记忆没有储存到容器里，这个容器是空的。"长子虚说完把玉石递给我，然后看了看下面的红玉，接着说道，"和我要等的这个人一样，切断了和记忆容器的联系，消失得无影无踪了，而这容器里存储的东西，也销毁了。"

"这人到底是谁啊？"我有点急了。

"嗯……古蜀国你知道吗？"他歪着脑袋看着我。

"古蜀国？"

"对，古蜀国，那代表着一个奇妙的文明，那个文明本身一开始是平凡无奇的，直到'干涉'的发生。"

"干涉？"

"嗯，也叫天启，这种文明一般被称为天启文明，也就是说，有更高的文明干涉了进来，提高了原文明发展的速度，同时也改变了原文明发展的方向。"

“你的意思是……被先古文明……那个三眼族文明？”

长子虚点了点头：“传说古蜀国的望帝偶然在郫江打捞起一具尸体，此尸神奇地死而复生，自称鳖灵，鳖灵谈吐不凡，在天文地理治国理政方面皆有不俗之谈，望帝甚是喜欢。而恰逢蜀国水患，鳖灵接此重任，开山治水，后而福泽天下。此事之后望帝传位于鳖灵，鳖灵立国号开明，帝号丛帝，古蜀国历史上最重要的两位君主——望帝、丛帝便由此而来。鳖灵继位以后，古蜀国不论科学技术还是人文政治，都达到一个高峰，这些从三星堆和金沙遗址中都可以看出，包括都江堰水利工程的始建，也是源于古蜀国时期，那李冰父子也只是后来增修，这是后话。想必你也知道，古蜀国对于玄场的研究和建造是非常积极的，我猜想，应该是鳖灵试图恢复三眼族文明最鼎盛时期的科技，他派人来到此处，寻找原来古老的遗迹，并挖掘出人骨化石，做成人造玄场。”

“你的意思是……这鳖灵，便是……三眼族的后裔？”我有点不敢相信。

长子虚点了点头。

“那这三眼族文明是怎么毁灭的？”

“只知道是被突如其来的末日灾难所毁灭。”他轻轻叹了口气。

“末日？”我有点惊恐。

“是的，可怕的末日……”

听他这一说，我一时不知道再问什么，两人沉默了一阵。我不知道他在想什么，我回想起司一介说的东西，看来这个毁灭文明的末日灾难真的存在过。

“那这被鳖灵带来了先古科技的古蜀国文明，为何并未达到先古文明的程度，便开始日渐衰落，最后灭于秦国呢？”我又打破了沉默，追问道。

哪知长子虚耸了耸肩膀，撇了撇嘴，说：“鳖灵之后，这古蜀国的历代君王都与此处这块红玉里的记忆容器相连，这大厅也是鳖灵派人所建。简单地说，他们是记忆共同体，这样很快便能掌握前任君王的记忆和想法，肉体虽然消逝，但意识不灭。不过，你现在也看到了，后来也不知道是哪一位君王，切断了与记忆体的联系，并且删除了记忆体里的信息，那古蜀国失去了解开玄场秘密的能力，自然日渐衰落。至于那一位君主去了哪里，我连个线索也找不到，还有他到底为什么要这么做，我便更不知晓了。”

"解开玄场秘密……那这玄场到底是什么东西？是一种科技？"

长子虚摇了摇头："我的记忆里并没有这部分内容。"

"这么说……你要等的人是古蜀国的人了？"我又问他。

"不知道，也许如今他还存在于世。"长子虚叹了口气。

我想了想，又问他："对了，你有没有听说过'终极玄场'？"我突然想起这个词。

长子虚皱了皱眉头，表情一下变得有点严肃，他反问我："你从哪儿听来的这个词？"见我没回答，他摆了摆手说道，"这东西危险得很，千万别接触。"

我还想再问点什么，只见他转过身去，继续望着下面的红玉出神，不再和我说话。我抬头往屋顶看去，那采光井忽然射进来一道明亮而刺眼的光，我一下觉得有些眩晕，脚下一软，便倒了下去。

睁开眼时，我已经在车上了，整个人横躺在后座上，司一介开着车，唐三七坐在副驾座上。

我捂着头坐了起来，问道："这是……我们怎么出来的？"

唐三七见我醒了，扭过头来冲我说道："量哥，你真是的，关键时候就犯晕。大家伙儿都累得体力透支了，你还真会躲懒，直接晕倒，舒舒服服地被人给背出山沟，演技不错啊你。"

"胡说什么呢，我怎么晕倒了？"我难受地摁了摁太阳穴，完全记不得刚才发生了什么，好像又做了个梦，梦到长子虚和我说了些乱七八糟的事，什么古蜀国、天启文明……

"刚到那个高塔的塔顶，你就晕了，我们可是拿绳子把你拉出来的，废老大劲了。"唐三七摆了摆手。

"那……刚才可有遇到什么人？"我问唐三七。

"什么人？就我们几个，还能有什么人？"

我摇了摇头，不知道该说什么，随即又顺着靠背躺下，脑子昏沉得厉害，一想事儿就疼，干脆闭上眼睡起觉来。

回到日隆镇，天色已晚，大家决定先住下来，明天一早再回去。

晚上在饭店吃饭，听周围人说，今天发生了地震，这镇上摇晃得厉害，后来再听广播，说有雪崩，让登山的都赶紧回来，并且今晚就要封山，这阵子怕是不让人进山了。

之前总觉得这趟穿山有点不真实，听到这些消息，我们几个才反应过来，我们这群人经历了一场多么惊心动魄的穿山探险。

“这趟真的算是九死一生。”我摇了摇头。

他们几个都没说话，看来心里也有几分沉重。估计这趟穿山，就算是对司一介、东方禁、加奈他们几个货真价实的探脉人来说，都是一场惊险异常的死里逃生的经历。

“小叔……”唐三七压着声音问道，“那三角锥还在你那儿吧？”

司一介夹了口菜，问他：“干吗？”

唐三七摇晃了一下脑袋，神神秘秘地说：“给我瞧瞧，那黑脸不是说过吗，这玩意儿现在不同了，我估计，当时在那遗迹里面有信息传了进去，我想看看到底有啥变化，会不会……”

“会不会什么，没用，我知道你在想什么，这东西没变成啥终极玄场之类的，我试过，连普通玄脉石都不如。”司一介摆了摆手。

“这样啊……”唐三七有点失望，他想了想，还是从司一介包里把东西要了过来，说让他再看看，等回去后，还是交给东方禁，看能不能带到美国去，测测里面到底有啥变化，那空心部分，到底有没有继续增加。

“接下来怎么打算，你们？”东方禁搁下筷子，问了一句。

听他这么一问，每个人都停下了手中的筷子，看得出，现在大伙儿也一下没了头绪。这四姑娘山的遗迹也探过了，除了弄明白了这是一处先古文明留下的遗迹以外，没别的收获。这三角锥的秘密还是没解开，终极玄场，更是没谱的事儿。更重要的是，那个所谓的末日灾难就像一块石头一样压在大伙儿心头，不知道这事到底存不存在，如果真有，又是什么样的末日灾难。

我见大伙儿不说话了，想了想，还是把自己今天梦里的事儿给说了出来，但我没敢说是做梦，我就说成是我的猜想。

听我这么一说，大家表情都有点奇怪，一方面可能觉得我又说胡话，可信度不高，但另一方面，我说的这些东西还真和之前遇到的情况合得上。什么古蜀国的望帝、丛帝，什么天启文明，什么毁灭先古文明的末日灾难，还有那高塔里的红玉，还真有点像我说的那般，是个记忆容器。

“量哥……你的意思是，真有所谓的末日灾难不成？”唐三七看了看我。

“我咋知道……”我埋下了头，脑子乱得很。

突然啪的一声响，司一介把筷子往桌上一拍，站起身来，说：“算了，老子这几天累得够呛，先回去睡了。明天一早我们先回去，就按和尚说的，东方禁把三角锥带回美国去检测，下一步该怎么办咱们再说，这不还有几十天嘛，急什么。”说完他转身便走，回房间去了。

我看了看大伙儿，点了点头，招呼大家也赶紧回去休息，明天再说。

第二天一早，我还没起床，就听唐三七在房间里翻箱倒柜地找东西。我吼了他一声，叫他消停点。但唐三七声音有点发颤，冲我说道：“量哥，不好了，那东西……好像不见了。”

“啥？啥东西不见了？”我扭过头问他。

“三角锥……”他战战兢兢地回答道。

我心里一紧，一下从床上翻了下来，突然想起什么，裹上浴袍踩上拖鞋就往门外跑。

我冲到加奈的房间门外，拼命地敲门，里面没有任何回应，我赶紧叫来服务员打开房间，果然，房间里空空如也，加奈连人带行李都消失了。

我顿时慌了，心里骂道，你个商无量啊，怎么把这么重要的事儿给忘了？！那个妹妹加奈一旦醒过来，不就是狼入羊圈吗？不分分钟偷了东西跑人才怪！

我叫起司一介和东方禁，把情况向他们一说，他们两个也有点急，赶紧下楼去看。果不其然，加奈那辆红色的车子，也不见了踪影，看样子加奈已经趁夜开车跑了。

“娘的！”我拾起跑了一半落在地上的拖鞋，狠狠地往地上一摔，咬了咬牙。

（本册完，第二册即将上市。）